D0493820

NOËL SANGLANT À NOTTING HILL

Paru dans Le Livre de Poche :

.CE MORT QUE NUL NE PLEURE

NE RÉVEILLEZ PAS LES MORTS

LE PASSÉ NE MEURT JAMAIS

DEBORAH CROMBIE

Noël sanglant à Notting Hill

TRADUIT DE L'ANGLAIS PAR GÉRARD DE CHERGÉ

LE LIVRE DE POCHE

Titre original :

AND JUSTICE THERE IS NONE

Pour Nanny.

REMERCIEMENTS

Je dois mille remerciements, comme toujours, au *Groupe des Écrivains d'un mardi soir sur deux* : Steve Copling, Dale Denton, Jim Evans, Diane Sullivan Hale, John Hardie, Viqui Litman, Rickey Thornton et Milan Vesely, avec une reconnaissance particulière envers Diane Sullivan Hale, RN, BSN, pour ses conseils dans le domaine médical. Merci également à Carol Chase et à Marcia Talley pour leur inspiration et leur contribution ; à Connie Munro pour ses astucieuses corrections ; à Glen Edelstein pour la conception du livre ; à Jamie Warren Youll pour le dessin de la jaquette ; à Kate Miciak, mon éditrice chez Bentam, pour être tout simplement la meilleure ; et enfin à Nancy Yost, mon agent pour sa patience et son soutien de longue date.

MILLENIUM

« Le soleil ne montre plus
Son visage, et la trahison sème
Ses graines secrètes que nul ne peut déceler ;
Par leurs enfants les pères sont défaits ;
Le frère voudrait duper son frère ;
Le moine encapuchonné est un leurre...
La force prime le droit, de justice il n'est point... »

Walther von der Vogelweide
(vers 1170 - vers 1230).

CHAPITRE UN

L'amiral Sir Edward Vernon, à la tête d'une
petite flotte de navires de la British Navy,
s'empara du port [de Porto Bello] en 1739...
On alluma des feux de joie dans toutes les
principales villes pour fêter la victoire... On
baptisa des rues et des quartiers du nom de
Vernon et de Portobello.

Whetlor et Bartlett, *Portobello*.

Il courait, comme tant d'autres, protégé du brouil-
lard par son anorak noir, et les bandes réfléchissantes
de ses baskets renvoyaient la lumière chaque fois
qu'il passait sous un réverbère. La configuration des
rues était gravée dans son esprit : descendre Porto-
bello, passer sous la rocade aérienne, longer Oxford
Gardens — où se trouvait autrefois Portobello
Farm —, remonter Ladbroke Grove, passer devant le
vidéoclub et les coiffeurs afro-antillais, puis prendre
Lansdown Road, bordée d'austères maisons victo-
riennes blanchies à la chaux. Il imaginait que la
courbe de la rue correspondait à la piste du champ
de courses qui, cent cinquante ans auparavant, avait

couronné Notting Hill, et que ses pieds foulaient le sol à l'endroit même où les sabots des chevaux l'avaient piétiné.

Ce soir, les guirlandes de Noël clignotaient sur les pelouses, promesse d'un joyeux réconfort qu'il ne pourrait partager. D'autres joggeurs le croisèrent. Il les salua d'un signe de tête, main levée, mais il savait bien qu'il n'avait rien de commun avec ces gens-là. Eux, ils pensaient à leur rythme cardiaque, à leur dîner, à leurs emplettes, aux enfants qui les attendaient à la maison et aux vacances qui allaient grever leur compte en banque.

Il courait, comme tous les autres, mais son esprit tournait en rond, obsédé par des événements anciens, des événements tragiques, des plaies qui ne cicatrisaient pas. Et qui ne guériraient jamais, il le savait, s'il ne se chargeait pas de les soigner : il n'y aurait pas de justice tant qu'il ne l'aurait pas rendue lui-même.

La flèche de St. John's Church se dressait, désincarnée, au-dessus des toits voilés de brume. Tandis qu'il approchait du but, le sang se mit à bouillonner dans ses veines et sa respiration se fit haletante. Mais il ne pouvait pas faire demi-tour. Toute sa vie, il s'était acheminé vers cet endroit précis, vers cette soirée précise ; il avait une mission à accomplir.

Une femme aux longs cheveux bruns, le visage dans l'ombre, le dépassa. Il sentit son cœur s'emballer, comme toujours dans ces cas-là : cette femme aurait pu être sa mère telle qu'il la voyait dans ses rêves. Parfois, en songe, sa longue chevelure soyeuse s'enroulait autour de lui, lui procurant un réconfort éphémère. Cette chevelure, il l'avait lissée tous les soirs

14

avec une brosse à dos argenté, pendant que sa mère lui racontait une histoire. Jusqu'au jour où on la lui avait enlevée.

Il courait, comme tous les autres, mais lui seul portait ce fardeau : un passé, et une haine ardente — une haine portée à son point d'incandescence.

Portobello prend une allure différente, le soir, après la fermeture des boutiques, se dit Alex Dunn en s'engageant dans la rue au sortir des *mews*[1] où il avait son petit appartement. Il hésita un moment, tenté de remonter la rue pour aller manger une pizza au *Calzone*, à Notting Hill Gate, histoire de fêter sa trouvaille, mais ce n'était pas le genre d'endroit où on avait envie d'aller tout seul. Il tourna finalement à droite, dans la descente, passant devant les rideaux de fer baissés des boutiques et les portes closes du café attenant à St. Peter's Church. Les détritus accumulés pendant la journée jonchaient la chaussée, donnant à la rue un aspect désolé.

Mais demain, ce serait différent : dès l'aube, les échoppes seraient prêtes pour le marché du samedi et, sous les arcades, les brocanteurs vendraient de tout — aussi bien de l'argenterie ancienne que des souvenirs des Beatles. Alex aimait cette atmosphère matinale, l'odeur de café et de cigarettes dans les bars de la galerie, le sentiment que cette journée pourrait bien être celle où il réaliserait la vente de sa vie. Ce qui était très possible, pensa-t-il avec un frisson d'excitation, puisqu'il avait réalisé aujourd'hui l'achat de sa vie.

---

1. Anciennes écuries, petites impasses bordées de minuscules maisons colorées et fleuries. *(N.D.T.)*

Il tourna dans Elgin Crescent et accéléra le pas en voyant la façade familière de *Chez Otto* — du moins était-ce ainsi que les habitués appelaient l'endroit ; l'enseigne délavée, quant à elle, arborait seulement le mot *Bar*. Dans la journée, Otto servait essentiellement du café, des sandwiches et des pâtisseries ; le soir, en revanche, il proposait des repas simples très prisés des habitants du quartier.

Alex entra, secoua son blouson humide et s'assit à sa table favorite, au fond, près du radiateur à gaz. Malheureusement, le mobilier du café n'avait pas été prévu pour des clients mesurant plus d'un mètre cinquante. Étonnant, d'ailleurs, quand on voyait Otto, qui était un véritable colosse. N'utilisait-il donc jamais ses chaises ? À dire vrai, Alex ne se rappelait pas l'avoir déjà vu s'asseoir. Otto donnait toujours l'impression de s'affairer, comme en cet instant, où il s'essuyait le front avec le bord de son tablier, son crâne chauve luisant dans la lumière tamisée.

— Assieds-toi, Otto, s'il te plaît, dit Alex afin de vérifier son hypothèse. Fais une pause.

Le cafetier jeta un coup d'œil en direction de Wesley, son employé, occupé à servir les clients qui venaient d'arriver. Puis il fit pivoter l'une des chaises délicates, au dossier arrondi, et s'assit à califourchon avec une grâce inattendue.

— Sale temps, hein ? dit-il, plissant son vaste front à la vue des vêtements humides d'Alex.

Bien qu'Otto eût passé toute sa vie d'adulte à Londres, on percevait encore dans sa voix des inflexions de sa Russie natale.

— Oui, j'aimerais autant qu'il se mette franchement à pleuvoir. Qu'est-ce que tu as au menu, ce soir, qui pourrait me réchauffer ?

— Bouillon de bœuf à l'orge. Avec des côtelettes d'agneau, ça devrait faire l'affaire.

— Adjugé. Je prendrai aussi une bouteille de ton meilleur bourgogne. Ce soir, pas de piquette pour moi.

— Alex, mon ami ! Fêterais-tu quelque chose ?

— Tu aurais dû voir ça, Otto. J'étais parti chez ma tante, dans le Sussex, quand je suis tombé sur une brocante privée organisée au village. Il n'y avait rien d'intéressant dans la maison ; par contre, dans le garage, sur les tables remplies de cochonneries, j'ai repéré *la* merveille. (Savourant ce souvenir, Alex ferma les yeux.) Une coupe en porcelaine bleu et blanc, couverte de poussière, remplie d'outils de jardinage et de plantoirs à bulbes. Il n'y avait même pas de prix affiché. La propriétaire me l'a cédée pour cinq livres.

Le visage rond d'Otto arbora une expression amusée.

— Pas de la cochonnerie, je présume ?

Alex jeta un regard circulaire et baissa la voix :

— Faïence de Delft du XVIIe siècle, Otto. Du delft anglais, avec un petit « d », et non hollandais. D'après moi, elle doit dater d'environ 1650. Et sous la couche de poussière, pas une fêlure, pas une ébréchure. Ça, c'est un vrai miracle, tu peux me croire !

Ce moment-là, Alex l'avait attendu depuis le jour de ses dix ans, quand sa tante Jane l'avait emmené à une brocante. Fasciné par un drôle de plat — on aurait dit que quelqu'un avait mordu dedans —, il avait dépensé tout l'argent de son anniversaire pour l'acheter. Sa tante lui avait alors offert un livre sur la porcelaine, dans lequel il avait appris que sa trouvaille était en fait un plat à barbe fabriqué à Bristol, probablement au début du XVIIIᵉ siècle. Dans son imagination, Alex avait vu défiler la vie de tous les propriétaires successifs dudit plat — et, à cette minute, il avait attrapé le virus.

Cette passion d'enfance ne l'avait pas quitté pendant toute sa scolarité, puis ses études universitaires, puis une brève période où il avait enseigné l'histoire de l'art dans une petite faculté. Il avait alors abandonné son salaire régulier pour mener une existence beaucoup plus précaire — mais infiniment plus passionnante — de marchand de porcelaine anglaise.

— Est-ce que cette coupe va faire ta fortune, dis-moi ? Si tant est que tu consentes à t'en séparer... ajouta malicieusement Otto, qui côtoyait les antiquaires depuis longtemps.

Alex poussa un soupir.

— Bien obligé, je le crains. D'ailleurs, j'ai en vue une personne qui pourrait être intéressée.

Otto l'observa un moment, avec une expression qu'Alex ne parvint pas tout à fait à décrypter.

— Tu penses à Karl Arrowood, c'est bien ça ?

— C'est exactement son rayon, non ? Tu connais Karl, il sera incapable de résister.

Alex imagina la coupe élégamment exposée en devanture des *Antiquités Arrowood* — un bel objet de plus à l'actif de Karl. Une envie mêlée d'amertume s'insinua dans l'âme du jeune homme.

— Alex... (Otto hésita, puis se pencha vers lui, ses yeux noirs remplis de gravité.) Je connais très bien Karl Arrowood, peut-être même mieux que toi. Pardonne-moi d'être indiscret, mais j'ai entendu certaines rumeurs à propos de toi et de la jeune épouse de Karl. Tu sais ce que c'est, par ici... tout finit par se savoir. Je crois que tu ne te rends pas bien compte des risques que tu prends. Karl Arrowood est un homme cruel. Mieux vaut ne pas toucher à ce qui lui appartient.

Alex se sentit rougir.

— Mais... comment... ?

En réalité, l'important, c'était que sa liaison avec Dawn Arrowood était de notoriété publique et qu'il avait été stupide de croire qu'ils pourraient la garder secrète.

Si la découverte du plat à barbe en porcelaine avait été pour lui une expérience extraordinaire, une révélation, il avait éprouvé la même sensation lors de sa première rencontre avec Dawn, un jour qu'il passait au magasin pour apporter une ménagère en argent.

Dawn aidait l'employée à arranger la devanture. En la voyant, Alex, hypnotisé, était resté cloué sur le trottoir. Il n'avait jamais vu de créature aussi belle, aussi parfaite. Leurs regards s'étaient croisés à travers la vitrine, et elle lui avait souri.

Ensuite, elle avait commencé à venir au stand d'Alex, le samedi matin, pour bavarder un peu. Elle se montrait amicale mais n'essayait pas de flirter, et il avait tout de suite senti sa solitude. Pour lui, les visites hebdomadaires de Dawn devinrent bientôt le point d'orgue de la semaine, mais il n'espéra jamais davantage. Jusqu'au jour où elle avait débarqué chez lui sans prévenir, tête basse, les yeux cachés par ses mèches blondes, en disant : « Je ne devrais pas être là. » Elle était quand même entrée et, aujourd'hui, il ne pouvait plus imaginer sa vie sans elle.

— Karl est au courant ? demanda-t-il à Otto.

L'autre haussa les épaules.

— S'il l'était, tu le saurais déjà. Mais tu peux être sûr qu'il découvrira la vérité. Et je serais navré de perdre un bon client. Alex, je t'en prie, suis mon conseil. Dawn est charmante, mais ta vie est plus précieuse.

— Bordel, Otto, nous sommes en Angleterre ! Les gens ne zigouillent pas leur voisin sous prétexte qu'ils sont furax de... enfin, tu me comprends.

Le cafetier se leva et rangea sa chaise avec application.

— Je n'en suis pas si sûr, mon ami, répondit-il avant de disparaître dans la cuisine.

— Conneries ! maugréa Alex, résolu à ignorer l'avertissement d'Otto.

Il attaqua son dîner et but son vin avec détermination. Rasséréné, il regagna son appartement à pas lents, songeant à l'autre trouvaille qu'il avait faite ce jour-là — non pas une excellente affaire comme la coupe en delft, mais une belle acquisition quand même : une théière Art déco, réalisée par la céramiste anglaise Clarice Cliff et ornée d'un motif que Dawn avait admiré devant lui. Il la lui offrirait pour Noël, comme symbole de leur avenir commun.

Arrivé à l'entrée des *mews* où il avait son appartement, une pensée plus inquiétante le traversa. Si jamais Karl Arrowood apprenait la vérité, était-ce sa sécurité à lui, Alex, qui devait le préoccuper au premier chef ?

Bryony Poole attendit que la porte se fût refermée derrière la dernière cliente de la journée — une femme dont le chat avait une oreille infectée — pour soumettre son idée à Gavin. Elle s'assit en face de lui dans l'étroit bureau, essayant tant bien que mal de caser ses longues jambes et ses pieds chaussés de boots.

— Dites-moi, Gav, il y a une chose dont je voudrais vous parler...

Son patron, un homme à la tête en forme d'obus et aux larges épaules, leva les yeux du diagramme qu'il était en train de terminer.

— Voilà une entrée en matière de mauvais augure. Vous n'allez pas me quitter pour de plus verts pâturages, au moins ?

— Non, n'ayez crainte.

Gavin Farley avait engagé Bryony comme assistante dans sa petite clinique, deux ans auparavant, juste après qu'elle eut obtenu son diplôme de vétérinaire. Aujourd'hui encore, la jeune femme s'estimait heureuse d'avoir cet emploi.

D'un ton hésitant, elle enchaîna :

— C'est juste que... enfin, savez-vous combien de sans-abri ont des chiens ?

— C'est une colle ? demanda-t-il, méfiant. Ou bien vous faites la quête pour la SPA ?

— Non... pas exactement. Mais je suis frappée par le fait que ces gens-là n'ont pas les moyens de faire soigner leurs animaux. J'aimerais pouvoir...

Elle avait maintenant toute l'attention de son patron.

— Bryony, c'est tout à fait admirable de votre part, mais si ces gens-là ont les moyens de se payer une bière et un paquet de clopes, ils peuvent certainement emmener leur chien chez le véto.

21

— Vous êtes injuste, Gavin ! Ces malheureux dorment dans la rue parce que les asiles de nuit ne veulent pas de leurs chiens. Ils font ce qu'ils peuvent. Et vous êtes bien placé pour savoir que nos tarifs ont beaucoup augmenté.

— Et alors, que pouvez-vous y faire ?

— Je voudrais donner des consultations gratuites une fois par semaine — le dimanche après-midi, mettons — pour traiter les petites blessures et les maladies bénignes...

— Cette initiative aurait-elle un rapport avec votre ami Marc Mitchell ?

— Je n'en ai pas discuté avec lui, répondit Bryony, sur la défensive.

— Et où comptez-vous prodiguer ces soins, au juste ?

Elle rougit.

— Eh bien... peut-être que Marc me laisserait la disposition de son local...

Marc Mitchell tenait une soupe populaire pour les SDF — « ces gens qui dorment à la belle étoile », selon la formule du gouvernement, comme s'ils avaient librement choisi de camper en permanence dans les rues — tout en bas de Portobello Road. L'Armée du Salut avait également une antenne un peu plus haut, mais la concurrence n'existait pas dans le domaine de l'aide aux nécessiteux. Il n'y avait jamais de quoi satisfaire tous les besoins. Marc leur fournissait un déjeuner et un dîner chauds, ainsi que des médicaments de base et certains articles personnels quand il pouvait s'en procurer. Mais le plus important, c'était sans doute sa disponibilité, son aptitude à les écouter. Il émanait de lui une compassion qui encourageait la mise à nu des âmes ravagées ; parfois, cela suffisait à remettre une personne sur les rails.

— Et comment comptez-vous payer les fournitures et les médicaments, au juste ? s'enquit Gavin.

— De ma poche, pour commencer. Ensuite, je pourrais solliciter des dons auprès des commerçants du quartier.

— Ça vous rapporterait peut-être quelques shillings, concéda-t-il de mauvaise grâce. Des chiens galeux qui traînent devant une boutique, ce n'est sûrement pas fait pour attirer la clientèle. Bon, admettons que vous réussissiez dans votre entreprise. Que ferez-vous quand tous ces gens — avec qui vous aurez noué des liens affectifs — commenceront à se pointer ici avec un chien gravement blessé ou un animal atteint d'un cancer ?

— Je... je n'avais pas pensé...

Gavin secoua la tête.

— Nous ne pouvons pas assurer les soins lourds, Bryony. Nous arrivons tout juste à survivre en l'état actuel des choses, avec l'augmentation des loyers et votre salaire. Il n'y a pas de place pour les gestes nobles.

— Je réglerai ce problème le moment venu, répondit-elle avec fermeté. Faute de mieux, je pourrai toujours leur proposer l'euthanasie.

— En payant les frais de votre poche ? Vous êtes trop chevaleresque, ça vous perdra. (Gavin émit un soupir résigné, acheva son diagramme et se leva.) Je m'en suis douté la première fois que je vous ai vue.

Bryony sourit.

— Vous m'avez engagée quand même.

— C'est vrai, et je ne l'ai pas regretté. Vous êtes

une bonne véto ; en plus, vous avez un excellent contact avec les clients, ce qui est fichtrement important. Mais...

— Oui ?

— Dans ce métier, la frontière est floue entre la compassion et le bon sens, et je n'aimerais pas vous voir la franchir. Ça finira par vous miner, Bryony, ce sentiment de ne jamais pouvoir en faire assez pour autrui. C'est arrivé à des vétos plus aguerris que vous. Suivez mon conseil : faites votre job le mieux possible, puis rentrez chez vous, regardez la télé, prenez une bonne bière. Trouvez un moyen de penser à autre chose.

— Merci, Gav. Je retiendrai la leçon, promis.

Elle rumina les paroles de son patron tout en regagnant à pied son appartement de Powis Square, non loin de la clinique. Certes, elle était consciente de la limite à ne pas franchir ; de même, elle se rendait bien compte qu'elle ne pouvait pas secourir tous les animaux du monde. Malgré tout, ne prenait-elle pas en charge un fardeau trop lourd pour elle, tant sur le plan affectif que financier ? D'autre part, jusqu'à quel point était-elle animée par le désir inavoué d'attirer l'attention de Marc Mitchell ?

Ces derniers mois, Marc et elle étaient devenus bons amis ; ils se retrouvaient souvent pour dîner ensemble ou prendre un café. Néanmoins, il n'avait jamais manifesté d'attirance particulière à son égard, et Bryony croyait avoir réussi à se convaincre qu'elle n'en avait cure. Contrairement à Gavin, Marc n'avait pas appris à faire la distinction entre travail et vie privée. Son travail, c'était toute sa vie : il ne lui restait

24

apparemment pas de place pour une autre relation qu'une simple amitié.

Cette pensée lui causa une déception si intense que Bryony, effarouchée, l'écarta aussitôt. Tout ce qu'elle voulait, c'était aider les animaux — et si, par hasard, cela devait la rapprocher un peu plus de Marc, ainsi soit-il !

L'inspecteur Gemma James quitta le commissariat de Notting Hill à dix-huit heures pile, chose suffisamment inhabituelle pour que le sergent de garde hausse les sourcils d'un air surpris.

— Qu'est-ce qui se passe, chef ? Un rendez-vous galant ?

— Il se trouve que oui, répondit-elle avec un grand sourire. Et, pour une fois, je suis décidée à ne pas être en retard.

Kincaid l'avait appelée du Yard, une heure plus tôt, pour lui demander de le retrouver à une certaine adresse, à quelques blocs du commissariat. Il ne lui avait fourni aucune explication, la priant seulement d'être ponctuelle, ce qui avait suffi à aiguiser la curiosité de Gemma. Superintendant chargé des enquêtes criminelles à Scotland Yard, Duncan avait un emploi du temps aussi chargé que le sien, sinon plus, et ils avaient tous deux l'habitude de travailler tard.

Certes, elle avait bien essayé de ralentir le rythme, en raison de son « état délicat » — comme disait Kincaid en ne plaisantant qu'à moitié —, mais sans grand succès. Elle n'avait nullement l'intention d'annoncer sa grossesse à ses supérieurs avant d'y être absolument obligée, et à ce moment-là elle serait encore moins encline à se dérober au travail.

Et si une grossesse imprévue était déjà désastreuse pour la carrière d'une femme récemment promue inspecteur, Gemma subodorait que son statut de mère célibataire lui vaudrait encore moins d'indulgence de la part de ses supérieurs. Quand Toby était né, au moins était-elle mariée au père du bébé.

Consultant le bout de papier sur lequel elle avait griffonné l'adresse, elle descendit Ladbroke Grove jusqu'à St. John's Gardens, puis tourna à gauche. La vieille église montait la garde au sommet de Notting Hill ; Gemma aimait le calme de cet endroit, même par une soirée aussi maussade que celle-ci. Toutefois, aiguillonnée par les indications de Kincaid, elle poursuivit son chemin. Elle descendit la pente, côté ouest, parcourut quelques blocs et commença à surveiller les numéros de la rue.

Elle vit d'abord la MG de Duncan, avec sa capote rabattue, puis, de l'autre côté de la rue, l'adresse qu'il lui avait donnée. C'était la dernière maison de toute une enfilade, mais celle-ci donnait sur St. John's et non sur la rue transversale. La lanterne du porche et le réverbère éclairaient des briques d'un brun sombre, que rehaussaient de luisantes moulures blanches et une porte d'entrée couleur cerise. À travers les arbres qui se dressaient entre la maison et le trottoir, elle aperçut un petit balcon au deuxième étage.

Duncan lui ouvrit la porte avant qu'elle ait pu sonner.

— Tu es devin ou quoi ? s'exclama-t-elle en riant.

— Entre autres talents innombrables, répondit-il en l'embrassant sur la joue.

Il la débarrassa de son blouson mouillé, qu'il accrocha à un portemanteau métallique dans le hall.

— Alors, qu'est-ce qui se passe ? On a rendez-vous avec quelqu'un ?

— Pas exactement, non. (En voyant le sourire épanoui de Kincaid, elle pensa à son fils de quatre ans essayant de camoufler une surprise.) Jetons un coup d'œil, veux-tu ?

Sur la gauche, se trouvait la cuisine, une pièce jaune et gaie, avec une table en pin et une cuisinière bleu foncé. Un spasme d'envie contracta le cœur de Gemma. La pièce était idéale, exactement le genre de cuisine dont elle avait toujours rêvé. Son regard s'y attarda tandis que Kincaid l'entraînait dans le hall.

La salle à manger et le salon formaient un seul espace, tout en longueur, avec des fenêtres en retrait et une porte-fenêtre qui devait donner, supposa Gemma, sur un jardin. Le mobilier de la salle à manger avait quelque chose de provençal ; dans le salon, un divan confortable et deux fauteuils faisaient face à la cheminée, et des bibliothèques grimpaient jusqu'au plafond. Elle parvenait à imaginer les étagères remplies de livres, un feu allumé dans l'âtre.

— Agréable, non ? dit Kincaid.

Gemma, soupçonneuse, lui lança un regard en biais.

— Hmm-hmm.

Nullement découragé, il poursuivit la visite.

— Et là-bas, derrière la cuisine, les toilettes.

Lorsqu'elle eut dûment admiré l'installation, il la conduisit dans la dernière pièce à gauche, qui devait être un petit cabinet de travail ou une bibliothèque. Mais elle ne vit pas non plus de livres sur ces rayonnages-là, pas plus qu'elle n'avait vu de vaisselle dans la cuisine ou d'objets personnels — des photographies, par exemple — dans le salon et la salle à manger.

— Moi, je mettrais la télé ici, pas toi ? enchaînat-il avec entrain. Pour ne pas gâcher l'atmosphère du salon.

Gemma le regarda bien en face.

— Duncan, serait-ce que tu abandonnes la carrière de policier pour celle d'agent immobilier ? Je ne ferai pas un pas de plus avant que tu m'aies expliqué de quoi il retourne !

— D'abord, ma chérie, dis-moi si cette maison te plaît. Penses-tu pouvoir y habiter ?

— Évidemment qu'elle me plaît ! Mais tu sais bien que, dans ce quartier, les loyers sont inabordables. Même en cumulant nos salaires, nous n'aurons jamais les moyens de...

— Attends un peu avant de te prononcer. Regarde le reste de la maison.

— Mais...

— Fais-moi confiance.

Tout en montant l'escalier derrière lui, elle réfléchit à sa situation : elle devait déménager, cela ne faisait aucun doute. L'appartement que lui louait Hazel audessus de son garage était bien trop petit pour un autre enfant, et le logement de Kincaid à Hampstead ne faisait pas davantage l'affaire — d'autant que, selon toute vraisemblance, son fils de douze ans allait venir s'installer chez lui.

Depuis qu'elle avait annoncé sa grossesse à Kincaid, ils avaient parlé de s'installer ensemble, de réunir leurs familles respectives, mais Gemma répugnait à affronter dans l'immédiat la perspective d'un changement aussi radical.

28

— Deux chambres de bonne taille et une salle de bains à cet étage, dit Kincaid en ouvrant les portes et en allumant les lumières à l'intention de Gemma.

De toute évidence, c'étaient des chambres d'enfants. Par endroits, on distinguait des rectangles plus clairs sur les murs, là où on avait accroché des tableaux et des posters.

— Et maintenant, le morceau de résistance !

Il la prit par la main et la conduisit au deuxième étage. Là, elle demeura clouée sur le seuil : l'étage tout entier avait été aménagé en une chambre à coucher spacieuse et aérée, avec le balcon qu'elle avait repéré de la rue.

— Ce n'est pas tout ! (Kincaid ouvrit une autre porte-fenêtre et Gemma sortit dans un petit jardin en terrasse qui surplombait les arbres.) C'est un jardin en copropriété. Par là, on peut accéder directement au jardin de derrière.

Gemma exhala un soupir de ravissement.

— Oh ! les garçons adoreraient. Mais ce n'est pas possible... hein, dis-moi ?

— Ça pourrait très bien l'être... au moins pour cinq ans. Cette maison appartient à la sœur du boss...

— Le superintendant Childs ?

Denis Childs était le supérieur de Kincaid au Yard, et aussi l'ancien patron de Gemma.

— ... et le mari de ladite sœur vient d'accepter un contrat de cinq ans à Singapour, dans je ne sais quelle entreprise de pointe. Ils ne veulent pas vendre la maison, mais ils tiennent à ce qu'elle soit bien entretenue. Et comment trouver meilleurs locataires que deux officiers de police recommandés par le boss en personne ?

— Mais on ne peut sûrement pas se permettre...

— Le loyer est raisonnable.

— Mais... ton appartement ?

— Si je le loue, je pourrai largement couvrir le remboursement de mon prêt.

— Et qui s'occupera de Toby ? Sans Hazel...

— Il y a une bonne école maternelle à deux pas du commissariat. Et, pas trop loin, un bon lycée pour Kit. D'autres objections ?

Il la prit par les épaules et la regarda dans les yeux.

— Non... seulement... ça paraît trop beau pour être vrai.

— On ne peut pas éternellement tenir l'avenir à distance, ma chérie. Nous ne te décevrons pas, c'est promis.

Peut-être avait-il raison... Non ! C'était *elle* qui avait raison. Quand le père de Toby l'avait quittée, la laissant seule avec un nourrisson, sans aucune ressource, elle s'était juré de ne plus jamais dépendre de quelqu'un. D'un autre côté, Kincaid ne l'avait jamais laissée tomber... pourquoi ne pas lui faire confiance encore cette fois-ci ? Gemma s'abandonna dans ses bras.

— De la vaisselle bleu et jaune pour la cuisine, murmura-t-elle contre sa poitrine. Et il faudrait repeindre les chambres, tu ne crois pas ?

Il enfouit son visage dans la chevelure de Gemma.

— Dois-je comprendre que c'est oui ?

Gemma se sentit vaciller au bord d'un précipice. Si elle acceptait, elle perdrait la sécurité de son ancienne vie. Il n'y aurait pas de retour en arrière. Mais elle ne pouvait pas continuellement repousser la décision. Cette prise de conscience lui procura un soulagement

des plus inattendus et un délicieux frisson d'excitation.

— Oui, lui dit-elle. Oui, je crois bien.

La bruine cernait les réverbères, en bordure de Park
Lane, tandis que le crépuscule de décembre laissait la
place à une soirée maussade. L'air avait quelque
chose de dense, comme s'il menaçait de s'affaisser,
et les rares lumières de Noël ne livraient qu'un pâle
assaut à l'obscurité.

Ces foutus embouteillages du vendredi, maugréa
intérieurement Dawn Arrowood. Prise de claustrophobie, elle entrouvrit la vitre de sa Mercedes et s'engagea progressivement dans la longue file de véhicules
qui obstruait Hyde Park Corner. Elle aurait dû éviter
de prendre sa voiture pour aller dans le West End,
mais elle ne s'était pas senti le courage d'affronter
le métro bondé, avec son inévitable bousculade et la
proximité trop intime de corps mal lavés.

Surtout aujourd'hui.

Elle s'était blindée du mieux qu'elle avait pu : une
visite chez *Harrods* avant son rendez-vous chez le
médecin et, après, un thé avec Natalie chez *Fortnum
& Mason*. Avait-elle vraiment pensé que ces distrac-
tions pourraient amortir le choc, l'aider à accepter la
nouvelle tant redoutée ?

Cela n'avait pas changé les choses d'un iota — pas
plus que les paroles réconfortantes de son amie
Natalie.

Elle était enceinte. Point final.

Et elle devait l'annoncer à Karl.

Avant leur mariage, cinq ans plus tôt, il avait été
très, très clair : il ne voulait pas d'une seconde

famille. Plus âgé que Dawn de vingt-cinq ans, doté de deux fils à problèmes et d'une ex-femme empoisonnante, Karl avait fermement déclaré qu'il n'entendait pas renouveler l'expérience.

L'espace d'un instant, Dawn se laissa aller à imaginer qu'il changerait d'avis en apprenant la nouvelle, mais elle savait bien qu'elle se berçait d'illusions : Karl ne revenait jamais sur ses décisions et n'appréciait pas du tout qu'on ignorât ses désirs.

Quand le feu passa enfin au vert, elle tourna dans Bayswater Road et prit une cigarette dans le paquet posé sur le tableau de bord. Elle quitterait son mari, se promit-elle, mais pas encore... pas avant d'avoir échafaudé un plan.

Si elle insistait pour garder le bébé, que pourrait faire Karl ? La jeter dehors sans un sou ? Cette idée la terrifiait. Elle avait parcouru beaucoup de chemin, depuis son enfance dans un pavillon d'East Croyden, et elle n'avait nullement l'intention de retourner à la case départ. Ça, au moins, Natalie l'avait compris. « Tu as un recours légal », avait-elle dit à Dawn, mais celle-ci avait secoué la tête. Karl employait un avocat qu'il payait très cher, et elle était bien persuadée que les deux hommes ne seraient pas le moins du monde ébranlés par l'insignifiante question de ses droits.

Encore fallait-il qu'elle arrive à convaincre Karl que le bébé était de lui.

Un frisson de peur, aussi instinctif qu'incontrôlable, la parcourut tout entière.

Alex... Devait-elle lui en parler ? Non, elle n'osait pas. Il ne ferait que répéter qu'elle devait quitter Karl, répéter qu'ils pourraient vivre heureux ensemble éternellement dans son minuscule appartement de Portobello Road, répéter que Karl accepterait certainement de lui rendre sa liberté.

Non, elle devait rompre avec Alex, pour son propre bien, et le persuader que leur histoire avait été une simple passade. Quand elle s'était embarquée dans cette liaison, elle n'avait pas mesuré le danger de sa conduite — pas plus qu'elle n'avait eu conscience de choisir l'unique amant que son mari ne pourrait jamais lui pardonner.

La circulation devint plus fluide, si bien qu'elle arriva bientôt — trop vite, lui sembla-t-il — à Notting Hill Gate. Les banlieusards s'engouffraient massivement dans la bouche de métro, tels des lemmings attirés par la mer, les bras chargés de journaux et de paquets de Noël, pressés de retrouver leur existence pavillonnaire : bébés, télé et repas à emporter. Cette image lui procura un pincement d'envie et de regret, accompagné de ces maudites larmes qui, ces temps-ci, lui venaient trop facilement. D'un geste rageur, Dawn s'essuya les cils : elle n'aurait pas le temps de se remaquiller. Elle était déjà en retard, et Karl s'attendrait à la trouver prête quand il passerait la prendre pour leur dîner au restaurant.

Les apparences étaient le fonds de commerce de Karl, et elle n'était que trop consciente d'avoir été pour lui une simple acquisition, au même titre que l'une de ses huiles du XVIIIe siècle ou une pièce de porcelaine particulièrement fine. Ce que, dans sa naïveté, elle avait pris pour de l'amour n'était en fait qu'un instinct de possession : Dawn était le bijou choisi en vue d'un écrin bien précis.

Et quel écrin ! Une maison au sommet de Notting Hill, au milieu des arbres, juste en face de l'élégance passée de St. John's Church. Naguère, Dawn avait aimé cette demeure victorienne, son stuc jaune pâle, ses pièces aux superbes proportions, ses magnifiques aménagements... L'espace d'un instant, elle déplora la perte de ce plaisir ô combien innocent.

Quand elle s'engagea dans l'allée privée, les fenêtres obscures de la maison reflétèrent la lueur des phares. Elle avait donc réussi à rentrer avant Karl ; cela lui laissait quelques minutes de répit. Coupant le moteur, elle tendit la main pour prendre ses sacs de chez *Harrods*. Soudain, elle suspendit son geste et ferma résolument les yeux. Au diable, Karl ! Au diable, Alex ! Malgré eux, elle trouverait une solution, un moyen de garder cet enfant qu'elle désirait plus que tout au monde.

Elle descendit de voiture, les clefs dans une main, ses sacs dans l'autre, baissant la tête afin d'éviter le contact de la haie détrempée qui bordait l'allée.

Un bruit la pétrifia. Le chat ! pensa-t-elle, soulagée. Elle se souvint alors qu'elle avait enfermé Tommy dans la maison, malgré les objurgations de Karl. Tommy relevait de maladie et Dawn n'avait pas voulu le laisser dehors sans surveillance, de crainte qu'il ne se bagarre avec un autre chat.

Le bruit recommença. Un frôlement, un souffle, un son anormal dans le silence de la nuit humide. La panique s'empara d'elle, étreignant son cœur, la clouant sur place.

Elle serra les clefs dans sa main crispée et s'efforça de réfléchir. La maison, juste de l'autre côté de l'allée, lui parut soudain à une distance infranchissable. Si seulement elle arrivait à atteindre la porte, elle pourrait se barricader, appeler la police. Elle retint son souffle, avança prudemment un pied...

Des bras l'encerclèrent par-derrière, une main gantée se plaqua cruellement sur sa bouche. Trop tard, elle se débattit, tirant vainement sur le bras qui lui emprisonnait la poitrine, écrasant un pied sous son talon. Trop tard, elle pria pour voir apparaître dans l'allée les phares de Karl.

La respiration hachée de son agresseur, entrecoupée de sanglots, lui sifflait à l'oreille. Il resserra son étreinte. Les sacs qu'elle portait tombèrent de ses doigts engourdis. Soudain, la pression sur sa poitrine s'évanouit ; en cet instant de soulagement, une douleur fulgurante lui lacéra la gorge.

Une sensation de froid intense la pénétra, puis les ténèbres l'enveloppèrent rapidement comme une chape. Dans un dernier éclair de conscience, elle crut l'entendre murmurer : « Je regrette... Je regrette tellement... »

CHAPITRE DEUX

> Portobello était la rue où notre famille faisait ses courses. Il y avait une quantité de boucheries casher... huit ou neuf dans un rayon restreint, et aussi des épiceries juives où on pouvait acheter de délicieux bagels et du pain azyme.
>
> Whetlor et Bartlett, *Portobello*.

Assise sur le perron, désœuvrée, elle frottait sa jupe entre ses genoux tout en écoutant la dernière chanson de Cliff Richard, qui lui parvenait faiblement par une fenêtre ouverte de la maison d'en face. Ce n'était pas ainsi qu'elle avait imaginé passer son douzième anniversaire, mais ses parents ne croyaient pas nécessaire de faire grand cas de ce genre d'événement. Ils ne pensaient pas non plus qu'elle eût besoin d'un électrophone à elle, or c'était le seul cadeau qui lui fît désespérément envie. « Dépense frivole », avait décrété son père, qui ne s'était laissé fléchir par aucun argument.

Avec un puissant soupir, elle ramena ses genoux

contre elle et, de l'index, traça son prénom sur la marche poussiéreuse. Elle s'ennuyait à mourir, elle crevait de chaud et se sentait envahie d'un étrange mécontentement, nouveau pour elle.

Peut-être obtiendrait-elle de sa mère, quand celle-ci rentrerait de chez ses amis, la permission d'aller voir un nouveau film au cinéma, à titre de faveur spéciale pour son anniversaire. Au moins, il ferait plus frais dans la salle obscure et elle pourrait s'acheter des bonbons avec son argent de poche.

Tandis qu'elle se demandait si Radio-Luxembourg passerait ce soir le nouveau disque d'Elvis, elle entendit un crachotement de moteur et vit un camion se garer près du trottoir devant la maison voisine. La plate-forme du camion contenait des matelas, un divan orange, une chaise recouverte d'un éclatant tissu à fleurs — le tout en vrac, exposé au brûlant soleil d'août.

La portière du conducteur s'ouvrit, un homme mit pied à terre et observa la maison. Il portait une chemise blanche et une cravate sombre, et elle vit que sa peau avait la couleur foncée du chocolat doux-amer qu'utilisait sa mère pour cuisiner.

Une femme descendit, côté passager, ses souliers heurtant le trottoir avec un claquement sec. Comme son mari, elle était habillée élégamment, sa robe chemisier repassée avec soin. Debout à côté de lui, elle regarda la maison d'un air consterné. Il lui sourit, posa une main sur son bras, puis se tourna vers la plate-forme du camion et cria quelque chose.

De l'amas de cartons et de ballots émergea une fille à peu près du même âge qu'elle, aux maigres jambes brunes, vêtue d'une robe rose à volants. Vint

37

ensuite un grand garçon dégingandé qui devait avoir un ou deux ans de plus. Elle eut l'impression que cette famille, portée par le vent chaud, débarquait d'un endroit infiniment plus exotique que ce miteux quartier londonien de maisons mitoyennes aux façades écaillées : un endroit saturé de couleurs et de parfums qu'elle pouvait seulement imaginer. Ils gravirent ensemble le perron, entrèrent dans la maison, et la rue parut soudain toute vide sans eux.

Voyant qu'ils tardaient à réapparaître, elle noua les bras autour de ses genoux, en proie à la frustration. Puisque c'était comme ça, elle allait annoncer la nouvelle à quelqu'un. Oui, mais à qui ? Sa mère ne reviendrait pas avant une heure ou deux. Son père, par contre, devait être au café, comme il en avait l'habitude après une longue matinée de travail à son stand de bijouterie.

Elle sauta au bas des marches et se mit à courir. Elle descendit Westbourne Park jusqu'à Portobello, esquivant avec agilité les étals de fruits et légumes, puis tourna au coin d'Elgin Crescent. Elle s'arrêta devant le café, le temps de reprendre son souffle, et colla son nez contre la vitrine. Oui, il était là, à peine visible à sa table favorite au fond de la salle. Lissant les plis de sa robe, elle se faufila par la porte ouverte. Dans la pénombre du café, les clients — des hommes en bras de chemise — lisaient des journaux polonais en fumant ; l'air étouffant était chargé d'un épais nuage de fumée.

Elle toussa sans le vouloir et son père leva la tête, sourcils froncés.

— Qu'est-ce que tu fais là, petite ? Quelque chose ne va pas ?

Il s'imaginait toujours que quelque chose n'allait pas. S'il se faisait tant de souci, supposait-elle, c'était à cause de son expérience de la guerre, même s'il n'en parlait jamais. En 1946, récemment démobilisé, il était venu en Angleterre avec sa femme, résolu à oublier la guerre et à gagner sa vie comme orfèvre-bijoutier.

Malgré la naissance précipitée de sa fille, neuf mois plus tard, il avait bien réussi. Mieux, elle le savait, que certains autres clients du café ; et pourtant, il s'accrochait à tout ce qui lui rappelait la mère patrie : l'odeur de bortsch et de pierogi, les objets d'artisanat polonais qui ornaient les boiseries sombres, la compagnie des serveuses à la poitrine opulente et aux cheveux teints au henné.

— Si, tout va bien, répondit-elle en se glissant à côté de lui sur la banquette. Et je ne suis pas petite. Je voudrais bien que tu arrêtes de m'appeler comme ça, Poppy.

— Dans ce cas, pourquoi ma très grande fille déboule-t-elle ici en coup de vent, comme un derviche tourneur ?

— Nous avons de nouveaux voisins.

— Et qu'y a-t-il de si extraordinaire là-dedans ? demanda-t-il, d'un ton toujours taquin.

— Ce sont des Antillais, murmura-t-elle, et elle sentit les têtes se tourner vers elle. Les parents et deux enfants, un garçon et une fille à peu près de mon âge.

Son père médita un moment cette nouvelle, à sa façon réfléchie, puis secoua la tête.

— Des ennuis. Ça va créer des ennuis.

— Mais ils ont l'air très gentils...

— Peu importe. Va attendre ta mère à la maison

et reste à l'écart de ces gens-là. Je ne tiens pas à ce que tu prennes un mauvais coup. Promets-le-moi.

Tête basse, elle marmonna : « Oui, Poppy », mais sans le regarder dans les yeux.

Elle rebroussa chemin à pas lents, son excitation douchée par la réaction de son père. Il se trompait certainement : il ne se passerait rien du tout. Bien sûr, il y avait eu des incidents quand des familles antillaises s'étaient installées dans d'autres coins du quartier — et même des émeutes à Blenheim Crescent, juste à l'angle du café. Mais elle connaissait la plupart de ses voisins depuis qu'elle était bébé ; elle ne les imaginait pas faisant le genre de choses dont elle avait entendu les adultes parler entre eux à voix basse.

Toutefois, de retour à Westbourne Park, elle vit une foule rassemblée devant la maison voisine. Une foule silencieuse, aux aguets, massée autour du camion. Il n'y avait aucune trace des nouveaux arrivants.

Elle hésita un instant, se rappelant les instructions de son père. Un visage foncé apparut à une fenêtre, au dernier étage, et un grondement menaçant s'éleva de la cohue.

Oubliant alors sa promesse, elle se fraya un chemin à coups de coude vers l'arrière du camion, attrapa le plus gros carton qu'elle était capable de porter et grimpa les marches au pas de charge. Elle lança à la foule un regard de défi, puis se détourna et frappa à la porte.

Ils descendaient du deuxième étage de la maison lorsque Kincaid entendit la sonnerie, étouffée mais insistante, d'un téléphone. Le bruit semblait provenir des environs du portemanteau. Jurant à voix basse, Gemma traversa la pièce et plongea la main dans la poche de son blouson pour prendre son portable.

À voir son visage impassible tandis qu'elle écoutait son interlocuteur, Kincaid devina qu'ils ne passeraient pas une soirée romantique à fêter le début d'une nouvelle ère dans leur relation.

— Qu'est-ce qui se passe ? demanda-t-il quand elle eut coupé la communication.

— Un meurtre. Juste en haut de la rue, près de l'église.

— Tu es chargée de l'enquête ?

— Oui. Pour l'instant, en tout cas. Le superintendant est injoignable.

— Des détails ?

— Une femme, découverte par son mari.

— Viens, je t'emmène en voiture. Tu y seras plus vite.

Il sentait déjà la poussée d'adrénaline, mais il se rendit compte avec un pincement de déception que, même si l'affaire se révélait passionnante, il ne serait qu'un simple observateur.

Il vit la lueur des gyrophares bleus, sur leur gauche, quand ils arrivèrent en haut de la rue. Kincaid se gara derrière la dernière voiture de patrouille avant de suivre Gemma, qui saluait l'agent chargé de refouler les badauds.

— Que pouvez-vous me dire, John ? demanda-t-elle.

Le jeune policier semblait passablement verdâtre.

— C'est moi qui ai reçu l'appel. En rentrant chez lui, un homme a trouvé sa femme étendue dans l'allée, entre sa voiture et la haie. Il a appelé une ambulance, mais il était déjà trop tard. Elle était morte.

— Comment ?

— Égorgée. (Il déglutit.) Il y a beaucoup de sang.

— A-t-on prévenu le médecin légiste ? Et les gars du labo ?

— Oui, inspecteur. Le sergent Franks a pris les commandes en attendant que vous soyez là.

Kincaid vit Gemma grimacer, mais elle se borna à dire :

— Très bien, John, merci. Vous ferez boucler le périmètre avant l'arrivée des techniciens ?

— Oui, inspecteur. L'agent Paris s'en occupe.

À cet instant précis, une auxiliaire féminine apparut derrière une voiture de patrouille et entreprit de dérouler le ruban bleu et blanc destiné à délimiter la scène du crime.

Pendant que Gemma s'entretenait avec la jeune femme, Kincaid, derrière elle, fut le premier à voir approcher un homme costaud, déjà revêtu de la combinaison blanche obligatoire. Ce devait être le sergent Franks, dont Gemma lui avait parlé avec hostilité mais aussi avec respect — fût-ce à contrecœur. Âgé d'une quarantaine d'années, le front dégarni, Franks avait le visage plissé par une perpétuelle expression de mécontentement. Il s'adressa sans préambule à Gemma :

— Vous feriez mieux de vous mettre en tenue, avant d'aller plus loin.

— Merci, Gerry, répondit Gemma d'un ton uni. Avez-vous des combinaisons sous la main ? Il en faudrait deux. (Tournant la tête vers Kincaid, elle ajouta :) Je vous présente le superintendant Kincaid, du Yard.

Ils enfilaient les combinaisons que Franks leur avait données, lorsque Gemma demanda :

— Quel est le topo, Gerry ?

— Le mari est arrivé chez lui, pensant trouver sa femme prête à partir. Ils devaient dîner au restaurant. La voiture de la victime était dans l'allée, mais la maison n'était pas éclairée. Il est entré, a appelé sa femme, a regardé partout, puis il est ressorti et a découvert le corps dans l'allée. Il a tenté de la ranimer, après quoi il a appelé les secours.

— Est-ce que les ambulanciers l'ont touchée ?

— Non. Mais le mari, oui. Il est couvert de sang.

— Quel est son nom ?

— Karl Arrowood. Un type beaucoup plus âgé que sa femme, et plein aux as. Il tient un magasin d'antiquités plutôt classe à Kensington Park Road.

L'aisance financière du couple était évidente, songea Kincaid en contemplant la maison. Les fenêtres du rez-de-chaussée, embrasées de lumière, éclairaient la façade en stuc jaune pâle et les colonnes blanches, de style classique, qui flanquaient le porche. Dans l'allée, deux Mercedes foncées étaient garées côte à côte.

— Où est Mr Arrowood ? s'enquit Gemma.

— L'un des agents l'a emmené à l'intérieur prendre une tasse de thé. Pour ma part, je parierais que l'alcool est plus dans son style.

— Bien. Il attendra un peu. Je vais examiner le corps avant l'arrivée du médecin légiste. Vous avez des projecteurs ?

— Les techniciens en apportent.

— Dans ce cas, on s'en passera. Comment s'appelait-elle, au fait ? L'épouse.

— Dawn[1]. Joli prénom. (Franks haussa les épaules.) Ça ne lui sert plus à rien, maintenant.

Gemma se tourna vers Kincaid.

— Tu veux mettre ton grain de sel ?

— Je ne voudrais pas rater ça.

Ils enfilèrent des guêtres élastiques sur leurs chaussures et longèrent avec précaution le bord de l'allée, côté maison, estimant que cette zone était la moins susceptible d'avoir été foulée par le meurtrier. En passant devant les voitures, ils constatèrent qu'une grille en fer forgé barrait l'extrémité de l'allée, rejoignant la haie qui la bordait de l'autre côté.

— Il n'y a pas d'autre cachette que la haie proprement dite, murmura Gemma.

Le cadavre gisait devant la voiture, tas sombre qui se mua à leur approche en une femme mince, vêtue d'un manteau de cuir. L'odeur métallique du sang imprégnait l'air humide.

Kincaid s'accroupit, sa lampe de poche braquée sur la forme immobile de Dawn Arrowood, et sentit la bile lui monter à la gorge. Lorsque Gemma se pencha, examinant le corps sans le toucher, il vit la sueur perler sur son front et sa lèvre supérieure.

— Ça va ? demanda-t-il tout bas, s'efforçant de ne pas laisser l'appréhension transparaître dans sa voix.

Gemma avait failli faire une fausse couche six semaines auparavant, conséquence du sauvetage harassant d'une jeune mère et de son bébé sur les pentes de Glastonbury Tor. Bien que son médecin lui

---

1. Aurore. *(N.d.T.)*

eût ordonné de se reposer, elle avait refusé de prendre un congé, et Kincaid se surprenait à la couver comme une véritable mère poule.

— Je n'aurais pas dû prendre ce curry au déjeuner, dit-elle avec l'ombre d'un sourire. Mais plutôt crever que de dégueuler devant Gerry Franks !

— Surtout que ça foutrait en l'air la scène du crime, répliqua-t-il, soulagé de constater qu'elle souffrait d'une simple nausée.

Il reporta son attention sur la victime : jeune — une petite trentaine d'années —, elle avait des cheveux blonds coiffés en queue de cheval, les pommettes hautes, un visage délicat qui avait dû être d'une saisissante beauté de son vivant ; visage à présent défiguré par l'horrible estafilade sous le menton. La lumière de la torche électrique fit ressortir l'éclat blanc du cartilage dans la plaie béante.

Le chemisier de la femme avait été lacéré d'un coup de couteau, puis rabattu en arrière, et Kincaid crut distinguer sous la gorge ensanglantée une autre blessure à la poitrine, mais le manque d'éclairage l'empêcha de s'en assurer.

— Il n'y a pas eu d'hésitation, là. Ce mec ne plaisantait pas.

— Tu pars du principe que c'était un homme ?

— Peu probable que ce soit un crime de femme, tant sur le plan physique que psychologique. Nous verrons ce qu'en dit le médecin légiste.

— Ai-je entendu prononcer mon nom en vain ? lança une voix de l'autre côté de l'allée.

— Kate ! s'exclama Kincaid avec chaleur en voyant approcher une autre silhouette vêtue de blanc.

Ils avaient déjà travaillé en plusieurs occasions

avec le Dr Kate Ling, et Kincaid avait une haute opinion de sa compétence — sans parler de sa beauté.

— Ravie de vous voir, superintendant. Apparemment, vous allez avoir droit à un véritable cirque médiatique.

— Ce n'est pas mon enquête, en réalité, dit-il, se maudissant d'avoir mis Gemma dans cette position embarrassante. L'inspecteur James est chargée de l'affaire. Je me contente de suivre le mouvement.

— *Inspecteur*, rien que ça ! dit Ling en souriant. Félicitations, Gemma. Voyons ce que vous avez là.

Kincaid et Gemma s'écartèrent pour permettre à Ling de s'agenouiller près du cadavre.

— La flaque de sang, sous le corps, prouve qu'on ne l'a pas déplacée, dit-elle sans s'adresser à personne en particulier. Pas de marques visibles de violences sexuelles. Pas de signes d'hésitation sur la gorge. Pas de blessures de défense apparentes. (Elle regarda Gemma.) Pas d'arme ?

— À ma connaissance, non.

— Bon, je pourrai vous en dire davantage sur le type d'arme utilisée quand elle sera sur la table d'autopsie, mais la plaie est très nette et très profonde. (De ses doigts gantés, elle tâta la poitrine.) On dirait également qu'il y a là une blessure par perforation.

— Et l'heure de la mort ? demanda Gemma.

— Très récente, selon moi. Le cadavre est encore tiède.

— Bordel, murmura Gemma, je suis passée devant cette maison il y a moins d'une heure. Pensez-vous... ?

— As-tu vu quelque chose ? intervint Kincaid.

Gemma secoua la tête avec lenteur.

— Non. Mais je n'ai pas fait attention, évidemment, et je me demande maintenant ce qui a pu m'échapper. (Elle se tourna vers Kate Ling.) Quand pourrez-vous réaliser l'autopsie ?

— Demain matin à la première heure, répondit Ling avec un soupir. Tant pis pour mon rendez-vous de manucure...

Des voix annoncèrent l'arrivée des techniciens, ils allaient photographier le cadavre et la scène du crime, puis recueillir les éventuels indices matériels traînant sur les lieux.

— Bon, dit-elle en se redressant, je vais débarrasser le plancher et les laisser travailler. Quand ils en auront terminé avec le corps, dites-leur de l'expédier à la morgue de l'hôpital St. Charles. C'est à deux pas d'ici, et c'est pratique pour moi.

Ling adressa à Kincaid un salut désinvolte et disparut par où elle était venue.

Remarquant le coup d'œil hésitant de Gemma, Kincaid déclara :

— Et moi, je vais te laisser la place.

— Tu veux bien aller voir Toby et raconter à Hazel ce qui s'est passé ? Je n'ai aucune idée de l'heure à laquelle je rentrerai.

— Ne t'en fais pas, je garderai Toby moi-même.

Il lui caressa le bras et rebroussa chemin jusqu'à la rue. Cependant, au lieu de monter dans sa voiture, il resta sur le trottoir à observer de loin Gemma diriger son équipe. Quand il la vit grimper les marches du perron et pénétrer dans la maison, il aurait donné n'importe quoi pour être auprès d'elle.

— Bordel de merde ! écuma Doug Cullen.

Il entra rageusement dans son appartement et laissa choir son attaché-case dans le hall. En lisant ses dossiers dans le bus, comme il le faisait tous les soirs après sa journée au Yard, il était tombé sur une note de Kincaid critiquant les conclusions auxquelles il avait abouti après avoir interrogé l'associé d'un suspect.

Je pense que là, Doug, il y a anguille sous roche. Un nouvel interrogatoire s'impose. Cette fois, soyez patient, essayez de vous mettre dans la peau du témoin.

— Comme le sergent James, grinça Cullen, singeant le commentaire implicite de son patron.

L'inestimable sergent Gemma James, qui n'avait apparemment jamais commis la moindre erreur durant toute sa carrière au Yard, et qui avait — Kincaid le lui rappelait assez souvent — un talent exceptionnel pour interroger les témoins.

Cullen alla dans la cuisine et inventoria d'un air morose le maigre contenu de son frigo. Il avait eu l'intention de descendre un arrêt plus tôt pour acheter un pack de six bières au magasin de vins et spiritueux, mais ça lui était complètement sorti de l'esprit. Il remplit un verre d'eau au robinet, tout en observant par la fenêtre les voitures qui roulaient sur la chaussée grasse, humide, d'Euston Road.

Évidemment, connaissant les rumeurs qui couraient dans le service sur la liaison de Kincaid avec son ancienne coéquipière, il était tenté de mettre la vénération de Kincaid pour la jeune femme sur le compte d'un parti pris personnel. De toute façon, même si le sergent James avait été la plus exemplaire des détectives, Doug devait-il pour autant subir en permanence la comparaison avec elle ?

Cullen était suffisamment lucide pour se rendre compte que son courroux envers Gemma James était en grande partie lié aux doutes qu'il nourrissait sur ses propres capacités. Il était un bon policier, certes, et il n'aurait jamais obtenu ce job au Yard si son dossier n'avait pas plaidé en sa faveur. Il était consciencieux, doté d'un esprit analytique, doué pour les tâches administratives, mais il connaissait aussi sa faiblesse : l'impatience dont il faisait preuve lors des interrogatoires de témoins et de suspects. Il voulait des résultats rapides, et il les voulait noir sur blanc — deux choses qui n'arrivaient pas souvent dans le travail de police.

Il mettait cela sur le compte de son enfance protégée de fils unique d'un avocat de la City, dans la banlieue de St. Albans, et aussi de sa passion dévorante pour les feuilletons policiers américains, où les flics coriaces coinçaient toujours le méchant à la fin de l'épisode.

Mais il arriverait certainement à apprendre la patience, comme tout le reste. Et son physique d'écolier blondinet, ce physique qui le chagrinait tant, lui donnait en l'occurrence un avantage indéniable : les gens avaient tendance à lui faire confiance. Quand il parvenait à se dominer, il se rendait compte que les criminels — même les plus endurcis — étaient sensibles à la compassion.

Et n'était-ce pas précisément ce que lui disait son patron, pour peu qu'il surmonte sa rancœur envers Gemma James ? Elle n'était qu'une simple mortelle, après tout, une femme qui, les premiers mois, avait dû en baver — tout comme lui — d'être le sergent de Kincaid. Peut-être que s'il la rencontrait, s'il la voyait en chair et en os, il pourrait chasser de son esprit le fantôme de la parfaite enquêteuse. Il devait admettre, par ailleurs, qu'il éprouvait une franche curiosité à son égard.

Tout en regagnant le salon, il se mit à ranger machinalement, réfléchissant aux différentes possibilités. Peu probable qu'une mission de hasard l'envoie au commissariat de Notting Hill dans un avenir proche ; il ne prévoyait pas non plus de rencontrer Gemma James dans un contexte mondain... à moins qu'il ne provoque lui-même l'occasion. Stella, sa petite amie, lui reprochait toujours son manque d'enthousiasme pour les dîners qu'elle organisait. Mais s'il venait à en proposer un, *lui* ?

Pas ici, en tout cas. Il considéra son petit appartement d'un air dégoûté. Situé à la limite nord de Bloomsbury, dans un hideux immeuble en béton des années soixante, ce logement avait représenté un bon investissement mais manquait totalement de charme et de confort. Pour ne rien arranger, Stella, qui travaillait dans une boutique de décoration branchée, le lui avait décoré dans des tons gris et neutres. Elle soutenait que cette gamme de couleurs et les lignes cubiques du mobilier s'harmonisaient avec le style architectural de l'immeuble. Après tout le mal qu'elle s'était donné, il n'avait pas eu le cœur de lui dire qu'il trouvait tout cela extrêmement déprimant.

Donc : l'appartement de Stella, à Ebury Street, près du Yard. Il lui soumettrait son idée le soir même, au dîner, quitte à consentir en échange à aller passer un week-end dans la maison de campagne d'un des amis de Stella — sort qu'il considérait pourtant presque pire que la mort.

Un suave parfum de fleurs régnait dans la maison, formant un contraste pénible avec l'odeur âcre du sang. Sur une console, trônait une énorme gerbe de fleurs fraîches et, dans les pièces qui bordaient chaque côté du hall, on apercevait d'autres bouquets tout aussi somptueux. Les murs d'un jaune soutenu mettaient en valeur la beauté du mobilier sombre, l'élégance des tentures en soie qui tombaient en flaques sur les tapis, l'éclairage discret des tableaux accrochés aux murs.

Un frôlement contre sa cheville arracha un petit cri à Gemma, qui, baissant les yeux, vit qu'il s'agissait seulement d'un chat gris, apparu comme par magie. Elle s'accroupit pour le caresser et l'animal se frotta contre ses genoux en ronronnant de plaisir. Était-ce l'animal de compagnie de Dawn Arrowood ? Peut-être sa maîtresse lui manquait-elle... ou peut-être réclamait-il tout bonnement son dîner.

Elle entendit des voix à l'arrière de la maison, le murmure intermittent d'une conversation. Gratifiant le chat d'une dernière caresse, Gemma suivit le couloir en direction du bruit. La spacieuse cuisine, aussi élégante que les autres pièces, était équipée d'éléments couleur crème et de cuivres étincelants. Dans le coin réservé au petit déjeuner, l'agent Melody Talbot était assise à une table, aux côtés d'un homme dont la chemise blanche était tout ensanglantée.

Gemma s'arrêta net, surprise de voir tant de sang dans un tel cadre, surprise aussi par l'aspect physique de Karl Arrowood. « Un mari beaucoup plus âgé », avait dit Gerry Franks, ce qu'elle avait mentalement traduit par : « un vieux monsieur décrépit ». Or, l'homme qui la regardait du fond de la pièce ne devait pas avoir plus de cinquante-cinq ans. Mince et musclé, il avait un visage énergique, légèrement hâlé et d'épais cheveux aussi jaunes que les murs de sa maison.

— Monsieur Arrowood, dit-elle en se ressaisissant, je suis l'inspecteur James. Je voudrais dire deux mots à l'agent Talbot, si vous permettez.

Quand Talbot l'eut rejointe dans le hall, Gemma s'enquit :

— Du nouveau ?

— Non. Juste ce qu'il a déclaré au sergent Franks. Et il n'a pas l'air décidé à me parler. J'ai l'impression qu'il me considère comme une quantité négligeable, ajouta-t-elle sans rancœur.

— Bien, je vais m'en occuper. Allez voir où ça en est pour le mandat de perquisition et tenez-moi au courant.

Gemma rentra dans la cuisine et s'assit en face de Karl Arrowood. Ses yeux, constata-t-elle, étaient gris, dépourvus d'expression.

— Monsieur Arrowood, je voudrais vous poser quelques questions.

— Je ne vois pas comment je pourrais vous aider, inspecteur. Je suis rentré chez moi, j'ai trouvé ma femme assassinée dans mon allée, et tout ce que vos hommes sont capables de faire, c'est de me proposer du thé.

— Notre enquête suit son cours normal, monsieur Arrowood. Pour commencer, il est nécessaire que nous ayons une description détaillée de tout ce que vous vous rappelez concernant la découverte du corps. Excusez-moi, je me rends bien compte que ce doit être très pénible pour vous.

— J'ai déjà tout raconté à votre sergent.

— Peut-être, mais j'ai besoin que vous me le répétiez. Si j'ai bien compris, vous pensiez trouver votre femme ici quand vous êtes rentré. C'est exact ?

— Nous avions un dîner au *Savoy* avec des clients qui viennent régulièrement d'Allemagne. Dawn n'aurait pas voulu être en retard.

— Vous avez donc été surpris, en arrivant, de trouver la maison plongée dans l'obscurité ?

— Oui, surtout que sa voiture était garée dans l'allée. Elle l'avait prise pour aller chez *Fortnum*, où elle avait rendez-vous avec une amie. Elle n'aimait pas les transports en commun. J'ai pensé...

Pour la première fois, il hésita. Gemma vit que, malgré son apparent sang-froid, ses mains tremblaient.

— J'ai pensé que, se sentant fatiguée à son retour, elle était montée se reposer, mais il n'y avait personne dans la chambre.

— Comment s'appelle l'amie de votre femme ?

— Natálie. Je ne me souviens pas de son nom de famille. C'était une ancienne camarade d'école de Dawn. Je ne l'ai jamais rencontrée.

Gemma trouva cela un peu bizarre mais n'insista pas.

— Qu'avez-vous fait ensuite ? reprit-elle.

— Je l'ai appelée dans toute la maison. Et puis... je ne saurais dire pourquoi, je suis retourné dans l'allée. Je pensais sans doute qu'elle avait rencontré un voisin ou... je ne sais pas. (Il se passa une main sur le front, y laissant une minuscule traînée rouge.) J'ai aperçu quelque chose de blanc dans l'allée, près du capot de la voiture. En m'approchant, j'ai vu que c'était un sac plastique de chez *Harrods*. Et là...

Cette fois, Gemma attendit en silence.

— J'ai cru qu'elle était tombée... évanouie, peut-être. Elle ne se sentait pas bien ces derniers temps. J'ai voulu la soulever...

— Et vous avez appelé les secours ?

— J'avais mon portable dans ma poche. Je ne pouvais pas la laisser là.

— Votre femme vous semblait-elle préoccupée ces jours-ci, monsieur Arrowood ?

— Bon Dieu ! Vous ne pensez quand même pas à un suicide ?

— Non, bien sûr que non. Mais peut-être qu'elle s'était disputée avec quelqu'un, ou qu'elle avait été récemment contactée par un inconnu... Un événement sortant de l'ordinaire.

— Non, rien de ce genre. Je suis sûr qu'elle m'en aurait parlé. (De ses longs doigts, il tambourina sur la table et Gemma constata qu'il avait du sang sous les ongles.) Bon, c'est tout ? J'ai des coups de fil à donner. Sa famille... il faut que je prévienne sa famille...

Un mouvement dans le hall avertit Gemma du retour de Talbot. Celle-ci lui adressa un signe de tête, puis attendit les instructions.

— Monsieur Arrowood, l'agent Talbot va rester avec vous pendant que nous fouillons les lieux...

— Fouiller ma maison ? protesta-t-il, incrédule. Vous ne parlez pas sérieusement ?

— Je crains que si. C'est la première chose que nous faisons dans toute enquête criminelle. Il nous faudra également vos vêtements, pour le labo. L'un des techniciens vous descendra des affaires propres.

— Mais c'est inadmissible ! Vous n'avez pas le droit de faire ça ! Je vais appeler sur-le-champ une de mes relations au ministère de l'Intérieur...

— Libre à vous d'appeler qui vous voudrez, monsieur Arrowood, mais le mandat a déjà été délivré. Je regrette. C'est pénible, je le sais bien, mais c'est la procédure normale et nous n'avons pas le choix, compte tenu des circonstances. Dites-moi, votre femme notait-elle ses rendez-vous sur un agenda ? Ou alors, avait-elle un carnet d'adresses où je pourrais trouver le nom de cette amie avec qui elle a pris le thé ?

Elle crut qu'il allait refuser de répondre, mais elle soutint son regard sans ciller. Au bout d'un moment, il sembla perdre toute combativité. Ses épaules s'affaissèrent.

— Dans le salon, dit-il. Sur le bureau, près de la fenêtre.

— Merci. Avez-vous quelqu'un qui pourrait vous tenir compagnie ?

— Non, répondit-il d'une voix lente, comme surpris par cette idée. Personne.

Gemma trouva sans difficulté le carnet d'adresses et l'agenda, à l'endroit exact que lui avait indiqué Arrowood : deux calepins de petite taille, recouverts d'un tissu à fleurs parfumé. Un rapide coup d'œil lui montra que Dawn Arrowood avait noté une seule chose dans son agenda pour cette journée, à dix heures du matin : *Tommy chez le véto*. Tommy était-il le chat gris que Gemma avait rencontré dans le hall ?

Elle feuilleta les pages du carnet d'adresses, couvertes d'une écriture appliquée. Avec une logique toute féminine, Dawn avait inscrit la clinique animalière de All Saints Road à la lettre « V », comme vétérinaire. Gemma prit note du numéro et continua de chercher les coordonnées de Natalie, l'amie de Dawn. À la lettre « W », elle tomba sur une certaine Natalie Walthorpe, dont le nom avait été rayé soigneusement et remplacé par « Caine ».

Après avoir rédigé un reçu, Gemma fourra les deux carnets dans son sac en vue d'un examen ultérieur.

— Quelque chose d'intéressant à l'étage ? demanda-t-elle au technicien.

— Pas de chaussures ensanglantées planquées au fond de l'armoire, si c'est ce que vous espériez, répliqua-t-il d'un ton pince-sans-rire. Vous pouvez jeter un œil si ça vous tente.

— Merci, j'y vais de ce pas.

En montant l'escalier, elle sentit de nouveau le frôlement contre sa jambe. Baissant les yeux, elle vit le chat qui gravissait les marches à côté d'elle.

— Tommy ? interrogea-t-elle à titre d'expérience.

Le chat la regarda en clignant des paupières, comme pour lui faire comprendre que c'était bien son nom.

— D'accord, va pour Tommy !

Arrivée sur le palier, elle s'orienta au bruit des voix. Elle déboucha alors sur la chambre à coucher, où deux techniciens en combinaison exploraient la moindre surface avec des pinces fines et du ruban adhésif.

— Va falloir que vous observiez du seuil encore un moment, chef, l'informa l'un des hommes. Si vous voulez regarder quelque chose de particulier, faites-le-nous savoir.

Gemma dut s'en contenter. Debout sur le pas de la porte, elle huma l'atmosphère de la pièce jaune pâle. C'était une chambre élégante, spacieuse et haute de plafond, où trônait un lit à baldaquin. Le tissu à fleurs des tentures était assorti au couvre-pieds et aux rideaux. Devant ce déploiement de luxe, elle éprouva une vague sensation de claustrophobie.

Tommy bondit sur le lit, se pelotonna en boule et se mit à ronronner. Ayant reçu le feu vert du technicien, Gemma entra dans la pièce et regarda autour d'elle.

Sur la table de chevet, du côté droit, des magazines sur papier glacé — *Vogue* et *Town and Country* — voisinaient avec un luxueux réveil et un exemplaire du dernier roman à succès. Gemma compara ce spectacle avec celui qu'offrait sa propre table de nuit, où traînaient généralement une tasse sale et une pile de livres de poche écornés.

Passant la tête dans la salle de bains attenante, elle vit des serviettes jaune pâle à monogramme et un antique buffet en chêne sur lequel étaient alignés avec soin, sur des plateaux en laque, produits de maquillage et parfums de luxe. Au dos de la porte était accroché un peignoir duveteux. Où étaient donc, se demanda Gemma, la brosse à cheveux abandonnée à la hâte, les bijoux qu'on enlève et qu'on laisse traîner jusqu'à la prochaine occasion ?

La garde-robe offrait le même spectacle : d'un côté, vêtements féminins impeccablement rangés ; de l'autre, costumes d'homme d'excellente coupe. Avec un froncement de sourcils agacé, Gemma s'enfonça plus avant. Sur les étagères, elle avisa des sacs à main et un stock de vêtements d'été. Par terre, un râtelier à chaussures. Exaspérée, elle poussa un soupir et s'assit sur ses talons. C'est alors qu'elle repéra, derrière les chaussures, le rebord d'une boîte. Déplaçant le râtelier, elle sortit ladite boîte — non pas un vulgaire carton, mais une luxueuse boîte d'emballage provenant d'une boutique de confection — et souleva le couvercle.

Ici, enfin, il y avait un semblant de désordre. Des livres pour enfants écornés d'Enid Blyton étaient entassés en vrac avec des romans d'amour et deux poupées ; une boîte plus petite, visiblement gainée à la main, contenait des bulletins scolaires et des photos de famille étiquetées d'une écriture enfantine aisément identifiable.

Perplexe, Gemma s'adossa au mur. Ces objets, à une certaine époque, avaient incarné la femme qui était morte ce soir. Pourquoi Dawn Arrowood avait-elle jugé nécessaire non seulement de se réinventer complètement, mais aussi de cacher les vestiges de son ancienne personnalité ?

Kincaid avait bordé Toby dans son lit après lui avoir lu *Les Souris d'église à la dérive*, de Graham Oakley, le livre préféré du petit garçon à l'heure actuelle. À présent, assis à la table en demi-lune, il sirotait un verre du chardonnay qu'il avait trouvé dans le réfrigérateur de Gemma.

Il embrassa la pièce du regard, songeant à quel point la jeune femme y avait imprimé sa marque. Cet appartement lui avait procuré la sécurité et le réconfort quand, dans sa vie, elle s'était sentie à la dérive... Kincaid serait-il en mesure de lui apporter autant de sécurité ? Dans leur métier, ils avaient tant besoin de points d'ancrage... et l'affaire dont elle avait hérité ce soir mettrait ses ressources à rude épreuve. Sans parler du reste, la pression médiatique serait brutale, surtout si Gemma n'arrivait pas à fournir un suspect dans les délais jugés décents par les journalistes.

Faisait-il le bon choix en poussant Gemma à déménager si rapidement, et dans un endroit qui lui rappellerait sans cesse son travail ? D'un autre côté, il éprouvait le besoin pressant d'agir ; maintenant qu'elle avait enfin donné son accord, il craignait de la voir se raviser si jamais il hésitait.

Et puis il devait songer à Kit, son fils, dont le trimestre scolaire se terminait dans une semaine. Lorsque Kit quitterait Grantchester pour venir s'installer à Londres, Kincaid voulait qu'ils puissent commencer immédiatement à former une famille. Il nourrissait toujours la crainte que le veuf de son ex-femme, Ian McClellan, qui restait le tuteur légal de Kit, ne revînt sur sa décision de laisser Kincaid s'occuper du jeune garçon quand lui-même irait enseigner au Canada, après le nouvel an.

Et puis il y avait aussi les parents de son ex-épouse, qui se jugeaient les mieux placés pour s'occuper de leur petit-fils. Eugenia Potts était une femme à la fois égoïste et hystérique ; quand on avait forcé Kit à rester chez elle, il avait fait une fugue. Depuis lors, Ian n'avait accordé aux grands-parents qu'une seule visite par mois, sous surveillance ; la prochaine devait avoir lieu le vendredi après Noël. Pour ce rendez-vous, Eugenia avait choisi l'atmosphère compassée d'un thé à l'hôtel *Brown* — pas vraiment une sortie excitante pour un garçon de douze ans.

De surcroît, Eugenia ne serait pas réjouie de revoir Kincaid — qu'elle détestait — ni d'apprendre que Kit allait désormais habiter chez son père. Une épée de Damoclès était suspendue au-dessus de leurs têtes : en effet, Eugenia risquait d'entreprendre pour de bon l'action en justice dont elle menaçait régulièrement son ex-gendre, et tenter ainsi de lui arracher la garde de Kit.

Enfin, ils affronteraient ce problème quand il se présenterait. Si le métier de Kincaid ne s'était pas chargé de lui enseigner qu'il y avait peu de garanties de stabilité dans la vie, il l'aurait appris au moment de la mort tragique de son ex-épouse.

Repensant à la jeune femme qu'ils avaient vue ce soir-là, à cette vie si brutalement fauchée, Kincaid se leva et vida le reste de son vin dans l'évier. Il éteignit toutes les lumières, sauf la lampe de chevet, puis remonta le store et contempla le jardin enténébré. Ce qui le tracassait le plus, c'était qu'il avait vu, moins de deux mois auparavant, un meurtre tout à fait semblable à celui-là.

CHAPITRE TROIS

> Si vous avez connu Notting Hill au début
> des années soixante, vous aurez du mal à le
> reconnaître aujourd'hui. De nos jours, Not-
> ting Hill est un endroit riche et huppé.
> Retournez trente ans en arrière : vous aurez
> un quartier misérable, grouillant de rats et
> de détritus, plein de maisons occupées par
> plusieurs familles.
>
> Charlie Phillips et Mike Phillips,
> *Notting Hill dans les années soixante.*

Elle fut réveillée par le souffle tiède et humide d'une haleine de chien. Bryony ouvrit un œil et regarda fixement la langue rose de Duchesse, son golden retriever, qui frétillait à quelques centimètres de son visage.

— Qu'est-ce qu'il y a, ma belle ? Quelle heure est-il ?

Elle se retourna pour consulter son réveil. Déjà sept heures ? « Merde ! » jura-t-elle en sautant du lit et en accordant à Duchesse une caresse hâtive avant de se diriger vers les toilettes. Elle avait eu l'intention d'arriver chez Otto un peu plus tôt. Ils étaient quelques-uns à avoir pris l'habitude de se retrouver de bonne heure autour d'un café et d'un croissant, avant que le marché du samedi matin ne batte son plein, et elle mourait d'envie de parler de son projet à quelqu'un — surtout à Marc, pour être tout à fait honnête. La réussite ou l'échec de son plan dépendait de lui.

Elle se lava la figure, enfila un jean, des boots et un pull, puis emmena Duchesse faire sa petite promenade à Powis Square. Ensuite, elle prit le chemin d'Elgin Crescent.

Une masse nuageuse planait au-dessus des toits, occultant la lumière de l'aube, mais au moins ne pleuvait-il pas encore. À longues enjambées, Bryony couvrit la distance entre son appartement et le café. Lorsqu'elle poussa la porte, elle avait les joues toutes roses.

Ses amis étaient assis au fond, rassemblés autour de deux tables : Wesley, dont les exubérantes dreadlocks étaient maintenues par une casquette ; Fern Adams, dont le maquillage voyant et la tenue punk contrastaient avec sa connaissance de l'argenterie ancienne qu'elle vendait sur le marché ; Marc, qui adressa à Bryony le bref sourire qu'il semblait réserver à elle seule ; et Otto, drapé dans son tablier, une cafetière à la main. Seul manquait Alex Dunn.

Ils la regardèrent tous d'un air grave, et aucun ne lui dit bonjour.

— Eh bien quoi ? Quelqu'un est mort ? plaisanta Bryony.

N'obtenant pas de réponse, elle regarda ses amis avec une horreur naissante.

— Oh ! non, murmura-t-elle en s'affalant sur la

chaise la plus proche. Il n'est pas arrivé quelque chose à Alex ?...

Otto prit une tasse propre dans la pile posée sur la table et lui servit un café, mais ce fut Wesley qui répondit :

— C'est Dawn Arrowood, la femme qu'Alex... euh... avec qui il sortait. Elle est morte hier soir. Assassinée.

— Mrs Arrowood ? Mais ce n'est pas possible ! Elle est venue à la clinique hier matin avec son chat. Gavin l'a reçue lui-même. (La jolie femme blonde, tellement attachée à son chat, était une de leurs clientes régulières.) Je n'arrive pas à y croire. Qu'est-ce qui s'est passé ?

Marc secoua la tête.

— C'est tout ce que nous savons avec certitude. Même si, depuis ce matin, les rumeurs se répandent sur le marché comme une traînée de poudre.

— Alex...

Bryony lança un coup d'œil gêné à Fern, qui, jusqu'à une période récente, avait été la petite amie d'Alex. Ils avaient formé un couple bizarre — Alex avec ses chemises en oxford et sa coupe de cheveux démodée, Fern tout en piercings et léopard — mais ils tenaient des stands voisins sous la même arcade, sur le marché, et Bryony savait que la proximité pouvait réunir des amants encore plus mal assortis.

— Je l'avais prévenu, gronda Otto. Je lui avais dit que c'était risqué. Mais je pensais que c'était lui qui prendrait un mauvais coup.

— Est-il au courant ?

— Non, dit Fern en tripotant nerveusement l'anneau d'argent qui ornait son arcade sourcilière. Il installait son stand quand je suis partie. Ça chuchotait dans toute la galerie, mais personne n'a osé lui dire la vérité.

— Mais... si jamais il vient ? s'enquit Bryony. Il faudra que nous...

Elle s'interrompit en voyant les yeux de Fern s'agrandir. Tournant la tête, elle aperçut Alex Dunn qui poussait la porte du café.

— Salut tout le monde ! lança-t-il. Ça va être une journée pourrie, mais espérons que la pluie ne douchera pas l'enthousiasme des acheteurs de Noël. Est-ce que quelqu'un aurait un journal ? Je n'avais pas de monnaie pour en acheter un ce matin...

— Alex... dit Wesley.

Désemparé, il se tourna vers Otto. Le visage crispé par l'angoisse, celui-ci déclara :

— Nous avons une très mauvaise nouvelle à t'annoncer. Dawn Arrowood a été assassinée hier soir.

Alex le fixa d'un regard dur.

— Si c'est une plaisanterie, Otto, elle n'a rien d'amusant. Mêle-toi de tes affaires. Ça ne regarde que moi.

— Je ne plaisante pas, Alex. Quand j'ai entendu la rumeur, ce matin, je suis allé voir sur place. Il y avait encore des policiers partout, et je connaissais l'un des agents. Il m'a confirmé que c'était bien vrai.

Blême, Alex chuchota :

— Non, il doit y avoir une erreur...

— Il n'y a pas d'erreur, insista Otto. En rentrant chez lui, Karl Arrowood a trouvé le corps dans l'allée.

Le regard d'Alex errait frénétiquement d'un visage ami à l'autre.

— Oh ! Seigneur, non !

— Alex...

Fern lui toucha la main mais il s'écarta d'un bond, comme si elle l'avait brûlé. Elle se tassa sur sa chaise, les yeux remplis de larmes.

— Mais pourquoi ?... Comment ?... bredouilla-t-il.

— Ça, je n'en sais rien, répondit Otto.

Le colosse évita de regarder Alex dans les yeux et Bryony se surprit à se demander s'il mentait.

— Je n'y crois pas ! Je vais la voir immédiatement.

— Mieux vaudrait ne pas croiser Karl dans un moment pareil, le mit en garde Otto.

— Tu crois peut-être que j'en ai quelque chose à foutre de Karl ?

D'un mouvement fluide, Marc se leva et posa une main apaisante sur l'épaule d'Alex.

— Je comprends que tu sois bouleversé, mon pote, mais tâche d'être raisonnable...

— Raisonnable ? Mais pourquoi il faudrait que je sois raisonnable ? (D'une tape, il écarta la main de Marc.) Allez vous faire foutre, tous autant que vous êtes !

Il sortit du café en trombe. À l'instant où la porte se refermait derrière lui, Bryony nota qu'il commençait à pleuvoir.

L'odeur de désinfectant, mêlée à celle — bien reconnaissable — de la mort, obligea Gemma à serrer les dents pour réprimer un haut-le-cœur. Les nausées matinales ne faisaient pas bon ménage avec la morgue, mais elle n'allait certainement pas avouer son malaise à Kate Ling. Quelque chose dut néanmoins la trahir, car Kate leva les yeux de la table d'autopsie pour demander :

— Vous vous sentez bien, Gemma ?

— Me suis couchée tard. Pas assez dormi, marmonna Gemma en guise d'explication.

C'était d'ailleurs la vérité. Après avoir laissé les techniciens terminer leur perquisition de la maison, elle avait organisé une antenne de police, désignant des enquêteurs chargés de centraliser les informations dans une base de données. Ensuite, elle avait établi un questionnaire type pour les enquêtes de voisinage qui devaient commencer ce matin. Heureusement, la proximité du crime avait permis d'installer l'antenne au commissariat de Notting Hill même, au lieu d'avoir à mettre sur pied une unité mobile, solution qui posait toujours des problèmes. Elle en avait confié la responsabilité à Gerry Franks, ce qui la laissait libre de conduire les interrogatoires.

Elle avait ensuite affronté la presse, refusant de dévoiler le moindre détail tant que la famille de Dawn Arrowood n'aurait pas été informée de sa mort. Mais elle savait que, dès ce soir, les tabloïd se déchaîneraient ; or elle avait besoin d'eux pour faire passer des appels à témoin.

À ce moment-là seulement, elle s'était autorisée à rentrer chez elle pour se glisser dans son lit, à côté de Kincaid. Et elle était restée éveillée jusqu'aux petites heures, réfléchissant à la décision capitale qu'elle avait prise.

La voix de Kate Ling la fit redescendre sur terre :

— Voilà qui risque de vous intéresser, Gemma. A-t-on signalé que la victime était enceinte d'environ six semaines ?

Gemma songea aux poupées et aux livres d'Enid

Blyton peut-être que Dawn Arrowood les avait conservés à l'intention d'un enfant ardemment désiré.

— Non. Par contre, son mari a déclaré qu'elle ne se sentait pas très bien ces temps-ci.

Kate haussa un sourcil.

— Peut-être qu'il n'était pas au courant ?

— Et dans ce cas, pourquoi ? murmura Gemma. Avez-vous découvert autre chose qui pourrait m'aider ?

— Rien de plus que ce que nous avons dit hier soir. Aucune trace de violences sexuelles. Apparemment, vous pouvez donc éliminer un mobile de cet ordre.

— Et la blessure à la poitrine ?

— Un seul coup de couteau, qui a perforé le poumon gauche. D'après l'angle de la blessure, je dirais qu'il a été administré en dernier, une fois la victime à terre.

— Pouvez-vous préciser si elle a été tuée par un homme ou une femme ?

— Un homme, selon moi. Ou alors, une femme très grande.

— Gaucher ou droitier ?

— Droitier.

— Des idées sur l'arme ?

— Un objet très effilé. Un rasoir à main, ou peut-être un scalpel.

— Oh ! Seigneur... On ne peut pas laisser la presse ébruiter ça.

— Non. Vous auriez sur les bras une panique monstre, à la Jack l'Éventreur, et vous n'avez pas besoin de ça. (De nouveau, Kate la jaugea du regard.) Maintenant, si vous le désirez, vous pouvez partir. Je vais envoyer les organes au labo et je vous communiquerai les résultats.

— Merci, dit Gemma avec un sourire reconnaissant.

Elle eut le sentiment, pour la première fois, d'avoir eu avec Kate Ling un échange personnel. Cependant, en quittant l'hôpital, elle se demanda dans quelle mesure le médecin légiste avait deviné son état. Observant sa taille qui s'épaississait rapidement, elle comprit qu'elle ne pourrait plus garder son secret bien longtemps.

Fern repoussa sa tasse de café et se leva.

— Je vais le chercher.

— Ce n'est peut-être pas une bonne idée de vouloir lui parler maintenant, lui dit Marc avec douceur. Surtout devant la maison des Arrowood...

— Je ne compte pas aller là-bas. Il retournera à son stand, quand il aura vérifié que c'est vrai. Je le connais.

Elle se détourna de leurs visages apitoyés ; l'espace d'un instant, elle les détesta de réagir ainsi. Elle connaissait vraiment Alex, mieux que n'importe qui, et elle *pourrait* le réconforter, quoi qu'ils en pensent.

Au coin de la rue, elle tourna dans Portobello Road, la tête rentrée dans les épaules pour se protéger de la pluie, et lutta contre la foule qui descendait la pente comme si elle nageait à contre-courant. Enfin, elle pénétra sous l'arcade où Alex et elle tenaient leurs stands.

Les étroites allées offraient un certain répit contre la cohue, mais elle savait que les acheteurs ne tarderaient pas à s'entasser également ici, épaule contre épaule. Déjà, l'air empestait la fumée de cigarette et les odeurs familières de graisse et de café émanaient du pub en sous-sol.

Elle déverrouilla la grille qui protégeait son échoppe, la releva et se faufila derrière la vitrine où s'entassaient les objets en argent — cuillers, loupes, bibelots divers — qui représentaient son gagne-pain.

Faisant mine de s'affairer, elle prit son chiffon et entreprit de frotter des traces de doigts sur une théière du XVIIIe qu'elle avait achetée la veille, pour une bouchée de pain, à un brocanteur de Bermondsey. Si un client intéressé se présentait, Fern pourrait réaliser un joli bénéfice, mais elle s'aperçut que la perspective de cette vente ne lui procurait plus aucun plaisir.

Le stand voisin, sans Alex, paraissait lugubrement vide. Elle connaissait son stock presque aussi bien que le sien, et ce fut un soulagement pour elle de voir une femme s'arrêter pour admirer une tasse et une soucoupe de Coalport exposées en devanture. Fern déverrouilla la grille du stand — ils avaient chacun un double de la clef de l'autre — et sortit la tasse et la soucoupe pour les montrer à la femme ; elle les tint à la lumière de la lampe dont se servait Alex pour mettre en valeur la translucidité de la porcelaine tendre.

Enchantée, la cliente paya le prix affiché sans marchander, ce qui révélait à coup sûr la novice. Fern fourra l'argent dans le tablier d'Alex, derrière la vitrine, puis jeta un regard autour d'elle, se rappelant la première fois où Dawn Arrowood était venue dans la galerie.

D'emblée, la jeune femme avait attiré l'attention de Fern. Tout, chez elle, dénotait l'argent — depuis son jean de grand couturier jusqu'à son impeccable coiffure blonde — mais elle possédait une élégance discrète que Fern, elle en était consciente, ne pourrait jamais acquérir. Et pourtant, malgré son apparence léchée, il émanait d'elle une délicieuse impression de fraîcheur, qui avait incité Fern à lui adresser un sourire amical.

Mais la jeune femme n'y avait pas prêté attention. Intriguée, Fern s'était retournée pour suivre son regard, et elle avait vu les yeux de Dawn plonger dans ceux d'Alex. Hypnotisé, celui-ci lui avait rendu son regard, et une douloureuse certitude avait transpercé le cœur de Fern.

Oh, elle s'était battue ! Elle avait affronté les excuses embarrassées d'Alex, puis ses rebuffades irritées, jusqu'au jour où, enfin, elle ne lui avait laissé d'autre choix que de lui annoncer carrément que tout était fini entre eux. Même à ce moment-là, elle n'avait pas abandonné tout espoir de le reconquérir un jour... et, plus d'une fois, elle avait souhaité la mort de Dawn Arrowood.

Mais pas de cette façon-là... pas assassinée ! Et Otto, tout à l'heure, avait laissé entendre que le mari de Dawn aurait pu la tuer à cause d'Alex.

Fern leva la tête, alertée par le silence subit qui s'était fait sous l'arcade. Alex se tenait à l'entrée de la galerie. L'eau dégoulinait de ses cheveux sur son col ; son visage était hébété, ses yeux dépourvus d'expression. L'un des autres brocanteurs lui dit quelques mots à voix basse, mais il secoua la tête et s'avança en trébuchant. Fern se glissa hors de son stand et le rejoignit.

— Alex ! Ça va ?

Il fit encore quelques pas à l'aveuglette, comme s'il ne la voyait pas, et s'arrêta devant son stand comme s'il ne savait pas très bien ce qu'il faisait là.

— Laisse-moi t'aider, Alex, insista Fern. Tu es trempé...

— J'ai quelque chose à prendre.

Écartant la jeune femme, il entra dans son échoppe, bousculant les étagères comme si celles-ci contenaient de vulgaires souvenirs de Brighton et non des porcelaines de prix. Il tomba à genoux et fourragea derrière la vitrine, d'où il sortit une théière aux couleurs vives que Fern n'avait jamais vue. Il l'enveloppa dans un chiffon, la fourra dans un sac en plastique, puis se releva. Pour la première fois, il parut remarquer la présence de Fern.

— Tu veux bien garder le stand en mon absence ?

— Qu'est-ce que tu fais, Alex ? Tu es trempé. Si tu ne te sèches pas, tu vas attraper la mort...

— Je dois m'en aller, partir d'ici.

Il l'écarta pour passer mais, cette fois, elle lui barra résolument le chemin.

— Où ça, Alex ? Dis-moi au moins où tu vas.

— Sais pas. Il faut que je parte d'ici, c'est tout.

— Tu n'es pas en état de prendre soin de toi, encore moins de conduire. Laisse-moi prendre le volant.

Une idée prit forme dans l'esprit de Fern. Si Karl Arrowood avait tué sa femme parce qu'il avait découvert son infidélité, ne risquait-il pas de s'en prendre ensuite à Alex ? Sauf s'il n'arrivait pas à le trouver...

— Donne-moi tes clefs, ordonna-t-elle.

Il les lui remit sans protester. Elle cria alors à Doris,

qui tenait une échoppe de jouets anciens de l'autre côté de l'allée :

— Surveille-moi les deux stands, Doris, s'il te plaît. Je te revaudrai ça.

Prenant le sac en plastique d'Alex et une poignée de billets dans sa propre caisse, elle verrouilla prestement les deux grilles, puis entraîna le jeune homme dans la rue, jusqu'aux *mews* où il avait garé sa Volkswagen, juste devant son appartement. Toute résistance semblait l'avoir abandonné. Fern le fit asseoir sur le siège du passager, s'installa au volant et boucla sa ceinture de sécurité.

— Où allons-nous ? balbutia-t-il.

— Dans un endroit sûr. Un endroit où personne n'ira te chercher.

Devant la maison des Arrowood, la foule de curieux s'était étoffée depuis le début de la matinée. Gemma aperçut des visages familiers : les journalistes étaient venus en masse et ils la reconnurent également. Un murmure parcourut l'assemblée et une demi-douzaine de reporters surgirent au premier rang.

Ouvrant son parapluie contre le crachin persistant, elle leva sa main libre pour parer l'explosion de questions.

— Je vous ferai un topo ce soir à six heures, devant le commissariat de Not...

Tom MacCrimmon, reporter au *Daily Star*, l'un des tabloïd les moins recommandables, l'interrompit :

— Cette maison est celle de Karl Arrowood, l'antiquaire. Est-ce un des membres de sa famille qui a été tué ?

MacCrimmon avait des cheveux crépus et un gros

nez rubicond qui faisait penser à une boule de Noël. Gemma avait eu l'occasion de découvrir que sa pugnacité était tempérée par un certain sens de l'humour. Elle répondit :

— La famille de la victime doit d'abord être prévenue, Tom. Veuillez nous laisser le temps de le faire avant de commencer à spéculer par écrit... ou à l'antenne, ajouta-t-elle, avisant le voyant rouge de la caméra vidéo d'un autre journaliste. Je vous promets de satisfaire votre curiosité ce soir, autant que je pourrai.

Elle tourna les talons et l'agent de garde s'empressa de soulever le ruban pour la laisser pénétrer dans le périmètre interdit.

Lorsqu'elle fut hors de portée de la foule, elle demanda à l'agent :

— Où est Mr Arrowood ?

— Il vous attend au commissariat, conformément à vos ordres. Le sergent Franks l'a embarqué — sans égards excessifs.

— Et les techniciens du labo ?

— Ils viennent de terminer. À ma connaissance, ils n'ont rien découvert de nouveau.

— D'ac. Gardez un œil sur la foule, voulez-vous ? Je voudrais savoir si quelqu'un s'attarde trop longtemps.

On avait conduit Karl Arrowood dans la salle d'interrogatoire A : Gemma soupçonnait qu'il avait dû creuser un sillon dans le plancher à force de tourner en rond. En costume foncé et cravate, rasé de près, son épaisse chevelure dorée soigneusement coiffée, il

ne montrait plus aucun signe du choc que Gemma
avait constaté la veille au soir.

— Inspecteur, je ne comprends pas... on me traite
comme un vulgaire criminel, on me traîne au commissariat pour me laisser mariner dans cette pièce répu-
gnante...

— Notre décoration laisse beaucoup à désirer, j'en
conviens, mais veuillez vous asseoir, monsieur Arrowood. Ce ne sera pas long.

Gemma avait demandé à Melody, et non à Franks,
de les rejoindre. Elle savait que le sergent serait vexé
d'être mis à l'écart, mais elle ne pensait pas que son
agressivité pût se révéler utile à ce stade de l'enquête.

Tout en s'asseyant avec Melody, elle indiqua à
l'antiquaire une des chaises en plastique de l'autre
côté de la table.

— Je ne vois vraiment pas ce que je pourrais ajouter à ce que je vous ai dit hier soir...

— Qu'en est-il de vos beaux-parents, monsieur Arrowood ? Les avez-vous prévenus ?

Il fit une grimace et s'assit à contrecœur.

— Oui. Je dois les retrouver ce matin au funéra-
rium. Je leur ai dit que c'était inutile, que je m'occu-
pais de tout, mais ils ont insisté.

— Peut-être ont-ils besoin de se sentir partie pre-
nante ? Cela aide à faire son deuil, en quelque sorte.
Vous êtes bien conscient que le médecin légiste ne
vous rendra pas le corps de votre femme avant d'avoir
terminé ses examens ?

— J'ai prévu l'enterrement pour mardi, à Kensal
Green. C'est certainement un délai suffisant.

— Parlez-moi de vos beaux-parents.

Nouvelle grimace, moins marquée mais bien distincte.

— Ils habitent à East Croyden. Ils s'appellent Smith.

— D'autres enfants ?

— Non.

— Ce doit être très dur pour eux.

— Sans doute, oui, répondit Arrowood, comme si cette idée ne l'avait pas effleuré. Mais je ne vois pas...

— J'aurai besoin de leur parler, ainsi qu'aux amis proches de Dawn.

— Mais enfin, quel rapport avec le meurtre de ma femme ? Elle s'est trouvée au mauvais endroit au mauvais moment, voilà tout, et un psychopathe...

Il déglutit, perdant son sang-froid pour la première fois.

— C'est sans doute le cas. Néanmoins, même si l'assassin de votre femme ne lui était pas personnellement lié, il peut l'avoir épiée, et un proche de Dawn aura peut-être remarqué quelque chose de bizarre.

La peau d'Arrowood blêmit sous son bronzage artificiel.

— Épiée ?

— C'est une possibilité à envisager.

— Est-ce que ma femme... a été victime de sévices sexuels ?

— Non. Le légiste n'a rien découvert de tel.

Arrowood croisa le regard de Gemma, puis détourna les yeux.

— Pensez-vous que... que Dawn a eu le temps d'avoir peur ?

Gemma, songeant aux rares signes de lutte sur le corps de la victime, répondit en toute sincérité :

— Selon moi, ça a dû être très rapide.

— Je n'arrête pas de voir... (Clignant des paupières, Arrowood secoua brusquement la tête, comme pour dissiper un instant de faiblesse.) Il est inutile d'épiloguer. Seulement, voyez-vous, elle m'avait dit un jour qu'elle pensait mourir jeune. Elle s'inquiétait toujours d'avoir un cancer, ce genre de maladie. De là à imaginer cette horreur...

— Monsieur Arrowood, saviez-vous que votre femme était enceinte ?

— *Quoi ?*

— L'autopsie a révélé que votre épouse était enceinte d'environ six semaines.

— Mais c'est... Non, je n'en avais aucune idée. Elle ne se sentait pas bien ces derniers temps, mais cette possibilité ne m'a jamais traversé l'esprit...

Il parut s'affaisser, son corps épousant la forme de la chaise en plastique.

— Je suis vraiment navrée.

Se rappelant qu'elle-même avait longtemps refusé de se rendre à l'évidence, Gemma reprit :

— Peut-être qu'elle ne s'en était pas rendu compte.

Karl Arrowood pesa un moment cette hypothèse.

— C'est possible, oui. Mais en fait, j'espère qu'elle le savait. Elle désirait beaucoup un bébé.

Gemma pensa de nouveau aux livres pour enfants et aux poupées, cachés avec soin.

— Et pas vous ?

— Non, répondit-il avec une moue dégoûtée. J'ai déjà deux fils adultes qui me causent suffisamment d'ennuis.

Deux fils adultes qui lorgnaient peut-être sur l'argent de leur père, pensa Gemma, et qui n'avaient sans doute pas apprécié qu'une jeune belle-mère vienne gâcher leurs espérances.

— Il me faudra leurs noms et leurs adresses, s'il vous plaît. Et leur mère ? Elle vit encore ?

— Sylvia ? Il y a des fois où je le regrette... (Il esquissa un sourire sardonique.)... mais enfin, oui, elle vit encore. J'ajouterai même qu'elle vit bien, à Chelsea.

— Avez-vous fait un testament en faveur de vos fils, monsieur Arrowood ? Ou Dawn était-elle votre légataire universelle ?

Il la foudroya du regard.

— J'ai couvert d'argent ces garçons depuis leur enfance, sans obtenir de remerciements et encore moins de résultats. Naturellement, que j'ai laissé le gros de mes biens à Dawn ! Elle était ma femme.

— Et vos fils étaient au courant ?

— Je n'en ai jamais parlé avec eux. Mais l'hypothèse que vous suggérez est absurde...

— Absurde ou non, ce sont des choses qui arrivent, et nous devons explorer toutes les possibilités. Dawn travaillait-elle, monsieur Arrowood ?

— Ma femme n'avait aucun besoin de travailler.

Quelle antiquité vous faites ! pensa Gemma en échangeant un coup d'œil avec Melody. Elle se borna à demander :

— Dans ce cas, à quoi passait-elle ses journées ?

— Elle avait une maison à tenir. De temps à autre, elle m'aidait au magasin. Elle voyait ses amies.

— Des amies en particulier, à part Natalie ?

— Je ne tenais pas l'agenda de ses sorties, répondit Arrowood.

À son ton coupant, Gemma devina qu'il n'avait pas

la moindre idée de la façon dont sa femme occupait les longues heures de la journée.

— Et hier, vous avez bien dit que vous veniez de rentrer d'une réunion quand vous avez découvert votre femme ?

— J'avais pris un verre au *Butler's Wharf* avec un fournisseur européen.

— Son nom ?

Surpris, Arrowood ouvrit de grands yeux, mais il répondit avec un haussement d'épaules :

— André Michel.

Gemma nota le nom et l'adresse londonienne du marchand, de même que l'heure à laquelle Karl Arrowood affirmait l'avoir quitté. Toutefois, elle savait bien qu'il n'y avait aucun moyen de déterminer combien de temps Arrowood avait pu mettre, compte tenu de la circulation, pour faire le trajet entre Tower Bridge et Notting Hill — ni s'il lui avait fallu plus de cinq minutes, une fois arrivé chez lui, pour assassiner sa femme et appeler les secours.

— Monsieur Arrowood, avez-vous remarqué quelque chose de bizarre, ces derniers jours, dans le comportement de votre femme ? Vous a-t-elle donné l'impression d'être effrayée ?

— De fait, hier matin, elle semblait assez préoccupée. Mais j'ai pensé que c'était simplement à cause de son foutu chat, qui était malade.

— Tommy ?

— Sale bestiole ! J'ai dit mille fois à Dawn de ne pas laisser entrer ce chat dans la...

Arrowood s'interrompit net, comme s'il se rendait compte qu'il n'aurait plus jamais l'occasion de réprimander sa femme. Les muscles de son visage énergique s'affaissèrent et il se passa une main sur la bouche.

— Je n'arrive pas à croire qu'elle soit vraiment morte.

Kincaid s'était levé en même temps que Gemma et l'avait accompagnée au commissariat, dans une aube grise qui laissait prévoir la pluie. Il l'avait trouvée pâle, les traits tirés, mais il savait que ça n'aurait servi à rien de l'exhorter à se reposer davantage.

Après avoir préparé à Toby son petit déjeuner préféré — des œufs sur le plat —, Kincaid déposa le petit garçon chez Hazel et se rendit en voiture à son bureau, sous une pluie diluvienne. Il avait toujours aimé le Yard le samedi. Bien que l'endroit ne fût jamais complètement silencieux, la cacophonie habituelle de la ruche se réduisait à un simple bourdonnement, les téléphones ne sonnaient que par intermittence, et il profitait souvent de l'occasion pour rattraper le travail en retard. Il commença par appeler le locataire potentiel qu'il avait sélectionné pour son appartement, afin de lui fixer rendez-vous, puis il téléphona à Denis Childs pour lui annoncer qu'ils occuperaient la maison de Notting Hill le plus tôt possible.

Après avoir machinalement feuilleté ses papiers, il parvint à la conclusion qu'il ne pouvait pas ignorer plus longtemps le malaise qui le taraudait depuis la veille au soir, même si Gemma risquait de juger qu'il sapait son autorité. Il sortit le dossier de Marianne Hoffman et le lut du début à la fin. Ensuite, il décrocha le téléphone et rappela Denis Childs pour solliciter l'autorisation de collaborer avec le CID de Notting Hill dans l'enquête sur le meurtre de Dawn Arrowood.

Elle n'arrivait pas à cerner la personnalité de sa nouvelle voisine. Celle-ci s'appelait Betty. Betty Thomas. Quand on lui adressait la parole, elle souriait et répondait avec son doux accent antillais, mais c'était tout. Si on tentait de poursuivre la conversation, elle plantait la pointe de son soulier entre les pavés et détournait la tête. Au bout d'une minute, on finissait par renoncer.

Le père était tapissier — elle avait au moins appris ça — et la famille venait de Trinidad, une île des Petites Antilles. Ils restaient sur leur quant-à-soi mais, certains soirs, quand il faisait chaud, elle sentait les effluves de leur cuisine, si différente des plats qu'elle mangeait avec ses parents.

Les journées d'été étaient longues et chaudes, l'air imprégné de l'odeur des détritus qui s'entassaient sur les trottoirs, et les rats devenaient plus gros que les chats du quartier. Accoudée au rebord de sa fenêtre, elle prit l'habitude de s'inventer des histoires sur les Thomas et sur un garçon boutonneux qui habitait en face, un certain Eddie Langley. Tous les gens qu'elle connaissait étaient obligés de partager leur chambre avec des frères, des sœurs ou des grands-parents, parfois même avec des oncles ou des tantes, mais cela ne faisait qu'accentuer son sentiment de solitude. Sa mère n'avait pas pu avoir d'autres enfants, à cause d'un problème féminin qu'on ne lui avait jamais vraiment expliqué, et ses grands-parents étaient morts en Pologne pendant la guerre.

Elle se sentait en marge, comme si sa petite famille n'avait pas réussi à passer un test élémentaire et pourtant mystérieux. Elle se mit à imaginer qu'on l'avait adoptée, qu'elle avait quelque part une autre famille, ni polonaise ni juive, une famille beaucoup plus raffinée que celle où le destin avait choisi de la placer. Trouvant refuge à la bibliothèque municipale, elle dévora des biographies de vedettes de cinéma et d'épais romans d'amour qui se terminaient toujours tragiquement. Ainsi passa l'été, et elle ne pensa plus guère à Betty Thomas jusqu'à la rentrée des classes, à l'automne.

Depuis l'année précédente, la vieille école de Portobello Road — rebaptisée Isaac Newton — était réservée exclusivement aux garçons. Les filles furent remisées dans l'établissement secondaire polyvalent de Holland Park, assez éloigné du quartier, et elle se retrouva dans la même classe que Betty Thomas.

Le premier jour, tout naturellement, les deux fillettes rentrèrent de l'école ensemble, d'abord en silence, puis en bavardant à bâtons rompus.

— Elle est sympa, tu ne trouves pas, la nouvelle prof ? avança Betty de sa voix douce. Mais le programme, on l'a déjà fait il y a deux ans à Trinidad.

— Comment c'est, là-bas ? À Trinidad.

— Il fait chaud. Encore plus qu'ici, et tout le temps. Mais beaucoup de gens sont pauvres, et mon père a pensé qu'il gagnerait mieux sa vie ici. Maintenant, il dit qu'on aurait dû rester au pays.

— Tu as envie d'y retourner ?

Betty haussa les épaules.

— C'est pas à moi de décider.

— Il y a de bonnes choses ici, dit-elle, sur la défensive. Et puis, l'école sera facile pour toi si tu as déjà fait le programme.

C'était une journée limpide, juste assez chaude pour que leur jupe d'uniforme — une jupe plissée en laine — gratte leurs cuisses dénudées. Au bout d'un quart d'heure de marche, elle se mit à transpirer.

— C'est pas juste que les garçons soient restés à l'ancienne école, enchaîna-t-elle. En plus, ma mère n'a pas voulu me donner de quoi acheter un ticket de bus. Elle dit qu'elle ne va pas gaspiller de l'argent alors que j'ai deux jambes en bon état.

— Ma mère, elle, elle a dit que je devais être malade dans ma tête pour avoir une idée pareille !

Betty roula des yeux, imitant sa mère, et les deux filles gloussèrent.

Elle s'enhardit et demanda :

— Pourquoi tu ne veux jamais me parler, à la maison ?

— Tes parents n'aiment pas avoir des gens de couleur comme voisins. Remarque, mon père dit que les juifs polonais valent mieux que d'autres.

— Ce n'est pas que ça les dérange, dit-elle, écartelée entre l'embarras et le désir de défendre ses parents. Seulement ils ont peur des ennuis, après ce qui s'est passé l'an dernier à Elgin Crescent. Mais je ne vois pas vraiment le rapport avec nous.

Betty lui lança un regard sceptique.

— Ça t'est égal que les autres gamins du quartier ne t'adressent pas la parole ?

Haussant les épaules, elle répondit :

— J'ai l'habitude d'être seule. Et puis, je préfère parler avec toi.

Elles marchèrent un moment en silence, puis Betty s'arrêta et la regarda droit dans les yeux, comme si elle venait de prendre une décision importante.

Quand je t'ai vue, le premier jour, j'ai trouvé que

tu ressemblais au tableau d'un ange qu'il y avait dans
notre église, à Trinidad.

— Moi ? Un ange ?

C'était la première fois qu'on lui disait une chose
pareille. Son visage ovale était banal ; ses cheveux
étaient châtains, ni d'un blond doré ni d'un noir cor-
beau ; ses yeux étaient trop pâles pour évoquer la
beauté. Une onde de chaleur partit de son estomac et
se propagea dans son corps.

— J'aimerais bien le voir, ce tableau, dit-elle tristement.

— Oh ! c'est un ange adorable, avec son doux
visage et le ciel tout bleu et doré derrière lui. Évidemment... (Betty lui lança un sourire en coin.)... je sais
pas si t'es aussi bonne que lui. Ni si tes parents te
laisseraient entrer dans une église catholique.

— Non et non ! répondit-elle en riant.

— Je crois que je vais t'appeler comme ça. Ange.
Ça te va bien.

— Ange... répéta-t-elle, faisant jouer le mot sur sa
langue, savourant sa sonorité et l'image qu'elle se
faisait du tableau.

Ainsi devint-elle « Ange » pour Betty, pour le frère
de Betty, Ron, et pour tous les amis qu'elle rencontra
par la suite. Ce surnom scella non seulement son amitié avec Betty, mais aussi le début d'une nouvelle
identité qui devait finalement la séparer de sa famille.
Ce qu'elle ne savait pas, c'est que l'image de l'ange
du tableau l'accompagnerait longtemps après qu'elle
aurait perdu de vue tous ceux qui l'avaient connue
sous ce nom.

CHAPITRE QUATRE

Quant à savoir à quelle époque débuta le
commerce des antiquités à Portobello Road,
les opinions divergent. Selon une de ces
théories, quand le Marché Calédonien,
réputé avant-guerre pour être l'endroit idéal
où acheter une armoire ou un lit d'occasion,
ferma ses portes en 1948, certains de ses
antiquaires allèrent installer leurs échoppes
à Portobello Road.

Whetlor et Bartlett, *Portobello*.

Gemma chercha l'adresse de l'amie de Dawn Arrowood sur le plan qu'elle gardait dans sa voiture et
finit par localiser l'endroit, situé non loin de la station
de métro South Ken. C'était suffisamment près pour
qu'elle s'y rende sans prévenir, et sa démarche était
assez informelle pour lui permettre d'y aller seule.

La pluie commençait à se calmer quand elle quitta
le commissariat, et il lui sembla naturel de s'arrêter
un moment devant la maison de St. John's Gardens.

Celle-ci lui parut plus grande que la veille au soir.
Plus solide, plus prospère. Elle pensa à l'appartement

de ses parents, au-dessus de la boulangerie, à la misérable piaule qu'elle avait partagée avec une amie, lors de ses débuts dans la police, au pavillon en mauvais état qu'elle avait acheté à Leyton avec Rob, et au minuscule logement qu'elle occupait aujourd'hui. Le doute l'envahit. Était-elle mûre pour cette maison, avec les attentes et l'investissement personnel que cela représentait ?

Elle pensa alors à la maison de son amie Erika Rosenthal, quelques blocs plus loin, où elle éprouvait toujours un sentiment de bien-être et de chaleureuse intimité. L'occasion lui était offerte, grâce à Kincaid, de se créer cette vie-là ; elle serait stupide de la laisser passer.

Elle ferma les yeux, se préparant à l'avenir qui se profilait. À cet instant, elle eut une vision distante et silencieuse, comme si elle la voyait par le mauvais bout de la lorgnette : ils étaient tous réunis dans la maison, Kincaid et elle, les deux garçons, plus un enfant dont elle ne voyait pas le visage. L'image s'évanouit aussi subitement qu'une bulle qui éclate, mais la sensation de foyer et de famille demeura en elle à la manière d'un rêve à moitié oublié.

Natalie Caine habitait un appartement en rez-de-jardin à Onslow Gardens. C'était une adresse chic, et le hall d'entrée en témoignait : peinture brillante et cuivre poli, splendides topiaires plantées dans de larges pots italiens. On entendait le son étouffé d'une télévision. Gemma souleva le heurtoir et frappa un coup discret.

Une femme ouvrit la porte, si rapidement que Gemma supposa qu'elle devait attendre quelqu'un d'autre. Grande, légèrement empâtée, elle avait un teint olivâtre et une masse de cheveux crépus retenus en arrière par une large barrette. On voyait qu'elle avait pleuré.

— Oh ! dit-elle en examinant Gemma, le front plissé. Je croyais que c'était le dépanneur qui venait pour la télé. Mais ce n'est pas le cas, visiblement.

— Non, en effet.

Gemma sortit sa carte de la poche de son blouson.

— Je m'appelle Gemma James. Vous êtes bien Natalie Caine ? (Comme la femme acquiesçait, Gemma enchaîna :) J'aimerais vous parler de votre amie Dawn Arrowood.

Un sanglot crispa le visage de Natalie. Elle fit signe à Gemma d'entrer, secouant la tête en guise d'excuse.

— Désolée. J'ai passé toute la matinée à pleurer comme un veau.

Gemma s'assit en face d'elle dans le salon. La causeuse et les fauteuils victoriens, tapissés de velours rouge, contrastaient avec le tapis de sisal tressé et les stores en rotin, mais le résultat était plaisant, quoiqu'un peu négligé — dans le style de la propriétaire. Dans un coin, la télévision produisait du son mais pas d'image.

— C'est pour ça que je voulais faire réparer le poste, expliqua Natalie. Je pensais qu'on parlerait du crime aux infos.

— Quelqu'un vous a donc prévenue ?

— Ma mère, ce matin. Elle l'avait appris par la mère de Dawn. Pauvre Joanie... En plus, Dawn était fille unique. Pas comme moi. (Natalie tenta vaillamment de sourire.) Quand on était gamines, Dawn voulait toujours venir chez nous parce qu'elle aimait le charivari, tandis que moi je voulais toujours aller chez elle parce que c'était *calme*.

— Vous vous connaissiez depuis longtemps, donc.

— Depuis l'école maternelle. Dawn avait coupé les ponts avec tout ce qui lui rappelait Croyden, mais elle était restée en contact avec moi. Pourtant, nous n'étions pas précisément du même monde... Chris et moi avons bien réussi, ce n'est pas ce que je veux dire, mais le mari de Dawn ne nous aurait pas serré la main.

— Est-ce que Dawn s'entendait bien avec lui ?

Natalie parut mal à l'aise.

— Ma foi... je ne voudrais pas jouer les commères.

Preuve qu'elle avait simplement besoin d'un petit encouragement, se dit Gemma.

— Il est beaucoup plus âgé qu'elle, je crois ? Cela devait poser certains problèmes.

Natalie eut un ricanement méprisant.

— L'expression *femme-objet* aurait pu être inventée pour Dawn. Mais au début, elle ne s'en est pas rendu compte. C'était si romantique ! Toutes ces balivernes qu'il lui servait, du genre : « Je t'arracherai à cette vie sordide, ma bien-aimée »...

Gemma réprima un sourire.

— Vous lui avez dit ce que vous en pensiez ?

— Même avec sa meilleure amie, on ne peut pas dépasser certaines limites... Aujourd'hui, pourtant, je regrette... Enfin, je ne sais pas. Peut-être que j'aurais pu faire quelque chose, changer le cours des événements.

— Pourquoi ? Vous croyez que son mari est impliqué dans sa mort ?

— Oh, non ! Loin de moi cette idée. C'est seulement que... si Dawn n'avait pas été mariée à Karl, elle n'aurait pas été dans cette maison, n'est-ce pas ? Et cette tragédie ne serait pas arrivée.

— La théorie du « mauvais endroit au mauvais moment », murmura Gemma, autant pour elle que pour Natalie. Donc, vous ne voyez personne qui aurait pu en vouloir à Dawn pour des raisons personnelles ?

— Oh ! non. Elle était... adorable. Lumineuse. Si seulement vous l'aviez connue...

De nouveau, Natalie parut sur le point de craquer. Avec douceur, Gemma hasarda :

— Saviez-vous que votre amie était enceinte ?

Natalie hésita une seconde, puis haussa les épaules.

— Je suppose que ça ne sert plus à rien de garder le secret. En fait, jusqu'à hier, elle n'en était pas sûre. Elle avait vu son gynéco avant notre rendez-vous pour le thé.

— Qu'est-ce que ça lui faisait ? D'être enceinte ?

Gemma perçut une hésitation. Finalement, Natalie répondit d'une voix lente :

— Elle était contente d'attendre un bébé, je crois...

— Mais ?

— Elle se demandait comment réagirait Karl. Il lui avait dit dès le départ qu'il ne voulait pas d'enfants.

— Il aurait quand même accepté la situation, non ? D'ailleurs, il n'avait guère le choix, sauf si elle était disposée à avorter.

— Euh... c'est un peu plus compliqué que ça. (Natalie rougit.) Il avait subi une vasectomie... du moins, c'est ce qu'il avait dit à Dawn.

Le chaînon manquant, pensa Gemma. Un amant. Voilà que les choses avançaient.

— Ainsi, Dawn voyait un autre homme. Était-ce

une simple aventure sans lendemain ou quelque chose de plus sérieux ?

— Elle ne serait pas simplement... sortie comme ça avec un autre homme, dit Natalie, sur la défensive. Je pense qu'elle l'aimait sincèrement. Mais elle disait que c'était sans espoir, parce que Karl ne la laisserait jamais partir.

— Comment aurait-il pu l'en empêcher ?

— C'est précisément ce que je lui ai dit. Elle n'avait qu'à le planter là et demander le divorce. Elle m'a objecté que ce n'était pas si simple. Alors je lui ai sorti qu'elle ne devait pas être si matérialiste, qu'elle pourrait se débrouiller sans le fric de Karl. Elle était non seulement jolie — plus que jolie, même — mais aussi intelligente, compétente. Elle pouvait très bien s'en sortir toute seule. Je lui ai même proposé de l'aider à récupérer son emploi : avant son mariage, nous étions toutes les deux à la BBC, où je travaille toujours. Maintenant, je m'en veux à mort d'avoir été si dure avec elle ! Je ne me doutais pas que je ne la reverrais plus.

— Elle s'est mise en colère ?

— Non. Ç'aurait été plus facile pour moi, mais elle s'est bornée à secouer la tête en disant que je ne comprenais pas, que j'ignorais certaines choses. Elle semblait presque... effrayée. Vous ne croyez pas... quand vous m'avez demandé si je pensais que Karl était impliqué dans sa mort ?...

— Nous n'avons encore éliminé aucun suspect, mais l'enquête ne fait que commencer. Que pouvez-vous me dire sur l'amant de Dawn ?

— Pas grand-chose. Je sais seulement qu'il se prénomme Alex et qu'il vend de la porcelaine sur le marché de Portobello. Je ne l'ai jamais rencontré.

— Le marché n'est pas bien grand, on ne devrait pas avoir trop de mal à le trouver. Était-il au courant que Dawn était enceinte ?

— Ça m'étonnerait qu'elle lui en ait parlé. Elle n'avait pas encore décidé ce qu'elle voulait faire.

Consultant sa montre, Gemma vit qu'il était midi passé. Le marché de Portobello devait battre son plein ; c'était une bonne occasion de se mettre à la recherche d'Alex, le marchand de porcelaine.

Comme elle prenait congé de Natalie en la remerciant de sa coopération, la femme l'arrêta d'un geste, les yeux remplis de larmes.

— Vous me préviendrez quand vous aurez découvert l'assassin ? Je ne voudrais pas l'apprendre aux informations.

— Je vous le promets, répondit Gemma en faisant le vœu de tenir parole.

Derrière la table du buffet, Bryony versait des louchées de soupe aux légumes bien chaude dans les bols qu'on lui tendait. À côté d'elle, Marc ajoutait des petits pains et des pommes sur les plateaux, qu'il faisait ensuite passer aux affamés et aux indigents qui attendaient patiemment leur tour. Il préférait les appeler « les clients », car il leur offrait un service et estimait que ce terme avait une connotation moins péjorative que « les sans-abri » ou « les nécessiteux ».

Ça ressemblait bien à Marc, pensa-t-elle, de se montrer si attentif aux délicates nuances de la dignité. Ici, il était dans son élément, jamais à court d'un mot gentil ou d'une marque d'affection. Et ils y répondaient, ces « clients ». À nombre d'entre eux, Marc offrait l'occasion d'un retour à une vie normale ; mais il témoignait tout autant de patience envers ceux qui refusaient de quitter la rue et leur existence démunie.

À travers les portes vitrées, Bryony apercevait le flot des acheteurs suffisamment déterminés pour se frayer un chemin jusqu'en bas de Portobello Road ; ils grouillaient maintenant dans le centre commercial orné de graffitis qui était accolé à la rocade aérienne. La soupe populaire de Marc ne se trouvait qu'à quelques pas de l'ancienne école de Portobello, avec ses deux entrées séparées pour les filles et les garçons.

— Tu es bien silencieuse aujourd'hui, commenta-t-il en servant la dernière personne de la queue, une femme desséchée qui le gratifia d'un radieux sourire édenté. Tu sais, nous avons toujours plus de monde le samedi, quand tu es là.

— Excuse-moi. Je pensais à Dawn Arrowood et à Alex.

— Je sais, dit-il d'un air sombre. Moi aussi, j'ai du mal à réaliser. Mais tu sais ce qui me tracasse le plus ? La pauvre Fern s'imagine qu'elle va maintenant pouvoir rattraper le coup avec Alex, et je doute fort que l'avenir lui donne raison. Je ne suis pas sûr qu'elle arrive à lui témoigner une compassion sincère, vu qu'elle détestait Dawn Arrowood.

— Ça peut se comprendre, étant donné les circonstances. En plus, elle n'a jamais eu l'occasion de faire vraiment la connaissance de Dawn. Remarque, je ne la connaissais pas bien, moi non plus, mais elle avait l'air très sympathique.

— Pour Fern, ça n'aurait probablement fait aucune

différence. Tout ce que j'espère, c'est qu'Alex ne l'enverra pas balader trop brutalement.

— Fern est une grande fille : elle a bien le droit de se faire des illusions.

Les mots de Bryony firent vibrer en elle une corde un peu trop sensible. Elle rougit. Le souvenir du coup de patte de Gavin, la veille, laissant entendre qu'elle cherchait à impressionner Marc, la blessait encore.

— Je n'arrive pas à croire que Dawn soit morte, reprit-elle. Hier matin encore, elle était à la clinique, inquiète pour son chat, pendant que Gavin lui faisait son numéro habituel du grand vétérinaire... tu sais comment il est avec les jolies femmes...

— Un jour ordinaire, quoi !

— Sauf que, d'habitude, Dawn se montrait indulgente avec lui ; elle ignorait ses avances sans pour autant le rabrouer. Mais hier, elle avait l'air un peu énervée, et quand elle est sortie de la salle d'examen, elle était furax. Elle ne m'a même pas entendue quand je lui ai dit au revoir.

— Gavin a peut-être fini par aller trop loin.

Bryony haussa les épaules.

— J'ai toujours pensé que Gavin était un beau parleur, sans plus.

— Peut-être qu'elle était inquiète pour son chat ?

— C'était juste une morsure sans gravité. Tommy n'arrête pas de se bagarrer, le vaurien.

Bryony remplit un deuxième bol de soupe à l'intention d'un frêle jeune homme escorté d'un retriever qui semblait en meilleure forme que lui.

— Marc, dit-elle d'une voix lente, je voulais te demander quelque chose... mais avec tout ce qui s'est passé ce matin, ça m'est sorti de l'esprit.

Elle lui jeta un coup d'œil, essayant d'évaluer sa disponibilité, puis se força à continuer :

— Est-ce que tu me permettrais de donner des consultations hebdomadaires pour les animaux de tes clients ?

— Ici ?

— Oui. Le dimanche après-midi, par exemple.

— Mais... Bryony, tu sais bien qu'ils ne pourraient pas payer !

— Naturellement. Au début, j'envisage d'assurer moi-même le financement — le facteur le plus coûteux, en fait, c'est mon temps — et ensuite, si ça marche, je solliciterai des dons dans le quartier.

— Mais, Bryony, c'est trop...

— Je pourrai seulement m'occuper des vaccinations, des petites blessures et des maladies bénignes, mais c'est toujours mieux que rien.

— Ce que je veux dire, c'est que c'est trop lourd pour toi. Je ne pense pas que tu te rendes compte du temps et de l'énergie que ça exige...

— Et c'est *toi* qui me dis ça ? Tu ne vis que pour cet endroit ; tu dors en haut sur un matelas ; tu as à peine assez d'argent pour te payer un café de temps en temps... (Consciente d'être allée trop loin, Bryony sentit le rouge lui monter aux joues.) Oh ! Marc, je te demande pardon. Je n'ai aucun droit de te parler sur ce ton...

— Au contraire, tu as absolument raison. C'est bien prétentieux de ma part de te dire que tu n'es pas à la hauteur de la tâche, et je te dois des excuses. (L'un de ses rares sourires éclaira son visage.) Je trouve que c'est une idée formidable, et que tu es tout aussi formidable de l'avoir eue. Quand commence-t-on ?

Sachant qu'elle n'avait aucune chance de trouver une place un samedi aux abords de Portobello Road, Gemma laissa sa voiture au parking du commissariat et remonta à pied Ladbroke Road en direction du marché. La pluie avait cessé, mais il faisait très froid et les branches dénudées des arbres étaient perlées de gouttelettes.

Frissonnante, elle arriva au sommet de Portobello Road et regarda avec envie la foule de chalands dont le pas vif et les yeux brillants révélaient un ardent désir de dénicher la bonne occasion. Mais ici, la rue étroite et incurvée ne comportait que des appartements et quelques boutiques de luxe ; il leur faudrait encore parcourir un bout de chemin avant d'atteindre les échoppes et les arcades dont ils attendaient monts et merveilles.

Gemma fit halte devant l'entrée du *Manna Café*, géré par St. Peter's Church. Et si elle s'offrait un bon déjeuner avec une boisson chaude pour se requinquer ? Elle fendit la cohue, traversa la jolie petite cour et ouvrit la porte du café. Elle se détendit aussitôt, réconfortée par la chaleur et les arômes de cuisine qui l'enveloppaient.

Une demi-heure plus tard, ayant dévoré un sandwich au bacon bien chaud, elle sirota une tasse de thé en réfléchissant à ce qu'elle avait appris. Karl Arrowood était sans conteste le grand favori dans le rôle de suspect numéro un, même en laissant de côté la probabilité statistique qu'il eût assassiné sa femme. S'il avait subi une vasectomie, et s'il avait soupçonné ou découvert que sa femme était enceinte, cela constituait assurément un mobile. Il avait eu l'occasion de le faire ; il pouvait même avoir guetté le retour de Dawn. Ce qu'il fallait à Gemma, c'était une confirmation ; or, si Arrowood avait menacé son épouse, celle-ci en avait peut-être parlé à son amant.

Lorsque la serveuse, dont les tresses relevées évoquaient une *Fräulein*, lui apporta l'addition, Gemma lui demanda :

— Connaîtriez-vous, par hasard, un marchand de porcelaine prénommé Alex ? Un homme plutôt jeune, je pense, et séduisant ?

— Ça doit être Alex Dunn, répondit la fille avec un accent plus proche de l'est de Londres que de l'Allemagne de l'Est. Je sais qu'il habite plus haut, dans l'un des *mews*, mais j'ignore quel appartement.

— Sauriez-vous où il vend ses articles sur le marché ?

— Hum... je crois que son stand est sous l'arcade qui se trouve un peu plus bas sur la gauche, juste avant Elgin Crescent. Renseignez-vous là-bas, on vous l'indiquera.

Gemma la remercia et sortit, suffisamment revigorée pour continuer ses recherches. À mesure qu'elle avançait, la foule devint de plus en plus dense et elle entendit au loin de la musique. Arrivée au croisement de Portobello et de Chepstow Villas — la limite officielle du marché de Portobello —, elle s'arrêta un instant pour écouter le quatuor à cordes qui jouait au coin de la rue. Une ancienne connaissance lui ayant communiqué son goût pour les musiciens ambulants, elle extirpa de son sac une livre qu'elle jeta dans l'étui à violon ouvert.

Tandis qu'elle poursuivait son chemin, les accords de Mozart cédèrent la place au battement rythmé d'un tambour métallique. Un mime costumé, le visage grimé, tenait les badauds sous son charme. Malgré elle, Gemma fut gagnée par cette joyeuse atmosphère de carnaval et se promit d'y amener les enfants un samedi ou l'autre.

Non sans regret, elle quitta l'animation de la rue bariolée pour entrer dans l'arcade, plus encombrée et enfumée. Au moins, se consola-t-elle, il y faisait chaud. Elle s'arrêta à la première échoppe, qui présentait une collection de petits objets anciens — montres à gousset et canifs, entre autres choses — et s'adressa à la vendeuse, une femme toute ridée, trop maquillée, aux cheveux teints au henné.

— Savez-vous où je pourrais trouver Alex Dunn ?

— Son stand est tout au fond, si c'est ce qui vous intéresse, mais il est pas là aujourd'hui. (La femme secoua la tête.) C'est terrible, sa petite amie qui s'est fait assassiner.

Elle se pencha en avant, exhalant au visage de Gemma une odeur de fumée et de café amer. D'un ton de conspirateur, elle chuchota :

— Un véritable massacre à la Jack l'Éventreur, à ce qu'il paraît. Je me demande comment je vais pouvoir dormir cette nuit.

Il y en avait d'autres qui risquaient de ne pas dormir cette nuit, pensa rageusement Gemma, si jamais elle découvrait qui avait laissé filtrer ce scoop.

— Vous n'avez aucune raison de vous inquiéter, dit-elle avec un sourire forcé. Sauriez-vous où est allé Alex, par hasard ?

— Il est parti ce matin avec la jeune Fern Adams.

Il avait l'air complètement hagard... la pauvre Fern a eu toutes les peines du monde à l'empêcher de s'effondrer. Mais je ne les ai pas revus depuis, ni l'un ni l'autre.

— Qui est Fern Adams ? Une amie d'Alex ?

— Elle vend de l'argenterie, leurs stands sont voisins. La famille de Fern a un stand sur le marché depuis la fin de la guerre ; elle a grandi à Portobello Courts. C'est une brave petite, Fern, malgré son look bizarre.

Sa suspicion naturelle, que le plaisir des ragots lui avait fait oublier, reprit soudain le dessus :

— Et pourquoi vous me posez toutes ces questions, ma p'tite dame ?

Gemma présenta sa carte de police.

— Simple interrogatoire de routine. Savez-vous où je pourrais trouver Fern ?

— Aucune idée, dit la femme en consacrant toute son attention à un client qui attendait.

De toute évidence, la méfiance s'était installée.

— Voyez-vous quelqu'un d'autre à qui je pourrais m'adresser ? insista Gemma, refusant de s'avouer vaincue. Des amis d'Alex qui sauraient où il est parti ?

La brocanteuse lui lança un regard courroucé.

— Tentez votre chance chez Otto, au coin d'Elgin Crescent. Je sais qu'Alex y a ses habitudes. (Comme Gemma se détournait pour partir, la femme ajouta d'un ton radouci :) Attention, le bistrot n'a pas d'enseigne *Chez Otto*. C'est juste que tout le monde le connaît sous ce nom-là. Vous pouvez pas le rater.

Elle identifia le café grâce au menu jauni scotché sur la vitrine. Quand elle ouvrit la porte, un brouhaha l'assaillit. Le café était bourré d'acheteurs qui parlaient avec animation, mais elle repéra une table vide, au fond, et la gagna rapidement. Une fois installée, elle commanda un café au jeune Noir qui sortait de la cuisine à cet instant. Lorsqu'il posa sa tasse devant elle, il lui sourit et leurs regards se croisèrent. Elle se sentit d'emblée en phase avec lui — une sorte d'affinité qu'elle avait rarement éprouvée dans sa vie. Cela n'avait rien de sexuel ; c'était purement affectif, voire même spirituel, comme s'ils s'étaient connus dans un autre contexte.

— Comment vous appelez-vous ? demanda-t-elle, comme si c'était la chose la plus naturelle du monde.

— Wesley Howard.

— Moi, c'est Gemma James. Il paraît qu'Alex Dunn fréquente ce café. Vous le connaissez ?

Le sourire de Wesley s'évanouit.

— Bien sûr que je connais Alex. Qu'est-ce que vous lui voulez ?

Quand elle lui montra sa carte de police, il la considéra d'un air surpris.

— Vous êtes flic ? Ça, je l'aurais jamais cru. Mais vous m'avez toujours pas dit ce que vous lui voulez, à Alex.

— Nous désirons interroger tous ceux qui ont bien connu Dawn Arrowood.

— Dawn Arrowood ? Ça me dit rien.

Wesley n'était pas un menteur bien convaincant.

— Alex avait une liaison avec elle. Si vous êtes vraiment son ami, je ne crois pas un instant que vous n'étiez pas au courant.

— Et à supposer que je le sois ?

— Elle a été tuée hier soir, et je ne crois pas non plus que quelqu'un puisse encore ignorer la nouvelle.

— Vous ne voulez pas dire qu'Alex a quelque chose à voir avec ce meurtre ?

— Pourquoi ? C'est ce que vous pensez ?

Le jeune homme secoua la tête, envoyant valser ses dreadlocks.

— Allons donc, il n'aurait jamais touché un seul cheveu de Mrs Arrowood ! Il était fou d'elle !

Un homme chauve et imposant, en tablier blanc, sortit de la cuisine et vint vers eux, l'air alarmé.

— Il y a un problème, Wesley ?

— C'est un flic, Otto. Je lui explique simplement qu'Alex n'aurait jamais fait de mal à Mrs Arrowood.

— Je suis Otto Popov. Vous désirez ?

— Vous connaissiez Dawn Arrowood, monsieur Popov ?

Wesley les quitta pour s'occuper des autres clients. Otto s'assit sur une chaise qui grinça sous son poids.

— Je l'avais rencontrée en passant... une femme charmante... mais non, je ne connaissais pas personnellement Mrs Arrowood.

— Néanmoins, vous étiez au courant de sa liaison avec Alex ?

— Nous étions au courant parce que nous sommes les amis intimes d'Alex. On n'en a jamais parlé, même entre nous, jusqu'à ce qu'on apprenne ce matin la mort de cette pauvre petite.

— Vous avez vu Alex aujourd'hui ?

— C'est nous qui lui avons annoncé la nouvelle ce matin.

— Comment a-t-il réagi ?

— Mal. Très mal. (Otto secoua sa tête imposante.) Nous étions tous navrés pour lui.

— Savez-vous où il est en ce moment ?

— Je ne l'ai pas revu depuis ce matin. Avez-vous été voir à son stand, sous l'arcade ?

— Une vendeuse m'a dit qu'il était parti avec une jeune femme, une certaine Fern Adams. (Devant l'air surpris d'Otto, elle s'enquit :) Vous la connaissez ?

— Naturellement ! Depuis son enfance. Elle a beaucoup d'affection pour Alex. Elle veillera sur lui.

— Vous avez une idée de l'endroit où ils ont pu aller ?

— Non. Mais eux, ils pourront peut-être vous aider.

Un couple était entré dans le café et restait planté là, emprunté, hésitant à traverser la salle pour se joindre à la conversation. La femme, grande et mince, avait des cheveux auburn coiffés en tresse et un visage à l'ossature marquée. Gemma l'aurait qualifiée de « belle » plutôt que de « jolie » ; elle dégageait une impression de masculinité que renforçaient son jean, son pull-over et ses grosses boots.

L'homme était moins distingué : grand, les cheveux ras, il portait des lunettes qui lui donnaient un air studieux. Otto leur fit signe d'approcher.

— Je vous présente Bryony Poole, dit-il à Gemma. Et Marc Mitchell. Marc s'occupe de la soupe populaire, en bas de la rue.

— Oh ! je connais l'endroit, dit Gemma. À côté de l'ancienne école de Portobello. Vous rendez un grand service aux gens du quartier.

— Cette dame est de la police, reprit Otto, et

cherche notre ami Alex. Il a quitté son stand ce matin, paraît-il, avec Fern.

— C'est à propos de Dawn Arrowood ? s'enquit Bryony Poole. C'est tellement horrible !

Marc prit deux chaises pour lui et Bryony.

— Alex était dans tous ses états ce matin. Et Fern semblait bien décidée à lui apporter son aide.

— Y avait-il là quelque chose d'inhabituel ? demanda Gemma.

— Non, mais... ils n'étaient pas en très bons termes ces derniers temps. Alex était le petit ami de Fern, jusqu'au jour où il a rencontré Dawn Arrowood. Donc, bien évidemment, Fern n'était pas enchantée de la situation.

— Dois-je en déduire que Fern n'a pas renoncé à lui ?

— Personne n'imaginait que la liaison d'Alex avec Dawn durerait... pourrait durer, rectifia Bryony. Pour nous, il y avait deux possibilités : soit son mari découvrait la vérité, soit elle décidait de rompre avant qu'il n'ait des soupçons.

— Peut-être qu'il a bel et bien découvert la vérité, suggéra Otto. C'est généralement le conjoint, non, dans ces cas-là ?

— Vous pensez que Karl Arrowood est impliqué dans la mort de sa femme ? s'enquit Gemma, consciente de l'âpreté de sa voix.

— Cet homme est capable de tout, gronda Otto.

Cependant, quand Gemma l'invita à expliciter sa pensée, il se borna à secouer la tête, les lèvres serrées. Avant qu'elle ait pu l'interroger plus avant, deux fillettes firent irruption par la porte de la cuisine. Elles portaient des robes et des serre-têtes assortis, et leur visage rond indiquait d'emblée leur lien de parenté avec Otto. Il les prit chacune par la taille.

— Je vous présente mes filles, Anna et Maria. Je leur ai promis de les emmener au ciné. Une histoire de vaches normandes, c'est bien ça ? ajouta-t-il, une lueur malicieuse dans les yeux.

— Une histoire de chiens, papa. De dalmatiens, protestèrent-elles en chœur. Et si on ne part pas maintenant, on arrivera en retard.

Elles le tirèrent de sa chaise, et il se laissa faire en gémissant.

— Si vous avez d'autres questions, demandez à Wesley.

Lorsque Otto et ses filles eurent disparu dans la cuisine, Bryony se leva à son tour, suivie par Marc.

— Nous n'avons malheureusement pas le temps de prendre un café, dit-elle d'un ton d'excuse. Nous... enfin, j'espère que vous arrêterez le coupable.

Gemma leur remit à chacun une carte, en les priant de l'appeler si jamais ils se rappelaient quelque chose d'important.

Après leur départ, Wesley revint à la table de Gemma, tout en observant du coin de l'œil les autres clients.

— Ne prenez pas trop au sérieux ce que raconte Otto sur Karl Arrowood, lui dit-il à mi-voix. Il y a entre eux une sale histoire qui remonte à bien longtemps. Pour Otto, Karl est le diable incarné.

— Quel genre d'histoire ?

— Alors là, je ne peux pas vous dire. Ça a un rapport avec la femme d'Otto, qui est morte, mais c'est tout ce que je sais.

— Une liaison ?

— Possible. Mais ça s'est passé avant que je vienne travailler ici, et Otto n'en parle jamais.

— Vous êtes un peu l'homme à tout faire, ici, je parie ?

Wesley sourit.

— Cuisinier, plongeur, serveur, baby-sitter... J'aime bien m'occuper des petites.

— Quel âge ont-elles ?

— Anna, sept ans... Maria, neuf. C'est des braves gosses.

— Quand est-ce que leur mère est morte ?

— C'était avant que j'arrive, et j'ai commencé il y a quatre ans. (Il regarda Gemma avec curiosité.) Est-ce que nous nous sommes déjà rencontrés ? Votre visage me semble terriblement familier... et pas parce que vous m'avez mis en taule.

— C'était mon secteur, quand je faisais des rondes, mais vous deviez être tout gosse à l'époque, le taquina Gemma en retour, heureuse de constater que l'impression de familiarité était réciproque. Aujourd'hui, je travaille au commissariat de Notting Hill, ajouta-t-elle, éprouvant le besoin inexplicable de se confier. En plus, je vais m'installer ici, dans une maison à côté de St. John's.

Wesley émit un long sifflement.

— Une dame de la police dans ce quartier de maquereaux ?

— C'est terrifiant, convint Gemma avec un large sourire. En tout cas, mes gamins adoreront. Maintenant, avant que je m'en aille, pouvez-vous me donner l'adresse d'Alex Dunn ?

C'est seulement après avoir remercié Wesley, en sortant du café, qu'elle s'aperçut que, pour la première fois, elle avait présenté Kit comme son propre enfant.

À six heures du soir, Gemma fit une déclaration à la presse rassemblée sur les marches du commissariat de Notting Hill :

— La victime s'appelait Dawn Arrowood. Si des personnes ont remarqué quelque chose de louche ou d'inhabituel hier soir, dans le secteur de St. John's Church, à Notting Hill, nous leur demandons d'appeler ce numéro.

Elle donna le numéro d'une ligne spéciale reliée à une permanence de l'antenne de police. Quatre-vingt-dix-neuf pour cent des appels seraient bidon, mais il existait toujours une possibilité de recueillir un témoignage précieux pour l'enquête.

Elle éluda plusieurs questions en recourant à la fameuse formule « Je regrette, nous ne pouvons pas divulguer cette information pour l'instant », puis battit en retraite dans son bureau pour récupérer son sac à main pendant que la foule se dispersait.

Même si elle quittait le commissariat, sa journée de travail n'était pas encore terminée. Dans son calepin était inscrit le numéro de l'appartement d'Alex Dunn, situé dans les *mews* donnant sur Portobello Road. Elle y était déjà passée deux fois mais l'appartement était plongé dans l'obscurité et apparemment vide, comme ceux de ses voisins.

Elle prit sa voiture au parking du commissariat et se rendit de nouveau chez Alex, mais celui-ci n'était toujours pas rentré. Gemma laissa tourner le moteur un moment, le regard fixé sur l'appartement d'en face, qui était à présent éclairé.

Et si elle interrogeait tout de suite les voisins d'Alex ? Non, ils ne se sauveraient pas, et elle devait aller voir sans plus attendre l'associé en affaires de Karl Arrowood. Faisant demi-tour, elle prit la direction de Tower Bridge.

Le *Brewery*, à Butler's Wharf, était une adresse très chic, surtout s'il s'agissait, comme elle le supposait, d'un simple pied-à-terre londonien. L'ancienne brasserie avait été reconvertie en élégants appartements avec vue sur Tower Bridge et la Tamise. Tout en cherchant à se garer dans le dédale de rues à proximité du fleuve, Gemma sentit monter son agacement. Le temps qu'elle ait trouvé une place et rebroussé chemin jusqu'à l'immeuble, il lui restait peu de patience pour admirer le hall, tout en dorures et marbre vert. Elle prit l'ascenseur jusqu'au deuxième étage, trouva le numéro de l'appartement que lui avait indiqué Arrowood et sonna.

Au bout de quelques instants, un bel homme d'une cinquantaine d'années, au visage rubicond, ouvrit la porte et adressa à Gemma un sourire radieux, comme si c'était une amie qu'il attendait depuis longtemps.

— Hello ! Vous devez être l'inspecteur de police.

Il avait un accent français très prononcé mais compréhensible, et Gemma ne put s'empêcher de lui rendre son sourire.

— Je m'appelle Gemma James. Mr Arrowood a dû vous téléphoner.

André Michel la fit entrer et ferma la porte. Le pont de Tower Bridge, immense et saisissant, remplissait les fenêtres.

— Oui, dit-il. Quelle terrible nouvelle ! Tenez, veuillez vous asseoir. Puis-je vous offrir à boire ?

Détachant son regard de la vue spectaculaire, Gemma aperçut sur la table basse un plateau avec une bouteille de vin et plusieurs verres.

— Rien pour moi, merci. Mais vous ne pouviez pas prévoir que j'allais venir...

— Non, répondit Michel en riant. J'aimerais posséder ce degré de clairvoyance, mais hélas ! c'est simplement que j'attends des amis à dîner.

Un délicieux arôme d'ail et d'herbes s'échappait de la cuisine, que Gemma pouvait entrevoir par une porte ouverte au fond du salon.

— Du coq au vin, ajouta-t-il en interceptant son regard. Une recette de famille.

— Dans ce cas, je vous retiendrai le moins longtemps possible, monsieur Michel.

Gemma prit le siège qu'il lui indiquait, face aux fenêtres, tout en regrettant de ne plus pouvoir admirer les peintures à l'huile qu'elle avait remarquées à son arrivée.

— Je crois savoir que vous avez pris un verre hier soir avec Mr Arrowood.

— Vous permettez ? (Michel lui lança un coup d'œil avant de se servir un verre de vin rouge.) Oui, en effet, et nous nous sommes quittés dans la bonne humeur. Si j'avais su qu'il allait retrouver sa malheureuse épouse assassinée... C'est une bonne chose, parfois, qu'on ne puisse pas prévoir l'avenir.

— Mr Arrowood vous a-t-il semblé dans son état habituel ?

— Karl ? Il ne pense qu'aux affaires. Je pense qu'il est agacé par notre philosophie, à nous Français, qui consiste à profiter de tous les bienfaits de la vie.

106

— Que faites-vous exactement pour Mr Arrowood ? Vous êtes un marchand, je crois ?

— Un marchand, un collectionneur, entre bien d'autres choses. (Michel indiqua les tableaux.) J'ai le chic pour dénicher des paysages à l'huile des XVIIIe et XIXe siècles, que ce soit dans des ventes aux enchères ou sous des sacs de navets. C'est un don, comme le nez à truffes des cochons ; je n'ai en réalité aucun mérite.

— Et vous vendez ces tableaux à Mr Arrowood ?

— Karl est l'un de mes clients, en effet. Il les revend ensuite à sa propre clientèle, à un prix beaucoup plus élevé. (Michel eut un haussement d'épaules fataliste.) C'est ainsi que fonctionne le marché des antiquités : un petit bénéfice pour tout le monde. Mais Karl se situe assurément au sommet de la pyramide.

— Connaissez-vous Karl — je veux dire monsieur Arrowood — depuis longtemps ?

Michel eut de nouveau son rire joyeux.

— Depuis bien des années ! Mais en ce temps-là, il avait beaucoup moins d'entregent qu'aujourd'hui. Cela dit, il savait déjà ce qu'il voulait : il s'arrangeait toujours pour rencontrer les gens importants, se faire inviter aux bons endroits. (Avec un soupir, il ajouta :) Les réceptions londoniennes, à l'époque, c'était quelque chose ! Ou alors, peut-être que j'étais encore suffisamment jeune pour préférer cette vie-là à une bonne bouteille de vin avec des amis.

— Et hier, monsieur Michel, Karl vous a-t-il acheté quelque chose ?

— Deux tableaux, oui, qu'il a emportés. Il en était particulièrement content.

— À quelle heure vous a-t-il quitté ?

— Alors là, vous me posez une colle, dit-il en plissant le front d'un air concentré. Je sais qu'il commençait juste à faire nuit, car le pont était éclairé. Je dirais qu'il était environ cinq heures, mais je n'avais aucune raison de regarder ma montre.

Gemma sentit son pouls s'accélérer. Si l'estimation de Michel était exacte, Arrowood avait très bien pu rentrer chez lui à temps pour tuer sa femme, même en tenant compte de la circulation du vendredi soir.

— Mais sachez bien que je ne pourrais pas en jurer, ajouta Michel avec une note d'excuse dans la voix.

— Parce que vous n'en êtes pas certain ? Ou parce que Karl Arrowood est un client trop important pour qu'on se fâche avec lui ?

— Le monde des antiquités est petit, inspecteur, mais la rancune de Karl n'entraînerait pas de gros dommages pour mes affaires. D'autre part, je ne protègerais pas un homme qui a commis un crime aussi odieux. Pourquoi Karl aurait-il fait une chose pareille, selon vous ?

— Peut-être sa femme avait-elle un amant ?

Michel haussa les épaules.

— Dans mon pays, on ne commet pas un meurtre pour si peu.

— Mais cela ne vous surprendrait pas.

— Dawn Arrowood était jeune et très belle. De plus, elle avait une certaine... gravité, quelque chose qui vous donnait envie de mieux la connaître.

Natalie Caine l'avait qualifiée de « lumineuse » ; Otto Popov avait déclaré que c'était une « femme charmante ». Gemma éprouva soudain le regret de n'avoir pas eu l'occasion de rencontrer la jeune femme.

— Je vous remercie, dit-elle en se levant. Vous m'avez été d'une grande aide.

Michel prit la main qu'elle lui tendait, la serra un peu plus longtemps que nécessaire, et le regard qu'il lui lança était franchement appréciateur.

— Êtes-vous sûre de ne pas vouloir rester pour goûter mon coq au vin ? Si vous me permettez, je vous trouve bien trop charmante pour faire un travail de policier.

Gemma se sentit rougir jusqu'à la racine des cheveux.

— Je suis très flattée, monsieur Michel, mais je suis... euh... déjà prise.

Ce qui ne tarderait pas à devenir évident, pensa-t-elle en jetant un coup d'œil vers son ventre à peine camouflé.

Elle devait prévenir Hazel en priorité. Toby, avec l'exubérance de ses quatre ans, serait incapable de taire la considérable nouvelle du déménagement, et Gemma avait une telle dette envers son amie qu'elle ne voulait pas que celle-ci l'apprenne par un tiers.

La rue était silencieuse quand elle se gara devant le minuscule appartement d'Islington, situé au-dessus du garage. Les fenêtres n'étaient pas éclairées : Toby devait encore être dans la maison principale avec Hazel, puisqu'elle n'avait pas eu de nouvelles de Kincaid. Elle descendit de voiture, saisie par le froid qui régnait à l'extérieur, et franchit la grille en fer forgé du jardin qui séparait l'appartement de la maison.

Elle trouva Hazel dans la cuisine avec Holly, sa

petite fille, et Toby ; ils avaient tous deux le même âge et étaient inséparables.

— Où est Tim ? demanda-t-elle en embrassant son amie.

— Au bureau. Il met à jour de la paperasserie. Dommage qu'il fasse ça un week-end, mais on ne fait pas toujours ce qu'on veut. Les enfants ont pris leur thé... (Hazel indiqua les restes de sandwiches sur la table.)... laisse-moi t'en servir une tasse avant que tu ramènes Toby chez toi.

— Volontiers, dit Gemma, pleine de gratitude. Hazel, il faut que nous parlions.

Hazel lui lança un regard surpris, teinté d'appréhension, mais elle mit la bouilloire à chauffer sans faire de commentaire. Gemma attira les enfants dans le salon en leur promettant une cassette de Noël, et elle poussa un soupir de regret à la vue du piano. Hazel lui avait laissé le loisir de s'exercer autant qu'elle voulait sur le vieil instrument. Désormais, elle n'aurait plus l'occasion de jouer... Lui faudrait-il également renoncer à ses cours ?

Lorsqu'elles furent assises à la table de la cuisine, Gemma noua ses mains autour de son mug fumant pour se réchauffer, et regarda son amie dans les yeux.

— Tout va bien, dis-moi, Gemma ? s'enquit Hazel. Le bébé...

— Il se porte comme un charme. Seulement... enfin, c'est évident que nous allons devoir prendre de nouvelles dispositions. Il n'y a pas de place pour le bébé dans l'appartement, sans parler du fardeau que ce serait pour toi. Et Duncan a trouvé une maison à Notting Hill. Il veut y emménager tout de suite, pour que Kit soit installé avant les vacances.

110

— Tout de suite ?

À la grande surprise de Gemma, les yeux de Hazel se remplirent de larmes. Elle ne se rappelait pas avoir déjà vu son amie pleurer.

— Je suis navrée, Hazel. Je te préviens bien tard, je m'en rends compte, mais ça s'est décidé si brusquement...

— Oh ! non, ce n'est pas ça. D'ailleurs, je m'y attendais plus ou moins... c'était inévitable. Seulement tu vas me manquer. Et Holly sera inconsolable sans Toby.

— Nous viendrons vous voir souvent, c'est promis.

Gemma se trouvait dans la situation paradoxale de consoler l'amie qui lui avait prodigué sans faille son réconfort.

— Et puis vous viendrez à Notting Hill, toi et Holly. Les enfants pourront jouer dans le jardin pendant que nous échangerons les derniers potins.

— Je sais, dit Hazel. Maintenant, c'est toi qui vas avoir une grande maison pleine de gosses.

Elle prononça ces mots d'un ton taquin, mais Gemma perçut de la tristesse dans sa voix.

— Pourquoi vous n'avez pas eu d'autre enfant, Tim et toi ? s'enquit-elle, surprise de ne s'être encore jamais posé la question.

Hazel baissa les yeux et noua ses doigts robustes autour de son mug. L'espace d'un instant, Gemma craignit d'être allée trop loin. Finalement, Hazel haussa les épaules et répondit dans un murmure :

— Je ne demanderais pas mieux, mais ce n'est pas à l'ordre du jour. (Avec un sourire, elle changea brusquement de sujet :) Parle-moi plutôt de ta maison.

— Oh ! j'ai hâte que tu la voies. Elle est absolument fabuleuse !

Gemma entreprit de la lui décrire pièce par pièce, tandis qu'elles finissaient leur thé.

Lorsque Tim fut rentré, Gemma ramena Toby à l'appartement et le mit au lit. Tout en bordant son fils, elle ne put s'empêcher de penser que quelque chose troublait son amie et qu'elle avait raté l'occasion d'en savoir plus.

Alex avait étroitement fermé les paupières, comme pour s'isoler de la réalité, et Fern ne le dérangea pas. Elle continua de rouler vers le sud. C'est seulement lorsqu'elle quitta la M25 pour la M20 Ouest qu'il remua et regarda autour de lui.

— Tu vas chez tante Jane.

C'était un constat, non une question.

— L'idée m'a paru bonne. Personne ne songera à te chercher là-bas.

— Pourquoi me chercherait-on ?

Fern lui lança un regard en coin avant de reporter son attention sur la route.

— Tu sais ce qu'a dit Otto.

— Otto raconte des conneries. Que pourrait bien me vouloir Karl Arrowood, maintenant que Dawn n'est plus là ?

— Et s'il l'a tuée ? S'il a l'intention de te tuer, toi aussi ?

— Je n'y crois pas. Aucun individu sain d'esprit... (Sa voix se fêla.) Aucun individu sain d'esprit ne ferait une chose pareille.

Il regarda droit devant lui, évitant les yeux de Fern. Elle devina ce qu'il pensait : si vraiment Karl Arrowood avait tué sa femme parce qu'elle le trompait avec Alex, celui-ci était directement responsable de la mort de Dawn.

— Pourquoi fais-tu ça pour moi ? demanda-t-il.

Il n'y avait pas la moindre trace de gratitude dans sa voix. Fern n'en attendait pas beaucoup, mais elle fut néanmoins ébranlée par sa froideur.

Elle haussa les épaules.

— Tu es mon ami. J'ai eu envie de t'aider.

— Personne ne peut m'aider, ni toi ni les autres.

Que répondre à cela ? Quand elle lui jeta un coup d'œil, un peu plus tard, il avait refermé les yeux. Elle tenta de se réconforter en se disant qu'au moins il ne l'avait pas sommée de faire demi-tour.

Bien qu'il ne fût pas encore midi, les nuages avaient afflué de l'ouest, apportant une grisaille crépusculaire et la promesse de nouvelles ondées. Quand le vieux village de Rye apparut à l'horizon, perché sur la falaise de grès qui surplombait la lande, Fern ralentit pour chercher l'embranchement dont elle gardait un vague souvenir ; Alex ne l'avait amenée ici qu'une fois.

— La prochaine à droite, lui dit-il en rouvrant les yeux.

Suivant ses instructions, elle prit une petite route, puis une autre, jusqu'au moment où elle atteignit la maison nichée dans un enclos forestier, à la lisière des Downs. À l'arrière-plan se dressait la colline sombre, à la fois protectrice et menaçante ; devant, se déployait la vaste étendue de Romney Marsh. La maison était un ancien séchoir à houblon dont les fours jumeaux, coiffés de curieux toits coniques, étaient depuis longtemps convertis en logements.

Fern s'arrêta dans l'allée et coupa le moteur. Comme Alex ne bougeait pas, elle descendit de la voiture et se mit en quête de Jane Dunn, la tante d'Alex.

La fenêtre de devant était éclairée et un panache de fumée sortait de la cheminée, mais personne ne répondit lorsque Fern frappa à la porte. Elle s'apprêtait à essayer de nouveau quand elle vit Jane apparaître au coin de la maison, portant un gros pull et des bottes en caoutchouc boueuses. Ses cheveux bruns, qui lui arrivaient au menton, avaient pris la pluie.

— Il me semblait bien avoir entendu une voiture, lança-t-elle. Que faites-vous donc ici, Fern ? Alex est avec vous ?

Comme Jane lui serrait la main avec chaleur, Fern balbutia :

— J'ai amené Alex, oui... mais il s'est passé quelque chose d'affreux.

Jane la regarda, surprise.

— Que voulez-vous dire ?

— Je ne sais pas si vous étiez au courant, mais... Alex voyait une autre femme. Elle était mariée, et maintenant elle est morte. Je veux dire... elle a été assassinée hier soir.

— Mais c'est épouvantable ! (Le regard de Jane se posait successivement sur Fern et sur la voiture.) Néanmoins, je ne suis pas sûre de comprendre pourquoi vous avez amené Alex ici.

Face à l'attitude pondérée de Jane, Fern songea que ses craintes risquaient de paraître bien stupides.

— Je... j'étais inquiète pour lui. Je ne savais pas quoi faire d'autre.

— Il est anéanti, j'imagine ? Vous avez sûrement fait ce qu'il fallait.

Jane donna une tape rassurante sur le bras de Fern et fit un pas vers la voiture. Alex en descendit et, lentement, vint à la rencontre de sa tante. Fern vit Jane lui parler et lui passer un bras autour des épaules, mais il se déroba à ce contact. Fern se sentit rassérénée : au moins, elle n'était pas la seule qu'il rejetât.

Jane les précéda dans la maison. Les deux tours avaient été combinées pour former un espace d'habitation agréable, non cloisonné, dont les fenêtres, hautes et étroites, laissaient chichement entrer la lumière du jour.

Alex resta planté là un moment, comme s'il ne savait trop que faire, puis il s'affala sur le divan le plus proche de la cheminée.

Quand Jane eut allumé le feu et apporté du café dans des mugs en terre cuite, elle s'assit à côté d'Alex.

— Fern me dit qu'une de tes amies a été tuée hier soir. Veux-tu en parler, mon chéri ?

Le visage d'Alex se crispa.

— J'ai dit à Otto que c'était un mensonge, qu'elle ne pouvait pas être morte. Et puis je suis allé voir sur place. Il y avait des policiers partout, et l'un des voisins a raconté que Karl avait trouvé Dawn dans l'allée en rentrant chez lui. Elle... on l'avait égorgée.

Fern lâcha un petit cri de surprise, mais Jane continua d'observer calmement Alex.

— Sais-tu quelque chose sur cette affaire ? demanda-t-elle. Qui a pu faire ça ? Et pourquoi ?

— Comment a-t-on osé lui faire du mal ? se

révolta Alex. Je n'aurai pas le courage de continuer, tu sais... pas sans elle. Je ne le supporterai pas.

Incapable d'en écouter davantage, Fern sortit dans l'allée. Elle tourna en rond, promenant un œil absent sur les serres de Jane et la bêche abandonnée contre la façade. Contemplant la lande, elle huma l'air humide, imprégné d'une odeur de terre, et s'efforça d'occulter le chagrin d'Alex. Du vivant de Dawn, Fern avait eu tout loisir de s'imaginer que la liaison d'Alex avec la jeune femme était une simple foucade, qu'il finirait par retrouver ses esprits et lui revenir. À présent, il n'y avait plus le moindre doute sur la profondeur des sentiments qu'il vouait à sa maîtresse. La mort de Dawn Arrowood n'avait pas rendu Alex à Fern ; au contraire, il lui échappait d'une manière irrévocable. Et si Alex était incapable de continuer à vivre, comment Fern le pourrait-elle ?

Entendant derrière elle le déclic de la porte qui se refermait, elle tourna la tête vers la maison. Jane la rejoignit dans l'allée.

— Je l'ai persuadé de rester, dit-elle. Remarquez, dans son état, peu lui importe d'être ici ou ailleurs.

— Mieux vaut qu'il ne rentre pas à Londres. Si Dawn Arrowood a été tuée par son mari parce qu'il avait découvert sa liaison, Alex pourrait bien être le prochain.

— Vous ne parlez pas sérieusement !

— En tout cas, c'est ce que dit notre ami Otto, et il connaît Karl Arrowood depuis longtemps. À quoi bon courir le risque ?

Jane parut sur le point de discuter, mais elle se borna à soupirer.

— Vous avez sans doute raison. Mais... et vous ? Voulez-vous rester avec lui ?

— Je vais rentrer à Londres par le train, si vous voulez bien me déposer à la gare, répondit Fern d'un ton résolu. Si on m'interroge, je dirai que je n'ai pas vu Alex. Et plus tôt je partirai, mieux ce sera.

— Votre réaction me paraît exagérée, mais je vous laisse juge. Je vais chercher mes clefs pendant que vous dites au revoir à Alex.

— Faites-le pour moi, vous voulez bien ? dit Fern.

Elle aurait encore préféré affronter elle-même un assassin plutôt que l'expression du visage d'Alex.

CHAPITRE CINQ

Au XIXe siècle, on appelait encore Notting
Dale « les Poteries », en raison des carrières
de cailloux et des Poteries Norland de Wal-
mer Road. On l'appelait également « les Por-
cheries » : en effet, le quartier comptait
3 000 cochons, 1 000 habitants et 260 taudis.
Charlie Phillips et Mike Phillips,
Notting Hill dans les années soixante.

Le bourdonnement insistant du téléphone finit par
tirer Gemma du sommeil. Elle entendit Toby, tout
près, lui dire avec le plus grand sérieux :

— Maman, le téléphone sonne.

Se forçant à ouvrir les paupières, elle vit son fils
qui l'observait attentivement, à quelques centimètres
de son visage.

— Hmm-hmm. Va me le chercher, tu veux, mon
chou ?

Elle se cala contre les oreillers tandis que Toby,
docilement, trottait jusqu'à la table et attrapait le téléphone sans fil. Un coup d'œil sur le réveil lui apprit
qu'il n'était pas encore huit heures. Prenant l'appareil

des mains de Toby, elle eut tout juste le temps de penser : Seigneur, je vous en supplie, faites que ce ne soit pas le boulot ! avant d'entendre la voix de Kincaid.

— Tu ne dors pas encore ? dit-il avec une agaçante jovialité.

Elle ne daigna pas répondre à cette provocation.

— Qu'est-ce qui t'est arrivé hier soir ? Je t'ai attendu des heures.

— Désolé. Mon candidat-locataire est venu visiter l'appartement, et il a été tellement emballé qu'il n'arrivait pas à rentrer chez lui. Quand il a fini par partir, je n'ai pas osé t'appeler de peur de te réveiller.

— Très délicat de ta part, maugréa Gemma, nullement amadouée.

— Pour me faire pardonner, je vais t'apporter le petit déjeuner dominical. Je m'arrêterai à la boulangerie en bas de la rue. Bagels et fromage frais à tartiner ?

— Des bagels fourrés ?

— À condition que tu fournisses le café.

— Tu devras te contenter de déca.

— S'il le faut, dit-il avec un soupir à fendre l'âme.

— Marché conclu.

Elle raccrocha, de bien meilleure humeur, et attira Toby contre elle pour lui faire un câlin.

Le temps que Kincaid arrive, Gemma s'était douchée, habillée, avait mis le couvert et préparé du café frais. Lorsqu'ils furent installés à table avec les bagels, elle dit :

— Je suppose que ton candidat-locataire a accepté, en définitive ?

— Tout est réglé. Le contrat est signé. Et il veut s'installer tout de suite.

Gemma le considéra d'un œil méfiant.

— Comment ça, « tout de suite » ?

— Dimanche prochain, nous prendrons le petit déjeuner dans notre nouvelle maison. J'ai prévu le déménagement pour samedi... non que nous ayons grand-chose à déménager, ni l'un ni l'autre.

— Samedi ? répéta-t-elle, consciente de la nuance de panique dans sa voix.

— Tout ira bien, ma chérie, je te le promets. Le plus tôt sera le mieux.

Levant les yeux de son assiette où s'étalait une flaque de confiture et de fromage frais, Toby s'enquit :

— Quelle nouvelle maison ?

Kincaid, sourcils levés, interrogea du regard Gemma, qui acquiesça d'un signe de tête.

— Nous allons habiter tous ensemble dans une nouvelle maison, mon vieux, expliqua-t-il au petit garçon. Toi, ta maman, Kit et moi. Qu'est-ce que tu dis de ça ?

Toby réfléchit un moment avant de répondre :

— Est-ce que Kit amènera son chien ?

— Tess viendra, bien sûr. Il y a un grand jardin avec une balançoire.

— Et Sid ? Il pourra aller dans le jardin ?

Sid était le chat noir dont Kincaid avait hérité à la mort d'une amie.

— Il sera tout heureux dans le jardin. Peut-être même qu'il attrapera une souris.

Le petit front de Toby se plissa.

— Et Holly ? Elle viendra habiter avec nous, aussi ?

— Non, s'empressa de répondre Gemma. Holly restera avec ses parents, évidemment. Mais elle viendra nous voir souvent.

— Je pourrai emporter mes camions ?

— Il y aura un endroit rien que pour eux. Tu veux les emballer maintenant ?

— D'accord, répondit son fils, plein d'équanimité.

Abandonnant les restes de son bagel, il descendit laborieusement de sa chaise et disparut dans le petit débarras qui lui servait de chambre. Quand Gemma vint le voir, discrètement, quelques minutes plus tard, elle le trouva occupé à entasser méthodiquement sa collection de camions miniatures dans son sac à dos *Star Wars*.

Elle rejoignit Kincaid, toujours à table, et se servit une autre tasse de café.

— Et Kit ? demanda-t-elle. Tu t'es arrangé avec lui ?

— Ian l'amènera en voiture samedi.

— Et tu es sûr que Ian ne va pas changer d'avis ?

— Aussi sûr qu'on peut l'être avec Ian McClellan. Mais cette fois, il paraît avoir brûlé ses vaisseaux. Il a déjà réservé son billet d'avion pour le Canada, et l'université a mis un petit appartement à sa disposition.

— Une « garçonnière », en d'autres termes ?

— Ça ne m'étonnerait pas. Gemma... (Kincaid se frotta les doigts avec sa serviette, évitant le regard de sa compagne.) Il s'est produit du nouveau dans ton enquête.

— Dawn Arrowood ? dit-elle, intriguée.

— En un sens, oui. Tu te souviens de cette affaire sur laquelle j'ai travaillé il y a deux mois, avant que nous allions à Glastonbury ? Une antiquaire nommée Marianne Hoffman avait été retrouvée morte devant sa boutique, à Camden Passage. On l'avait égorgée, et elle avait une blessure par perforation à la poitrine. Quand j'ai vu le corps de Dawn Arrowood...

— Pourquoi ne m'en as-tu rien dit ?

— Je voulais d'abord vérifier les détails dans le dossier, m'assurer que je ne fabriquais pas de toutes pièces une coïncidence.

— Mais... tu parles d'un tueur en série, là !

— Je pense qu'il est encore trop tôt pour utiliser ce terme, mais je pense également qu'on ne peut pas ignorer les similitudes. Surtout en ce qui concerne le choix de l'arme. Et puis il y a autre chose : il me semble que le deuxième meurtre a été exécuté d'une main plus experte.

— Comme si le tueur améliorait sa technique avec l'expérience ? (Gemma secoua la tête.) Je ne suis pas convaincue. Je pense que l'assassin de Dawn avait un lien très personnel avec elle.

— Dans ce cas, nous devrions peut-être chercher un lien entre Dawn Arrowood et Marianne Hoffman.

— Nous ?

Kincaid marqua une hésitation.

— Je vais travailler avec toi et ton équipe.

— Officiellement ?

— Oui.

— Tu as réglé la question avec le superintendant Childs ? Sans m'en parler au préalable ?

— Si un autre enquêteur que toi avait été chargé

de l'affaire Arrowood, je ne l'aurais pas consulté. Tu aurais voulu un traitement de faveur ?

Furieuse, Gemma le foudroya du regard.

— Le problème n'est pas là ! Tu aurais au moins pu me mettre au courant. C'est pour ça que tu n'es pas venu hier soir ?

— Non. Mais tu as raison : j'aurais dû te prévenir avant d'en parler au patron. J'avais peur, je suppose, que tu ne veuilles pas me voir piétiner tes plates-bandes.

— Ça, c'est sûr ! siffla Gemma entre ses dents, prenant soin de ne pas hausser le ton à cause de Toby.

Toutefois, devant l'expression déconfite de Kincaid, elle sentit s'évaporer une partie de sa colère.

— Non, ajouta-t-elle. Ce qui me choque, en réalité, c'est que, du temps où on travaillait ensemble, tu n'aurais jamais fait ce genre de chose sans en discuter d'abord avec moi.

— L'occasion ne se serait jamais présentée. Pardonne-moi, ma chérie. Je m'y suis pris comme un manche.

Elle le considéra, bras croisés. Certes, elle serait heureuse de faire à nouveau équipe avec lui, mais elle ne voulait pas risquer de compromettre son autorité — encore fragile — auprès de ses subordonnés.

— Et mes hommes, là-dedans ?

— Tu communiqueras directement avec eux. Et j'essaierai de ne pas te gêner.

— Ça ne me plaît toujours pas.

— Même en me considérant comme un bonus ? Un renfort ?

Il savait toujours se montrer diplomate, songeat-elle avec dépit, mais c'était précisément l'une des qualités qui le rendaient doué pour son métier.

— D'accord, je te prends au mot. Pour commencer, tu vas me dire tout ce que tu sais sur cette précédente affaire. Ensuite, tu viendras avec moi voir les parents de Dawn Arrowood.

— Nous y voilà.

Gemma gara la voiture devant une maison mitoyenne en briques sombres, à East Croydon. C'était un quartier ordinaire, à des années-lumière de l'élégante demeure des Arrowood à Notting Hill.

Gemma descendit de voiture, le visage fermé. Kincaid savait qu'elle redoutait cette entrevue, mais ils n'avaient aucun moyen d'y échapper. La rue était silencieuse, l'air rempli des effluves de déjeuners. Elle sonna.

L'homme qui ouvrit la porte était âgé d'une cinquantaine d'années, un peu corpulent, avec des cheveux grisonnants. Il portait une chemise et une cravate, comme si c'était un dimanche ordinaire et qu'il rentrait tout juste de l'église.

— Monsieur Smith ? dit Gemma en exhibant sa carte de police. Nous aimerions vous parler, ainsi qu'à votre femme, si ce n'est pas trop pénible pour vous.

L'homme acquiesça sans un mot et les conduisit dans le salon en disant : « Joanie, c'est la police. » Le chagrin qui régnait était palpable. Un sapin de Noël, dans un coin, et des cartes de vœux alignées sur la cheminée apportaient une touche de gaieté discordante.

La mère de Dawn se leva du divan et Kincaid remarqua qu'elle venait de feuilleter un album de photos. Jusqu'à la veille, Joan Smith avait dû posséder un reflet de la beauté de sa fille : sa minceur lui conférait de la distinction. Mais le chagrin l'avait vidée de sa sève, la laissant frêle et hagarde ; elle paraissait plus que son âge.

— Vous l'avez retrouvé ? demanda-t-elle sèchement. Le monstre qui a tué notre fille ?

— Non, madame Smith, je regrette. Nous savons que ce doit être douloureux pour vous, mais nous aimerions que vous nous parliez un peu de Dawn.

Gemma déployait toute la douceur dont elle était capable. Kincaid, lui, se contenta d'écouter et d'observer.

— Nous pouvons nous asseoir ? s'enquit Gemma.

Mrs Smith se laissa retomber docilement sur le divan, l'album de photos serré entre ses mains. Kincaid vit que la pièce encombrée était remplie de photos de Dawn à tous les âges de la vie — une enfant unique vénérée.

— Pouvez-vous nous dire quand vous avez vu votre fille pour la dernière fois ?

Gemma adressa la question au couple, mais ce fut la mère qui répondit :

— Elle est venue déjeuner il y a deux semaines. Un dimanche. Elle ne venait pas souvent le week-end, parce que *monsieur* n'aimait pas ça, mais là il était parti en voyage d'affaires.

— Karl n'aimait pas que votre fille vienne vous voir ? tint à préciser Gemma, sourcils froncés.

— Nous n'étions pas assez bien pour lui. Clarence dirige un supermarché, et il fait du bon travail, mais ça ne représente rien pour Karl Arrowood. Il ne voulait avoir aucun contact avec nous.

Assis à côté de Mrs Smith, son mari l'écoutait en hochant douloureusement la tête de temps à autre comme s'il comptait sur elle pour exprimer ce qu'il était incapable de formuler lui-même.

— Savez-vous qu'il n'est jamais venu ici ? Pas une seule fois ? Et que nous n'avons jamais été invités chez eux ? Pas même à Noël ou pendant les vacances ? Oh ! Dawn trouvait bien des excuses : tantôt il avait prévu un dîner d'affaires, tantôt ils devaient séjourner en France ou passer quelques jours dans une luxueuse maison de campagne. Et elle promettait que ce serait différent la prochaine fois, mais nous avons fini par comprendre qu'elle n'en pensait pas un mot, que Karl ne la laisserait jamais faire. Il nous a coupés de notre fille, et maintenant elle est morte.

— Comment avait-elle fait la connaissance de Karl ?

— À l'une de ces réceptions londoniennes qui en mettent plein la vue. Elle avait pris un emploi à la BBC, avec son amie Natalie, et elles menaient la grande vie. À l'époque, elle venait à la maison me raconter ces soirées : comment les gens étaient habillés, les plats qui étaient servis, les derniers potins...

« Sur le moment, quand elle nous a annoncé son intention d'épouser cet homme qui avait le double de son âge, nous n'y avons pas cru. Et puis nous avons pensé : après tout, c'est une grande fille, nous ferons contre mauvaise fortune bon cœur, et au moins il aura les moyens de lui offrir un mariage digne de ce nom.

Mrs Smith pinça les lèvres, reprise par la colère.

— Mais il n'y a pas eu de grand mariage ?

— Il l'a emmenée loin d'ici, à Nice ou je ne sais

où. Nous n'avons même pas eu la moindre photo ! (Elle serra l'album contre sa poitrine, comme si cela créait un manque physique.) Et voilà maintenant qu'il organise ses funérailles sans même nous consulter ! Nous avions envisagé un service au crématorium local, dans ce quartier où elle a grandi, en présence de nos voisins et amis. Mais non, il a tout arrangé lui-même ! Une inhumation à Kensal Green, mardi.

— Puisque c'était son mari, je suppose qu'il en a le droit, fit valoir Gemma. En plus, pour reprendre votre expression, il en a les moyens. Par contre, c'est indélicat de sa part de ne pas prendre en compte vos sentiments.

La mère de Dawn hocha la tête et renifla, rassérénée par le soutien de Gemma.

— Dawn vous a-t-elle semblé différente lors de sa dernière visite ?

Mrs Smith regarda son mari, comme pour confirmer sa propre impression.

— Maintenant que vous en parlez, oui. Elle était plus douce, je dirais. Elle nous a même embrassés en partant, alors que notre Dawn n'a jamais été du genre démonstratif. Il m'a semblé... d'ailleurs, je l'ai dit à Clarence le jour même, tu te souviens ? (Sans attendre la réponse, elle enchaîna :) Il m'a semblé qu'elle s'excusait de quelque chose.

— Votre fille vous avait-elle parlé d'avoir des enfants ?

— Non, mais elle connaissait notre opinion sur le sujet. Elle était notre fille unique. Si elle ne nous donnait pas de petits-enfants, nous n'aurions pas de descendance. Mais de toute façon, *monsieur* ne nous aurait pas laissé les voir, conclut-elle amèrement.

— Dawn vous avait-elle dit que Karl ne voulait pas d'enfants ?

— Non, mais on s'en doutait bien. Après tout, ils étaient mariés depuis cinq ans...

— Madame Smith...

Gemma hésita. Elle ne voulait pas ajouter à la détresse des parents de Dawn ; d'un autre côté, elle estimait qu'ils avaient le droit de savoir.

— Votre fille attendait un bébé. Son médecin le lui avait confirmé l'après-midi même.

— Oh ! non... gémit la femme dans un souffle. Pas ça, en plus ! Comment a-t-on pu lui prendre ce bébé... à elle, à nous ? (Elle riva son regard sur Gemma.) Et *lui*, il était au courant ?

— Karl ? Il affirme que non. Madame Smith, avez-vous des raisons de penser que Karl maltraitait votre fille ?

— Qu'il la battait, vous voulez dire ?

L'expression stupéfaite de Mrs Smith semblait indiquer que c'était l'une des rares perversions qu'elle n'avait pas attribuées à son gendre.

— Non, répondit-elle. Elle n'a jamais... Vous ne pensez tout de même pas qu'elle lui a annoncé sa grossesse et qu'il... ?

— Nous n'avons éliminé aucune hypothèse pour l'instant, intervint Kincaid. Pensez-vous que votre gendre ait pu... ?

Mr Smith se redressa, la bouche agitée de tics nerveux.

— Non. Aucune personne connaissant Dawnie n'aurait pu faire une chose pareille. En outre, cet homme est trop... propre sur lui. On ne l'imagine pas se salissant les mains. Vous voyez ce que je veux dire ?

— Je crois, oui, répondit Kincaid d'un ton apaisant. Madame Smith, est-ce que Dawn avait d'autres amies, à part Natalie, avec qui elle était restée en contact ?

— Non. Natalie était sa meilleure amie. C'est bien pour ça qu'il n'a pas pu les séparer.

— Et sinon, Dawn ne vous a rien signalé de particulier ? Quelque chose qui la tracassait, ou un nouvel homme dans sa vie ?

— Non.

Les yeux de Mrs Smith brillèrent de larmes contenues, comme si cette absence de confidences ajoutait à son chagrin.

— Nous ne vous dérangerons pas plus longtemps, madame Smith, dit Gemma avec douceur. Si vous vous rappelez autre chose, passez-nous un coup de fil.

Elle leur remit sa carte et les remercia. De retour à la voiture, elle dit à Kincaid :

— Tu sais, si Dawn était vraiment une femme battue, elle a dû tout faire pour que ses parents n'en sachent rien. Leur en parler, ç'aurait été reconnaître qu'elle avait commis l'erreur de sa vie.

Le lundi matin, en arrivant au commissariat, Gemma trouva le *Daily Star* de la veille étalé bien en vue au milieu de son bureau. La manchette proclamait : L'ÉGORGEUR FRAPPE UNE DEUXIÈME FOIS EN PLEIN NOTTING HILL !

— Et merde ! s'exclama-t-elle en parcourant le compte rendu haut en couleur des meurtres de

Marianne Hoffman et de Dawn Arrowood. Je vais tuer ce type !

Melody Talbot, qui passait à cet instant devant la porte ouverte du bureau, demanda :

— Vous n'aviez pas vu l'article, patron ? Je vous ai apporté mon exemplaire... J'ai pensé que vous auriez peut-être envie de faire arrêter et écarteler ce salaud de MacCrimmon.

— Ça ne nous avancerait à rien. L'affaire Hoffman n'a pas fait la une des journaux, mais le dossier était disponible. Il suffisait à MacCrimmon d'additionner deux et deux, ce qu'il est manifestement très capable de faire. Malgré tout, j'espérais que les journaux ne publieraient pas les détails de l'affaire Arrowood avant quelques jours.

— La rumeur de « l'égorgeur » s'est répandue dans le quartier comme une traînée de poudre. La presse devait fatalement s'en emparer.

— Oui, mais Tom MacCrimmon n'aurait pas imprimé une rumeur sans en avoir la confirmation. Quelqu'un de la maison a dû lui refiler le tuyau. À ce qu'il paraît, il offre des tournées sans regarder à la dépense. (Gemma parcourut de nouveau l'article.) Il y a des similitudes entre les deux affaires, je dois le reconnaître. (Elle avait passé la soirée précédente à étudier le dossier Hoffman.) Pourtant, je ne suis pas convaincre que Dawn Arrowood ait été tuée par hasard.

— Quel lien pourrait-il bien y avoir entre les deux cas ?

— Aucune idée. Mais je vais commencer par interroger tous ceux qui ont été récemment en contact avec elle. D'après son agenda, elle avait emmené son chat chez le véto vendredi matin. C'est un point de départ qui en vaut un autre.

Ayant trouvé l'adresse dans le répertoire de Dawn, elle se présenta à la clinique vétérinaire de Mr Gavin Farley, à All Saints Road, peu après l'ouverture. All Saints Road avait beau être le cœur du Carnaval de Notting Hill, il était difficile d'imaginer, en cette froide matinée de la mi-décembre, les couleurs et l'animation estivales. La clinique, peinte dans des tons orange, offrait une note éclatante au milieu de la grisaille environnante.

Une clochette tinta lorsque Gemma ouvrit la porte. Derrière le bureau de la réception, une voix féminine lança : « Je suis à vous tout de suite », puis une tête aux cheveux auburn apparut.

— Désolée, la réceptionniste est en retard ce...

— Vous êtes Bryony, n'est-ce pas ? dit Gemma. Je vous ai rencontrée samedi chez Otto. Qu'est-ce que vous faites là ?

— Je suis l'assistante de Gavin... de Mr Farley. (La jeune femme considéra Gemma avec une égale surprise.) Et vous, qu'est-ce que vous faites là ?

— Je viens voir Mr Farley. D'après l'agenda de Dawn, elle vous a amené son chat le jour de sa mort.

— Ah ! Tommy, ce vaurien. Toujours à se bagarrer. Oui, elle l'a amené, en effet, et c'est Gavin qui l'a reçue, pas moi. Mais quel rapport avec son assassinat ?

— Il est possible qu'elle ait confié à Mr Farley quelque chose d'inhabituel qu'elle aurait vu ou entendu, par exemple. Pourrais-je le voir ?

— Il n'est pas encore arrivé, répondit Bryony avec une grimace. Il ne prend son premier rendez-vous qu'à neuf heures. Comme j'habite tout près d'ici, à Powis Square, Gavin a tendance à en profiter un peu.

— Vous étiez là vendredi matin, quand Dawn est venue ?

— Oui, mais j'étais moi-même occupée avec des clients, alors je n'ai pas vraiment... Oh ! excusez-moi.

Le carillon de la porte retentit et une femme fit son entrée, accompagnée de deux dalmatiens qui tiraient sur leur laisse. Avec compétence, Bryony escorta la cliente et ses chiens dans une salle d'examen, puis ressortit aussitôt en disant à Gemma :

— J'en ai pour une minute. Mettez-vous à l'aise.

Comme elle n'avait jamais possédé d'animal de compagnie, Gemma n'avait guère eu l'occasion de visiter des cliniques vétérinaires. Ses parents avaient été catégoriques : les animaux n'étaient pas compatibles avec le métier de boulanger. « Nous aurions bonne mine, si les clients trouvaient des poils de chien ou de chat dans leurs scones et leurs petits pains ! » répondait gaiement sa mère chaque fois que Gemma ou sa sœur réclamaient un chiot ou un chaton.

Elle trouva rassurante l'atmosphère de la clinique, avec sa légère odeur de chien et de désinfectant, la banquette recouverte de skaï, les vitrines d'aliments pour animaux, les posters de chats et de chiens qui ornaient les murs. Une photo scotchée sur le côté de l'ordinateur attira son attention et elle s'approcha pour l'examiner.

On pouvait lire la légende suivante : *Geordie. Cocker mâle de deux ans, châtré, bleu rouan. Cherche bon foyer.* Le chien avait un pelage pâle, gris bleuté, parsemé de taches gris foncé. Une zone plus claire partageait en deux le museau intelligent de l'animal, et ses longues oreilles soyeuses étaient foncées. Il semblait rendre son regard à Gemma, la tête penchée, avec dans les yeux — elle en aurait juré — une expression de reconnaissance. Le chien lui rappela l'épagneul du tableau que Jack, le cousin de Duncan, lui avait récemment offert en souvenir des moments passés à Glastonbury.

— Adorable, non ? commenta Bryony, qui arrivait derrière elle.

— Déjà fini ? s'étonna Gemma en cherchant du regard les dalmatiens.

— Je vais devoir faire une radio à l'un d'eux, qui semble avoir mangé toutes les boules du sapin de Noël — c'est sidérant ce que les chiens peuvent avaler — mais j'aurai besoin de l'aide de Gavin. (Bryony tapota la photo de l'index.) Seriez-vous intéressée par un chien, par hasard ? Sa maîtresse aimerait bien le caser.

— Pourquoi veut-elle s'en débarrasser ? s'enquit Gemma, circonspecte.

— Elle vient de se marier avec un homme qui fait une allergie épouvantable aux poils de chiens : ça provoque chez lui de telles crises d'asthme qu'il doit se faire soigner à l'hôpital. Je pense que le choix a été difficile entre le chien et le mari, ajouta Bryony, hilare, mais elle a finalement décidé de garder le mari. Mais elle ne laissera pas son chien au premier venu.

Gemma s'entendit déclarer :

— Je vais justement m'installer dans une maison avec jardin. Ici, dans le quartier.

— Geordie est un amour. Sa propriétaire l'a fait dresser. Vous avez des enfants ?

— Deux garçons de douze et quatre ans.

— Idéal ! Écoutez, je pourrais vous amener Geordie dans le courant de la semaine, si vous êtes d'accord ? J'ai noté votre numéro l'autre jour... Je vous appellerai pour fixer un rendez-vous.

— Mais...

Gemma fut interrompue par le carillon de la porte d'entrée, et elle s'aperçut avec gêne qu'elle s'était laissé manœuvrer comme une débutante.

— Gavin, dit Bryony, je vous présente l'inspecteur James, de la police. Elle voudrait s'entretenir avec vous à propos de Dawn Arrowood.

Y avait-il une note de satisfaction dans sa voix, ou était-ce une simple illusion ? Tournant la tête, Gemma vit un homme brun, petit, rondouillard, à qui sa blouse blanche conférait une certaine solennité. Il accrocha son pardessus à une patère avant de faire face à la jeune femme.

— Quelle tragédie ! Quand j'ai entendu la nouvelle aux infos, je n'ai pas pu y croire. (Il serra avec chaleur la main de Gemma, mais le regard qu'il lui lança était calculateur.) Si je peux vous aider en quoi que ce soit...

— Y a-t-il un endroit où nous pourrions parler, monsieur Farley ?

— Allons dans mon bureau, voulez-vous ?

Gavin Farley ferma derrière eux la porte de la petite pièce, qui contenait une table et des classeurs. Gemma sortit discrètement de son sac un calepin et un stylo.

— Mrs Arrowood était-elle une cliente régulière, monsieur Farley ?

— Plus que régulière, je dirais. Son mari lui interdisait de garder le chat dans la maison, si bien que Tommy se retrouvait toujours mêlé à des bagarres —

dont il sortait souvent très mal en point. Toutes les deux ou trois semaines, il arrivait ici avec un abcès ou une oreille déchirée, ou encore un œil infecté. Remarquez, ça ne nous dérangeait pas de voir Dawn, bien au contraire.

— Connaissez-vous également Mr Arrowood ?

— Non. Il n'a jamais accompagné sa femme, même les rares fois où l'animal était salement amoché. L'individu m'a l'air assez antipathique, si vous voulez mon avis.

— Vous est-il arrivé de voir Dawn en dehors de votre cabinet ?

— Non. Comme j'habite à Willesden, nos chemins ne risquaient guère de se croiser.

Si Farley avait saisi l'allusion à des rencontres plus intimes, il n'en laissa rien paraître.

— Et vendredi, avez-vous remarqué quoi que ce soit d'inhabituel dans son comportement ?

Pour la première fois, Gemma perçut une hésitation chez le vétérinaire.

— Eh bien, elle semblait un peu plus inquiète pour son chat qu'à l'ordinaire, alors qu'il s'agissait d'une blessure sans gravité. Je me rappelle même lui avoir demandé si elle se sentait bien.

— Et ?

Farley jeta un bref coup d'œil vers la porte, puis reporta son regard sur Gemma avec un haussement d'épaules désinvolte. Trop désinvolte.

— Elle m'a remercié de ma sollicitude, disant que ça allait très bien. Je n'arrive toujours pas à croire qu'elle soit morte, que quelqu'un ait pu commettre un acte aussi atroce.

— Ce doit être difficile pour tous ceux qui l'ont

connue, monsieur Farley. Dites-moi, pourquoi ai-je le sentiment que vous ne me dites pas toute la vérité ?

— J'ignore de quoi vous parlez. Pourquoi vous mentirais-je ?

— Je n'en sais rien, répondit Gemma, mais je peux vous assurer que j'en aurai le cœur net.

Kincaid et Doug Cullen attendirent que les embouteillages du lundi matin se soient tassés avant de sortir une Rover du parking du Yard. Cullen conduisait, offrant à Kincaid le luxe d'observer le flux et le reflux de la foule londonienne. Un soleil éclatant s'était levé, mais Kincaid subodorait que cette accalmie ne durerait pas.

Ils prirent la M1, au sud de Hendon, et passèrent bientôt devant la ville épiscopale de St. Albans.

— Vous ne m'aviez pas dit que votre famille venait de St. Albans ? demanda Kincaid à son compagnon. L'endroit a l'air agréable.

— Un enfer banlieusard, répondit Cullen en grimaçant. Soirées bridge, dîners au cercle et pas la moindre activité pour les moins de quarante ans. Je ne comprends pas que mes parents aient choisi de vivre ici, et qu'ils considèrent ça, en plus, comme une grande réussite.

— Encore en pleine crise d'adolescence, on dirait ?

Cullen lui lança un regard en coin, comme pour s'assurer que Kincaid plaisantait.

— Je croyais que la plupart des gens avaient cette opinion-là sur le mode de vie de leurs parents.

— Je ne sais pas, dit Kincaid d'une voix songeuse. Pour ma part, j'envie plutôt les miens. Mais il y a vingt ans, je n'avais qu'une hâte : m'enfuir de la province.

— Et aujourd'hui, vous y retourneriez ?

— Pour y vivre, peut-être. En revanche, travailler dans une petite ville, après la police londonienne... ce serait un peu plus difficile.

De nouveau, Kincaid se promit d'emmener Gemma et les enfants dans le Cheshire dès que possible — cet été, peut-être, pour faire admirer le bébé à ses parents. Ceux-ci attendaient la naissance avec une impatience frénétique.

La ville et ses faubourgs défilèrent, cédant la place aux champs ondoyants du Herefordshire, blanchis par le givre. Le talent de la campagne anglaise pour se mettre en valeur ne manquait jamais de stupéfier Kincaid, même s'il savait pertinemment qu'elle était plus que jamais menacée.

Ils arrivèrent en milieu de matinée à Bedford, un agréable chef-lieu de comté verdoyant, agrémenté de l'Ouse River. Eliza Goddard habitait au bord du fleuve, dans une maison victorienne confortable, aux antipodes du minuscule appartement que sa mère avait occupé au-dessus de sa boutique de Camden Passage.

Elle répondit rapidement à leur coup de sonnette, enjoignant à ses enfants de se taire. Kincaid vit sa surprise quand elle se retourna vers eux, puis le mélange non dissimulé de méfiance et d'agacement. Elle ne les invita pas à entrer.

— Vous venez au sujet de ma mère, c'est ça ? Vous avez du nouveau ?

— Pas exactement, madame Goddard. Mais nous voudrions vous parler, si vous avez quelques minutes à nous consacrer, dit Kincaid en déployant tout son art de la diplomatie.

Cette femme n'avait assurément aucune raison de voir les policiers d'un bon œil : non seulement ils lui avaient annoncé la terrible nouvelle de la mort de sa mère, mais ils n'avaient toujours pas réussi, après une interminable enquête, à retrouver l'assassin.

— D'accord, dit-elle à contrecœur. Laissez-moi juste le temps d'installer les filles à la cuisine.

Tout en la suivant dans le salon avec Cullen, Kincaid s'interrogea — comme la première fois — sur les origines d'Eliza Goddard. De son vivant, Marianne Hoffman avait été une femme menue, à la peau claire ; sa fille, elle, avait les yeux noirs et un joli teint café de métisse. Tandis qu'Eliza entraînait dans la cuisine ses deux filles, des jumelles aux cheveux bruns coiffés en nattes, Kincaid constata qu'elles ressemblaient à leur mère.

— Prenons du papier de couleur, l'entendit-il dire, comme ça vous pourrez faire des guirlandes pour le sapin de Noël.

Quelques minutes plus tard, elle rejoignit ses visiteurs dans le salon.

— Quel âge ont vos filles ? lui demanda Kincaid.

— Cinq ans. On leur en donnerait quinze.

Elle roula des yeux, mais son sourire était indulgent.

— Ce sont de vraies jumelles ?

— Oui. Tous les ouvrages de psychologie enfantine recommandent de ne pas les habiller de la même manière, mais les auteurs n'ont visiblement pas consulté mes filles. Elles piquent une crise dès que j'essaie de leur mettre des tenues différentes. Peut-être que l'année prochaine, quand elles entreront à l'école...

Sentant l'impatience de Cullen, Kincaid lui décocha un regard sévère.

— Vous avez une superbe maison, dit-il à Eliza.

Il admira les tons feutrés de la pièce, vert cendré et beige. Les jouets des enfants étaient soigneusement rangés dans des paniers tressés, et Kincaid soupçonna que les meubles devaient avoir de la valeur, même s'ils ne paraissaient pas particulièrement anciens. Indiquant le buffet en chêne, il s'enquit :

— XVIIIᵉ ?

— Oui. Les meubles rustiques du XVIIIᵉ, c'était la passion de ma mère. Elle n'achetait jamais pour revendre ; elle disait que ça lui aurait enlevé le plaisir de chiner. Par contre, elle adorait dénicher ces merveilles pour moi ; c'est d'ailleurs elle qui a aménagé cette pièce.

Eliza s'assit enfin, imitée par Kincaid et Cullen.

— Elle ne vendait que des bijoux dans sa boutique ?

— Il lui arrivait parfois d'exposer une table ou une lampe, mais elle préférait s'en tenir aux petits objets. (Eliza lissa sa jupe et regarda Kincaid bien en face.) Bon, de quoi s'agit-il ?

— Malheureusement, un autre meurtre a été commis. Semblable à celui de votre mère. Mais à Notting Hill, cette fois... l'épouse d'un antiquaire.

— Je ne comprends pas. Quel rapport avec moi ?

— Il pourrait bien y avoir un lien.

— Vous voulez dire que l'homme qui a assassiné ma mère a peut-être aussi tué cette femme ?

— Nous espérons que non, mais c'est possible.

— Mais comment puis-je vous aider ? dit-elle, plus perplexe qu'irritée.

— Vous n'avez jamais entendu votre mère prononcer le nom de Karl Arrowood ?

Eliza secoua la tête.

— Et Dawn Arrowood ? Ou Dawn Smith ?

— Non.

— Et Alex Dunn ?

— Non, je regrette.

— Savez-vous si votre mère avait des relations à Notting Hill ?

— Pas que je sache, mais les gens qui travaillent dans le commerce des antiquités sont amenés à aller un peu partout. En fait, maman ne parlait jamais de son passé. Il m'arrivait d'imaginer que sa vie avait commencé avec moi.

— Et votre père ? Pourrait-il nous aider ?

— Je n'ai jamais connu mon père.

— Il s'appelait Hoffman ?

— Non. Lui, c'était mon beau-père, Greg. Il a été très correct ; il m'a même officiellement adoptée. Mais maman a divorcé de lui quand j'avais quinze ans. Je le vois encore quelquefois. Il envoie des cartes aux petites à Noël et pour leur anniversaire.

Après le meurtre de Marianne, en octobre, Kincaid s'était renseigné sur Greg Hoffman. Vendeur de textiles, celui-ci se trouvait à l'étranger au moment de la mort de son ex-épouse ; Kincaid ne l'avait donc pas interrogé.

— Vous savez pourquoi Greg et votre mère ont rompu ?

— Maman a tout simplement dit qu'elle ne voulait plus être mariée. Il m'a manqué, ajouta-t-elle soudain,

140

en jetant un coup d'œil vers la cuisine où on entendait des bruits de dispute. J'espère que mes filles ne seront jamais privées de père.

— Quels souvenirs avez-vous de votre enfance, avant que votre mère n'épouse Greg Hoffman ?

— Quand j'étais petite, nous habitions à York, où maman tenait une petite boutique. Elle n'est revenue s'installer à Londres qu'après mon mariage et mon installation à Bedford.

Un cri jaillit de la cuisine :

— Maman ! Suki a déchiré ma guirlande !

— C'est pas vrai ! Sarah l'a faite trop grande. Je la recoupais !

— Excusez-moi, dit Eliza.

Avec un petit soupir, elle se leva pour régler le différend entre ses enfants.

Kincaid contempla par la fenêtre le fleuve et le parc qui le longeait. Trois cygnes majestueux passèrent, nullement perturbés par le tapage des humains.

— On ne progresse pas beaucoup, observa Doug Cullen sans prendre la peine de cacher son exaspération.

— Trop tôt pour le dire. (Kincaid se tourna vers Eliza Goddard qui rentrait dans la pièce.) Que sont devenues les affaires de votre mère, madame Goddard ? A-t-elle laissé des souvenirs ? Des photos ?

— Je n'ai pas touché à ses effets personnels, répondit Eliza, les yeux brillants de larmes. Je n'en ai pas eu le courage, surtout à cette époque de l'année. Je ne sais pas encore très bien comment nous allons passer Noël... Je ne crois pas que les petites ont compris que leur grand-mère ne reviendra plus. Elles n'arrêtent pas de me demander ce que Granny va leur offrir pour Noël.

— Je suis sincèrement navré, madame Goddard, et désolé de devoir remuer tout ça. Mais si vous pouviez vous résoudre à examiner les affaires de votre mère, vous trouveriez peut-être quelque chose qui se rattacherait à ce nouveau meurtre.

Il ne se rappelait pas avoir vu quoi que ce fût pouvant relier Hoffmann aux Arrowood ou à Alex Dunn, mais il voulait être absolument sûr de ne pas être passé à côté d'un indice vital.

— Il y a bien une chose... murmura Eliza d'un ton hésitant. Ma mère portait toujours autour du cou un médaillon d'argent en forme de cœur. Or, il n'était pas dans les objets que vous nous avez restitués et nous ne l'avons pas trouvé non plus à la boutique. Vous nous avez dit à l'époque qu'il n'y avait pas eu de cambriolage, mais... est-ce que son assassin aurait pu prendre ce médaillon ?

Melody Talbot s'assit en face de Gemma, de l'autre côté du bureau, ôta ses souliers d'un coup de pied, étendit ses jambes et les examina en fronçant les sourcils. Son collant avait filé au niveau de l'orteil, et elle tira dessus d'un air contrarié.

— Je ne sens plus mes pieds. C'est la première fois en trois jours qu'ils se reposent.

— Trouvé quelque chose d'intéressant ?

L'expression démoralisée de Melody ne laissait guère d'espoir. Gerry Franks était passé un peu plus tôt faire son rapport, tout aussi décourageant. Il avait exhorté Gemma à interroger de nouveau Karl Arrowood, mais elle préférait attendre d'avoir parlé à la première femme de l'antiquaire.

— Il devait certainement y avoir des joggeurs dans le coin de St. John's à l'heure du crime, déclara Melody, mais pour l'instant on a fait chou blanc. Et aucun des voisins ne se rappelle avoir vu quoi que ce soit d'inhabituel.

— Moi non plus, murmura Gemma.

Melody haussa un sourcil interrogateur, mais n'obtint pour toute réponse qu'un vague signe de tête. Avec une grimace, elle remit ses souliers en remuant les orteils.

— Du nouveau, côté labo ?

— Non, il est encore trop tôt. Mais allez donc expliquer ça à la presse ! (Gemma écarta un fond de thé fadasse et les restes d'un sandwich sous cellophane.) Si Karl Arrowood est rentré chez lui plus tôt qu'il ne l'a dit, il a pu tout simplement se garer dans l'allée et attaquer Dawn quand elle est arrivée.

Avait-elle vu une seule voiture, ou deux ? se demandait Gemma. De toute façon, même si elle en avait vu deux, elle avait très bien pu passer devant la maison au moment où Karl cherchait sa femme à l'intérieur. Aucun des voisins n'avait signalé la présence d'une seconde voiture dans l'allée, mais il valait mieux vérifier une nouvelle fois.

— Si vous retourniez faire la tournée des voisins, histoire de vérifier que personne n'a vu la Mercedes de Karl ?

Melody gémit et se leva.

— Bien, patron. (À la porte, elle se retourna.) Vous devriez peut-être interroger vous-même la dame qui habite à côté. Elle n'a rien vu de particulier, mais c'est la gentillesse même. Et elle a recueilli le chat de Dawn Arrowood.

Mrs Du Ray habitait une maison mitoyenne, juste de l'autre côté de la haie des Arrowood.

Gemma put constater que si la peinture des moulures et des fenêtres s'écaillait, le jardin était parfaitement entretenu et le heurtoir en cuivre étincelant. Le défaut d'entretien était sans doute dû à un manque d'argent plutôt qu'à la négligence de la propriétaire — et, dans ce quartier, le manque de moyens avait de quoi éveiller la curiosité.

Une femme aux cheveux gris et à la mise soignée accueillit Gemma avec un sourire amical.

— Vous désirez ?

— Mrs Du Ray ? Je suis l'inspecteur James, de la police métropolitaine.

Gemma se pencha pour caresser Tommy, qui ronronna à plein volume et se frotta contre ses jambes.

— Je vois que vous vous connaissez, tous les deux, dit Mrs Du Ray en conduisant sa visiteuse dans la cuisine. Je vais préparer du thé.

— Mon agent m'avait bien dit que vous étiez très accueillante.

— De nos jours, la plupart des gens sont trop occupés à courir, ils ne savent plus prendre leur temps. Surtout les jeunes mères qui traînent leurs enfants à droite et à gauche : gymnastique, cours de danse, leçons de piano, arts martiaux... C'est très bien, tout ça, mais leur laisse-t-on le temps d'être simplement des enfants ? Enfin bon, vous avez sans doute vous-même de jeunes enfants et vous pensez que je

144

ferais mieux de me mêler de mes affaires. Je reconnais que je suis désespérément vieux jeu.

— Pas du tout, lui assura Gemma. Et je n'ai malheureusement pas les moyens de traîner mes enfants à toutes ces activités, pas plus que mes parents à l'époque.

— Je comprends.

Mrs Du Ray jeta trois cuillerées de thé dans une délicate théière à fleurs et versa de l'eau bouillante par-dessus.

Gemma se détendit sur sa chaise, heureuse de ce répit, comme avait dû l'être Melody avant elle. La pièce, quoique propre et agréable, était passablement défraîchie, comme la façade de la maison.

— Vous habitez ici depuis longtemps, madame Du Ray ?

— Trente-cinq ans. Mon mari a acheté cette maison quelque temps après notre mariage. Maintenant qu'il n'est plus là et que nos enfants sont mariés à leur tour, je suppose que je pourrais vendre et m'installer dans un joli bungalow quelque part. Mais c'est difficile de quitter un cadre aussi familier et tant de bons souvenirs.

Gemma avait du mal à imaginer une existence aussi sédentaire. Dawn avait-elle le projet de passer une bonne partie de sa vie dans la maison voisine, en y élevant peut-être des enfants ? Par la large fenêtre, au-dessus de l'évier, on voyait les murs en stuc pâle se dresser au-dessus de la haie.

— C'est Mr Arrowood qui vous a demandé de vous occuper de Tommy ? demanda-t-elle quand Mrs Du Ray lui tendit une tasse en porcelaine aussi délicate que la théière.

— Non. Mais hier, la pauvre bête miaulait désespérément à ma porte, et il était visible qu'on ne lui avait pas donné à manger. Alors je l'ai fait entrer et je suis allée acheter des boîtes d'aliments pour chat. Je ne sais pas ce que Dawn lui donnait à manger, mais il n'a pas l'air difficile. (Mrs Du Ray eut une petite moue en buvant une gorgée de thé.) Quant à Karl Arrowood, je suis passée le voir hier soir. Je ne voulais pas qu'il me trouve sans-gêne de m'occuper du chat de son épouse. Mais quand je l'ai mis au courant, il a répondu en haussant les épaules : « Faites comme il vous plaira. » Il n'a pas été vraiment grossier... juste indifférent. Je suppose que c'est compréhensible, compte tenu des circonstances.

— C'est chic de votre part d'avoir recueilli ce chat.

— Ça me paraît normal. Vous auriez fait la même chose.

Mrs Du Ray caressa Tommy, qui se léchait la patte avec application, confortablement installé sur une chaise voisine.

— Vous connaissiez bien Dawn ?

— Peut-être pas aussi bien que j'aurais dû.

Devant l'expression perplexe de Gemma, la vieille dame poursuivit d'une voix plus lente :

— Belle, jeune, riche... il ne m'est jamais venu à l'idée que cette petite puisse avoir besoin d'amis. Pourtant, maintenant que j'y pense, elle passait beaucoup de temps seule dans cette maison.

— Comment le saviez-vous ? D'ici, la haie vous empêche de voir leur allée, n'est-ce pas ? (Comme Mrs Du Ray se hérissait, Gemma s'empressa d'ajouter :) Je ne veux surtout pas laisser entendre que vous étiez indiscrète. Je me demande simplement ce que vous remarquiez au quotidien.

Apaisée, Mrs Du Ray se remit à câliner le chat.

— Vous avez raison, l'allée n'est pas visible des fenêtres du rez-de-chaussée. En revanche, je la vois quand je travaille dans le jardin, et aussi quand je suis dans ma chambre, à l'étage. Et il m'arrivait parfois de jeter un coup d'œil, comme ça, sans y faire vraiment attention.

— Vous n'étiez pas dans votre chambre vendredi soir, par hasard, peu après six heures ?

Elle comprit aussitôt, à l'expression de la vieille dame, qu'elle allait être déçue.

— Non, ma chère, je regrette. J'étais ici, dans la cuisine, à préparer mon dîner. Un œuf poché et un toast, si je me souviens bien... J'avais déjeuné au restaurant avec une amie.

— Et vous n'avez rien entendu ?

— Pas un bruit. À part les sirènes, bien sûr... à ce moment-là, je suis sortie voir ce qui se passait.

— Vous est-il arrivé d'entendre Karl et Dawn se disputer ?

— Oh, non, jamais de la vie ! Ils donnaient l'impression d'un couple parfait, toujours invités à des réceptions et à des dîners. Vous ne pensez quand même pas que Karl Arrowood est pour quelque chose dans la mort de Dawn ? C'est tout bonnement impossible !

— C'est difficile à accepter, je sais mais c'est souvent...

— Non, non, vous n'y êtes pas. Ce que je veux dire, c'est que Karl est physiquement incapable d'un tel crime. Voyez-vous, je sais comment Dawn a été tuée... la rumeur a circulé dans le quartier.

— Je ne comprends pas.

— Karl est terrifié à la vue du sang. C'est plus fort que lui. Mon mari avait la même phobie, depuis son enfance.

— Comment le savez-vous ?

— Un jour, dans le jardin, je me suis sérieusement coupée avec un éclat de verre qui avait atterri, je ne sais comment, dans mes plates-bandes. Il s'est trouvé que Karl et Dawn rentraient chez eux juste à ce moment-là. J'ai probablement poussé un cri, parce que Dawn est venue voir ce qui se passait. Karl l'a suivie, et j'ai bien cru qu'il allait s'évanouir en voyant le sang dégouliner le long de mon bras. Il est devenu blanc comme un linge et Dawn a dû le retenir pour l'empêcher de tomber. Après l'avoir aidé à rentrer, elle m'a conduite à l'hôpital. Elle est restée avec moi aux urgences jusqu'à ce qu'ils m'aient fait un pansement, et ensuite elle m'a ramenée à la maison.

— C'était gentil de sa part. Et... elle s'est confiée à vous ? Ça arrive, dans ce genre de situation.

— Non. Pas plus ce jour-là qu'un autre. On pouvait avoir une délicieuse conversation avec elle, mais ensuite on s'apercevait qu'on n'avait strictement rien appris sur son compte.

— Voilà qui fait d'elle une parfaite candidate à la béatification, non ? murmura Gemma d'une voix songeuse.

— Vous voulez dire que cela permet aux gens de l'idéaliser ? J'ai peut-être cédé moi-même à cette tentation... Et pourtant, non. Elle était foncièrement sincère, j'en suis persuadée. Et sa mort représente une grande perte pour tous ceux qui l'ont connue.

Pour la première fois, des larmes brillèrent dans les yeux de Mrs Du Ray.

— Karl Arrowood qui se pâme à la vue du sang ? Tu plaisantes !

Kincaid lança un coup d'œil à Gemma, puis reporta son attention sur la circulation de Kensington. Il avait déposé Cullen au Yard avant de passer prendre Gemma à Notting Hill, au volant de la Rover.

— Elle a été formelle, répondit Gemma. Et on ne peut pas se tromper sur ce genre de choses.

— Mais une vieille dame...

— Une dame d'un certain âge, rectifia-t-elle. Et c'est une fine mouche. On n'imagine pas Arrowood avoir des vapeurs, je te l'accorde, mais j'ai vu des choses plus étranges.

— En tout cas, sa phobie ne l'a pas empêché de soulever le cadavre de sa femme.

— Sous l'effet du choc, ça peut s'expliquer. Ce que je me demande, c'est s'il aurait pu se forcer à l'égorger, surtout avec une telle détermination. Il n'y avait aucun signe d'hésitation.

— Peut-être a-t-il payé quelqu'un pour le faire à sa place ? suggéra Kincaid.

— Dans ce cas, aurait-il touché le corps, sachant à quoi s'attendre ?

— Serais-tu devenue fan d'Arrowood, tout à coup ? Je te croyais fermement convaincue de sa culpabilité.

— Non, répondit Gemma avec une pointe de mauvaise humeur. Je veux dire... non, je ne l'élimine pas. Je me fais l'avocat du diable, c'est tout.

— Bon, nous allons voir ce que sa première femme peut nous dire à son sujet.

Ils étaient arrivés à Lower Sloane Street, bastion d'hôtels particuliers en briques rouges aussi luxueux qu'élégants, juste au-dessous de Sloane Square. Kincaid siffla tout bas.

— Y a pas à dire, il a mis son ex à l'abri du besoin.

Gemma avait téléphoné pour annoncer leur visite, se doutant bien que, sans rendez-vous, ils auraient le plus grand mal à rencontrer la première femme de Karl. Sylvia Arrowood avait dû guetter leur arrivée, car elle ouvrit la porte avant même qu'ils aient sonné. Mince et bronzée, elle était extrêmement bien conservée pour une femme d'une cinquantaine d'années. Kincaid, intrigué, constata qu'elle possédait le même genre de beauté que Dawn Arrowood... Karl avait-il eu tort de troquer l'ancien modèle contre un plus récent ?

— Vous devez être de la police, dit-elle. Pourrait-on expédier ça le plus rapidement possible ? J'ai un rendez-vous.

Son ton laissait clairement entendre que son temps était précieux, contrairement au leur. Kincaid arbora son expression la plus neutre afin de camoufler son irritation ; Mrs Arrowood, elle, ne cacha pas la sienne quand il lui demanda s'ils pouvaient s'asseoir.

— Nous tâcherons de vous déranger le moins possible, dit-il en jetant un coup d'œil circulaire sur le salon.

La pièce était remplie de meubles anciens et d'objets d'art qu'il jugea coûteux, mais il ne devait pas

150

faire bon y vivre. Elle avait quelque chose de bizarrement étouffant, et Kincaid finit par comprendre pourquoi : elle était un peu trop encombrée. Il eut le sentiment que cela n'était pas dû à l'amour des belles choses mais plutôt à l'avidité. Pourquoi posséder une seule table Louis XVI hors de prix, ou un seul vase de Sèvres, quand on pouvait s'en offrir deux ?

— ... charmant appartement, disait Gemma.

Mrs Arrowood se percha au bord d'un de ses fauteuils dorés et les dévisagea, se bornant à acquiescer.

— Vous devinez le motif de notre visite ? dit Kincaid d'un ton plus sec qu'il n'aurait voulu. La femme de votre ex-mari a été assassinée.

— Et pourquoi devrais-je me sentir particulièrement concernée, selon vous ? Je ne la connaissais même pas. Je n'ai pas revu Karl depuis des années.

— Depuis combien de temps êtes-vous divorcés ? demanda Gemma avec juste un soupçon de sympathie dans la voix.

— Treize ans. Karl m'a plaquée quand Richard avait onze ans et Sean, neuf. Avez-vous la moindre idée de ce que ça représente d'élever toute seule des garçons de cet âge ?

— Je peux l'imaginer, répondit Gemma. Madame Arrowood, on nous a dit que votre mari s'était fait faire une vasectomie à l'époque où il vivait avec vous. Est-ce exact ?

Sylvia Arrowood la regarda avec des yeux ronds.

— En quoi ça vous intéresse, grands dieux ?

— Ça a un rapport avec l'affaire. Je ne peux pas vous en dire davantage.

Sylvia haussa les épaules.

— Bah ! je ne vois aucun inconvénient à vous

répondre. Je voulais un autre enfant après Sean, et ce salopard est parti se faire opérer sans même m'en avoir parlé avant ! Il m'a seulement dit : « Pour être bien sûr qu'il n'y aura pas d'accidents. » Ça, je ne le lui ai jamais pardonné.

— Non, c'est ce que je vois. (Gemma consulta son calepin.) Madame Arrowood, votre mari craignait-il la vue du sang ?

— Comment le savez-vous ? Oui, c'est exact. Une simple coupure de rasoir le faisait tourner de l'œil comme une collégienne ! (Sylvia sourit, mais Kincaid n'eut pas l'impression qu'elle évoquait ce souvenir avec tendresse.) Vous ne pensez tout de même pas que ce salaud a assassiné sa femme ? C'est absurde !

— Pourquoi ?

— Parce que Karl, outre qu'il ne supporte pas la vue du sang, est bien trop cruel pour commettre un crime si net, si rapide. Il aime torturer lentement ses victimes. D'autre part, pourquoi aurait-il fait une chose pareille... à moins, évidemment, qu'elle ait eu un amant ? (Sylvia parut lire sur leurs visages la confirmation de cette hypothèse.) Je vois. Eh bien ! croyez-moi, s'il avait découvert la vérité, il l'aurait fait chèrement payer à sa femme. Mais il aurait prolongé le supplice : selon toute vraisemblance, il l'aurait jetée à la rue sans un sou, l'aurait renvoyée dans sa banlieue sordide. (Avec amertume, elle ajouta :) À l'époque où il l'a épousée, il ne manquait pas d'argent. Il pouvait se permettre de ramasser ses conquêtes dans le caniveau.

— Peut-être qu'il l'aimait, avança Gemma.

Sylvia la regarda comme si sa remarque était trop stupide pour mériter une réponse.

— Madame Arrowood, intervint Kincaid, vos fils sont-ils proches de leur père ?

— Non. Pourquoi cette question ?

— Si je ne m'abuse, l'aîné, Richard — c'est bien ça ? — doit avoir vingt-quatre ans. Et son frère, vingt-deux ?

— Vous êtes très fort en calcul mental, superintendant.

— L'un des deux a-t-il suivi les traces de son père ?

— Le commerce des antiquités, vous voulez dire ? Non. Ils travaillent tous les deux à la City. Richard est dans les assurances, Sean dans la banque.

— Pourriez-vous me donner leurs adresses ? (Voyant Sylvia se raidir subitement, il ajouta :) Simple formalité.

Lorsqu'elle se fut exécutée, de mauvaise grâce, il la remercia et ils prirent congé.

— Si l'un des fils a fait le coup, il devait pourtant savoir — ou au moins se douter — que Karl ne leur avait rien laissé dans son testament, observa Gemma quand ils eurent regagné la voiture. Et Marianne Hoffman, là-dedans ?

— Peut-être qu'il lui avait laissé de l'argent, à elle aussi. (Gemma lui lança un regard noir.) Bon, d'accord, je reconnais que c'est tiré par les cheveux. En tout cas, ça vaut carrément la peine d'interroger les fils Arrowood.

CHAPITRE SIX

En 1833, à la suite d'une crise provoquée par l'entassement indécent des tombes dans les cimetières des églises londoniennes, on acheta cinquante-six acres de terres entre le canal et Harrow Road afin de créer Kensal Green Cemetery, le premier lieu spécifiquement aménagé à Londres pour ensevelir les morts.

Whetlor et Bartlett, *Portobello*.

Dès l'hiver 1961, Ange aurait été bien incapable de se rappeler une époque où elle n'avait pas été amie avec Betty et Ronnie. Elle devait cependant reconnaître que Ronnie n'était plus le même depuis qu'il avait franchi le cap des seize ans et quitté l'école. D'abord, il se mit à les qualifier, Betty et elle, de « petites filles » ; ensuite, il cessa d'écouter avec elles de la pop américaine, débitant des discours ronflants sur le jazz et l'influence des Noirs sur l'évolution de la musique. Cela blessait tout particulièrement Ange, qui se sentait délibérément exclue.

Mais Ronnie était intelligent, aucun doute là-des-

sus. Il avait été engagé comme assistant par un photographe local, et il écumait les rues de Notting Hill avec un appareil photo qu'il s'était payé sur son salaire. Il avait l'intention de devenir quelqu'un, disait-il aux filles, et il s'était juré de ne jamais travailler de ses mains comme son père.

— Le métier de tapissier ne me paraît pas précisément un « travail manuel », avait répliqué Betty d'un ton cinglant. Ça exige de l'habileté. À t'entendre, on croirait que papa est terrassier !

Mais Ronnie, exaspéré par sa sœur et par ses parents, économisait chaque shilling en attendant le jour où il pourrait s'installer chez lui. Les filles haussèrent les épaules et apprirent à s'amuser sans lui. Toutefois, ses taquineries et son sourire éclatant manquaient à Ange plus qu'elle ne l'aurait cru possible.

Cet automne-là, à force de harceler son père, elle finit par le convaincre d'acheter une télévision, nouveauté qui contribua dans une certaine mesure à combler le vide laissé par Ronnie. Ils étaient l'une des rares familles du quartier à posséder une télévision, laquelle trônait à la place d'honneur dans le salon. Pelotonnées devant l'écran noir et blanc aux images granuleuses, les filles regardaient les dernières idoles pop de Oh Boy ! tandis qu'Ange s'imaginait déjà, plus tard, en jeune femme sophistiquée évoluant dans les mêmes cercles exaltants que les vedettes de la télé.

Un gémissement, provenant de la chambre de sa mère, la ramena brutalement à la réalité. Sa mère souffrait de plus en plus souvent de ce qu'elle appelait « une de ses migraines ». La douleur provoquait des vomissements, et seuls le silence et l'obscurité lui apportaient quelque soulagement. Les jours où sa mère n'allait pas bien, son père se montrait aussi désemparé qu'un enfant, et Ange assurait de son mieux les tâches ménagères.

Chaque fois que c'était possible, elle se réfugiait chez Betty. La famille de son amie devait partager une salle de bains sur le palier avec deux autres familles, mais l'appartement était toujours rempli d'effluves de bons petits plats et du joyeux fredonnement de Mrs Thomas. C'était la mère de Betty qui avait appris à Ange à préparer des plats antillais et à choisir sur le marché des aubergines, des ignames et des gombos, ces drôles de fruits visqueux. « Qui va t'apprendre à cuisiner si ta mère ne le fait pas, petite ? » disait-elle en secouant la tête d'un air réprobateur.

Ange n'avait jamais imaginé que sa mère pût être atteinte d'une maladie grave jusqu'à ce jour de février, au ciel plombé, où elle rentra de l'école pour trouver le médecin dans le salon, sa trousse noire posée par terre.

— Qu'est-ce qu'il y a ? demanda-t-elle à son père, le cœur battant.

— Ta mère a eu une très mauvaise migraine aujourd'hui. Encore pire que d'habitude. Le docteur lui a donné un calmant.

Son père paraissait épuisé. Pour la première fois, elle remarqua les rides profondes qui lui creusaient les joues.

— Mais pourquoi... Qu'est-ce qu'elle a ?

— Nous ne le savons pas, répondit le médecin, un homme chauve et imposant dont la voix patiente démentait l'expression sévère. Nous allons devoir

faire des radiographies de son cerveau. Ensuite, nous
aviserons.

— Il faudra qu'on l'opère ?

— C'est une possibilité, mais il est trop tôt pour le
dire.

— Je suis sûr qu'elle se rétablira, lui dit son père,
comme pour se rassurer lui-même.

Mais Ange comprit, dans un instant de terreur qui
lui noua les entrailles, que sa vie était sur le point de
basculer pour toujours.

— Anthony Trollope est enterré ici. William Thac-
keray aussi, déclara Kincaid à Gemma tandis que la
voiture franchissait en cahotant les grilles du cimetière de Kensal Green.

Il était onze heures moins cinq, ce mardi matin, et
on les avait prévenus que la dépouille de Dawn Arrowood serait inhumée à l'issue d'une brève cérémonie
près de la tombe.

Gemma s'arrêta au premier croisement entre les
allées qui sillonnaient les lieux.

— Seigneur, mais c'est immense ! J'étais loin
d'imaginer ça.

Kensal Green s'étendait à la limite nord de Notting
Hill, coincé entre la courbe paresseuse du Grand
Union Canal et le tracé d'Harrow Road. Un écriteau
accroché à la grille les avait informés que ce lieu était
un refuge pour la faune, ce pourquoi l'herbe n'était
pas tondue ni les tombes entretenues, à moins de
consignes spécifiques des propriétaires de conces-
sions. Hirsute et désolé sous le ciel grisâtre de
décembre, le cimetière dégageait une impression de
tranquille décrépitude. Les bouquets de fleurs en plas-

tique disposés sur certaines tombes semblaient pathétiques et dérisoires comparés à la végétation luxuriante de la nature.

— Ça a été toute une histoire. Vers les années 1830, les Londoniens se sont trouvés à court d'endroits pour enterrer leurs morts. Tous les cimetières des églises étaient pleins. On a alors créé une entreprise chargée de trouver des terrains et de construire des cimetières. Celui-ci a été le premier, et il a connu un grand succès. C'était très couru de se faire enterrer ici. (Voyant le regard sceptique de Gemma, Kincaid ajouta :) C'est la pure vérité. Je ne plaisante pas.

— Et comment es-tu si bien renseigné ?

— Je suis déjà venu, répondit-il sans s'étendre davantage.

— Dans ce cas, tu peux me dire où se trouve la tombe de Dawn ?

— Hum... j'irais à droite et je chercherais des voitures.

— Merci pour ton aide, dit-elle d'un ton sarcastique.

Elle suivit néanmoins son conseil et longea la route quelque temps avant de repérer une douzaine de voitures vides garées sur le bas-côté. Au loin, elle aperçut un groupe de personnes en vêtements sombres, mais l'allée menant dans cette direction était interdite à la circulation.

— On va devoir y aller à pied, semble-t-il.

Coupant le moteur, Gemma regarda ses souliers en grimaçant. Elle s'était attendue à une cérémonie beaucoup plus mondaine.

— Espérons au moins qu'il ne pleuvra pas.

— Je ne parierais pas là-dessus, lui dit Kincaid en riant et en attrapant son parapluie.

Ils longèrent l'allée en silence. Des stèles neuves, en marbre noir luisant, étaient disséminées parmi les tombes et les monuments plus anciens, mais elles ne possédaient pas la même grâce.

— Y a pas à dire, observa Kincaid à mi-voix, les Victoriens savaient célébrer la mort.

Jamais Gemma n'avait vu autant d'anges : anges en pleurs, anges en sentinelle, anges aux bras levés vers les cieux. Impressionnée par le silence du lieu, elle prit une longue inspiration. Le paysage, en définitive, n'était pas aussi désolé qu'elle l'avait cru au départ. Les arbres noueux et les fourrés grouillaient d'oiseaux de toute espèce, et des écureuils affairés couraient dans l'herbe haute. Sur la droite, elle aperçut à travers les arbres un vaste édifice orné de colonnes blanches classiques.

— La chapelle anglicane, lui souffla Kincaid. Quoique le terme « chapelle » semble un peu modeste pour un truc aussi grandiose. Je ne pense pas qu'elle soit encore en usage.

Ils s'approchèrent de la petite assistance, s'arrêtant à quelques pas en signe de discrétion. Un cercueil ouvragé reposait au bord de la fosse creusée, et un ecclésiastique en soutane noire récitait les paroles du service funèbre. À côté de lui se tenait Karl Arrowood, en pardessus et costume noirs, tête baissée, des gouttes de pluie scintillant dans ses cheveux dorés. Les parents de Dawn se tenaient du côté opposé, comme pour éviter tout contact avec lui. Gemma reconnut également Natalie Caine, en larmes, soutenue par un jeune homme trapu, au visage chaleureux, qui devait être son mari. Les autres personnes présentes semblaient être des amis ou des parents de Dawn.

— Pas de nouveaux suspects en vue, murmura Kincaid. Manque de pot.

La prière terminée, le prêtre ferma son bréviaire. Karl Arrowood s'avança alors et posa sur le cercueil une unique rose blanche. La mère de Dawn éclata en sanglots déchirants et son mari l'entraîna à l'écart. Plusieurs personnes s'approchèrent de Karl et lui serrèrent la main. Avec une visible répugnance, Natalie fit de même, puis adressa à Gemma un petit signe de tête avant de rebrousser chemin vers les voitures, accompagnée de son mari.

Gemma et Kincaid attendirent que tout le monde eût défilé devant le cercueil. Arrowood se redressa à leur approche, les mains dans les poches de son pardessus.

— Monsieur Arrowood, dit Gemma, voici le superintendant Kincaid, de Scotland Yard.

— Dois-je en déduire que le Yard a été appelé en renfort ? Peut-être que maintenant, vous allez arriver à élucider la mort de ma femme.

— J'enquête sur un meurtre différent, monsieur Arrowood, répondit Kincaid. Il a été commis il y a deux mois, à Camden Passage. Une certaine Marianne Hoffman a été tuée de la même manière que votre épouse. Est-ce que vous la connaissiez ?

— Non, dit Arrowood, mais il avait pâli. Qui était-ce ?

— Mrs Hoffman tenait une boutique de bijoux anciens à Camden Passage. Elle habitait juste au-dessus. Est-ce que vous pensez qu'un lien quelconque aurait pu exister entre votre épouse et cette femme ?

— Elle vendait des bijoux, dites-vous ? Dawn n'avait aucune raison de fréquenter ce genre de boutique, puisque c'est moi qui lui achetais tous ses bijoux.

— Samedi, monsieur Arrowood, dit Gemma, quand je vous ai annoncé que votre femme était enceinte au moment de sa mort, vous avez omis de signaler que vous aviez subi une vasectomie avant votre mariage.

Elle perçut un petit frémissement au coin de sa bouche, rapidement maîtrisé.

— Et pourquoi aurais-je dû considérer qu'un problème aussi personnel vous regardait en quoi que ce soit ?

— Parce que si vous étiez au courant de cette grossesse, vous auriez tout naturellement supposé que votre femme avait un amant. D'après moi, cela constitue un mobile de meurtre extrêmement puissant.

— Si vous insinuez que j'ai tué Dawn, inspecteur, je vous conseille d'être très prudente. J'aimais ma femme, même si ça vous paraît difficile à concevoir, et je n'avais aucune raison de la croire infidèle. Il est connu que les vasectomies peuvent échouer, et c'est *à ça* que j'ai tout naturellement pensé.

— Et avant la mort de Mrs Arrowood, vous ne vous êtes pas douté qu'elle était enceinte ?

— Non, je vous le répète. Je savais qu'elle ne se sentait pas bien, mais cette explication ne m'a pas traversé l'esprit sur le moment, pour des raisons évidentes. Et maintenant que je suis au courant, je *réfute* l'idée selon laquelle cet enfant n'était pas de moi.

Devant son expression inflexible, Gemma se demanda qui il désirait convaincre, en réalité : eux ou lui ?

— À propos d'enfants, monsieur Arrowood, vous avez vu vos fils ces derniers temps ?

— Mes fils ? Qu'est-ce qu'ils viennent faire dans cette histoire ?

— Vous m'avez dit l'autre jour que vous leur aviez clairement fait comprendre qu'ils ne devaient rien attendre de votre part.

— J'en avais plus qu'assez de les voir quémander de l'argent à tout bout de champ, mais je ne leur ai jamais dit explicitement... Vous ne les accusez tout de même pas... ?

— L'argent est un mobile puissant. S'ils pensaient que la mort de Dawn leur assurerait un héritage...

— Non ! C'est ridicule, dit Arrowood, visiblement secoué. Je connais mes enfants. Ils aiment que les choses leur tombent toutes rôties dans le bec parce que leur mère les a gâtés toute leur vie, mais ils sont bien incapables de commettre un meurtre.

— Les êtres qui nous sont chers peuvent parfois nous surprendre, commenta Kincaid.

Les yeux plissés, Karl Arrowood rétorqua :

— Si vous espérez m'intimider en harcelant ma famille, superintendant, laissez tomber. Je contacterai mon avocat sitôt arrivé à mon bureau.

— Vos fils sont adultes, monsieur Arrowood. Nous n'avons pas besoin de votre permission pour les interroger. En l'occurrence, il s'agit simplement d'une enquête de routine. Plus les témoins se montreront coopératifs, plus vite nous pourrons avancer.

— Autrement dit, je devrais encourager mes fils à vous parler ?

— S'ils n'ont rien à cacher, cela facilitera les choses pour tout le monde.

Arrowood eut un sourire amer.

— Vous semblez croire que j'ai de l'influence sur mes enfants, superintendant. Malheureusement, ce n'est pas le cas.

— Je pensais qu'ils seraient là aujourd'hui, intervint Gemma d'un ton suave.

— Ils ne sont pas là parce que je ne les ai pas invités ! répondit sèchement Arrowood. Pourquoi leur donner l'occasion de manquer de respect à Dawn dans la mort, comme ils l'ont fait de son vivant ?

— Peut-être qu'ils regrettent leur attitude...

— Avec le poison que leur distille leur mère en permanence ? Fort peu probable !

— Je suppose que Dawn n'était pour rien dans l'échec de votre premier mariage. (Treize ans plus tôt, Dawn devait encore être à l'école.) Dans ces conditions, pourquoi votre ex-femme la détestait-elle à ce point ?

— Parce que Sylvia est une garce malveillante, répliqua-t-il avec un amusement farouche. Cela répond-il à votre question, inspecteur ?

Gemma tendait à partager son opinion, mais elle n'en fit pas état.

— Et vos collègues, monsieur Arrowood ? Ils auraient sûrement pu venir vous soutenir aujourd'hui ?

— Je n'ai prévenu personne au magasin. Je voulais que cette cérémonie soit privée... aussi privée que possible, du moins, ajouta-t-il avec un regard en coin vers les parents de Dawn et leurs amis, qui parlaient au prêtre quelques pas plus loin.

Gemma fut soudain révoltée par la dureté d'Arrowood, son indifférence envers la douleur des Smith.

— C'était bien le moins que vous puissiez faire pour eux ! s'écria-t-elle. Vous n'êtes pas le seul à avoir perdu un être cher.

Arrowood la regarda d'un air surpris, puis murmura d'une voix lente :

— Non, vous avez sans doute raison.

— Qu'avez-vous donc contre vos beaux-parents ? demanda Gemma. Il paraît que vous n'avez même pas cherché à faire leur connaissance.

Les yeux de l'antiquaire avaient retrouvé toute leur froideur.

— Ce sont des petits-bourgeois irrécupérables et assommants.

— Et vous leur en faites grief ? Comme si c'était un choix !

— Précisément. Dawn a choisi d'échapper à son milieu d'origine. Tout comme moi, d'ailleurs, ajouta-t-il à mi-voix.

Il laissa son regard errer sur les tombes avoisinantes, paraissant chercher quelque chose de familier. Puis, reportant son attention sur Gemma, il lui dit avec un sourire narquois :

— Si vous voulez bien m'excuser, je dois présenter mes respects à mes beaux-parents.

— Une dernière chose, monsieur Arrowood, intervint Kincaid. Connaissez-vous un certain Alex Dunn ?

— Alex ? Oui, bien sûr. Je négocie fréquemment avec lui. Quel rapport avec cette affaire ?

— Selon plusieurs sources, votre femme avait une liaison avec lui.

Si Gemma, exaspérée par l'attitude détachée de Karl Arrowood, avait eu envie de lui faire perdre son sang-froid, elle fut largement récompensée.

— Alex ? Une liaison avec Dawn ? C'est impossible !

Il tendit la main et s'appuya sur un bloc de granit recouvert de mousse.

— Pourquoi ? s'enquit Gemma.

— Parce que... parce qu'Alex ne pouvait pas... Elle n'aurait pas... Je récuse formellement une pareille idée ! Et je n'en discuterai pas plus longtemps avec vous.

Les articulations de sa main, crispée sur la pierre, étaient blêmes, et son visage pâlit sous l'effet du choc. Il se détourna.

— Nom de Dieu... allez-vous-en !

— Nous nous reverrons, monsieur Arrowood, dit Gemma.

Il n'eut aucune réaction. Tandis qu'ils s'éloignaient, elle jeta un coup d'œil par-dessus son épaule et vit qu'il était toujours debout près du cercueil de sa femme, tête basse, les épaules voûtées.

Comme l'avait prédit Kincaid, la pluie se remit à tomber dès qu'ils eurent quitté les lieux.

— Est-ce qu'il dit la vérité ? demanda Kincaid à Gemma lorsqu'ils se retrouvèrent au chaud dans la voiture.

— À propos de quoi ?

Gemma avait les joues rougies par le froid, sa peau brillait et des boucles humides de cheveux cuivrés encadraient son visage. En cet instant, Kincaid la trouva douloureusement belle ; il allait lui en faire la réflexion quand elle ajouta :

— Je jurerais qu'il n'était pas au courant pour sa femme et Alex Dunn... à supposer, évidemment, que la rumeur soit fondée.

Au prix d'un gros effort, Kincaid adopta un état d'esprit professionnel et détacha son regard de sa compagne.

— Il n'a pas apprécié non plus l'idée que ses enfants puissent être impliqués. Il n'y avait manifestement pas pensé, ou alors c'est un putain de bon acteur.

Le front plissé, Gemma pianota des doigts sur le volant tandis que la voiture cahotait vers la sortie du cimetière.

— Un bon acteur, oui. Malgré tout, j'ai l'impression qu'il éprouve un véritable chagrin à propos de sa femme.

— L'esprit humain est complexe. C'est très possible qu'il l'ait tuée et que, d'un autre côté, il la pleure sincèrement.

— C'est un enfer que je préfère ne pas envisager, répondit Gemma en frissonnant. Et Alex Dunn, dans l'histoire ? Tout le monde nous a parlé de son amour pour Dawn, mais cela ne le place pas au-dessus de tout soupçon. Nous ignorons totalement ce qui a pu se passer entre eux... Dawn lui a peut-être dit qu'elle était enceinte mais qu'elle ne voulait pas — ou ne pouvait pas — quitter Karl, et Alex aura perdu les pédales... S'il n'est pour rien dans la mort de Dawn, pourquoi s'est-il volatilisé dans la nature ? Ses amis du café et la brocanteuse de l'arcade nous ont dit qu'il était au fond du gouffre...

166

— Tu as demandé un mandat de perquisition pour son appartement ?

— Melody l'avait à la main quand nous sommes partis pour le cimetière.

— Dans ce cas, demande-lui de nous retrouver sur place.

— Toujours aucune trace de la voiture de Dunn, annonça Melody lorsque Gemma appela le commissariat.

Non seulement toutes les forces de police étaient à l'affût de la Volkswagen de Dunn, mais Gemma avait vérifié l'adresse précédente du jeune homme sur son bail : un petit appartement de Kensington dont le locataire actuel n'avait jamais entendu parler d'Alex. Son certificat de naissance n'avait guère livré plus de renseignements. Alexander Dunn était né en 1971 dans un hôpital de Londres, d'une mère inscrite sous le nom de Julia Anne Dunn. Aucune mention du père. L'adresse figurant sur le dossier avait dû, au début des années soixante-dix, correspondre, à une sordide chambre meublée dans la jungle de Notting Hill. Personne, dans le quartier, ne se souvenait de Julia Dunn ni de son enfant.

Était-il allé à l'université ? se demanda-t-elle. Auprès de qui se renseigner ? Qui avait été proche d'Alex Dunn, à part Fern et Dawn Arrowood ?

Elle bifurqua dans l'étroit passage des *mews* et trouva aussitôt à se garer, chance rarissime dont elle se félicita intérieurement. La Volkswagen d'Alex Dunn n'avait pas réapparu et il n'y eut pas de réponse lorsque Kincaid et elle frappèrent à la porte. Néanmoins, ils virent un rideau bouger à la fenêtre de l'appartement d'à côté.

— Ah ! un voisin curieux, murmura Kincaid.

Sans se consulter, ils revinrent sur leurs pas et frappèrent en face. Le bac à plantes était vide et le trottoir, près de la porte, était jonché de détritus apportés par le vent, mais la porte s'ouvrit aussitôt.

L'occupant de l'appartement était un homme grand, l'air timoré, aux épaules voûtées et aux cheveux clairsemés. Il portait un cardigan marronnasse, rapiécé avec soin et constellé de pellicules.

— Puis-je vous aider ? demanda-t-il, tout excité.

Kincaid exhiba sa carte de police.

— Nous aimerions vous parler de votre voisin...

— Mon locataire, en fait. Le jeune Alex serait-il à l'index ? (Son trait d'esprit le fit glousser.) Oh ! pardonnez-moi, je m'appelle Donald Canfield. Entrez, entrez.

Dans l'appartement sombre régnait une âcre odeur de chou et de corps mal lavé. Canfield les fit asseoir sur un canapé, face à une télévision grand écran, mais Gemma reprit espoir en apercevant un fauteuil opportunément placé près de la fenêtre.

Au grand soulagement de la jeune femme, Kincaid refusa les rafraîchissements que leur proposait Canfield et attaqua :

— Savez-vous, par hasard, où nous pourrions trouver Mr Dunn ?

— Vous venez à propos de la femme, c'est ça ? La blonde, celle qui s'est fait égorger ? J'ai vu sa photo dans le journal.

— Dawn Arrowood. Il vous est arrivé de la voir avec Mr Dunn ?

168

— Oh ! oui. Elle lui rendait visite depuis plusieurs mois, presque toujours dans la journée. À vrai dire, je me suis demandé si elle était mariée. Je les entendais, aussi, si vous voyez ce que je veux dire... ajouta-t-il avec un regard salace destiné à Gemma. Les murs de ces vieilles maisons ne sont pas insonorisés. Et elle était très... enthousiaste, conclut-il en pouffant.

Révoltée, Gemma fronça les sourcils et détourna la tête. Kincaid, lui, n'eut pas autant de scrupules :

— Les avez-vous également entendus se disputer ?

— Non, ça, je ne peux pas dire. Par contre, avec l'autre...

— Quelle autre ? intervint Gemma.

— La fille aux cheveux fluo. Ils se sont bagarrés à mort, Alex et elle, surtout quand il a commencé à fréquenter la blonde. Mais elle n'est pas revenue depuis des mois... jusqu'à l'autre jour.

— L'autre jour ?

— Samedi. Le lendemain du meurtre. La fille est venue ici avec Alex. Ils sont montés directement dans la voiture d'Alex et ils ont filé. Bizarrement, c'est *elle* qui conduisait.

— Vous les avez vus revenir ?

Canfield eut une moue désappointée.

— Malheureusement, je suis parti juste après. Pour rendre visite à ma sœur, dans le Warwickshire. Je ne suis rentré qu'hier soir. Je ne savais pas, voyez-vous, que c'était la blonde qui avait été assassinée. Sinon, je serais resté ici, quitte à foutre ma sœur en rogne.

— Parlez-nous de la veille au soir, monsieur Canfield. Étiez-vous ici à ce moment-là ?

— Oui, oui, parfaitement.

— La femme blonde est-elle venue voir Alex dans l'après-midi ou la soirée ?

Nouvelle petite grimace de désappointement.

— Pas à ma connaissance. Mais je suis un homme occupé, vous comprenez, et j'ai très bien pu la louper.

— Je comprends, dit Kincaid. Et Alex ? L'avez-vous vu entrer ou sortir en début de soirée ?

— Je sais qu'il est rentré vers cinq heures ; j'ai regardé par la fenêtre en entendant sa voiture. Et puis il est reparti — à pied, cette fois — juste au moment où commençait le journal télévisé.

— Sur quelle chaîne ?

— Channel One. J'ai une prédilection pour Channel One.

Il devait donc être dix-huit heures trente, pensa Gemma, si on pouvait se fier au témoignage de ce type. Par conséquent, si Dawn était morte quelques minutes plus tôt, il n'y avait guère de possibilités que Dunn l'eût assassinée.

— Savez-vous quelque chose sur Alex, monsieur Canfield ? S'il a de la famille, des amis ?

— Non. Il est du genre réservé, répondit l'autre avec raideur.

Gemma comprit, à son expression, qu'il avait dû se faire rembarrer.

— Est-il un bon locataire, au moins ? insista-t-elle, le mettant au défi de trouver quelque chose de positif à dire sur Alex Dunn. Soigneux ? À jour avec le loyer ?

— Ma foi... oui, admit-il à contrecœur. Mais je n'ai aucune envie d'avoir un locataire qui est impliqué dans un meurtre...

— Rien ne prouve qu'il soit impliqué dans la mort

de Mrs Arrowood, monsieur Canfield, dit-elle, sachant pertinemment que l'homme ne raterait pour rien au monde une affaire aussi passionnante.

Un éclair de lumière orange et noir, derrière la fenêtre, annonça l'arrivée de Melody Talbot au volant d'une voiture de patrouille.

Kincaid se leva et serra la main de Mr Canfield en le remerciant de son aide. Gemma, pour sa part, feignit de ne pas voir les doigts mollement tendus dans sa direction.

— Quel sale pervers ! maugréa-t-elle. (Sachant que Canfield les épiait avidement par la fenêtre, elle en avait les cheveux dressés sur la nuque.) Peut-être qu'il a fait une fixation sur Dawn, à force de l'observer et d'imaginer ce qu'elle faisait avec Alex dans l'appartement voisin...

— Il aurait facilement pu la suivre et découvrir où elle habitait, convint Kincaid. Puis la guetter, le soir du crime...

— Ben voyons ! répliqua Gemma en levant les yeux au ciel. Il ne paraît même pas de taille à agresser un chaton. Et comment pourrait-il savoir à quelle heure Alex est sorti de chez lui, s'il était parti assassiner Dawn ? Malgré tout, ça ne mange pas de pain de vérifier ses antécédents.

Melody, après avoir fait demi-tour pour chercher une place à l'extérieur des *mews*, réapparut en haut de la rue.

— J'ai le mandat ! leur lança-t-elle. Et un serrurier va arriver.

— Je ne serais pas surpris que Mr Canfield ait une

clef, lui dit Kincaid. Mais laissez-moi tenter ma chance.

Il avait toujours sur lui un petit trousseau de crochets professionnels, et Gemma savait qu'il aimait exercer ses talents.

— À mon avis, il est peu probable que nous trouvions Dunn ici, dit-il en se penchant sur la serrure, puisque Canfield l'a vu partir dans sa Volkswagen et que la voiture n'est pas revenue. En plus, je ne détecte aucune odeur.

Cette dernière observation fit grimacer Gemma.

— Il s'est peut-être suicidé ailleurs, avança-t-elle.

— Dans ce cas, qu'est devenue la fille qui conduisait ? Celle qui a une coiffure originale ?

— Fern Adams.

Kincaid leva les yeux vers elle, une oreille toujours collée à la serrure pour écouter le bruit des gorges qu'il manipulait.

— Son ex-copine, précisa Gemma. Celle dont les amis d'Alex, au café, ont dit qu'elle était fermement décidée à l'aider. Et un témoin a vu Alex quitter son stand avec elle.

— Où sont-ils maintenant, alors ? interrogea Melody. Avez-vous l'adresse de la fille ?

— Non. Je sais qu'elle habite le quartier, mais la voiture de Dunn n'a été repérée nulle part dans les environs.

— Ça y est ! s'exclama Kincaid tandis que la porte pivotait sur ses gonds.

Il entra avec précaution, appelant Dunn et actionnant les interrupteurs avec son mouchoir. Pas de réponse. De toute évidence, l'appartement était désert.

Gemma s'aperçut avec dégoût que la chambre à

coucher, située sur le devant de la maison, était accolée au salon de Mr Canfield. Un pantalon était négligemment jeté en travers du lit défait. Sur la table de toilette se trouvaient une brosse à cheveux, un vide-poche et deux ravissants vases bleu et blanc. Des revues d'antiquités et des catalogues de chez *Christie's* étaient empilés sur les tables de chevet. Dans le placard, Gemma trouva deux valises et un sac marin, mais aussi des vêtements soigneusement pliés et suspendus à des cintres. Rien n'indiquait que Dunn fût parti en voyage. Par ailleurs, la chambre ressemblait à tout sauf au théâtre d'une liaison illicite.

Dans la salle de bains, la baignoire était tapissée d'un carrelage vert foncé, des articles de toilette pour homme étaient alignés sur le lavabo et une odeur typiquement masculine — savon et lotion après-rasage — flottait discrètement dans l'air. Aucun signe de la présence d'une femme.

— Il a un rasoir électrique coûteux, commenta Kincaid. S'il s'était enfui, il l'aurait emporté.

Tout, dans le salon, était peint en beige clair, y compris les placards de la cuisine qu'on apercevait à un bout de la pièce. Gemma se demanda si Alex avait cherché à faire disparaître toute trace du propriétaire, car elle ne pouvait pas imaginer que la décoration soit due à Donald Canfield. Cependant, la teinte vanille des murs et du tapis pouvait s'expliquer autrement : en effet, celle-ci mettait pleinement en valeur la collection d'Alex.

De charmants objets en porcelaine bleu et blanc étaient disséminés un peu partout — sur de petites tables, sur des étagères, sur le bureau — et l'un des murs était occupé par une vitrine remplie de pièces

Art déco aux couleurs vives qui arrachèrent à Gemma un soupir de ravissement.

Une porte-fenêtre ouvrait sur un petit jardin clos. Dans le patio dallé, elle vit des pots de géraniums fanés, une table blanche et deux chaises en fer forgé. Elle imagina Alex et Dawn assis là par une belle soirée d'été, les yeux dans les yeux, et une vague de tristesse l'envahit.

— Encore une impasse, dit Melody avec un soupir de découragement.

— Pas tout à fait, rectifia Gemma. Nous savons au moins que Dunn n'est pas revenu ici pour se suicider.

— Il n'a disparu que samedi matin, fit observer Kincaid. À supposer qu'il ait tué Dawn vendredi soir et qu'il ait ensuite regagné son appartement, il n'a en tout cas laissé aucun indice compromettant.

— Nous ferons venir les experts du labo, à tout hasard, dit Gemma. En attendant, je vais tâcher de retrouver Fern Adams.

Gemma se rendit au café d'Otto, profitant de son enquête pour savourer un déjeuner tardif servi par le joyeux Wesley. Kincaid était retourné au Yard pour entreprendre des recherches sur le passé des deux fils Arrowood.

Otto était absent pour la journée, lui annonça Wesley en apportant un bol de soupe aux lentilles bien chaude. Il ne s'appesantit pas. Regrettait-il de s'être montré aussi franc lors de leur précédente conversation ? se demanda Gemma.

— Vous pourriez peut-être m'aider, lui dit-elle quand il revint pour débarrasser. Avez-vous revu Fern Adams depuis qu'elle est passée ici, samedi ?

— Non. C'est bizarre, d'ailleurs. D'habitude, elle vient tous les jours prendre un café.

— Pas revu Alex non plus ?

Gemma savait que les agents qui cherchaient Alex avaient dû se renseigner ici, mais elle voulait entendre la réponse de la bouche même de Wesley.

Celui-ci secoua la tête, son visage mobile reflétant l'appréhension.

— C'est à croire qu'il s'est évaporé. Personne ne sait où il est passé. Pensez-vous... ? Il n'aurait pas... Il était si bouleversé...

— Je serais plus inquiète s'il n'avait pas quitté son appartement avec Fern... nous avons un témoin qui les a vus. C'est à Fern que je voudrais parler, maintenant. Savez-vous où je pourrais la trouver ?

— Elle habite Portobello Court. Je ne me rappelle pas le numéro de l'appartement, mais je peux vous expliquer où c'est. (Il donna à Gemma des indications détaillées, avant d'ajouter :) Vous savez, le meurtre de Mrs Arrowood est une chose affreuse, mais je ne la connaissais pas. En revanche, s'il arrivait quelque chose à Alex ou à Fern... Pour moi, ils sont de la famille.

— Avez-vous de la famille, vous-même ?

— Ma mère, répondit-il avec un sourire éclatant. Elle habite à Westbourne Park. (Son visage se rembrunit.) Mon père est mort il y a plusieurs années. Crise cardiaque.

— Vous habitez chez votre mère ?

— Je n'ai pas les moyens de faire autrement, vous savez ce que c'est, dit Wesley sans une once d'amertume. De toute façon, même si j'avais le choix, je ne laisserais pas maman toute seule. C'est une femme bien, ma mère.

Gemma lui dit au revoir et remonta pensivement Portobello Road. Ses enfants auraient-ils autant d'égards pour elle lorsqu'ils seraient adultes ?

Portobello Court était le premier immeuble moderne construit par la municipalité après la guerre : il comportait certaines installations recherchées, comme des W-C privés et des cuisines séparées, et Gemma savait que beaucoup d'appartements étaient occupés par les mêmes familles depuis les années cinquante.

Suivant les indications de Wesley, elle monta au premier étage et frappa à une porte, priant pour ne pas s'être trompée d'appartement. De l'autre côté du couloir, une vieille dame sortit de chez elle et la scruta en secouant la tête.

— Vous cherchez la fille ? Celle qui a des anneaux dans le nez, et Dieu sait où encore ? On se demande vraiment où va le monde !

— Savez-vous où elle est ?

— À ma connaissance, elle est terrée chez elle depuis des jours. Sais pas comment elle espère gagner sa croûte si elle ne met pas le nez dehors. Pour faire des bénéfices, dans la brocante, il faut déjà commencer par sillonner la campagne. Mon mari était du métier, voyez-vous : il avait un stand à côté du père de la petite.

À présent persuadée que Fern était chez elle, Gemma se retourna et frappa de nouveau, plus fort. Cette fois, elle entendit des pas traînants et le déclic d'une serrure.

La jeune femme qui la dévisageait fixement avait bel et bien un anneau dans le nez et un autre dans l'arcade sourcilière, mais son petit visage pâle était dénué de maquillage et ses mèches de cheveux multicolores semblaient aplaties, négligées.

— Mademoiselle Adams ? Je voudrais vous parler d'Alex Dunn.

— Qu'est-ce qui lui arrive ?

La carte de police que présenta Gemma ne décida pas la jeune femme à ouvrir plus grand sa porte.

— Sauriez-vous où il est, par hasard ?

— Comment est-ce que je le saurais ?

La porte de l'appartement d'en face s'entrebâilla de quelques centimètres.

— Est-ce que je pourrais entrer ? dit Gemma, lançant un regard appuyé en direction de l'indiscrète.

— Ouais, si vous voulez. Quelle vieille bique ! ajouta Fern à mi-voix, en s'effaçant pour laisser passer Gemma.

L'espace était encombré de cartons et de meubles de récupération. À première vue, l'agencement des objets n'avait ni rime ni raison : une paire de chaises en acajou faisait face au mur, un canapé assorti était confortablement adossé à la télévision, des tables basses surnageaient au milieu d'un amas de lampes et de tableaux. Un coup d'œil par la porte-fenêtre révéla à Gemma un paysage tout aussi déprimant : de larges sous-vêtements masculins suspendus à une corde à linge de fortune, sur le balcon, et quelques plantes en pot dont les feuilles pendaient lamentablement.

— Vous déménagez ? s'enquit-elle en indiquant les cartons.

— Non. Mon père voyage beaucoup — il fait la

177

tournée des ventes aux enchères. Il rapporte des marchandises à la maison, et moi aussi. Voilà le résultat.

Fern débarrassa une chaise des vieux abat-jour à glands empilés dessus, ce que Gemma interpréta comme une invitation à s'asseoir.

— Avez-vous voyagé cette semaine ?

— Ouais.

Fern frotta une tache imaginaire sur le dos de sa main, un geste caractéristique des menteurs. Comme Gemma ne disait rien, elle ajouta :

— Vide-greniers, brocantes villageoises, vous voyez le genre...

— Et Alex ? Il est en voyage, lui aussi ?

Fern haussa les épaules d'un air détaché.

— Sais pas. L'ai pas vu.

— Si, vous l'avez vu depuis la mort de Dawn Arrowood. Vous avez quitté le marché ensemble, samedi matin.

La fille jeta un coup d'œil surpris à Gemma, puis détourna la tête.

— Je l'ai ramené ici et je lui ai fait du thé. Il tenait à peine sur ses jambes. Pourquoi toutes ces questions sur Alex, au juste ?

— Je crois savoir que Dawn et lui étaient très liés. Elle a pu lui dire quelque chose qui nous aiderait à retrouver son assassin.

— Si quelqu'un lui créait des embrouilles, par exemple ?

— Exactement, Ou peut-être qu'il aura remarqué un homme qui rôdait autour d'elle. Ou alors, si Dawn était menacée, par son mari, mettons, elle aurait pu s'en ouvrir à Alex.

Fern acquiesça sans faire de commentaire.

— Alex vous en a-t-il parlé ? reprit Gemma.

— Pas de danger. Dawn Arrowood n'était pas précisément un sujet de conversation entre nous.

— Pas même samedi dernier ? Vous avez certainement parlé du meurtre.

— Il ne voulait pas y croire au début, quand Otto lui a appris la nouvelle. Alors il est allé voir sur place. La maison grouillait de flics, et l'un des voisins lui a dit que Dawn avait été égorgée. Après ça, il était... comme un zombie, quoi.

— Donc, vous l'avez amené ici pour prendre une tasse de thé. Et après ?

De nouveau, Fern haussa les épaules.

— Je suppose qu'il est rentré chez lui.

— Vous avez laissé votre ami rentrer seul alors qu'il était terriblement choqué ?

— Je lui ai proposé de rester avec lui, mais il a refusé.

Gemma observa la jeune femme un long moment.

— Bon, Fern, maintenant on arrête de jouer. Un voisin vous a vus partir tous les deux dans la voiture d'Alex ce matin-là ; c'était vous qui conduisiez. Où êtes-vous allés ?

— Je ne sais pas de quoi vous parlez, répliqua Fern, mais Gemma décela une lueur de crainte dans ses yeux.

— Si, vous le savez parfaitement. Savez-vous aussi que vous pourriez être inculpée d'entrave à l'action de la police ?

— Je ne sais pas où il est !

— Je n'en crois rien. Vous êtes partis tous les deux samedi matin dans sa Volkswagen, et on n'a revu ni

Alex ni sa voiture depuis. Nous avons diffusé partout son numéro d'immatriculation, et nous la retrouverons tôt ou tard. Mais plus vite nous parlerons à Alex, mieux ça vaudra pour lui.

— Mais il n'a rien fait...

— Pourquoi disparaître ainsi, s'il n'est pour rien dans la mort de Dawn ?

— Parce qu'il est en danger !

Fern foudroya Gemma du regard, mais sa lèvre inférieure tremblait.

— Alex, en danger ? Pourquoi donc ?

— Otto connaît bien Karl Arrowood, et il dit que si Karl a tué sa femme, Alex risque d'être le suivant.

— Si Alex a la preuve que Dawn a été assassinée par son mari, il doit en faire part à la police au plus vite. Dites-moi où il est.

— Non. Je ne peux pas vous le dire, pour la bonne raison que je l'ignore. Je l'ai emmené faire un tour, et ensuite je l'ai ramené chez lui.

Fern avait les poings crispés. Malgré son exaspération, Gemma trouva que cette attitude de défi avait quelque chose de touchant.

— J'espère au moins qu'Alex vous sait gré de votre loyauté, dit-elle avec un soupir.

Une expression fugitive passa sur le visage de Fern. Une hésitation ? L'ombre d'un doute ? Mais cela ne dura pas : elle serra fermement les lèvres, un pli têtu au coin de la bouche.

— Je vous le répète, j'ignore où il est.

— Très bien, Fern. (Gemma se leva, fourra son calepin dans son sac et remit sa carte à la jeune femme.) Mais je reviendrai. Et en attendant, réfléchissez bien : voulez-vous vraiment qu'Alex aille en prison pour refus de se présenter à la police et entrave à une enquête criminelle ?

Sitôt arrivée au commissariat, Gemma ordonna qu'on surveille l'appartement de Fern Adams vingt-quatre heures sur vingt-quatre et demanda qu'on lui procure les prochaines factures téléphoniques de la jeune femme. Elle était absolument certaine que Fern savait où était Alex Dunn et qu'elle essaierait de le joindre.

Quand son téléphone sonna pour lui annoncer qu'elle était convoquée dans le bureau du superintendant Lamb, elle n'y attacha pas d'importance particulière. Son patron l'appelait régulièrement pour discuter avec elle des affaires en cours.

Cependant, à sa grande surprise, Lamb s'éclaircit la gorge et déclara sans préambule :

— Gemma, le sergent Franks est venu me trouver. Je dois vous prévenir qu'il a exprimé certaines réserves sur votre manière de conduire cette enquête. Il estime qu'on n'a pas fait suffisamment pression sur Karl Arrowood, alors qu'il est le principal suspect du meurtre de sa femme...

— Vous savez bien, monsieur, que nous n'avons pas la moindre preuve matérielle. Je ne peux pas m'attaquer à Karl Arrowood sans autre viatique que des hypothèses hasardeuses, et je n'ai certainement pas de quoi constituer un dossier pour le ministère public...

— J'en suis conscient, Gemma. Je ne mets pas en cause votre jugement. En fait, il semble que Karl Arrowood, en plus d'être riche, soit bien connu pour soutenir des causes charitables, notamment en faveur des sans-abri. Le commissaire a reçu des coups de fil

181

d'un ami de Mr Arrowood au ministère de l'Intérieur et de deux éminents parlementaires, préoccupés par le sort de notre homme ; maintenant, il me harcèle à son tour. Nous n'allons certainement pas procéder à une inculpation irréfléchie à ce stade, même si notre taux de réussite est examiné à la loupe... (Il s'interrompit et balaya l'air d'un geste ample.) Mais tout cela, vous le savez déjà, et ce n'est pas pour cette raison que je vous ai fait venir. Mon souci immédiat, ce sont vos rapports avec le sergent Franks...

— Mais, monsieur, vous savez bien que Franks voit d'un mauvais œil tous les policiers de sexe féminin. Depuis que j'ai été mutée ici, il fait tout son possible pour saper mon autorité.

— Je sais également que Gerry Franks est un policier expérimenté et compétent. Vous n'avez rien à gagner en laissant des divergences personnelles — ou des considérations féministes — saboter votre relation de travail avec lui. Il pourrait vous être d'une aide précieuse, et je n'ai pas besoin de vous dire que ce département doit fonctionner avec le maximum d'efficacité. Donc, voyez ce que vous pouvez faire pour remédier au problème, hmm ?

Gemma se sentit clairement congédiée.

— Entendu, dit-elle en se levant. Merci, monsieur. Si c'est tout...

Lamb acquiesça et elle sortit du bureau, les joues rouges de honte. Elle s'était donné un mal de chien pour complaire à Gerry Franks, pour ménager sa susceptibilité, et voilà comment il la remerciait ! Évidemment, elle avait bien senti ses velléités d'insubordination, mais cette fois la coupe était pleine. Elle devait absolument trouver un moyen de le mettre au pas.

Soudain, ses doutes revinrent à la charge. Avait-elle *vraiment* fait tout son possible ? N'avait-elle pas laissé ses soucis personnels — sa grossesse, son avenir — brouiller son jugement ? Et si tel était le cas, comment réparer les dégâts ?

CHAPITRE SEPT

Quand les Antillais commencèrent à arriver, dans les années cinquante et au début des années soixante, Notting Hill était encore délabré et sous-développé. C'était un quartier de Londres qui n'intéressait personne. Sa dévastation n'était pas le résultat d'un bombardement : il ne bénéficiait pas de la mythologie édifiée autour de l'East End par les propagandistes de la guerre et de l'après-guerre ; et, contrairement à l'East End où foisonnaient les bâtisses victoriennes en ruine, on y trouvait bon nombre de grandes demeures en bon état.

Charlie Phillips et Mike Phillips,
Notting Hill dans les années soixante.

Elle regardait sa mère dépérir de jour en jour, de mois en mois. La radiographie du médecin avait révélé, dans la partie antérieure du cerveau, une tumeur qui grossissait et gagnait la cavité nasale. Il était impossible d'opérer. Bien sûr, il existait des médicaments susceptibles de ralentir l'évolution de la tumeur, mais comme ils affectaient violemment sa mère et ne semblaient avoir aucun effet bénéfique, on cessa rapidement d'y recourir.

Néanmoins, son père refusait de perdre espoir : « Ça ira peut-être mieux aujourd'hui », disait-il tous les matins. Ange, pour sa part, avait compris depuis longtemps que la seule amélioration possible de l'état de sa mère était la mort.

Elle prodiguait sans se plaindre les soins nécessaires à la malade, mais elle exécrait cette tâche. Elle détestait le lit sombre, le papier peint brun et rose, l'odeur de maladie, la silencieuse docilité de sa mère. Par-dessus tout, elle détestait sa mère. Comment celle-ci pouvait-elle l'abandonner, et en faire si peu de cas ? Sa mère ne l'aimait-elle donc pas du tout ? Devoir se séparer de son unique enfant ne justifiait-il pas un minimum de révolte, au moins quelques imprécations contre Dieu ?

Mais sa mère se bornait à lui adresser son doux sourire, entre deux rêves provoqués par la morphine, et quand elle commençait à s'agiter sous l'effet de la douleur, le médecin lui augmentait sa dose.

À mesure que la tumeur progressait vers l'avant, le visage de la malade se mit à s'affaisser, tel un masque de plastique sous l'effet de la chaleur : l'une des orbites glissa, penchée en biais, le nez se tordit, le front enfla. À ce moment-là, la douleur s'intensifia ; le moindre contact lui arrachait un cri, au point qu'Ange supportait difficilement de lui faire sa toilette.

Puis vint le jour où il n'y eut plus aucune lueur de lucidité dans l'œil endommagé et où Ange, en réponse à ses supplications, n'obtint qu'une faible plainte ininterrompue.

Elle courut se réfugier dans les bras réconfortants de Mrs Thomas et demanda, d'une voix entrecoupée de sanglots :

— Est-ce qu'elle est encore là, quelque part ? Ou alors, est-ce que son âme est déjà partie au ciel et que son corps reste juste là à attendre ?

— Je n'en sais rien, ma puce, répondit Mrs Thomas en essuyant ses propres larmes avec le coin de son tablier. Selon moi, elle est quelque part entre les deux, encore attachée à son pauvre corps mais tendue de tout son être vers l'étape suivante.

— Mais est-ce qu'elle peut m'entendre ?

— Je le pense, oui, mais elle n'a pas la force de te répondre. Alors continue de lui parler, ma puce, dis-lui que tu l'aimes, que tout ira bien.

Pleine de résolution, Ange retourna au chevet de la malade. Cependant, malgré tous ses efforts, elle ne put dire ces mots à l'inconnue qu'était devenue sa mère. Elle demeura silencieuse et, peu à peu, elle se mit à craindre que Dieu n'ait gelé sa langue aussi bien que son cœur. Lorsque son père rentra enfin, elle était restée si longtemps recroquevillée dans la même position qu'il dut la soulever dans ses bras, comme un bébé, pour la sortir de la chambre.

Ensuite, la fin fut rapide. Par une glaciale journée de janvier, Ange suivit le cortège funèbre jusqu'à Kensal Green. De mémoire d'homme, on n'avait jamais connu d'hiver aussi froid ; les caniveaux disparaissaient sous une couche de neige sale, et Ange avait les poignets et les genoux bleuis parce que son manteau était devenu trop petit pour elle. Il n'y avait eu personne pour s'en rendre compte, personne pour l'aider à en acheter un autre.

Les Thomas étaient présents, en habits du dimanche, un peu à l'écart. Il y avait aussi quelques amis que son père avait connus sur les stands d'antiquités ou au café. Le service fut bref, forcément, et il faisait trop froid pour pleurer. Son père avait fabriqué une stèle provisoire, en attendant la pierre tombale en granit qu'il faudrait plusieurs mois pour graver. On pouvait y lire : Miriam Wolowski nous a quittés le 9 janvier 1963. Ange remarqua que bon nombre d'autres pierres portaient la même inscription, et elle fut révoltée de voir que les gens ne pouvaient pas regarder la vérité en face. Le mot « quitté » laissait entendre que la personne pourrait revenir : or, c'était là une chose que sa mère ne ferait jamais.

Son père s'était organisé pour offrir à l'assistance du thé et des canapés, mais personne ne resta longtemps. Après le départ du dernier invité, Ange regarda l'appartement négligé, puis son père effondré dans son fauteuil, hagard, les yeux cernés, et se demanda comment elle allait supporter ça.

Elle fit la vaisselle, machinalement, et quand son père fut assoupi devant la télévision, elle s'éclipsa sans bruit.

Tous les Thomas étaient chez eux, même Ronnie — chose inhabituelle ces temps-ci — et ils regardaient eux aussi la télévision. Mrs Thomas tapota le divan pour l'inviter à s'asseoir, tandis que Betty tentait maladroitement de donner une illusion de normalité :

— Il y a un nouveau groupe, venu de Liverpool, qui passe ce soir. À ce qu'on dit, il est super.

Mais Ange avait des préoccupations plus importantes.

— Je pourrais vous parler, madame T. ?

— Bien sûr, ma puce.

— Je veux dire... dans la cuisine ?

— Je crois qu'une bonne tasse de thé te fera du bien, après cette longue journée.

Mrs Thomas se leva et conduisit Ange vers la table carrée, immaculée de la cuisine, en lançant aux autres :

— Prévenez-nous, hein, quand ces garçons passeront à l'antenne !

Ayant préparé à Ange une tasse fumante de thé au lait, elle s'assit et prit la corbeille à couture qui ne la quittait jamais.

— Alors, ma puce, qu'est-ce qui te tracasse ?

Ange déglutit avec peine.

— Madame T., maintenant que ma mère n'est plus là, est-ce que je pourrais venir habiter chez vous ?

Mrs Thomas ouvrit de grands yeux.

— À quoi tu penses, ma fille ? Je n'ai jamais rien entendu d'aussi extravagant !

— Je pourrais partager la chambre de Betty, ça lui serait égal. Et je ne mange pas beau...

— La question n'est pas là, Ange. On te nourrit déjà la plupart du temps, et ça n'a jamais été un problème. Mais tu dois songer à ton pauvre père. Qui s'occuperait de lui dans cette épreuve ? Et que diraient les gens si une gentille petite Blanche s'installait chez une famille noire ? (Elle secoua la tête, atterrée.) Tu dois penser à ta place dans la vie, ma puce, et ce genre de chose ne se fait pas.

— Mais...

— Tu sais que je t'aime comme ma propre fille, et Clive aussi. Tu as été la première à nous témoigner de la gentillesse quand nous sommes arrivés ici, et *nous ne l'avons jamais oublié. Ça ne te dispense pas pour autant de faire ce qui est bien. D'ailleurs, tu le sais comme moi.*

Ange ne put qu'acquiescer, en essayant désespérément de refouler ses larmes. Mrs Thomas avait raison, bien sûr. Ange avait beau le savoir au fond de son cœur, ce refus la blessa profondément et, dans la foulée, sa dernière petite lueur d'espoir s'éteignit.

Jane Dunn raccrocha le téléphone et contempla la boule en verre qu'elle tenait encore à la main. Le matin même, elle avait acheté un sapin de Noël chez un pépiniériste du coin, l'un de ses clients, en choisissant le plus grand arbre du stock. À présent, le sapin se dressait fièrement de toute sa hauteur, éclairé d'une multitude de petites lumières blanches et décoré des ornements en verre soufflé qu'elle avait offerts à Alex lors d'un voyage en Forêt-Noire, quand il avait dix ans. Espérait-elle que le sapin le réconforterait ? Ou qu'il la réconforterait, elle ?

En fait, cela réveillait surtout une foule de souvenirs : l'enfance d'Alex, petit garçon solennel mais charmant, possédant la gravité des enfants élevés au milieu d'adultes. Jane, sans aucune expérience de la maternité, l'avait traité comme un compagnon et un ami, ne sachant que faire d'autre.

Sa sœur, Julia, avait débarqué un jour chez elle sans prévenir, tenant par la main le petit garçon aux cheveux blonds. Julia avait quitté la maison familiale des années auparavant, après une violente dispute avec leur père qui lui reprochait son comportement irresponsable. Elle était partie en claquant la porte, sans rien emporter, en jurant de ne jamais revenir.

Leurs parents étaient morts de chagrin : Jane en avait l'intime conviction, même si les certificats de décès faisaient mention d'une crise cardiaque et d'une attaque. Les Dunn n'avaient pu supporter la perte de leur pétillante fille cadette, leur préférée.

Ils avaient légué à Jane la maison, le terrain et un peu d'argent. Elle avait alors entrepris de trouver un moyen de subvenir à ses besoins — et elle s'était juré de ne jamais aimer personne autant que ses parents avaient aimé Julia.

Jane accrocha la boule au sapin et la regarda se balancer un instant. Était-ce en cela qu'elle avait failli à son devoir ? Car, ces trois derniers jours, elle avait bel et bien acquis la certitude d'avoir failli, de ne pas avoir donné à Alex les ressources émotionnelles dont il aurait eu besoin.

Mais n'était-ce pas là l'héritage de Julia, la fatale fêlure dans la porcelaine, passée inaperçue jusqu'alors ? Des années auparavant, Julia, le visage émacié, les yeux creusés, avait poussé vers Jane son enfant effrayé, en promettant de revenir le chercher quelques jours plus tard. Pendant des mois, Alex était resté tous les jours au bout de l'allée à guetter sa mère, à l'attendre, mais elle n'était jamais revenue.

Au début, Jane avait consacré beaucoup de temps et d'argent à essayer de retrouver la trace de sa sœur. Puis, peu à peu, c'était devenu moins pressant. Alex et elle s'étaient installés dans leur vie commune ; quand il eut l'âge d'entrer à l'école, elle avait complètement abandonné ses recherches. Et lorsque Alex, en grandissant, commença à l'interroger sur sa mère, elle lui répondit que celle-ci était morte.

Après un dernier regard sur le sapin de Noël, Jane

sortit de la maison. En ce début de décembre, le crépuscule allait bientôt tomber, et Alex n'était toujours pas rentré. Tous les matins, après le petit déjeuner, il quittait la maison pour se promener, comme s'il pouvait ainsi fuir son chagrin, et il ne revenait qu'à la tombée de la nuit. Le soir, il mangeait machinalement le dîner que Jane lui avait préparé, puis il commençait à boire.

Dans la mesure où Alex, même s'il appréciait le bon vin, n'avait jamais été un grand buveur, cela inquiéta Jane, mais elle ne savait pas comment l'empêcher de se saouler. Incapable de trouver le sommeil, elle se mit à aller le voir au milieu de la nuit. Une fois, à l'approche de l'aube, elle le trouva absorbé dans la contemplation de ses collections d'enfant, comme s'il trouvait un certain réconfort à toucher les œufs d'oiseaux, les nids, les cuillers tordues et ternies qu'il avait amassés. Une autre fois, elle le trouva endormi, le corps lové autour d'une théière en poterie, comme s'il berçait un enfant.

Dans la journée, chaque fois qu'elle tentait d'engager la conversation ou de provoquer des confidences, elle se heurtait au même regard vide, comme si elle parlait une langue qu'Alex ne pouvait plus comprendre. Mais maintenant, elle devait absolument lui faire reprendre ses esprits.

Fern avait appelé de Londres pour prévenir que la police le recherchait de toute urgence et avait même menacé de l'arrêter, elle, si elle ne révélait pas l'endroit où il se cachait.

Jane ignorait ce qu'Alex avait pu voir ou faire, ou ce qu'il savait, mais elle devait le convaincre de rentrer à Londres et d'assumer ses responsabilités. Si elle laissait traîner les choses, elle ne ferait qu'aggraver son propre échec. En outre, elle ne pouvait pas supporter de le regarder se détruire sous ses yeux. Transie par le vent froid qui montait de la lande, elle se fit la réflexion que le temps et l'affection l'avaient dupée : elle ne s'était pas rendu compte qu'elle avait depuis longtemps violé la promesse qu'elle s'était faite.

Gemma téléphona à l'antenne de police et convoqua Gerry Franks. Quand il se présenta à son bureau, affichant un rictus plus appuyé qu'à l'ordinaire, elle s'adossa à son fauteuil et joignit les doigts.

— Je viens d'avoir un entretien avec le patron, Gerry, commença-t-elle sur le ton de la conversation. Il paraît que ma façon de traiter l'affaire Arrowood ne vous convient pas. J'aimerais savoir pourquoi vous n'êtes pas venu me trouver directement pour me soumettre vos observations.

— Je me suis dit que vous aviez des choses plus importantes à faire que d'écouter votre sergent.

Voyant passer sur son visage une expression fugace, calculatrice, elle comprit que la diplomatie n'allait pas suffire.

— Est-ce que je fais le poids, conclut-il, comparé à Scotland Yard ?

— Vous êtes un policier compétent, expérimenté, et je m'appuie sur vous plus que vous ne l'imaginez. Si je vous ai donné l'impression que vous étiez en dehors du coup, je le regrette. Nous n'avons aucun espoir de résoudre une affaire aussi compliquée si nous ne travaillons pas en équipe. Nous devons communiquer et coopérer. Pour ma part, j'ai l'intention de faire un effort sur ces deux points. Et vous ?

— Et Arrowood, alors ? On s'est aplatis devant lui comme de vraies carpettes !

— Karl Arrowood est un homme puissant, et nous serions insensés de nous le mettre à dos pour rien. D'ailleurs, nous avons une demi-douzaine d'autres pistes intéressantes à suivre — retrouver Alex Dunn, pour commencer — et nous ne pouvons pas éliminer la possibilité d'un lien avec le meurtre de Marianne Hoffman. Si vous n'êtes pas disposé à travailler en tenant compte de ces paramètres, je demanderai que vous soyez déchargé de l'enquête. (Marquant une pause pour laisser la menace faire son effet, elle ajouta aimablement :) Cependant, j'aimerais bien que vous restiez, sergent. Vous représentez un atout dans cette affaire, et j'aurais du mal à vous remplacer.

Gemma le vit lutter entre la colère et la vanité. En le voyant se racler la gorge et se redresser sur son siège, elle sut que la vanité l'avait emporté.

— Cette Hoffman... je pourrais consulter son dossier, histoire de me faire une idée.

— Je vous en procurerai une copie. En attendant, je voudrais que vous passiez au crible les rapports d'interrogatoire des voisins. Quelqu'un a *forcément* vu quelque chose qui nous a échappé.

En partant, il s'arrêta à la porte et salua Gemma d'un brusque signe de tête. Ça ressemblait à un gage de respect, même réticent, et elle se dit qu'il mettrait un moment avant de se rendre compte qu'elle lui avait confié un simple boulot de paperasserie.

En décrochant le téléphone pour appeler Melody Talbot, Gemma s'aperçut que ses mains tremblaient. C'est à cet instant que la douleur la frappa, emprisonnant son abdomen et la faisant haleter. Elle n'aurait su dire combien de temps cela dura, mais la douleur finit par s'estomper, la laissant vidée, en sueur.

Elle attendit, se forçant à respirer lentement, guettant la moindre sensation, mais la crampe ne revint pas. Elle remua, d'abord avec précaution, puis posa ses mains sur la courbe de son ventre. Avait-elle vraiment senti un frémissement, un infime tressaillement ? Il était sûrement trop tôt pour ça, mais elle n'en fut pas moins rassurée.

Elle allait bien, le bébé allait bien, tout irait pour le mieux.

Melody entra dans le bureau de Gemma, tenant en équilibre deux gobelets de chez *Starbucks*.

— Du déca au lait, annonça-t-elle. Juste comme vous l'aimez.

— Vous lisez dans les pensées, ma parole ! dit Gemma en nouant ses doigts autour du gobelet avec délectation.

Melody s'assit, son café à la main, et scruta le visage de sa patronne.

— Ça va ? Vous êtes toute pâle.

— Je vais très bien, je vous assure. Dites-moi, Melody, vous connaissez Otto Popov, le propriétaire du petit café d'Elgin Crescent ?

— Un chic type. Russe, comme vous l'avez sans doute deviné. De la première génération, je crois : ses parents sont arrivés après la guerre, quand il était enfant.

— Pourquoi tient-il absolument à voir Karl Arrowood accusé du meurtre de sa femme ? Vous avez une idée ?

— Aucune, mais...

— Mais quoi ? Videz votre sac, Melody. Il faut que je sache.

— Hum ! Je ne vois pas le rapport que ça pourrait avoir avec Arrowood, mais j'ai entendu de vagues rumeurs concernant Otto... Il aurait des contacts dans la mafia russe. Pour ma part, je n'accorde aucun crédit à ce genre de rumeur. D'après moi, ce n'est qu'un mélange de préjugés et de ragots.

— Il n'y a pas quelqu'un qui en saurait davantage ?

— À titre confidentiel, vous voulez dire ? (Melody réfléchit un moment.) Si, peut-être... Je vais voir ce que je peux faire. En attendant, vous avez les vautours de la presse qui attendent dans l'antichambre leur communiqué de l'après-midi.

Gemma annonça aux journalistes rassemblés que la police suivait de multiples pistes, et elle sentit leur déception devant l'absence de nouveaux développements. Elle continua laborieusement son laïus, l'œil rivé sur l'objectif de la caméra de Channel Four, sans prêter attention au regard scrutateur de Tom Mac-Crimmon.

— Si quelqu'un a vu quelque chose d'inhabituel aux alentours de St. John's Church, vendredi dernier en fin d'après-midi, nous lui demandons d'appeler ce numéro.

Son espoir d'obtenir un témoignage intéressant s'amenuisait ; le crime remontait à plusieurs jours et la police n'avait pas reçu un seul appel sérieux.

Prenant congé des journalistes, elle se fraya un chemin à travers le groupe et sortit du commissariat, MacCrimmon sur les talons.

— Je vous paie un pot, inspecteur ? proposa-t-il, l'air aussi innocent que l'agneau qui vient de naître.

— Vous croyez peut-être que je vais accepter après la manchette de l'autre jour ?

— Je n'ai fait que mon boulot. Vous n'êtes quand même pas fâchée contre moi à cause de ça ? Allez... (Il indiqua le pub de l'autre côté de la rue.)... vous m'avez l'air d'avoir besoin d'une petite pause.

— Merci beaucoup, répliqua-t-elle d'un ton acide, bien qu'elle eût du mal à rester en colère face à son culot empreint de jovialité.

Malgré tout, Gemma n'avait nullement l'intention de se montrer dans un pub en compagnie d'un journaliste de tabloïd.

— Écoutez, Tom, je n'ai rien de plus à vous dire. Mais je vous promets de vous avertir quand j'aurai du nouveau, à condition que vous sachiez modérer votre plume entre-temps.

— C'est beaucoup me demander, inspecteur, dit-il en souriant jusqu'aux oreilles. Mais je ferai de mon mieux.

— Je n'en doute pas, maugréa Gemma en le plantant sur les marches.

Elle regagna précipitamment sa voiture, s'y enferma et démarra avec un soupir de soulagement. Sa convocation chez le patron et son entretien avec Gerry Franks l'avaient affectée davantage qu'elle ne voulait l'admettre. Elle était heureuse de ce répit.

Son portable sonna. Voyant que c'était Kincaid, elle s'empressa de répondre.

— Je suis bien contente de t'avoir. Tu ne devineras jamais ce qui m'est arrivé cet après-midi...

Il y eut de la friture sur la ligne. Quand elle put de nouveau l'entendre, il disait :

— ... pour ça que je t'appelle. Doug Cullen et sa petite amie nous invitent à dîner samedi...

— Samedi ? Mais nous *déménageons* samedi !

— Justement. Kit pourra garder Toby et nous n'aurons pas à faire la cuisine. J'ai trouvé ça sympa de la part de Cullen. Je lui dirai que nous arriverons vers sept heures, d'accord ? À ce soir, ma chérie.

La communication fut coupée, mais Gemma resta un long moment le portable collé à l'oreille, remuant des pensées meurtrières.

Il contourna à pied la petite ville de Rye, perchée sur la falaise en grès, comme il l'avait fait les jours précédents. Ici se rencontraient trois fleuves : à une certaine époque, la mer atteignait le bas de la ville, mais les fleuves avaient changé de cours et la mer s'était retirée : elle n'était plus aujourd'hui qu'un simple trait argenté à l'horizon.

Entre la ville et la mer s'étendait la lande, peuplée de troupeaux de moutons et d'oiseaux marins. Alex connaissait chacun des sentiers qui la traversaient : c'était le territoire de son enfance solitaire, le domaine de ses rêves. S'il lui arrivait par instants de trébucher, quand le souvenir de Dawn le rattrapait, son corps se redressait de lui-même et poursuivait — de son propre chef, semblait-il — sa laborieuse progression.

Cependant, à sa grande surprise, c'était le visage de Karl qui le hantait à présent. Malgré sa réputation d'homme d'affaires peu scrupuleux, Karl Arrowood l'avait toujours traité équitablement ; il s'était même donné beaucoup de mal pour lui faire partager ses connaissances en matière d'antiquités et lui adresser des clients. Alex s'aperçut qu'il n'avait jamais sérieusement réfléchi au fait qu'il trahissait un ami, ni à la réaction de Karl si jamais il apprenait la vérité. De même, il n'avait pas prêté attention au malaise croissant de Dawn envers son mari. Comment avait-il pu être aussi stupide ? Aussi aveugle ?

Il voyait au loin, tel un mirage, les trois tours de Camber Castle, le château d'Henri VIII, avec à l'arrière-plan la colline verdoyante qui cachait dans ses replis l'antique Cinque Ports de Winchelsea.

Arrivé sur la plage de Winchelsea, il resta immobile à contempler l'eau grise, ondoyante, et ne prit conscience du froid qu'au moment où il eut les mains et les pieds engourdis.

Il prit alors son chemin en sens inverse. Lorsqu'il atteignit Rye, le crépuscule nimbait les rues pavées et les toits de tuiles rouges. Se sentant invisible dans la lumière déclinante, il grimpa jusque dans la ville. Du haut du belvédère de Watchbell Street, il put voir des lumières clignoter le long du quai qui bordait la Manche ; curieusement, son isolement même lui donna de la force.

Le froid et l'obscurité le poussèrent finalement à redescendre. Il erra sur les sentiers comme un fantôme, et regagna la maison de Jane. Un filet de fumée s'échappait de la cheminée et il huma, quand il ouvrit la porte, une savoureuse odeur de cuisine, mais ses appels demeurèrent sans réponse. Jane devait être dans la serre, à s'occuper des cyclamens et des azalées en pots destinés au marché de Noël.

Une senteur végétale épicée l'attira dans le salon. Cloué sur place, il contempla le sapin qui remplissait la pièce, surmonté d'une étoile en verre étincelante. Alex eut l'impression de voir sa vie défiler devant ses yeux, rendant son deuil encore plus amer : il y avait Dawn, mais aussi sa propre enfance, et un souvenir lointain que, même aujourd'hui, il ne supportait pas de regarder en face.

Il tomba à genoux au pied du sapin, secoué de sanglots violents qui lui lacéraient la gorge et lui transperçaient la poitrine.

Soudain, Jane apparut à ses côtés. Elle sentait une odeur de froid et de terreau.

— Oh ! Alex... murmura-t-elle. Je suis désolée. Sincèrement désolée.

Elle voulut lui passer un bras autour des épaules mais il se dégagea.

— Non. C'est *moi* qui suis désolé. (Il avait de nouveau l'esprit clair, comme si la brume qui lui encombrait le cerveau depuis plusieurs jours s'était dissipée.) Il faut que je rentre. Il y a des choses...

— Fern a appelé cet après-midi. Il paraît que la police veut te voir, qu'elle a même lancé un avis de recherche sur ta voiture...

— Les flics ? Qu'est-ce qu'ils me veulent ?

— Ils espèrent sans doute que tu sais quelque chose sur le meurtre. Plus tôt tu leur parleras, plus vite tu pourras éclaircir la situation.

Il n'avait pas songé un instant que la police pût le considérer comme un témoin — voire un suspect. Qu'à cela ne tienne ! Il regagnerait Londres demain matin à la première heure et se rendrait directement au commissariat. Mais son objectif était clair, désormais, et il n'avait pas l'intention de laisser la police — ni qui que ce soit d'autre — contrecarrer ses projets.

CHAPITRE HUIT

Le marché du samedi existe à Portobello
Road depuis les années 1860. Les marchands des quatre-saisons, qui vendaient
durant la journée de la viande, des fruits,
des légumes et des fleurs, étaient relayés le
samedi soir par de nombreux vendeurs
ambulants et des artistes de rues.

Whetlor et Bartlett, *Portobello*.

Allongée dans son lit, Gemma observait les stores
vénitiens à moitié ouverts, espérant voir poindre une
lueur grisâtre annonciatrice de l'aube. Kincaid dormait à côté d'elle, le dos tourné, la respiration régulière. De temps à autre, elle entendait Toby renifler
dans la chambre voisine ; il se remettait d'un léger
rhume.

Finalement, elle pencha la tête pour regarder le
cadran lumineux du réveil. Elle gémit. Bon Dieu, seulement cinq heures du matin ! Le jour ne serait pas
levé avant deux bonnes heures, et le sommeil semblait
l'avoir désertée pour de bon.

De surcroît, ils s'étaient couchés tard la veille au

soir. Encore furieuse contre Kincaid à cause de l'invitation chez Doug Cullen, elle lui avait sauté à la gorge dès qu'il était arrivé pour l'aider à faire ses cartons.

— Quelle mouche t'a piqué ? Comment as-tu pu accepter une invitation à dîner en plein déménagement ? Nous serons fatigués, crasseux, et je ne dispose pas d'un temps illimité pour tout ranger...

— Mais j'ai pensé que ça te ferait un coupure...

— Ce sera notre première soirée en famille dans la nouvelle maison !

Le visage de Kincaid s'allongea.

— C'est vrai, tu as raison. J'ai été stupide. Je vais appeler Doug immédiatement pour nous décommander.

Il ouvrit son portable et se glissa hors de la pièce. Gemma aurait dû être satisfaite de cette capitulation ; pourtant, à la pensée de la conversation qu'il devait avoir avec Cullen, elle sentit ses joues s'enflammer. Quand il revint, quelques instants plus tard, elle vitupéra :

— Maintenant, grâce à toi, je me fais l'effet d'une vraie garce ! Ils avaient sûrement déjà tout préparé...

— Ils comprendront, Gemma. (Il la regarda, sourcils froncés.) Ça ne te ressemble pas d'être déraisonnable...

— Alors comme ça, je suis déraisonnable ?

Elle se détourna et entreprit d'envelopper un verre à vin dans une feuille de journal, les doigts tremblants.

— Ce n'est pas ce que je veux dire, tu le sais très bien. (Il s'approcha d'elle et posa timidement une main sur son épaule.) Qu'est-ce qui ne va pas ?

Elle hésita, puis les mots jaillirent en se bousculant :

— Le patron m'a convoquée aujourd'hui. Gerry Franks s'est plaint auprès de lui de mon manque de fermeté envers Karl Arrowood.

— Ne me dis pas que Lamb l'a pris au sérieux ?

— Pas vraiment. Il m'a tout de même fait comprendre que je devais améliorer mes capacités de communication.

— Et qu'est-ce que tu as fait ?

Elle prit un autre verre sur l'étagère de la cuisine.

— Sur le moment, j'ai été tentée de passer à Franks un savon mémorable, et puis j'ai pensé que ce n'était pas la meilleure façon de faire. Je lui ai dit qu'il était libre de ne plus s'occuper de l'affaire, mais qu'il représentait un atout de poids et que j'aimais autant qu'on essaie de travailler ensemble. Je lui ai dit aussi que je n'avais jamais eu l'intention de le tenir à l'écart de l'enquête.

— Très diplomatique de ta part. (Kincaid haussa un sourcil interrogateur.) Et... c'était la vérité ?

— Ma foi, je suppose que le patron a raison, admit-elle en grimaçant. Franks est un bon policier, surtout pour les détails : il a une mentalité de bouledogue, il ne lâche jamais prise. J'aurais dû mieux gérer la situation.

— En tout cas, tu me parais sur la bonne voie, lui avait dit Kincaid d'un ton rassurant, ce qui avait plus ou moins restauré l'harmonie entre eux.

À présent, allongée tout éveillée dans l'obscurité, à l'approche de l'aube, elle se surprit à penser à son ex-mari, Rob, qui aurait profité de la confidence de Gemma pour lui expliquer comment il s'y serait pris, *lui*, pour régler le problème. L'attitude positive de Kincaid était une qualité rare, qu'elle pouvait apprécier à sa juste valeur... alors, pourquoi est-ce qu'elle était incapable de le lui dire ?

Trois heures plus tard, penchée sur son bureau, elle épluchait chaque note, chaque dossier, chaque rapport en provenance de l'antenne de police, se demandant ce qui avait bien pu lui échapper. Épuisée, elle gémit et se prit la tête à deux mains.

En entendant un petit coup à la porte, elle leva les yeux et battit des paupières. C'était Melody, qui apportait deux gobelets de café et un sac en papier dégageant une alléchante odeur de muffins parfumés à la carotte.

— Le petit déjeuner ? Ma parole, Melody, vous êtes la reine du café ! Ou la bonne fée, devrais-je dire.

Les joues rondes de Melody s'empourprèrent.

— Je sors du métro à Notting Hill Gate : ce n'est pas compliqué de faire un saut chez *Starbucks* en venant ici. Je sais que vous aimez leur café, patron, et j'ai pensé... surtout aujourd'hui... enfin, il paraît que le sergent Franks est allé se plaindre au patron, et je trouve ça sacrément déloyal.

— Merci. Remarquez, il n'avait pas complètement tort. Nous ne faisons guère de progrès, c'est un fait. Tenez, asseyez-vous et mangez votre muffin.

Melody s'exécuta docilement et sortit son petit déjeuner de son emballage.

— Vous m'avez demandé si je savais pourquoi Otto Popov était convaincu de la culpabilité d'Arrowood, vous vous rappelez ? Eh bien ! hier soir, j'ai fait la tournée des pubs les plus marginaux, si vous voyez ce que je veux dire.

— Pas dans cette tenue ? se récria Gemma en indiquant la jupe et la veste impeccables de Melody.

— Jamais de la vie ! J'avais mis mon pantalon en cuir — vous ne m'auriez pas reconnue.

— Vous ne cherchiez pas un partenaire, dites-moi ?

Melody eut un grand sourire.

— Eh bien, j'ai flirté avec quelques types qui avaient une bonne tête. Mais j'ai finalement obtenu le nom de quelqu'un qui pourrait nous renseigner sur Popov. Un cockney nommé Bernard. Je l'ai découvert dans un pub, non loin de la rocade. Je lui ai payé deux bières et il a accepté de vous rencontrer, en échange d'un verre et d'un peu de pognon.

Gemma sentit son intérêt s'éveiller.

— Quand ? Où ?

— Demain à déjeuner, au *Ladbroke Arms*. Il voulait un endroit où personne ne le remarquerait. Cela dit, vu que ce Bernard a une face de singe et qu'il ne semble pas avoir pris de bain depuis des années, il ne risque pas vraiment de passer inaperçu.

Quand le téléphone de son bureau sonna, Gemma se raidit, craignant d'être à nouveau convoquée dans le bureau du superintendant. En fait, ce n'était que le policier de permanence.

— Un jeune homme désire vous voir, inspecteur. Il déclare s'appeler Alex Dunn.

— Dunn ? répéta Gemma, qui se ressaisit rapidement. Bien, conduisez-le dans une salle d'interrogatoire. Je descends dans deux secondes. (Raccrochant, elle dit à Melody :) Venez avec moi, je vais avoir besoin de renfort.

Alex Dunn se leva à leur entrée, la main tendue comme s'il s'agissait d'une rencontre informelle. Environ du même âge que Gemma, il était séduisant dans le genre propret ; au premier abord, estima Gemma, il ne possédait pas cette sorte de charme susceptible d'inciter une femme au mariage.

Les présentations faites, elle mit en marche le magnétophone et fit signe à Dunn de se rasseoir.

— Est-ce bien nécessaire ? demanda-t-il en regardant l'appareil d'un air stupéfait.

Sa belle assurance semblait un peu entamée.

— Certainement, répondit Gemma d'un ton uni. Nous vous cherchons partout depuis cinq jours. C'est le genre de choses qui nous rend tatillons.

— Sincèrement, je n'en savais rien. J'étais chez ma tante, dans le Sussex — une amie m'a conduit là-bas samedi — et il ne m'est pas venu à l'idée qu'on puisse vouloir me parler. Je n'étais pas... dans mon état normal, conclut-il.

— Comment pouviez-vous ne pas vous douter que la police voudrait vous interroger ? Votre maîtresse a été assassinée...

— Dawn n'était pas ma maîtresse ! Enfin... si, d'une certaine manière... mais je ne l'ai jamais considérée comme telle. Ça donne l'impression qu'elle était une... une femme facile.

— Bon, quelle que soit la façon dont vous l'ayez considérée, répliqua sèchement Gemma, vous n'en étiez pas moins la personne la plus proche d'elle, en dehors de son mari. Dawn vous parlait-elle de lui ?

— Elle ne parlait jamais de Karl. Je pense que,

quand nous étions ensemble, elle aimait faire comme s'il n'existait pas. Quand j'insistais pour qu'elle le quitte, elle... elle se repliait sur elle-même, elle secouait la tête en prenant son air fermé.

— Vous a-t-elle parfois donné l'impression d'avoir peur de son mari ?

— Non. Et elle m'en aurait parlé, dit-il d'une voix rien moins qu'assurée.

— Et elle ne vous a jamais dit que Karl la soupçonnait d'avoir une liaison ?

— Non.

— Avez-vous vu Dawn le jour de sa mort ?

— Non. Je l'ai appelée plusieurs fois sur son portable, d'une cabine téléphonique, mais elle n'a pas répondu.

— D'une cabine téléphonique ? Un peu clandestin, non, pour une femme qui ne craignait rien de son mari ?

Alex rougit.

— C'était pour éviter que mon numéro apparaisse sur sa facture détaillée.

— Très prudent de sa part, commenta Melody.

— Dawn était... méticuleuse. Pour tout. C'était dans son tempérament.

Gemma pensa à la manière dont Dawn Arrowood avait soigneusement occulté son passé, sa famille. Elle se rappela la chambre à coucher impeccable, dénuée de personnalité.

— Lui arrivait-il de parler d'elle, de sa ville natale, par exemple ? demanda-t-elle avec curiosité.

— Oui. Clapham, ou Croyden, un nom dans ce genre-là. Son père dirigeait un supermarché.

— Il le dirige toujours, murmura Gemma, mais

elle vit qu'Alex ne saisissait pas l'allusion. Continuez. Quoi d'autre ?

— Eh bien, les bêtises que font tous les gosses : les cigarettes fumées en cachette, les baisers échangés dans la cour de récré, ce genre de choses... Elle parlait aussi de son amie Natalie, qui avait une grande famille pleine de vie. À l'entendre, elle avait toujours souhaité une famille comme celle-là. (Il fronça les sourcils.) Mais, bizarrement, je ne pense pas que ça lui aurait convenu.

— À part Natalie, voyait-elle d'autres amis ?

— Non. Apparemment, il n'y avait que les associés de Karl. Et moi.

— Elle désirait avoir des enfants ? Est-ce qu'elle avait abordé le sujet avec vous ?

— Une seule fois. Un jour où nous... où elle avait un peu trop bu. Elle s'est mise à pleurer. Et quand j'ai voulu la réconforter, elle s'est mise en colère. Elle a dit que je ne comprenais pas, que Karl ne la laisserait jamais avoir d'enfants. Je lui ai dit... Enfin, vous devez imaginer ce que je lui ai dit. Mais ça ne servait à rien. Elle était toujours très prudente, sur ce plan-là aussi.

— Elle prenait des contraceptifs ? (Comme il acquiesçait, Gemma ajouta :) Elle n'était pas assez prudente, apparemment.

— Qu'entendez-vous par là ?

— Vous n'êtes pas au courant ? Elle ne vous l'avait pas dit ?

— Dit quoi ? interrogea-t-il, haussant la voix. Ne me dites pas...

— Elle était enceinte. Le médecin le lui avait confirmé l'après-midi même.

Les yeux de Dunn se dilatèrent de stupeur et son visage blêmit.

— Mais... je ne... Comment a-t-elle pu me cacher ça ?

— Peut-être avait-elle l'intention de vous le dire, mais elle n'en a pas eu l'occasion. Ou alors, peut-être que ce bébé était de Karl, non de vous. Sa vasectomie a pu échouer ; c'est ce qu'il affirme, en tout cas. Ou alors, c'était peut-être quelqu'un d'autre...

Le visage d'Alex devint encore plus blanc, et Gemma craignit d'avoir été trop loin. Il repoussa violemment sa chaise, tremblant de rage, et pointa un doigt sur elle.

— Dawn ne voyait pas d'autre homme ! À vous entendre, c'était une pute, mais ce n'est pas vrai ! Si je suis certain d'une chose, c'est qu'elle m'aimait. Elle aurait fini par quitter Karl, nous aurions trouvé une solution...

— D'accord, message reçu. Rasseyez-vous, Alex, je vous en prie. (Elle se tourna vers Melody.) Pourriez-vous apporter un verre d'eau à Mr Dunn ?

Il se rassit, à contrecœur, et lorsqu'il eut bu une gorgée d'eau, Gemma reprit :

— Bon, je m'excuse. Reprenons depuis le début. Parlez-moi donc de vendredi dernier. Étiez-vous censé voir Dawn ce jour-là ?

— Non. On s'était rencontrés la veille, mais elle avait dit qu'elle avait rendez-vous chez son médecin le vendredi — un check-up de routine — et qu'elle prenait le thé avec Natalie. De mon côté, j'envisageais d'aller voir ma tante et je me préparais pour le marché du samedi, donc... Si j'avais insisté pour qu'elle passe à l'appartement, peut-être que...

Il s'interrompit, accablé. Gemma lui dit avec conviction :

— Vous supposez que son meurtre a été le fait du hasard, mais nous ne le croyons pas. Je suis persuadée que l'individu qui a guetté Dawn ce soir-là l'aurait attendue plus longtemps ou serait revenu une autre fois.

— Mais... si c'est Karl... Et si elle l'avait quitté...

— Il aurait pu changer d'avis ? D'après ce que je sais de lui, ça paraît peu probable. De toute façon, rien ne nous prouve qu'il ait tué sa femme. Il me semble que vous et vos amis — surtout Otto —, vous êtes partis d'une hypothèse bien hasardeuse.

— Mais... Otto a dit... il était sûr que c'était Karl. Je n'ai pas voulu le croire...

— Décidément, on en revient toujours à Otto. (Gemma lança un coup d'œil à Melody.) Qu'est-ce qu'il vous a dit d'autre, Alex ?

Il la regarda d'un air de défi.

— Il a dit que Karl me tuerait, moi aussi, s'il apprenait la vérité. Mais ce sont des conneries, n'est-ce pas ?

— C'est à cause de ça que vous êtes parti pour le Sussex ?

— C'est Fern qui en a eu l'idée. Elle voulait bien faire, mais je me sens ridicule maintenant d'avoir accepté. Encore une fois, je n'étais pas dans mon état normal.

— Comment se fait-il que votre ami Otto soit si bien renseigné sur Karl Arrowood ? Il vous l'a dit ?

— Otto ne parle guère de lui. Mais ça fait longtemps qu'il habite le quartier, il connaît des tas de gens.

209

— Vous ne savez pas comment sa femme est morte ?

— Morte ? répéta Alex, surpris. Non. Je croyais qu'ils étaient divorcés ou séparés. Je veux dire... aujourd'hui, on ne sait jamais à quoi s'en tenir.

— Connaissez-vous une certaine Marianne Hoffman ?

— Jamais entendu ce nom. Pourquoi ? C'est une amie d'Otto ?

Était-il possible, se demanda Gemma, qu'Otto fût le lien entre les Arrowood et Hoffman ? Comme l'avait dit Alex, le cafetier connaissait un tas de gens du métier. Et c'était un homme robuste, qui savait certainement manier un couteau — comme la plupart des cuisiniers.

— Revenons-en à vendredi. Donc, vous vous prépariez pour le marché du lendemain. Ça consiste en quoi ?

— Disposer les objets dans mon stand, les trier, afficher les prix. J'avais beaucoup de nouvelles marchandises, parce que j'étais allé à une vente aux enchères dans le Sussex, près de chez ma tante.

— Et ensuite ?

— Je suis rentré chez moi. J'avais fait de bonnes affaires, alors je suis allé dîner chez Otto pour fêter ça.

— Quelle heure était-il ?

— Environ six heures et demie. Je n'ai pas vraiment fait attention.

— Otto était-il là quand vous êtes arrivé ?

— Il m'a servi lui-même.

— Rien à signaler ?

— Non. Sauf que... (Dunn marqua une hésitation.)

210

Nous avons eu un petit différend. Pas vraiment une dispute.

— À quel sujet ?

— Il m'a mis en garde contre Karl. J'avais trouvé une belle pièce de porcelaine que je comptais lui vendre, et Otto m'a dit de ne pas prendre Karl pour un imbécile. Je ne m'étais pas rendu compte, jusqu'à ce moment-là, que tout le monde était au courant pour Dawn et moi. (Il broya entre ses doigts le gobelet en carton que Melody lui avait apporté.) Bon Dieu, comment est-ce que j'ai pu être aussi stupide ?

Kincaid écouta Gemma lui relater son entretien avec Alex Dunn. Il était passé la prendre à Notting Hill pour la conduire dans la City, où ils avaient rendez-vous avec les fils Arrowood. Kincaid avait finalement renoncé à les prendre par surprise, jugeant inutile de risquer d'éventuels désagréments pour Gemma et lui-même. Il était d'ailleurs bien persuadé que leur mère les avait déjà mis au courant.

Il s'était arrangé pour rencontrer le fils aîné, Richard, dans un célèbre pub de Fleet Street à onze heures, et le cadet, Sean, au même endroit une demi-heure plus tard.

Ils n'eurent aucun mal à trouver une table : le pub commençait tout juste à se préparer pour le coup de feu du déjeuner. Quand Richard Arrowood franchit le seuil de l'établissement, à onze heures pile, ils le reconnurent aussitôt : c'était une pâle copie de son père.

— Monsieur Arrowood ! lança Kincaid.

Arrowood s'assit, ajustant le pli impeccable de son pantalon.

— De quoi s'agit-il ? Je n'ai pas beaucoup de temps.

— Vous êtes certainement au courant que votre belle-mère a été assassinée ? Sauvagement assassinée, même.

— Et alors ? Quel rapport avec moi ?

— Connaissiez-vous bien Dawn ? s'enquit Gemma.

Elle parlait d'un ton courtois, mais Kincaid vit sa mâchoire se crisper, signe qu'elle serrait les dents.

— Mon père nous a invités plusieurs fois à prendre un verre, au début de leur mariage, et une fois à dîner. Elle ne savait pas cuisiner, évidemment ; le repas était livré par un traiteur.

À entendre le ton méprisant de Richard Arrowood, on aurait pu croire qu'elle était allée chercher le repas au *fish and chips* du coin.

— Votre mère fait la cuisine, elle, je parie ? susurra Gemma avec un sourire mauvais.

— Ma mère n'a rien à voir là-dedans.

— Pas sûr, intervint Kincaid. Aviez-vous une raison particulière de détester votre belle-mère ? J'ai cru comprendre que vos parents étaient divorcés depuis plusieurs années lorsque votre père a épousé Dawn.

— Elle n'en était pas moins une garce assoiffée d'argent, dit Arrowood avec un reniflement de dédain.

Kincaid révisa alors son jugement sur le caractère du jeune homme. Non seulement Richard était arrogant, grossier et antipathique, mais il était d'une confondante stupidité.

— J'aurais cru que votre père avait de quoi subvenir aux besoins de tous.

— Pas après l'arrivée de la belle Dawnie, qui a fait main basse sur le fric. J'avais quelques dettes... (Les joues du jeune homme s'empourprèrent de colère à ce souvenir.)... le genre de problèmes qui arrivent à tous ceux qui débutent dans la City. Mais mon père n'a pas voulu lever le petit doigt pour m'aider, sous prétexte que ça menacerait la sécurité de Dawn.

— Le genre de problèmes qui *arrivent*, monsieur Arrowood ? Pour ma part, j'ai toujours pensé qu'on ne contractait pas de dettes par hasard.

Le jeune homme, conscient d'avoir été insulté, se dressa sur ses ergots.

— Non mais dites donc, vous ne pouvez pas me parler sur ce ton...

— Mais si, je peux. Dois-je vous rappeler que nous enquêtons sur un meurtre et que vous êtes un suspect potentiel ?

— Suspect ? Mais c'est absurde ! (Son air bravache se volatilisa d'un seul coup.) Je n'avais pas vu Dawn depuis des lustres...

— Voudriez-vous nous dire où vous étiez vendredi dernier en fin d'après-midi ?

— Vendredi ? Je... j'étais à un cocktail. Un type du bureau avait invité plusieurs d'entre nous à prendre l'apéritif chez lui, à Borough Market. Mon frère y était aussi.

— À quelle heure avait lieu ce cocktail ?

— Nous y sommes allés directement après le bureau. Vers cinq heures et demie.

— Et combien de temps y êtes-vous resté ?

— Jusqu'à ce que certains d'entre nous aillent dîner au restaurant. Il devait être huit heures.

— Et vous ne vous êtes absenté à aucun moment ?

— Bien sûr que non, bordel ! Écoutez, vous...

— Il nous faudra le nom et l'adresse de votre ami.

Et nous demanderons confirmation à votre frère, naturellement.

Le regard de Richard fit l'aller-retour entre Gemma et Kincaid. Son front était moite de sueur. Il renifla de nouveau, en se frottant le nez avec le dos de la main.

— Je ne pense pas que vous puissiez me traiter ainsi en l'absence d'un avocat, dit-il sans grande conviction.

— Vous avez le droit de faire appel à un avocat à tout moment, monsieur Arrowood. Mais il s'agit simplement d'une conversation amicale, d'un interrogatoire de routine, et vous ne souhaitez sans doute pas donner l'impression d'avoir quelque chose à cacher. Pas vrai ?

— Je...

Une expression de soulagement envahit soudain le visage de Richard. Suivant son regard, Kincaid vit que le frère cadet était arrivé, quelques minutes avant l'heure du rendez-vous. Là encore, la ressemblance était frappante, mais Sean Arrowood était plus rondouillard, plus basané que son père. Il s'approcha de la table en souriant, la main tendue.

— Sean Arrowood. Je suis en avance, ma réunion s'est terminée plus tôt que prévu... Ça ne pose pas de problème ?

Il y avait de l'inquiétude dans le rapide coup d'œil qu'il lança à Richard.

— Pas du tout, le rassura Kincaid. Nous en avons justement terminé avec votre frère.

D'un signe de tête, il congédia l'aîné des Arrowood, qui prit la fuite sans demander son reste. S'adressant au cadet, Kincaid enchaîna :

— Vous allez peut-être pouvoir nous confirmer certaines choses. Vous n'étiez pas dans les meilleurs termes avec votre belle-mère, paraît-il ?

Sean prit un air peiné.

— Ce n'est pas totalement exact. Comprenez bien que nous n'avions rien contre Dawn et que nous avons été bouleversés d'apprendre sa mort. Mais son mariage avec papa a rendu particulièrement... difficiles... nos rapports avec notre mère. Elle s'inquiète pour notre avenir, bien que nous lui répétions souvent qu'elle n'a aucune raison de s'en faire. Et si nous avions témoigné de l'amitié à Dawn, maman aurait interprété cela comme... un manque de loyauté.

— De fait, elle ne semblait pas la porter dans son cœur, dit Gemma, qui partagea avec Sean un petit sourire complice. Quand avez-vous vu Dawn pour la dernière fois ?

— Hum, très récemment... en fait, il y a quelques semaines. Elle m'a téléphoné pour m'inviter à prendre le café.

— Ça arrivait souvent ?

— Non, admit Sean. J'ai été un peu surpris, mais piqué par la curiosité.

— Elle n'a invité que vous ? Pas Richard ?

— Dawn et moi, on s'entendait mieux. Et mon frère a parfois des réactions... excessives.

— Il s'agissait d'une question délicate, je présume ?

— Elle ne voulait pas que Richard et moi puissions penser qu'elle avait encouragé notre père à nous léser.

— Vous a-t-elle dit que Karl avait l'intention de vous déshériter, Richard et vous ?

Sean soutint son regard sans ciller.

— Apparemment, Richard avait eu des prétentions quelque peu exagérées, et papa était furieux. Je ne peux pas le lui reprocher.

— Et avez-vous fait part à votre frère des intentions de votre père ?

— C'était inutile. Papa s'était montré on ne peut plus explicite, la dernière fois que Richard l'avait vu.

— Ce que je ne comprends pas, dit Gemma lorsqu'ils eurent regagné la voiture, c'est pourquoi Dawn aurait voulu intervenir en faveur de Richard et de Sean. Ils s'étaient mal comportés avec elle — du moins, Richard... Elle aurait pu se dire : « Qu'ils aillent se faire foutre ! »

— Ce n'était peut-être pas tant pour défendre leurs intérêts que pour soulager sa propre conscience...

— Tu veux dire que ça la gênait d'être l'unique héritière de Karl alors qu'elle le trompait sans vergogne ? (Gemma médita cette idée.) Mais de toute façon, si elle l'avait quitté, il aurait modifié son testament en faveur de ses fils...

— Rien ne nous prouve qu'elle ait eu l'intention de le quitter, contra Kincaid. Celui qui nous intéresse, dans l'immédiat, c'est Richard Arrowood. S'il savait que son père allait changer son testament, il avait un excellent motif de tuer Dawn. Nous devons vérifier son alibi.

Il ouvrit son portable et composa le numéro de Charles Dodd, l'ami des frères Arrowood. Au terme d'une brève conversation, il raccrocha et dit à Gemma :

— D'après sa secrétaire, il sera absent tout l'après-midi. Nous essaierons de le joindre plus tard chez lui.

216

Hum ! à propos de ton fameux rendez-vous... tu ne veux pas que je t'accompagne ?

— Pour voir Bernard ? (Elle ne sut si elle devait être touchée ou vexée de la note d'inquiétude qui perçait dans la voix de Kincaid.) Il s'attend à me voir seule, et je ne veux pas prendre le risque de le faire fuir. Je m'en sortirai très bien. D'après Melody, ce type est un vrai obsédé, mais parfaitement inoffensif... et après le propriétaire d'Alex Dunn, un peu de franche lubricité ne sera pas pour me déplaire !

Elle le repéra sitôt franchi le seuil du *Ladbroke Arms*. Il était assis dans un coin, coiffé d'une casquette pied-de-poule qui avait viré au gris. Son visage parcheminé était à demi camouflé par sa chope de bière. En s'approchant, elle vit que sa tenue vestimentaire comportait aussi une fine cravate tachée de graisse et une antique veste en tweed. Elle s'assit à côté de lui sur la banquette, pas plus près que ne l'exigeait la conversation. À en juger d'après les fringues du type, Melody avait vu juste sur son hygiène personnelle.

— Vous devez être Bernard. Je suis l'inspecteur James.

Elle voulut lui montrer sa carte de police, mais il l'écarta d'un geste.

— Pas la peine d'exhiber ce machin ici, ma belle. Je vous crois sur parole. (Il la reluqua du haut en bas.) La jeune Melody m'avait dit que vous étiez un beau brin de fille : elle n'avait pas menti.

Ignorant le compliment, Gemma indiqua d'un signe de tête la chope à moitié vide.

— Je peux vous offrir une pinte ?

— J'suis pas contre, ma belle.

Il porta la chope à ses lèvres et, d'une gorgée, réduisit le niveau de liquide de plusieurs centimètres.

Elle alla chercher une autre bière au bar, ainsi qu'un jus d'orange. Lorsqu'elle revint à leur table, Bernard renifla d'un air soupçonneux le verre de jus de fruit.

— Vous êtes pas antialcoolique, au moins ?

— Oh ! non, pas du tout. Seulement je dois ensuite retourner au commissariat, c'est mal vu chez nous. Toutes les pastilles à la menthe du monde ne tromperaient pas la vigilance de notre sergent de garde.

— Ah ! fit Bernard, apparemment radouci. Je parie que je pourrais vous enseigner un ou deux trucs.

— Un autre jour ? (Gemma lui dédia son sourire le plus engageant.) D'après l'agent Talbot, il paraît que vous savez beaucoup de choses sur Otto Popov.

— Ça se pourrait, dit-il avec un regard appuyé en direction du sac de Gemma. La jeune Melody a laissé entendre que vous seriez disposée à me dédommager.

Gemma ouvrit son portefeuille et en sortit un billet de dix livres. Bernard ne cilla pas. Au bout d'un moment, elle soupira et en sortit un autre.

— Notre budget ne nous permet pas d'être plus généreux, j'en ai peur.

Les billets disparurent tellement vite que Gemma ne vit même pas bouger la main de Bernard.

— D'acc, dit-il. Ça ira pour le moment. Alors, où en étions-nous ? (Il s'installa plus confortablement, les mains autour de sa chope.) Si vous voulez comprendre Otto, vous devez revenir en arrière, vous devez comprendre comment les choses s'enchaînent. Vous savez, ça fait un bout de temps que je suis dans ce secteur — même si je suis né à Whitechapel, le territoire de Jack l'Éventreur. On peut pas s'empêcher d'y penser, hein, avec ce meurtre...

— C'est de l'histoire ancienne, Bernard. Aucun rapport avec ce qui nous occupe.

— Bon, d'accord, montez pas sur vos grands chevaux.

Il gloussa avant d'engloutir encore une bonne rasade de bière.

Gemma lâcha un soupir. De toute évidence, Bernard entendait bien profiter de cette discussion pour boire tout son content, même si on avait du mal à imaginer que son petit corps rabougri pût contenir plus d'une bière ou deux.

— Et qu'est-ce qui vous a amené à Notting Hill ? s'enquit-elle.

— Les affaires, figurez-vous. J'ai débuté en faisant des petits boulots pour les brocanteurs de Bermondsey, et de fil en aiguille je me suis mis en cheville avec des gars de Notting Hill. Ce quartier-là, ma belle... (Il fit un geste ample.)... c'était l'endroit où il fallait être dans les années soixante. Le commerce des antiquités commençait juste à exploser...

Gemma était résolue à étouffer dans l'œuf toute digression prolongée.

— Peut-être, mais nous ne parlons pas des années soixante. Otto devait être un enfant à l'époque.

— Il était grand pour son âge ! Seize ans, peut-être dix-sept, mais déjà au courant des choses de la vie. Quoi qu'il en soit, ma belle, c'est là que ça commence. La famille d'Otto débarquait tout juste de Russie, elle parlait pas un mot d'anglais. Alors ils s'installent dans une rue avec d'autres familles russes, et ils restent entre eux. Tout comme les Polonais, les Allemands et les juifs. Ils avaient tous leurs boutiques à eux, leurs cafés à eux, et on se mélangeait pas.

« Jusqu'au jour où arrivent les Noirs, fin des années cinquante, début des années soixante. Là, d'un seul coup, les Polonais, les Allemands et les Russes se découvrent des points communs, et ce sont les Noirs que personne d'autre ne fréquente. (Il fixa sur Gemma ses yeux de fouine, étonnamment bleus et rusés.) Une situation explosive, comme qui dirait. Et voilà qu'entre en scène le jeune Karl Arrowood...

— Arrowood ? Je croyais que nous parlions d'Otto.

— J'y arrive. Un peu de patience, ma belle. Donc, comme je le disais, Karl Arrowood entre en scène. Il a quelques années de plus qu'Otto, c'est un p'tit mec plein d'avenir qui a des intérêts dans pas mal d'affaires, et il se dit que les parents russes d'Otto ont peut-être des relations qui pourraient lui être utiles. Alors, il l'engage.

— Karl a engagé Otto ?

— Tout juste, ma belle. Oh ! Karl avait bien quelques relations à lui : des cousins allemands qui savaient, comme par hasard, où se trouvaient certains objets « libérés » pendant la guerre. Karl additionne deux et deux et, en moins de temps qu'il n'en faut pour le dire, il crée une chouette petite société d'importation.

— C'est donc ainsi que Karl a démarré ?

— Et qu'il a fait la connaissance de quelques individus pas du tout recommandables... des gros bonnets russes, si vous voyez ce que je veux dire. À ce moment-là, le jeune Otto, qui s'était fait remonter les bretelles par tout le monde — depuis ses parents jusqu'à sa tante Minnie — parce qu'il collaborait avec un voyou comme Karl, décide qu'il ne veut plus être associé à ces combines, et il disparaît de Londres pendant quelque temps.

« Mais ça, pour Karl, c'est de la désertion, et il a une putain de mémoire d'éléphant. Alors, des années plus tard, une fois qu'Otto a refait surface, a ouvert un gentil petit commerce et s'est marié, Karl trouve le moyen de l'obliger à retravailler pour lui.

— Comment ça ?

— Alors là, ma belle, je suis bien incapable de vous le dire. (Bernard vida le fond de sa chope et s'essuya les lèvres.) Ça donne soif, toute cette causette.

En un temps record, Gemma alla chercher au bar une autre bière qu'elle posa devant lui, faisant gicler un peu de liquide.

— Attention, ma belle ! l'admonesta-t-il. Vous gaspillez de l'or, là.

— Vous devez bien avoir une idée du moyen qu'a utilisé Karl pour faire pression sur Otto, avança Gemma.

— Eh bien... Otto était devenu vulnérable, pas vrai ?

— À cause de sa femme, vous voulez dire ?

— Une petite créature toute pâle, la femme d'Otto, qui avait toujours l'air malade. J'ai pas été surpris quand elle a passé l'arme à gauche.

— Selon vous, Karl avait quelque chose à voir dans sa mort ?

— J'irais pas jusque-là, répondit prudemment Bernard, ce qui donna envie à Gemma de l'étrangler avec sa cravate tachée de graisse. Une maladie quelconque... le cœur, si je me souviens bien. Mais je ne connaissais pas personnellement cette pauvre fille, et je n'étais pas dans les confidences d'Otto.

Gemma le fusilla du regard.

— Je ne vous crois pas, Bernard, et vous ne me ferez pas avaler que vous ignorez ce qui est arrivé à la femme d'Otto. Pourquoi refusez-vous de me le dire ?

Bernard posa l'index sur l'aile de son nez.

— Quand le bon Dieu a distribué la matière grise, ma belle, il a pas sauté mon tour. Vous voyez, y a la conversation, et puis y a la stupidité, et j'suis encore capable de faire la différence entre les deux.

Après avoir réglé certains détails dans la nouvelle maison, Kincaid décida de rester à Notting Hill et de manger un sandwich sur le pouce à la cantine du commissariat. Comme il s'asseyait, il avisa le sergent Franks à une table voisine. Celui-ci le salua d'un air entendu qui frisait l'insolence, puis se leva et quitta la salle.

Il était évident, d'après son attitude, que le sergent connaissait la relation de Kincaid avec Gemma : Kincaid se demanda si sa compagne lui avait tout dit concernant la plainte de Franks. Mais s'il y avait autre chose, pourquoi ne lui en avait-elle pas parlé ?

Il se demanda s'il devait en toucher un mot au superintendant Lamb, un de ses anciens camarades de l'école de police, mais il craignait que cette démarche ne rendît la situation de Gemma encore plus difficile à long terme — sans parler du fait qu'elle le tuerait si elle apprenait son initiative.

Il se sentait frustré, d'autant qu'il n'arrivait pas à comprendre les sautes d'humeur de Gemma. Par exemple, il y avait eu l'incident du dîner chez Cullen : après qu'il eut téléphoné pour annuler, elle avait finalement décidé d'y aller et l'avait contraint à rappeler pour accepter.

Puisqu'il ne parvenait pas à saisir le mode de raisonnement de Gemma, comment pouvait-il prévoir ce qui l'aiderait à faire face ? Marcher dans un champ de mines serait plus facile, se disait-il parfois. Mais quand il leva la tête et la vit sur le seuil, il comprit qu'elle valait la peine de s'accrocher, quelles que puissent être les difficultés.

Elle lui sourit et s'approcha de sa table.

— Assieds-toi, dit-il. Je t'ai pris un sandwich crevettes-mayonnaise, pour le cas où tu n'aurais rien mangé.

Gemma fit la moue.

— J'ai renoncé aux crevettes-mayonnaise.

— Je croyais que c'était ton sandwich préféré.

— Jusqu'à la semaine dernière, oui. Mais j'en veux bien, merci.

Elle ouvrit le sachet en plastique et commença à grignoter.

— Apparemment, tu es sortie indemne de ton rendez-vous ?

— Ce type m'a bien plu, en fait. Mais un bon bain ne lui ferait pas de mal.

Elle répéta ce que lui avait raconté Bernard, en buvant de temps à autre une gorgée du thé froid de Kincaid. Lorsqu'elle eut terminé, celui-ci observa :

— Nous en savons maintenant assez pour avoir une petite conversation avec Otto Popov.

— Et Karl Arrowood ?

— D'abord Otto. Plus nous aurons d'éléments avant de nous attaquer à Karl, mieux ce sera. (Il haussa les sourcils d'un air dubitatif.) La mafia russe ?

— C'est sûrement ce que voulait dire Bernard, ce vieux cachottier. Et cela tendrait à expliquer pourquoi tout le monde a une peur bleue de Karl.

Ils trouvèrent Otto en train d'essuyer les tables après le déjeuner. Il sourit en voyant Gemma, mais son expression se fit circonspecte quand elle lui présenta Kincaid.

— Otto, voici le superintendant Kincaid, de Scotland Yard. Il travaille avec moi sur cette enquête.

Le cafetier leur avança deux chaises.

— Je vous en prie, asseyez-vous. À votre service. Un café aux frais de la maison ?

— Non merci, ça ira, dit Gemma. Est-ce que nous pourrions vous parler ?

Avec une grâce surprenante, Otto percha sa grande carcasse sur une petite chaise.

— Le jeune Alex est revenu, vous êtes au courant ? dit-il.

— Oui, il est venu me voir ce matin. Apparemment, Fern l'avait emmené quelques jours chez sa tante, dans le Sussex, mais elle avait peur de dire où il était... Otto, il paraît que vous aviez mis Alex en garde contre Karl Arrowood. Qu'est-ce qui vous faisait croire qu'il était en danger ?

— Karl est un homme dangereux, tout le monde le sait. On entend des histoires.

— Je pense qu'il y a autre chose, insista Gemma avec douceur. Je pense que vous avez eu des démêlés personnels avec Karl. Une première fois, il y a long-temps, quand vous l'avez mis en contact avec des... des collègues russes. Et puis, plus récemment, avant le décès de votre femme.

Otto riva sur eux ses yeux sombres, insondables, et garda le silence.

— Avez-vous travaillé pour Karl dans sa société d'importation ?

— D'importation, mon œil ! cracha Otto, piqué au vif. Il escroque les gens, Karl Arrowood. Il n'a jamais rien fait d'autre. J'ai juré de ne plus jamais travailler pour un homme comme lui !

— Pour prendre une telle décision, vous deviez avoir une bonne raison. Est-ce que ça avait un rapport avec votre femme ?

Ses yeux devinrent froids et inexpressifs.

— Veuillez laisser ma femme en dehors de ça.

Gemma soutint son regard sans broncher.

— Vous avez coupé les ponts avec Karl pendant... quoi, vingt ans ? Vous avez mené votre vie, vous avez ouvert un commerce, vous vous êtes marié, et puis voilà que du jour au lendemain vous renouez avec un homme que vous détestez visiblement. Nous finirons tôt ou tard par découvrir pourquoi, mais je préférerais l'entendre de votre bouche.

Otto observa Gemma, puis Kincaid, comme s'il les jaugeait. Finalement, il dit :

— Je n'ai rien à cacher. Ce qui m'importe, ce n'est pas moi, mais la réputation de ma femme et les souve-nirs que mes filles auront d'elle. Vous comprenez ? (Comme ils acquiesçaient, il poursuivit :) Karl Arro-wood est un homme mauvais. Il me détestait, unique-ment parce que j'avais décidé, dans mon adolescence, de ne plus être mêlé à ses... activités. Il a guetté pendant des années l'occasion de se venger, comme une araignée qui tisse sa toile. Ma femme, Katrina, n'était pas bien robuste. Elle avait eu des problèmes de drogue dans sa jeunesse, mais elle allait mieux — beaucoup mieux — depuis longtemps. Après, quand Anna est née, puis Maria, elle a fait une dépression, et Karl a saisi sa chance. Il a mis à sa disposition des petits « cadeaux », et bientôt elle est retombée dans ses anciennes habitudes.

« Je ne m'en suis pas rendu compte tout de suite, bien sûr. Et quand j'ai compris ce qui se passait, il m'a fallu quelque temps pour apprendre d'où venait le mal. À ce moment-là, j'ai songé à tuer Karl, mais il était bien trop malin. Qui veillerait sur Katrina et sur les petites, m'a-t-il dit, si j'allais en prison ? Et puis il m'a prévenu que si je ne faisais pas exactement ce qu'il voulait, il cesserait d'approvisionner Katrina. À cette époque, il n'avait pas besoin de moi pour trouver des contacts ; il voulait simplement me plier à sa volonté. Et je n'avais pas le choix. Ma Katrina était désespérément en manque.

« J'ignore ce qui aurait fini par arriver. Mais Katrina est morte d'une overdose, et Karl a cessé d'avoir barre sur moi. Vous comprenez, maintenant, pourquoi j'ai mis Alex en garde ? Karl est sans pitié. S'il avait découvert la liaison d'Alex avec Dawn, il n'aurait pas laissé passer cette trahison.

— L'héroïne ? Arrowood ?

— Mais bien sûr ! Son magasin est une couverture idéale. Il achète en liquide des antiquités qui sont ensuite revendues en toute légalité. Même si ses bénéfices sont seulement sur le papier, ça n'a pas d'importance : il a blanchi son argent.

Kincaid se pencha en avant.

— Monsieur Popov, si Karl Arrowood vous a fait tant de mal, à vous et à votre femme, pourquoi n'êtes-vous pas allé trouver la police ?

— Mes filles ne savent rien du problème de leur mère. Et elles n'en sauront *jamais* rien.

— Admettons que vous trouviez un moyen de faire souffrir Arrowood comme il vous a fait souffrir, sans que personne soit au courant ?

— Vous me jugez mal, monsieur Kincaid. Primo, je ne pense pas que Karl Arrowood soit suffisamment attaché à un être humain pour souffrir de le perdre. Secundo, jamais je n'aurais fait de mal à une créature aussi innocente que Dawn Arrowood. Jamais ! Toutefois, je ne vous mentirai pas : si j'avais la possibilité de tuer Karl sans que mes filles aient à en subir les conséquences, je le ferais sans hésiter.

— Otto, dit Gemma, vous comprenez bien que nous devons vérifier votre alibi pour le soir du meurtre. Vous étiez ici, au café ?

— Un vendredi soir ? Bien sûr.

— Et Wesley ?

— Oui, il était là aussi. Vous lui demanderez confirmation, je suppose, mais qu'est-ce qui vous prouvera qu'il ne me protège pas ? (Le front plissé, il réfléchit à la question.) Reste le plongeur, évidemment. Il pourra se porter garant pour nous deux, même s'il ne parle que quelques mots d'anglais.

— Wesley est-il là en ce moment ?

— Non, il est allé chercher des provisions pour le menu de ce soir, et ensuite il doit ramener les filles de l'école. Si vous partez maintenant, vous pourrez peut-être l'intercepter en chemin. Vous ne voudriez sûrement pas qu'on ait le temps d'accorder nos violons ? conclut-il, et une lueur de malice apparut dans ses yeux.

Toutefois, Gemma ne perdit pas de vue qu'Otto était un homme vigoureux, doté du plus puissant des mobiles, et qu'il existait très peu d'alibis à toute épreuve.

— Si tu retournais au Yard ? suggéra Gemma à Kincaid en sortant du café. Tu pourrais discuter avec tes collègues de la brigade des stups, voir s'ils sont au courant de cette histoire. Moi, je m'occupe de Wesley.

— D'accord. Je t'appellerai si j'apprends du nouveau. Sinon, on se voit ce soir.

Il la salua de la main et disparut à l'angle de Kensington Park Road.

Gemma descendit Portobello dans la direction opposée, tâchant de repérer les dreadlocks sombres de Wesley. Elle l'aperçut bientôt qui sortait de chez le poissonnier, les bras chargés de sacs plastique.

— Wesley !

Il traversa la rue pour la rejoindre.

— Les dames de la police font leurs courses elles-mêmes, maintenant ? dit-il avec un sourire épanoui.

— Je vous cherchais. (Elle régla son allure sur celle du jeune homme.) Dites-moi, Wesley... vendredi soir dernier, Otto a-t-il quitté le café pour une raison quelconque ?

— Un vendredi ? Pas de danger ! Nous avons plein

de clients, même de bonne heure. Certains habitués aiment dîner avant le coup de feu du soir.

— Y compris Alex ?

— Parfois, oui. Comme l'autre soir.

— Et il est impossible qu'Otto se soit éclipsé quelques minutes à votre insu ?

Wesley partit d'un grand rire.

— Otto ne passe pas franchement inaperçu, au cas où vous ne l'auriez pas remarqué. Surtout à la cuisine, vu qu'il fait claquer les portes et tinter les casseroles en jurant comme un charretier. Ça donne plus de saveur aux plats, qu'il dit.

— Vous êtes absolument formel ?

— Bien sûr que je suis formel ! Vous ne pensez tout de même pas qu'Otto a pris la tangente en tablier pour assassiner Mrs Arrowood avant de revenir terminer son osso bucco ? C'est complètement ridicule !

— J'admets que c'est assez peu probable.

— Ça fait partie du boulot, d'accuser les gens qui vous ont offert l'hospitalité ?

— Vous êtes injuste, Wesley, répliqua-t-elle, piquée au vif. Je n'accuse Otto de rien du tout, je vérifie seulement ses déclarations. Et ça ne me plaît pas plus qu'à vous.

Sourcils froncés, il lui jeta un regard de côté.

— Pourquoi est-ce que vous vous intéressez à Otto, tout à coup ?

— Je n'ai pas le droit de vous le dire. Mais vous pouvez toujours lui poser la question.

— Ce qu'on raconte à la police, c'est comme à confesse, hmm ?

— En quelque sorte, oui.

— Alors ça va, dit Wesley, apparemment radouci.

Ils continuèrent à marcher dans un silence détendu. Soudain, Gemma repéra à l'étal d'un fleuriste quelques sapins enveloppés dans du papier doré.

— Mince alors ! J'ai complètement oublié le sapin !

— Un sapin de Noël ? C'est pour votre nouvelle maison ?

— Oui. Nous emménageons samedi.

— Si vous voulez, je vous trouverai un beau sapin et je vous l'apporterai. (Il gloussa.) Un père Noël black, qu'est-ce que vous dites de ça ?

CHAPITRE NEUF

Dans le quartier de Portobello, beaucoup de logements restèrent misérables jusqu'à la Seconde Guerre mondiale et même au-delà. Il n'était pas rare, même à cette époque, de voir des appartements sans salle de bains, avec des W-C communs et des cuisines de fortune installées sur le palier.

Whetlor et Bartlett, *Portobello*.

Portobello avait toujours été une rue pleine de variété, où les boutiques d'antiquités et les galeries marchandes voisinaient avec des appartements, des cafés et des commerces traditionnels. Borough, en revanche, était un ancien quartier d'entrepôts en bordure des quais, qui revenait à la mode grâce à la proximité de la Tamise. Toutefois, aux yeux du passant occasionnel, ses immeubles en briques sombres et ses rues étroites n'offraient rien de foncièrement exaltant — sauf le vendredi matin, quand se tenait le marché de fruits et légumes. Kincaid et Doug Cullen trouvèrent assez facilement l'adresse que les fils Arrowood leur avaient indiquée : un loft dans un entrepôt aménagé.

Charles Dodd était un homme jeune, au front dégarni et au visage intelligent. Son pull à col roulé noir et son jean assorti formaient un contraste intrigant avec la clarté du loft, tout en verre et en plantes vertes.

— Charles Dodd ? dit Kincaid en présentant sa carte de police. Je suis le superintendant Kincaid, et voici le sergent Cullen. Vous avez quelques minutes à nous accorder ?

— De quoi s'agit-il ? s'enquit Dodd sur un ton plutôt amical. Je viens de rentrer du bureau et j'attends des invités d'un moment à l'autre.

Il les conduisit vers deux canapés blancs, et Kincaid remarqua qu'une partie du plancher était constituée de dalles en verre qui permettaient de voir la cuisine high-tech située à l'étage inférieur.

— Ce ne sera pas long, dit-il. Sensationnel, votre appartement. Idéal pour recevoir, j'imagine ?

— En fait, oui. Cuisiner est mon antidote au stress du boulot.

— Vendredi dernier, vous avez bien organisé un cocktail, ici ?

— En effet. Rien d'illégal, je vous assure. On n'a servi que du vin.

— Sean et Richard Arrowood étaient-ils parmi vos invités ?

— Ces branleurs ? (La stupéfaction le disputait à l'amusement sur le visage de Dodd.) Qu'est-ce qu'ils ont fait ?

— Leur belle-mère a été assassinée vendredi soir,

dit Cullen. Nous devons vérifier où se trouvaient toutes les personnes proches de la victime.

— Vous ne pensez pas sérieusement qu'ils ont quelque chose à voir dans la mort de leur belle-mère ? J'ai lu la nouvelle dans les journaux, c'est affreux. Mais Sean et Richard seraient bien incapables de saigner un poulet, même pour éviter de mourir de faim. (Dodd alluma une cigarette.) En fait, Sean n'est pas méchant... l'ennui, c'est qu'il faudrait l'éloigner de sa mère et de son frère. Richard, c'est un parasite.

— Pourquoi les avoir invités, si vous ne les aimez pas ?

Dodd fit la grimace.

— Le boulot. Richard travaille dans le même bureau que moi, et Sean en a profité. Ce serait embarrassant d'inviter tout le monde sauf Richard.

— À quelle heure sont-ils arrivés vendredi dernier ?

— Entre cinq heures et demie et six heures. Nous sommes tous venus directement du bureau.

— Et ils sont restés jusqu'à... ?

— Environ huit heures. Certains d'entre nous sont ensuite allés dîner, mais pas Sean et Richard.

— Et ils ont été là tout le temps, vous en êtes sûr ?

— Nous n'étions même pas une douzaine. S'ils s'étaient éclipsés pour commettre un meurtre, je m'en serais aperçu. Richard a bu encore plus que d'habitude, au point que j'ai failli être obligé de le flanquer à la porte. Finalement, Sean m'a épargné cette peine.

— Richard s'est montré désagréable ?

— « Odieux » serait un terme plus approprié. Il a fait du gringue à une fille qui ne le trouvait pas du tout à son goût. Sans doute une manière de ne pas s'avouer qu'il préfère les garçons.

— Diriez-vous que Richard a eu un comportement inhabituel ? Semblait-il soucieux, agité ?

Dodd prit le temps d'écraser sa cigarette dans un cendrier en verre soufflé.

— Difficile à dire, en fait. Il était excité, ça oui, mais il est plutôt du genre émotif.

Kincaid se rappela le teint blafard de Richard Arrowood et ses reniflements incessants.

— Mon instinct me dit que Richard fréquente des dealers. Savez-vous, par hasard, qui lui fournit sa coke ?

— Aucune idée. (Dodd eut un sourire contraint.) Je ne pourrais pas me payer cet appartement si je prenais de la drogue.

— Il nous faudra interroger vos autres invités, si vous voulez bien noter leurs noms et adresses.

Dodd s'exécuta, sans aucun enthousiasme.

— Ça va faire grimper en flèche ma réputation d'hôte, maugréa-t-il en leur donnant la liste.

— On ne sait jamais, lui dit Kincaid en prenant congé. Ça pourrait bien ajouter un peu de piment à vos soirées : bonne nourriture, bon vin, et en prime une visite amicale des flics.

Une fois dans la rue, Kincaid tendit la liste à Cullen, qui poussa un gémissement exaspéré.

— Est-ce que ça veut bien dire ce que je crois ?

Au cours de l'année qui suivit la mort de sa mère, Ange comprit peu à peu qu'elle avait également perdu son père. Disparu, l'homme bourru qui naguère plaisantait avec elle ; à sa place, un fantôme errait dans l'appartement, mangeant en silence les repas qu'elle lui préparait, assis devant la télévision, le regard vide.

Au début, elle fit tout son possible pour attirer son attention : elle lui parlait, lui posait des questions, le suppliait de raconter des histoires. Mais, progressivement, elle apprit à exister en silence, tout comme lui, et ils vécurent leurs journées dans deux univers parallèles, sans aucun contact. Au point que lorsqu'elle rentra de l'école, un après-midi de janvier, et le trouva immobile dans son fauteuil, il lui fallut une demi-heure pour comprendre qu'il était mort.

Crise cardiaque, déclara le docteur en secouant la tête d'un air consterné. Mais dès qu'il eut prévenu le croque-mort, il prit sa trousse et repartit s'attaquer à une tâche plus gratifiante : s'occuper des vivants.

Mrs Thomas proposa à Ange de l'aider pour les préparatifs de l'enterrement, tandis que Betty et Ronnie, abasourdis par ce nouveau décès, évitaient son regard. « Ce n'est pas contagieux, vous savez ! » leur lança-t-elle d'un ton cinglant, mais leur attitude devint bientôt le cadet de ses soucis.

— Avant d'aller chez l'entrepreneur de pompes funèbres, lui conseilla Mrs Thomas, il vaudrait mieux que tu saches combien tu peux dépenser. Tu devrais commencer par aller voir le directeur de la banque.

Ange connaissait le banquier depuis l'époque où son père fréquentait régulièrement le café polonais. C'était un homme massif, qui avait tendance à transpirer et essuyait fréquemment son crâne chauve avec un mouchoir ; en l'occurrence, il ne fit pas montre de sa jovialité coutumière. Lui aussi secoua la tête, ce qui donna à Ange envie de hurler, mais elle se contenta d'attendre sans mot dire.

— Votre père n'était pas très doué pour les questions financières, mademoiselle Wolowski, lui dit le banquier d'un ton contraint. Surtout depuis le décès de votre mère. Toutes les économies qu'il avait, il les a dépensées pour la faire soigner, et il n'a malheureusement pas gagné grand-chose cette année.

Ce ne fut pas une grande surprise pour Ange, qui s'était habituée ce derniers mois à vivre sans chauffage et à voir diminuer l'argent que son père lui donnait pour les courses. De plus, il n'avait pas passé beaucoup de temps à son stand de brocanteur.

— Il reste bien quelque chose, quand même ?

— Peut-être de quoi régler quelques menues factures : le boucher, le marchand de fruits et légumes... mais c'est tout. Et malheureusement, votre propriétaire a la réputation de ne pas perdre de temps dans ce genre de situation ; il vous faudra donc déménager le plus vite possible.

— Déménager ?

— J'en ai peur.

— Mais je n'ai aucun endroit où aller !

— Votre père a bien dû désigner un tuteur pour veiller sur vous ?

— Non.

Le directeur de la banque parut atterré, mais Ange n'aurait su dire s'il était désolé pour elle ou s'il redoutait la perspective de l'avoir à sa charge.

— Bon, quel âge avez-vous, ma petite ?

— Seize ans.

— Vous êtes donc assez grande pour quitter l'école, dit-il, visiblement soulagé. Vous allez devoir *trouver un travail quelconque. Je serai plus qu'heureux de vous fournir des références. Autre chose : lorsque votre mère est morte, votre père a acheté pour lui la concession voisine à Kensal Green, c'est donc une dépense dont vous n'aurez pas à vous soucier.*

Tandis qu'elles regagnaient Westbourne Park à pied, Ange dit à Mrs Thomas :

— Une inhumation, donc, mais pas de stèle ?

— Non. Elles sont très chères, même les plus simples. Mais tu pourras toujours en faire installer une plus tard. (Ses yeux sombres brillaient de compassion.) Ange, sache que tu pourras habiter chez nous aussi longtemps qu'il faudra. Je suis sûre que ton père n'avait pas l'intention de te laisser comme ça, sans rien.

— Je m'arrangerai, merci. Je trouverai un logement dans le coin.

Certes, elle se sentait encore blessée d'avoir été rejetée l'hiver précédent, mais il y avait une autre raison à son refus : la situation avait changé et elle ne se sentait plus aussi à l'aise chez les Thomas. Betty, ayant hérité des talents de couturière de sa mère, avait quitté l'école pour travailler chez une modiste de Kensington Church Street. Grâce à cet emploi, elle s'était fait de nouveaux amis et menait une existence où Ange n'avait pas sa place. Quant à Ronnie, il n'avait guère de temps à leur accorder. Lorsqu'il n'était pas occupé à photographier des mariages ou à tirer des portraits pour son travail, il écumait les rues avec son appareil, développant ses épreuves en noir et blanc dans la salle de bains de l'appartement, indifférent aux protestations de sa famille qu'indisposaient les odeurs de produits chi-

miques. Ange était fascinée par ses portraits et ses scènes de rue de Notting Hill, mais elle ressentait trop vivement la distance qu'il avait mise entre eux pour le lui dire.

L'enterrement de son père, contrairement à celui de sa mère, eut lieu par une journée limpide, tempérée pour la saison. Il y avait un brin de douceur dans l'air, comme si le printemps était tout proche, mais Ange savait qu'il s'agissait d'une fausse promesse. Cette fois, il n'y avait qu'elle et les Thomas pour assister à l'inhumation. Elle n'avait prévenu personne, car elle n'aurait pas pu se permettre de recevoir des invités après le service funèbre. Quand Ronnie la prit par le bras, au moment de la mise en terre, elle ressentit une bouffée de plaisir qui lui procura un vertige inattendu.

Au cours des semaines suivantes, grâce à la recommandation du directeur de la banque, elle trouva un emploi de caissière à l'épicerie de Portobello Road. Elle dénicha aussi un misérable logement à Colville Terrace, priant pour que son maigre salaire suffise à couvrir le loyer.

Elle tria soigneusement ses affaires dans l'appartement, consciente qu'elle ne pourrait pas emporter grand-chose : son petit lit, le fauteuil le plus confortable, le secrétaire de sa mère, la télévision, quelques ustensiles de cuisine... Le reste, elle demanda à un ami de son père de le vendre sur le marché, sachant qu'elle n'en tirerait pas grand-chose. Par contre, elle ne put se résoudre à vendre les quelques bijoux anciens qui restaient dans l'échoppe de son père, quelle que fût leur valeur. Elle accrocha à son cou le médaillon en argent en forme de cœur ; les autres bijoux, elle les rangea dans le secrétaire.

Le jour du déménagement, Ronnie lui proposa d'emprunter la camionnette de son père pour transporter les plus gros meubles à Colville Terrace, situé quelques pâtés de maisons plus au sud. Ils firent le trajet dans la bonne humeur, discutant des mérites d'un nouveau groupe de Tottenham qui avait temporairement détrôné les Beatles au hit-parade.

— Les Dave Clark Five ? ricana Ronnie. Qu'est-ce que c'est que ce nom ? Je te fiche mon billet que dans six mois, tu auras oublié comment ils s'appelaient ! Les Beatles, eux, ils ont un certain potentiel sur le plan musical.

Ange fut surprise qu'il daigne approuver un groupe de pop : d'ordinaire, il ne prisait que les artistes de jazz comme Thelonious Monk et Chet Baker.

— Et les Rolling Stones ? suggéra-t-elle, histoire de paraître plus branchée qu'elle ne l'était.

Le visage de Ronnie s'éclaira.

— En voilà qui ont étudié les vieux maîtres du blues... Ils connaissent leur affaire ! dit-il avec enthousiasme.

L'atmosphère détendue qui régnait entre eux dura encore quelques minutes, le temps qu'ils arrivent à destination.

— C'est là ? demanda-t-il, incrédule, en garant la camionnette devant l'immeuble.

Il monta l'escalier derrière elle jusqu'au dernier étage. Lorsqu'il vit la chambre, il devint livide de colère.

— Mais enfin, Ange, à quoi tu penses ? C'est un taudis, un trou à rats ! Même une famille antillaise *débarquant du bateau ne serait pas désespérée au point de louer un truc pareil...*

— *Tu ne sais donc pas que cet immeuble appartient à Peter Rachman ? Il t'enverra ses sbires si tu ne paies pas ton loyer en temps voulu. Et ses chiens. Et si jamais tu te retrouves sans eau, ou sans chauffage, il ne va pas voler à ton secours...*

— *Ça ira, insista Ange en refoulant ses larmes.*

— *Ces taches sur les murs, c'est de l'humidité, tu le sais, ça ? Et il n'y a qu'un poêle à mazout, bon sang ! Tu auras de la chance si tu ne finis pas brûlée vive...*

— *Ronnie, soit tu m'aides à monter mes meubles, soit je le ferai toute seule. Mais ce n'est pas la peine que tu restes planté là à tout critiquer, parce que je n'ai pas le choix.*

Ils s'affrontèrent du regard durant une minute entière. Finalement, Ronnie haussa les épaules.

— *Très bien, dit-il. C'est ton enterrement.*

Le temps qu'ils trimballent les affaires au dernier étage, la colère du jeune homme semblait s'être évaporée. Il s'assit au bord du fauteuil qu'ils venaient d'installer, tournant et retournant sa casquette entre ses mains.

— *Écoute, Ange, je m'excuse pour ce que je t'ai dit tout à l'heure. C'était... avec ce qui est arrivé à ton père... enfin bref, je n'en pensais pas un mot. Simplement, je ne comprends pas pourquoi tu ne peux pas habiter avec nous en attendant d'avoir trouvé une solution.*

— *Et quelle solution je suis censée trouver, au*

juste ? Je ne peux pas être un parasite pour ta famille, Ronnie. Je suis une grande fille, je dois apprendre à me débrouiller toute seule.

Perçut-il le tremblement de sa voix ? Elle espéra que non.

Il se leva.

— Dans ce cas, d'accord. Mais tu ne pourras pas dire que je ne t'avais pas prévenue.

Soudain, elle ne put supporter l'idée de le voir tourner les talons et partir. Elle posa une main sur son bras.

— Ronnie, je suis une grande fille à présent. Si tu le voulais, tu pourrais rester.

Elle lut sur son visage le désir à l'état pur, aussitôt remplacé par une expression d'horreur.

— Ange, tu es... tu es comme ma sœur. Je ne pourrais jamais... tu ne devrais même pas penser une chose pareille.

Cette fois, il tourna les talons pour de bon et descendit l'escalier quatre à quatre, la laissant seule dans la pièce froide, rongée par l'humidité. Prudemment, méthodiquement, elle alluma le poêle à mazout et se pelotonna sur son lit étroit, enveloppée dans une couverture. Puis elle pleura comme une enfant au cœur brisé.

Gemma passa la première partie du jeudi matin à étudier les rapports des experts en informatique de la police. Après examen de l'ordinateur de Karl Arrowood — e-mails et dossiers personnels — rien n'indiquait que l'antiquaire eût projeté d'assassiner sa femme, ni qu'il eût soupçonné sa liaison ou sa grossesse.

Rien n'indiquait non plus que Dawn se fût servie de l'ordinateur, ce que Gemma trouva intéressant, mais pas surprenant, étant donné la prudence de Dawn dans d'autres domaines.

Malheureusement, au début de l'enquête, ils avaient omis de chercher des irrégularités financières dans les comptes de Karl Arrowood : elle allait donc devoir demander à l'équipe d'informaticiens de tout reprendre de zéro. Il faudrait aussi qu'ils examinent les ordinateurs professionnels de Karl, chose qu'il risquait de prendre fort mal.

— Si vraiment Arrowood vend de la drogue, comme l'affirme Otto, dit Melody d'une voix songeuse, est-ce que la mort de Dawn ne pourrait pas être liée à ses activités ? Un client furieux ? Un associé mécontent ?

Gemma avait demandé à Melody de l'accompagner au magasin d'Arrowood, en guise de renfort, après s'être assurée que le sergent Franks était noyé jusqu'au cou dans la paperasserie.

— Mais dans ce cas, objecta-t-elle, quel rapport avec Marianne Hoffman ?

— Bonne question. Rien de neuf du côté des examens sanguins ?

— Pas encore. En période de Noël, le ministère de l'Intérieur travaille au ralenti. Je les ai relancés.

Gemma trouva une place dans Kensington Park Road, à deux pas des *Antiquités Arrowood*. La boutique, d'une élégance discrète, ne déparait nullement les résidences situées en face des hôtels particuliers de Stanley Gardens.

D'après la disposition de la devanture, il était clair que la boutique s'adressait à une clientèle tout aussi élégante. À leur entrée, le carillon de la porte tinta mélodieusement et les pieds de Gemma s'enfoncèrent dans un épais tapis Wilton. La pièce du devant, de petite taille, contenait quelques articles de choix — meubles d'époque, objets d'art, lampes, aquarelles ornées de cadres ouvragés — et donnait sur d'autres pièces tout aussi richement garnies.

Une blonde entre deux âges, impeccablement coiffée et manucurée, était assise à un bureau visible depuis l'entrée. Elle adressa à Gemma un sourire dépourvu de chaleur et s'enquit :

— Puis-je vous aider ?

Gemma entendit la suite, non formulée : « Mais vous ne trouverez rien ici qui soit dans vos moyens. » Aucun prix n'était affiché, ce qui semblait lui donner raison.

— Mr Arrowood est-il là ? demanda-t-elle.

La femme jeta un bref coup d'œil vers le fond du magasin.

— Il vient de sor...

— Je pense qu'il va nous recevoir.

Le sourire de la femme s'évanouit complètement à la vue de la carte de Gemma.

— Un instant, je vous prie.

Elles n'attendirent pas longtemps avant de voir apparaître Karl Arrowood, aussi soigné et élégant qu'à l'enterrement de son épouse.

— L'inspecteur James et l'agent Talbot, c'est bien ça ? Que puis-je pour vous ?

— Nous voudrions vous parler, monsieur Arrowood. Dans votre bureau ?

Il les y conduisit sans faire de difficultés et s'assit

derrière un bureau verni, aux pieds sculptés, en leur indiquant des chaises tapissées de velours.

— Vous ne venez pas m'annoncer que vous avez retrouvé l'assassin de ma femme, je suppose ?

Gemma ignora la question.

— Depuis notre dernier entretien, monsieur Arrowood, on nous a signalé qu'une partie de vos revenus pourrait provenir d'autres sources que le commerce des antiquités.

Il la regarda sans ciller, une lueur amusée dans les yeux, et ses mains restèrent négligemment posées sur le buvard.

— Je ne vois absolument pas de quoi vous parlez, inspecteur.

— De drogue. Selon nos sources, vous êtes mêlé depuis longtemps au trafic de drogue dans le quartier.

— Vos sources ? répéta-t-il d'un ton moqueur. Et en quoi consistent ces fameuses sources, au juste ? Je me mettrais en colère si je parvenais à vous prendre au sérieux, inspecteur. (Ses yeux gris se teintaient à présent d'une lueur d'acier.) Néanmoins, je vous rappelle que je tiens un commerce florissant ; vis-à-vis de mes clients, je n'apprécierais pas que l'on nuise à ma réputation.

Gemma sourit.

— Parfait. Vous avez donc tout intérêt à coopérer pleinement avec nous. Il ne m'appartient pas de vérifier cette nouvelle information ; tout ce qui m'intéresse, c'est de déterminer dans quelle mesure elle peut éclairer le meurtre de votre femme. L'un de vos clients, ou de vos fournisseurs, aurait-il pu s'en prendre à elle pour se venger de vous ?

— C'est une théorie absurde ! (Ses mains se cris-

pèrent, et Gemma le vit faire un effort pour se maîtriser.) Une théorie à laquelle vous vous raccrochez dans
le but évident de masquer votre incompétence. Je
refuse de poursuivre cette conversation sans mon
avocat.

— Ce sera inutile. Par contre, j'ai un mandat auto-
risant nos techniciens à examiner vos ordinateurs de
bureau... J'espère que cela ne vous dérangera pas trop.
(Elle consulta sa montre.) Ils devraient arriver d'une
minute à l'autre.

Arrowood agrippa son bureau, ne tâchant même
plus de contenir sa colère.

— Vous n'avez pas le droit de faire ça !

— Je crains que si. (Gemma se leva, imitée par
Melody.) Monsieur Arrowood, votre femme était-elle
au courant de vos activités ?

— Je vous le répète, il n'y avait rien à savoir.

— Et vos fils, sont-ils au courant ? Vous ne four-
guez quand même pas de la cocaïne à votre propre
fils ?

Kincaid lui avait dit que, selon lui, Richard Arrowood se droguait, et elle le croyait.

— Mon fils ? Qu'est-ce que vous racontez, bon
Dieu ?

— Richard n'est pas venu vous demander un prêt
pour rembourser ses dettes de drogue ?

— Richard ? Si, il m'a réclamé de l'argent, mais il
a toujours besoin d'argent. Je ne crois pas un instant...

— Que vous a-t-il dit quand il est venu vous voir,
il y a quelques semaines ?

— Il m'a dit qu'il avait fait un mauvais investissement à son travail. Il devait combler le déficit avant
qu'on s'en aperçoive.

— Et vous avez refusé de l'aider ?

— Naturellement que j'ai refusé ! Il ne fera jamais rien dans la vie s'il n'apprend pas à assumer ses erreurs.

Excellente théorie, pensa Gemma. Malheureusement, Richard Arrowood était depuis longtemps incapable d'en bénéficier.

Kincaid avait laissé sur le répondeur d'Eliza Goddard plusieurs messages, mais elle ne l'avait pas rappelé. Il devait absolument consulter les papiers personnels de Marianne Hoffman, et il espérait parvenir à convaincre Eliza de lui remettre les affaires de sa mère. Si cette tentative échouait, il se verrait contraint de les faire confisquer.

Mais d'abord, il lui restait une piste à explorer. Il se rendit à Islington, en laissant sa voiture à proximité des ruelles tortueuses de Camden Passage. Ici, le corps de Marianne Hoffman avait été découvert deux mois plus tôt, affalé contre la porte de sa boutique.

Ils avaient interrogé tous les commerçants et les habitants des environs, et Kincaid se rappelait que le propriétaire de la boutique voisine de celle d'Hoffman avait été un ami très proche de la victime. Il lui fallut un moment pour retrouver l'endroit exact, car les vitrines offraient un aspect différent avec les décorations de Noël. Le bail de Marianne Hoffman avait été repris par un marchand de poupées anciennes, mais il reconnut les battes de cricket et les sacs de golf en cuir exposés en devanture de la boutique attenante.

Edgar Vernon vendait d'antiques articles de sport, mais aussi de vieilles valises, des mappemondes, des cannes, tout ce qui était susceptible de rappeler à ses clients des temps meilleurs — en l'occurrence, la Belle Époque. Ce jour-là, Kincaid repéra du nouveau dans la vitrine : une collection de soldats de plomb en excellent état.

En entrant, il respira l'odeur caractéristique de vieux bois et de cuir. Vernon leva les yeux de son bureau, l'air perplexe, puis sourit en reconnaissant son visiteur.

— Mr Kincaid, n'est-ce pas ? Que puis-je pour vous ?

C'était un homme d'une cinquantaine d'années, soigné, arborant une petite moustache et des lunettes cerclées de métal.

— Si vous avez quelques minutes, monsieur Vernon, j'aimerais encore discuter avec vous de Marianne Hoffman.

— J'allais justement préparer du café. Asseyez-vous, j'en ai pour une minute.

— Je préfère fouiner un peu, si ça ne vous dérange pas.

Kincaid se rendit compte que, accaparé par l'enquête et le déménagement, il avait complètement oublié d'acheter ses cadeaux de Noël. Il avisa une canne à pommeau d'argent qui ferait admirablement l'affaire pour son père, mais qu'offrir à sa mère ?

Le temps que Vernon revienne avec son plateau, Kincaid avait trouvé le cadeau idéal : un jeu de badminton complet, avec le filet et les volants d'origine. Pas précisément un cadeau de saison, bien sûr, mais il imaginait déjà sa mère, le printemps venu, installant le jeu entre les pommiers de son jardin.

— Asseyez-vous, je vous en prie. (Vernon approcha de son bureau une chaise fabriquée en corne et en cuir, expliquant :) Souvenir de safari. Elle est étonnamment confortable. Donc, vous venez au sujet de Marianne ? Vous avez retrouvé son assassin ?

— J'aimerais pouvoir vous répondre que oui. Malheureusement, un autre meurtre a été commis. À Notting Hill. L'épouse d'un antiquaire.

— Ah ! Quand j'ai lu l'article dans les journaux, je me suis demandé s'il y avait un lien. Vous pensez qu'il s'agit du même tueur ?

— C'est très probable. Le mari de la victime, Karl Arrowood, tient un magasin très prospère à Kensington Park Road. Vous le connaissez ?

— Seulement de réputation, par d'autres antiquaires. Personnellement, je n'ai jamais fait d'affaires avec lui — ce n'est pas ma partie.

— Savez-vous si Mrs Hoffman le connaissait ? Lui ou sa femme ?

— Je ne me souviens pas qu'elle ait mentionné son nom. Remarquez, Marianne ne parlait guère d'elle-même.

Kincaid s'appuya avec circonspection contre le dossier en corne.

— Est-ce qu'elle vous aurait quand même dit quelque chose sur elle ou sur son passé ? Quand je suis venu vous voir, j'ai eu l'impression que vous étiez très bons amis.

Vernon but une gorgée de café.

— Oui. En fait, je dirais que Marianne était sans doute mon amie la plus proche, et réciproquement. Non seulement parce que nous n'avions personne d'autre, ni elle ni moi, mais parce que nous étions sur la même longueur d'ondes.

— Rien de sentimental entre vous ?

Vernon sourit.

— Non, aucune complication de ce genre. Voyez-vous, mon amant est mort du sida il y a cinq ans.

— Je suis navré.

— Vous ne pouviez pas savoir. Pour en revenir à Marianne, elle avait le don de vous faire sentir, sans en rajouter, qu'elle comprenait vos sentiments — une forme d'empathie silencieuse tout à fait remarquable. On se croisait dans le courant de la journée, bien sûr, mais au fil des années nous avions pris l'habitude de manger ensemble, tous les vendredis soir, un curry à emporter. C'était devenu un rituel : nous regardions la télé et partagions une bouteille de bon vin. Ça n'a peut-être l'air de rien, mais je suis stupéfait de voir à quel point ça me manque... Et voilà que je vous saoule de paroles : j'ai besoin de m'exercer la langue !

— C'est exactement ce que j'espérais. Marianne vous a-t-elle fait des confidences sur sa famille... ses parents, ses antécédents ?

— Elle n'a jamais parlé directement de ses parents, mais j'ai l'impression qu'elle avait eu une enfance difficile — peut-être parce qu'elle évitait soigneusement d'évoquer son passé. Sauf... c'est curieux, maintenant que vous m'y faites penser. Un vendredi soir, peu avant sa mort, nous avions bu un peu plus que d'habitude et il y avait à la télé une émission sur les années soixante : les icônes de la pop, les tendances de la mode, vous voyez le genre. Et, par jeu, nous avons commencé à nous lancer des défis : celui de nous deux qui avait le plus de souvenirs de cette époque, ou qui avait fait la chose la plus extravagante...

— C'était la surenchère...

— Exactement. Qui avait entassé le maximum de passagers dans une Mini, qui avait fait la queue pendant cinq jours pour écouter les Rolling Stones... Et puis, à un moment, elle s'est mise à me parler de tous les gens qu'elle avait connus : le galeriste Robert Frazer, par exemple, et des mannequins, des artistes, des créateurs de mode. Quand elle a vu mon air sceptique, elle est allée farfouiller dans un tiroir de son secrétaire et m'a montré quelque chose. Je lui ai demandé si je pouvais la garder.

Vernon ouvrit son bureau et en sortit une photo à laquelle il tenait manifestement beaucoup. Il la tendit à Kincaid.

Sur le cliché en noir et blanc, une jeune fille vêtue d'une minirobe noire fixait l'objectif. Elle était mince, avec des traits délicats et de grands yeux sombres soulignés par le maquillage de l'époque. Ses cheveux platine coupés court, en forme de casque, lui donnaient le charme irrésistible d'une enfant trouvée. Kincaid nota cependant une ressemblance indéniable avec la femme plus âgée qu'il avait vue uniquement dans la mort.

— Elle était sensationnelle, dit-il en regardant Vernon.

— Oui. Tout à fait dans le style d'Edie Sedgwick.

— Edie Sedgwick ?

— L'une des « Factory girls » d'Andy Warhol — sa maîtresse, en réalité. Edie quitta Warhol pour Bob Dylan, qui s'empressa de l'abandonner pour une autre. Le commencement d'une fin tragique.

— Et vous dites que Marianne avait évolué dans ce genre de cercles ? C'est bizarre qu'elle n'en ait jamais parlé avant ce soir-là.

— Il y a autre chose qui me revient, ajouta Vernon, le front plissé. Je vais souvent à Portobello le samedi matin, de bonne heure, pour voir si je peux dénicher des objets intéressants pour la boutique, mais Marianne n'a jamais voulu m'accompagner. Elle invoquait un prétexte ou un autre, et parfois elle me demandait de lui chercher quelque chose de particulier, ce qui prouvait qu'elle connaissait bien le quartier et le marché aux puces. Au bout d'un moment, j'en ai pris mon parti et j'ai cessé de lui proposer de venir avec moi.

— Intéressant. Et que savez-vous de son ex-mari ? Nous ne l'avons jamais interrogé. Il était en Thaïlande, je crois, à l'époque de la mort de Marianne.

— Un chic type. Ils étaient restés bons amis. Je crois que Greg est à Londres en ce moment, il est passé me voir il n'y a pas très longtemps. Il était complètement anéanti par la mort de Marianne.

— Pourquoi est-ce qu'ils avaient divorcé ? Vous en avez une idée ?

— Elle m'a dit un jour qu'elle préférait vivre seule. Mais j'ai toujours pensé qu'elle avait perdu, comme moi, un être qui lui était particulièrement cher.

— Vous m'avez énormément aidé, monsieur Vernon. Puis-je vous emprunter cette photo ? Je vous la restituerai au plus vite, dès que j'en aurai fait une copie. Et maintenant, si vous le voulez bien, je vais faire mes courses de Noël.

Kincaid acheta la canne et le jeu de badminton, tout en se demandant comment il allait les faire parvenir dans le Cheshire pour les vacances. Puis il contempla d'un air hésitant les soldats de plomb dans la vitrine.

— Je ne savais pas que vous vendiez des objets militaires.

— Les soldats de plomb sont ma passion. Je ne résiste jamais à une belle collection, et celle-là est superbe.

— Je la prends, dit Kincaid impulsivement. Pour mon fils. Il a douze ans.

— L'âge idéal. Vous ne regretterez pas votre achat.

Attrapant ses paquets emballés avec soin, Kincaid souhaita un joyeux Noël à Vernon et se félicita de ses cadeaux. Restaient encore Toby — à qui il comptait offrir un nouveau livre de la série des *Souris d'église* — et Gemma.

Pour elle, il avait une idée d'un genre totalement différent.

Le portable de Gemma sonna à l'instant précis où Melody et elle arrivaient devant le commissariat. Elle pensait que c'était Kincaid qui souhaitait lui rendre compte de ses activités du matin, aussi fut-elle surprise d'entendre la voix de Bryony Poole.

— Gemma ? Je devais vous contacter pour le chien, vous vous rappelez ? Pourriez-vous passer à la soupe populaire de Portobello Road ? J'ai amené Geordie avec moi. Les clients sont aux anges.

— D'accord, dit Gemma. Une pause sera la bienvenue.

Cela lui fournirait une bonne occasion de s'entretenir à nouveau avec Bryony, ce qu'elle avait eu l'intention de faire.

Elle laissa Melody au commissariat et parcourut en voiture la courte distance qui la séparait de Portobello

Road, trouvant une place au sud de l'endroit où les étals de fruits et légumes rendaient tout stationnement impossible. Poursuivant son chemin à pied, elle atteignit la double entrée de l'ancienne école de Portobello. La soupe populaire se trouvait à côté, dans un immeuble banal.

Gemma entrouvrit prudemment la porte et risqua un coup d'œil. À l'époque où elle faisait ses rondes dans le quartier, elle était allée à l'antenne de l'Armée du Salut, un peu plus haut, mais elle ne savait absolument pas à quoi ressemblait cet endroit-là. Ce qu'elle vit la rassura : dans une salle aussi vaste que propre, des gens de tous les styles mangeaient, assis à de longues tables en bois. Au fond, Bryony et son ami Marc servaient quelques retardataires qui faisaient la queue au buffet. Bryony adressa à Gemma un grand geste du bras.

— C'est ma pause-déjeuner, lui expliqua-t-elle. Je fais croire à Marc que je viens l'aider, mais en réalité c'est sa cuisine qui m'intéresse.

— Et comment ! dit Marc. D'ailleurs, je compte m'installer au *Savoy* d'un jour à l'autre. Vous voulez quelque chose, Gemma ?

La jeune femme vit que la marmite ne contenait pas de la soupe, mais un épais ragoût de légumes qui dégageait une odeur délicieuse. Elle s'aperçut alors qu'elle avait sauté — une fois de plus — son petit déjeuner.

— Oui, s'il vous plaît.

— Laissez-moi d'abord vous présenter Geordie, intervint Bryony. Comme ça, vous pourrez faire connaissance.

Elle fit signe à Gemma de la rejoindre derrière la

table du buffet. Le cocker était allongé à ses pieds, la tête sur les pattes, et observait attentivement Gemma. Mais quand celle-ci s'accroupit à côté de lui, il se leva aussitôt en remuant son petit bout de queue.

— C'est ce que j'aime chez les cockers, dit Bryony. Tout leur corps frétille. Ils ne font pas semblant.

— Bonjour, mon vieux, dit doucement Gemma en tendant la main.

Geordie lui renifla les doigts et lui donna un coup de langue, en remuant la queue de plus belle. Puis il la regarda d'un air plein d'espoir, comme pour demander : « Et maintenant, qu'est-ce qu'on fait ? »

Éclatant de rire, Gemma lui caressa la tête et frotta ses oreilles soyeuses. Le chien se roula en boule, la tête contre le genou de Gemma, et leva vers elle un regard énamouré.

— Vous avez fait une conquête, on dirait, lança Bryony avec un plaisir évident.

— Il est adorable... (Gemma s'entendit ajouter :) Mais je ne pourrai pas le prendre avant le week-end, car nous déménageons samedi. Encore faut-il que sa maîtresse soit d'accord, bien entendu.

« J'ai complètement perdu la tête ! » se dit-elle. Mais au fond, elle s'en moquait.

— Je plaiderai votre cause, dit Bryony. Si vous m'accompagnez à la clinique après le déjeuner, nous remplirons le formulaire d'adoption. Je vous appellerai dimanche et nous réglerons les formalités.

Elles s'intallèrent à une table avec leurs bols de ragoût. Geordie les suivit et se coucha à leurs pieds, poussant un soupir de béatitude.

— Je n'ai encore jamais eu de chien, avoua

Gemma. Enfin... pas personnellement. Mon fils aîné — mon beau-fils, en fait — a un terrier, mais il ne vivait pas avec nous jusqu'à maintenant. Je veux dire... mon fils, pas le chien... Oh, zut, c'est trop compliqué à expliquer !

— Un chien est beaucoup plus simple, répondit Bryony en riant. Nourrissez-le, promenez-le, donnez-lui des bains réguliers et des tonnes d'affection. C'est tout ce qu'il lui faut.

— L'essentiel, quoi, ajouta Marc.

Il jeta un regard circulaire sur les gens qui terminaient leur repas. Plusieurs d'entre eux avaient des chiens à leurs pieds.)

— La nourriture et l'affection : c'est ça qui fait que tant de gens restent dans la rue. Le reste leur paraît trop compliqué.

— Pas de téléphones portables ni d'opérations bancaires sur Internet ?

— C'est ça. Le court-jus. Leurs circuits ne peuvent pas suivre.

Une femme noire vint poser ses assiettes sur la pile de vaisselle sale. Elle portait des bottes vertes, un pardessus d'homme et ce qui avait dû être autrefois un tailleur coûteux.

— Prenez Evelyn, par exemple, reprit Marc. Elle était cadre dans une compagnie d'assurances. Et puis un jour, elle a tout plaqué.

— Merci, monsieur Marc ! lança Evelyn en récupérant son baluchon dans le tas près de la porte. Dieu vous bénisse !

— À demain, répondit Marc.

Pendant que Gemma mangeait son ragoût, Marc lui indiqua quelques autres habitués. Certains d'entre eux avaient simplement perdu leur emploi et s'étaient trouvés dans l'impossibilité de faire face ; d'autres avaient succombé à la drogue, d'autres encore étaient des malades mentaux.

— Vous les connaissez tous ? s'enquit Gemma en repoussant son bol vide.

— La plupart. Certains — surtout ceux qui ont une famille — ont une bonne chance de se réinsérer dans la société. D'autres, comme Evelyn, ont trouvé un refuge et n'ont pas du tout l'intention de le quitter.

— Mais c'est épouvantable !

Marc haussa les épaules.

— Oui et non. Encore une fois, on en revient à l'essentiel, et ils ont une vision des choses très différente de la vôtre. Pour eux, l'important est de dormir au chaud et de manger à leur faim. J'essaie de régler leurs petits problèmes de santé pour lesquels ils refusent absolument d'aller à l'hôpital. Et Bryony, de son côté... vous savez ce qu'elle fait ?

Bryony rougit.

— C'est juste une idée que j'ai eue comme ça : des consultations gratuites, une fois par semaine, pour soigner leurs animaux de compagnie. Uniquement les maladies bénignes, bien sûr ; on ne peut pas faire davantage. (Jetant un coup d'œil à Marc, elle ajouta avec une grimace :) Il va falloir que je comptabilise scrupuleusement mes fournitures après l'incident à la clinique, il y a deux semaines. Gavin m'a encore sermonnée à ce sujet ce matin.

— Que s'est-il passé ? demanda Gemma.

— Quand je suis arrivée à la clinique, ce jour-là, la porte n'était pas fermée à clef. Il manquait certaines choses, mais pas de médicaments, juste des petites

choses : instruments, pansements... des remèdes anti-
puces, aussi, qui se vendent un bon prix. Gavin a
décrété que j'avais dû oublier de verrouiller la porte
en partant la veille au soir, mais je suis sûre que non.
En attendant, il retient la perte sur mon salaire.

Gemma haussa un sourcil.

— Je trouve ça injuste. Bryony, vous m'avez dit
que vous étiez occupée avec des clients quand Dawn
est venue, vendredi dernier, mais l'avez-vous vue
repartir ? En parlant avec Gavin, hier, j'ai eu l'impression qu'il s'était passé quelque chose entre eux.

Bryony parut mal à l'aise.

— Ce n'est pas une bonne idée de critiquer son
patron.

— Il y a donc bien eu quelque chose.

— J'ignore quoi. Je n'ai rien entendu à proprement
parler, sauf des éclats de voix à travers la cloison. En
tout cas, quand Dawn est sortie, elle avait l'air
furieux. Je lui ai dit au revoir, mais elle ne s'en est
même pas aperçue.

— Vous avez certainement votre idée sur la cause
de cette dispute. Y avait-il entre eux une relation sen-
timentale ?

— Uniquement dans les rêves de Gav ! Il flirtait
ouvertement avec Dawn, qui prenait la chose avec une
certaine bonne humeur, sans pour autant l'encourager.
À mon avis, il a dû aller trop loin. Ou alors, elle était
moins bien disposée ce jour-là et elle l'aura envoyé
paître.

Certes, Dawn aurait eu de bonnes raisons d'être
moins bien disposée ce jour-là, pensa Gemma : la
perspective d'un rendez-vous médical qu'elle redoutait, sans parler de son chat malade...

— Sid ! s'exclama-t-elle. J'ai complètement oublié Sid ! (Consciente d'avoir l'air stupide, elle expliqua :) Sid est notre chat. Est-ce que Geordie s'entendra avec lui ?

— Je suis sûre que tout se passera bien, la rassura Bryony. À ce jour, je n'ai encore vu aucune créature — humaine ou animale — qui ne plaise pas à Geordie.

— Les enfants seront ravis, c'est sûr, mais je crains la réaction de Duncan, avoua Gemma à Melody.

— Dites-lui que le chien est un cadeau de Noël pour la famille. Comme ça, il ne pourra pas se plaindre sans passer pour un affreux père Fouettard.

— Vous êtes machiavélique ! dit Gemma en riant. Rappelez-moi de vous demander conseil plus souvent. (Elle indiqua la liasse de documents que tenait Melody.) Vous avez autre chose pour moi ?

— L'analyse de sang est arrivée, patron.

— Du nouveau ?

— Rien de concluant. C'est plutôt négatif que positif, si vous voulez mon avis. Arrowood a bien soulevé le corps de sa femme, comme il l'a dit, mais ça ne prouve pas de manière irréfutable qu'il ne l'a pas d'abord égorgée, en la tenant par-derrière jusqu'à ce qu'elle se vide de son sang.

— Difficile de faire ça sans éclabousser son costume. Et s'il avait bazardé dans les parages un vêtement de protection, on l'aurait découvert à l'heure qu'il est.

Gemma s'efforça de ne pas laisser transparaître son découragement. Déjà six jours et pratiquement aucun progrès...

— Qu'est-ce qu'on fait, maintenant ?

— On continue à creuser la piste de la drogue avec Arrowood. Ce qui signifie que nous allons rendre une petite visite à Alex Dunn.

Elles trouvèrent le jeune homme chez lui, occupé à ranger dans une caisse des objets en porcelaine soigneusement enveloppés dans du plastique à bulles. Il semblait fatigué, plus nerveux que le mardi précédent. La poussée d'adrénaline qui l'avait conduit à se rendre au commissariat s'était apparemment estompée, constata Gemma.

— C'est un service de table en sèvres que j'ai déniché pour un client de Nottingham, leur expliquat-il. La vente aux clients privés représente une bonne part de mon chiffre d'affaires. Je guette pour eux les ventes aux enchères, ou alors je rachète à d'autres brocanteurs des objets dont je sais qu'ils les intéresseront.

Le regard de Gemma fut de nouveau attiré par les assiettes aux couleurs vives qu'elle avait remarquées lors de sa première visite.

— C'est de la poterie ou de la porcelaine ?

— De la poterie. Fabriquée par une certaine Clarice Cliff dans les années vingt et trente, l'âge d'or des Art déco. Elle a débuté dans les poteries à treize ans, et elle n'en avait pas plus de dix-neuf quand elle a commencé à dessiner ses propres pièces.

S'approchant pour examiner les assiettes, Gemma remarqua que, si elles avaient toutes le même aspect bariolé, original, les motifs en étaient infiniment variés.

— Ce n'est pas vraiment mon domaine, poursuivit

Alex, mais je suis tombé amoureux de la première pièce que j'ai vue et je les collectionne depuis ce moment-là. Dawn les adorait, elle aussi. (Il indiqua une théière décorée de maisons aux toits rouges sur fond jaune d'or.) Je comptais lui offrir celle-ci pour Noël.

— Elles coûtent cher, ces poteries ? s'enquit Gemma avec un soupir intérieur de regret.

— Très.

— Est-ce que Karl s'y intéresserait ?

— Oui. Tout ce qui est ancien intéresse Karl. Et il connaît certainement la valeur d'une poterie de Clarice Cliff, même si ce n'est pas le genre de marchandises qu'il expose dans sa boutique.

— Donc, si Karl a du succès, c'est parce qu'il est bon dans son domaine ?

Alex la regarda d'un air surpris.

— Le commerce des antiquités n'est pas un métier pour les imbéciles, et Karl est particulièrement doué pour repérer les pièces qui rapporteront un énorme bénéfice. En plus, il connaît les clients qui ont les moyens de payer.

— Nous avons entendu dire que Karl aurait des clients d'un autre genre... et que son magasin aurait d'autres usages : le blanchiment de l'argent qu'il gagne dans le trafic de drogue, par exemple.

— La drogue ? Vous plaisantez ? (Alex partit d'un grand rire, qui s'éteignit à la vue de leurs visages impassibles.) Mais c'est insensé ! Pourquoi Karl ferait une chose pareille ? Il est riche comme Crésus !

— Vous mettez peut-être la charrue avant les bœufs. Si ça se trouve, il s'est lancé d'abord dans le trafic de drogue, et ensuite dans les antiquités. Dawn ne vous avait fait aucune allusion à ce sujet ?

— Vous voulez dire qu'elle était au courant ?

— Nous n'en savons rien. C'est pour ça que nous vous posons la question.

— Je suis la dernière personne à pouvoir vous renseigner. Apparemment, Dawn me cachait beaucoup de choses.

Il fourra une théière dans la caisse avec une telle violence que Gemma réprima un hoquet.

— Vous la connaissiez mieux que personne, dit-elle. Qu'aurait-elle pensé, selon vous, des activités illégales de Karl ?

— Il y a une semaine, je vous aurais répondu que, si elle avait appris la vérité, elle l'aurait quitté avec horreur, dit Alex d'un ton acerbe. Aujourd'hui, je ne sais plus. Ce n'était pas le genre de sujet dont nous discutions. « Oh ! à propos, chérie, qu'est-ce que tu penses du trafic de drogue ? »

— Mais de quoi parliez-vous, alors ?

Gemma voulait absolument entamer la carapace d'amertume dans laquelle le jeune homme s'était enfermé.

— De tous les sujets dont on parle avec sa petite amie, à supposer qu'on en ait une : musique, cuisine, cinéma, programmes de télévision débiles, la situation dans le monde...

— Mais le problème, quand on est amants, c'est qu'on ne parle *pas* des choses banales, quotidiennes — le menu du dîner, le montant de la facture de gaz, la toux du petit dernier — pour la bonne raison qu'on ne les partage pas...

— Vous croyez peut-être que je ne le sais pas ?

s'emporta Alex. Avez-vous la moindre idée de ce que j'aurais donné pour avoir ce genre de conversations avec elle, ne serait-ce qu'un seul jour ? Vous ne vous en rendez pas compte, hein ? Ni l'une ni l'autre ?

— Non, vous avez raison, dit Gemma avec douceur. Excusez-moi.

— Le plus drôle, c'est que... Dawn était très belle, le genre de femme dont rêvent tous les hommes. Mais moi, ce que j'aimais le plus chez elle, c'était son côté ordinaire. Elle avait une passion pour la glace au gingembre. Et pour les fleurs. Toutes les semaines, on lui livrait à domicile une fortune en fleurs, mais elle était capable de tomber en pâmoison devant un géranium en pot dans la cour, ou devant une des dernières roses de la saison.

— C'est une bonne chose, non ? dit Melody. Qu'elle ait eu cette aptitude à profiter de la vie ?

— Vous croyez ? Je n'en suis pas si sûr. (Il les considéra d'un air belliqueux, puis sa colère parut tomber subitement. Il s'agenouilla de nouveau près de sa caisse.) Si, bien sûr, vous avez raison. Si j'étais un type bien, je lui souhaiterais d'avoir connu toutes les joies du monde, au lieu d'envier les bons moments qu'elle a pu partager avec un autre homme.

« Quant à ce que je vous ai dit tout à l'heure, n'y faites pas attention : c'était juste le doute qui me rongeait. Je *connaissais* Dawn. Et je suis absolument certain, même si elle ne m'a pas dit qu'elle était enceinte, qu'elle aurait quitté Karl séance tenante si elle avait découvert qu'il vendait de la drogue.

CHAPITRE DIX

C'est curieux, l'histoire. Depuis les années soixante, toutes sortes de gens — puritains, réactionnaires, gauchistes, politiciens, féministes, phallocrates, défenseurs de l'ordre moral, censeurs de tout poil — ont inventé un modèle de société bien sage, collet monté, dont le pays a réussi à s'extraire avec l'apparition de la permissivité.

Charlie Phillips et Mike Phillips,
Notting Hill dans les années soixante.

Ange, qui n'était déjà pas bien épaisse, maigrit rapidement après son installation à Colville Terrace. C'était dû en partie au manque d'argent, car son salaire n'était pas extensible, mais aussi au fait que le réchaud à un seul brûleur ne l'encourageait pas à faire la cuisine, sinon pour réchauffer une boîte de soupe ou de ragoût. Elle prit l'habitude de fumer, le tabac présentant à ses yeux le double avantage de rendre la faim moins lancinante et de tromper l'ennui. En outre, son patron lui proposait un rabais sur les cigarettes.

Elle avait maintenant les cheveux longs et raides, avec une frange qui lui frôlait les sourcils. Comme elle n'avait pas les moyens de s'habiller à la dernière mode, elle entreprit de raccourcir ses jupes au-dessus du genou à l'aide d'ourlets maladroits qui auraient fait rentrer sous terre Mrs Thomas. Ses cils étaient alourdis de mascara, sa peau chargée d'une épaisse couche de fond de teint.

Les garçons, bien sûr, ne manquèrent pas d'être impressionnés par sa sophistication toute récente. Dès que la rumeur se propagea qu'elle était seule, ils défilèrent à la boutique en troupeau boutonneux pour lui proposer un cinéma ou un café.

Au début elle fut flattée, mais elle ne tarda pas à comprendre ce que cachaient ces invitations. Après quelques rencontres décevantes, elle préféra rester dans sa chambre le soir, à regarder la télévision ou à écouter sur le vieux phonographe de son père des 45 tours qui grésillaient et chuintaient. Des posters des Beatles recouvraient désormais les taches d'humidité sur les murs, et leurs visages souriants veillaient sur elle à la manière de saints médiévaux.

Ces petits plaisirs lui permirent de tenir jusqu'à une soirée de mars, d'un froid mordant, où elle se trouva à court d'argent, de nourriture et de mazout. Elle ne devait toucher son salaire que dans deux jours. Frissonnant sous un amas de couvertures, l'estomac tenaillé par la faim, elle se demanda comment elle allait s'en sortir. Son employeur, Mr Pheilholz, était un brave homme, mais elle savait qu'il n'avait pas les moyens de la payer davantage. Elle aurait pu aller trouver les Thomas, mais la perspective d'affronter la pitié et le mépris de Ronnie l'en dissuada :

elle préférait encore mourir que de céder à cette tentation.

Toutefois, à la pensée des Thomas, un souvenir impromptu lui revint en mémoire. Un jour, enfant, elle avait été malade et sa mère l'avait soignée avec du bouillon de poulet en conserve et de la limonade. Ce souvenir lui fit monter les larmes aux yeux. Elle le chassa de son esprit, comme tout ce qui lui rappelait sa vie antérieure ; mais l'évocation de sa mère avait déclenché une autre image, extrêmement précise.

Elle sortit du lit et fourragea dans le secrétaire. Les derniers comprimés de sa mère étaient-ils encore là ? Elle ne se souvenait pas de les avoir jetés. Lorsque sa mère était trop agitée pour trouver le sommeil, les minuscules comprimés de morphine l'avaient soulagée. Pourraient-ils aider sa fille aujourd'hui ?

Ses doigts se refermèrent sur un objet lisse et arrondi, tout au fond du tiroir. Elle le sortit... oui, c'était bien le flacon en verre brun dont elle gardait le souvenir. Dévissant le bouchon, elle fit tomber quelques comprimés dans sa paume, puis, d'un geste résolu, prit un couteau de cuisine et coupa en deux l'un des comprimés. Avec précaution, elle avala le minuscule croissant de lune.

Elle s'en repentit aussitôt. Elle attendit, le cœur battant, se demandant quel effet ça faisait de mourir empoisonnée, sans pouvoir appeler à l'aide.

Au bout de quelques instants, il se passa quelque chose. D'abord une sensation de froid et d'engourdissement dans la bouche, puis une onde de chaleur dans tout le corps, et elle se sentit étrangement isolée du froid et de la faim. Elle avait encore conscience de ces sensations, elle savait qu'elle les éprouvait, mais en même temps elle leur était extérieure.

Oubliant sa terreur, elle se détendit, se blottit plus profondément sous les couvertures. Tout allait bien... tout allait s'arranger. Un optimisme béat l'envahit. La lueur de son unique lampe se transforma en un halo lumineux, et elle fredonna tout bas des bouts de chansons qui lui passaient par la tête. Finalement, pour la première fois depuis des jours, elle glissa dans un sommeil profond, euphorique.

Par la suite, elle conserva précieusement les petits comprimés blancs, les gardant en réserve pour les moments où la vie lui semblerait trop dure à supporter.

L'été arriva enfin — et, avec lui, le dix-septième anniversaire d'Ange. La journée avait commencé sans événement notable, à part une carte envoyée par Betty et sa mère. Il faisait très chaud, même pour un mois d'août, et la boutique devenait de plus en plus étouffante au fil de l'après-midi. Ange était toute seule, car Mr Pheilholz était parti pour la journée, déclarant qu'il ne supportait plus la chaleur. Elle était assise à la caisse, savourant le moindre souffle d'air pénétrant par la porte ouverte, contemplant les aiguilles de la grosse pendule murale qui avançaient péniblement, comme engluées dans de la mélasse.

Le jeune homme entra pour acheter des cigarettes. Sur le moment, elle le remarqua à peine, car ses oreilles bourdonnaient et sa vision lui jouait des tours bizarres.

— Ça ne va pas ? s'enquit-il en prenant sa monnaie. Vous êtes pâle comme un linge.

— Je... je me sens un peu bizarre, dit-elle d'une voix qui lui parut venir de loin.

— C'est la chaleur. Il faut vous asseoir, prendre un peu l'air, lui dit-il d'un ton décidé. Tenez.

Il vida dans une caisse un cageot rempli de pommes, le retourna et le posa sur le pas de la porte. Ensuite, il prit Ange par le bras et l'y conduisit.

— Asseyez-vous. Mettez la tête entre vos genoux.

Il prit un journal sur le présentoir et s'en servit pour l'éventer. Au bout d'un moment, il demanda :

— Ça va mieux ?

— Oui, merci.

Levant la tête, elle vit ses yeux d'un gris limpide, ses cheveux blonds qui balayaient le col de la veste élégante qu'il portait malgré la chaleur. Le vertige qui la saisit en cet instant n'avait rien à voir avec la canicule ; elle songea qu'elle n'avait jamais vu quelqu'un d'aussi beau.

— Alors venez avec moi, ordonna-t-il. Je vous emmène boire quelque chose de frais.

— Impossible. Pas avant la fermeture. Je garde la boutique.

— Dans ce cas, baissez le rideau. Il fait trop chaud pour faire des courses, à plus forte raison pour cuisiner.

— Je ne peux pas ! protesta-t-elle, horrifiée. Je perdrais ma place.

— Et ce serait grave ?

— Bien sûr que ce serait grave ! répliqua-t-elle, mais elle cherchait en partie à s'en convaincre elle-même.

Il l'observa. Elle soutint son regard, hypnotisée comme un lapin pris dans la lumière des phares.

— *Dans combien de temps, la fermeture ?* demanda-t-il.

Elle jeta un coup d'œil sur la pendule et constata avec surprise qu'une demi-heure s'était écoulée.

— *Dans une heure. (Sans savoir pourquoi, elle ajouta :) C'est mon anniversaire.*

Elle se fit l'effet d'une idiote.

— *Vraiment ? Dans ce cas, je suppose que je vais devoir attendre.*

Il s'adossa à la porte, bras croisés, et regarda autour de lui d'un air dédaigneux.

— *Pourquoi est-ce que vous travaillez dans cet endroit pourri ?*

— *C'est le seul emploi que j'ai pu trouver. (Découvrant la boutique à travers ses yeux à lui, elle se sentit honteuse.) Et ça me paie mon loyer.*

— *Vous ne m'avez pas dit votre nom.*

Elle hésita un instant, puis leva le menton et répondit :

— *Ange.*

— *Ange, c'est tout ?*

Un frisson d'excitation la parcourut. Il ne savait rien d'elle, de ses parents, de son passé. Elle pouvait se réinventer une personnalité à son gré.

— *Oui. Ange, c'est tout.*

Deux semaines plus tard, il était allongé sur elle dans son petit lit étroit, les draps repoussés, la fenêtre ouverte au maximum.

— *Dis-moi ce que tu veux, Ange, murmura-t-il d'un ton pressant, le souffle court. Je peux te donner n'importe quoi : la célébrité, la fortune, la gloire...*

Il l'avait poursuivie de ses assiduités comme si rien

d'autre au monde ne comptait : il l'attendait devant chez elle tous les jours après le travail, l'emmenait au restaurant et au cinéma, lui offrait des petits cadeaux... et restait tous les soirs dans sa chambre. Elle était émerveillée par ce prodige. Que pouvait-il bien voir en elle, lui qui aurait pu avoir n'importe quelle femme ?

Lorsqu'il la pénétra, sa peau humide de transpiration glissa sans effort sur celle d'Ange. Une brise moite souleva les rideaux ; la lumière du réverbère argenta ses cheveux, qui étaient blonds comme les blés.

Elle était perdue, et il s'en rendait certainement compte, mais elle s'en moquait.

Elle enfonça les extrémités de ses doigts dans ses épaules et chuchota contre sa joue, goûtant le sel comme si c'était du sang :

— Je veux que tu m'aimes. Je veux que tu m'aimes, moi, *rien que moi. Plus que tout au monde, et pour toujours.*

Kit McClellan chargea le dernier de ses cartons dans la Volvo de son père — enfin... de son beau-père. Depuis la mort de sa mère, en avril dernier, il avait découvert que l'homme qu'il avait toujours pris pour son père n'était que son beau-père, et que son vrai père n'avait appris son existence qu'au décès de sa mère. Tout cela était extrêmement compliqué et troublant, mais il avait fini par s'y habituer... Et voilà que, de nouveau, tout allait changer.

Son beau-père, Ian, avait accepté une chaire de professeur au Canada, et Kit allait désormais vivre chez son véritable père, Duncan, dans une maison d'un quartier de Londres qu'il ne connaissait même pas. Ils habiteraient également avec Gemma, la petite amie de Duncan, et son fils Toby. C'était ce que Kit avait toujours désiré, appartenir à une vraie famille, et en plus il aurait bientôt un petit frère ou une petite sœur, puisque Gemma attendait un bébé pour le printemps.

C'était en même temps terrifiant, car cela signifiait quitter le cottage rose du petit village de Grantchester où il avait passé toute sa vie et où il avait vu sa mère pour la dernière fois.

Ce matin, il avait fait ses adieux à Nathan Winter, un ami de sa mère qui avait encouragé sa passion pour la biologie et auquel il était très attaché. Au grand embarras de Kit, Nathan l'avait serré très fort contre lui, et le jeune garçon avait eu toutes les peines du monde à ne pas pleurer comme un bébé. « N'hésite pas à venir me voir quand tu en auras assez du bitume », lui avait lancé Nathan. Avec un serrement de cœur, Kit pensa aux longues journées paisibles qu'ils avaient passées ensemble au bord de la rivière qui coulait au bout du jardin.

— Tu es prêt, Kit ? lança Ian.

Déglutissant avec peine, Kit regarda une dernière fois le cottage et l'écriteau « À vendre » déjà installé sur la pelouse.

— J'y suis.

Il ouvrit la portière de la voiture et siffla Tess. « Prête pour une balade ? » demanda-t-il à la petite chienne. C'était son inséparable compagne depuis qu'il l'avait trouvée cachée dans un carton, derrière un supermarché, quelques jours après la mort de sa mère.

Le terrier bondit dans la voiture et lécha avec frénésie le visage de Kit quand il monta à son tour.

Ils firent le trajet en silence. Quand, arrivés à Londres, ils longèrent Hyde Park du côté ouest, Kit regarda avidement à travers la vitre. Ils ne devaient plus être bien loin de la maison, puisque Duncan lui avait dit qu'il pourrait promener Tess au parc autant qu'il en aurait envie.

En passant devant la station de métro de Notting Hill Gate, il eut la vision fugitive de bâtiments carrés, assez laids. Ils tournèrent à droite et s'engagèrent dans des rues bordées de maisons mitoyennes sagement alignées. Non loin de là apparut une église en briques, noircie par le temps. À présent, ils descendaient une rue en pente puis ils s'arrêtèrent devant une maison d'apparence solide, en briques brunes, avec une porte rouge et des moulures blanches.

— Tu viendras au Canada pour les grandes vacances, lui rappela Ian. Je m'occuperai des formalités.

Kit acquiesça d'un air absent, car Duncan était sorti sur le seuil et Toby, à la barrière du jardin, l'appelait avec excitation. Sa nouvelle vie commençait.

Hazel l'avait aidée à faire ses cartons dans une atmosphère joyeuse et dynamique : Gemma se demanda si elle ne s'était pas trompée en imaginant que son amie était triste de la voir partir. Pour sa part, Gemma eut du mal à prendre congé de son minuscule appartement : c'était le premier endroit où elle s'était vraiment sentie chez elle. Et puis, il y avait le piano de Hazel — quand aurait-elle de nouveau l'occasion d'en jouer ? Sous un prétexte quelconque, elle retourna une dernière fois dans la grande maison, fonça dans le salon et demeura un moment à contempler l'instrument, effleurant brièvement les touches en guise d'adieu.

— Ne t'inquiète pas si tu as oublié quelque chose, lui intima Hazel quand elle se faufila dans sa voiture bourrée de paquets. Je viendrai demain avec Holly pour t'aider à t'installer.

— J'en aurai bien besoin ! lança Gemma en agitant la main avant de démarrer.

Duncan était parti de son côté avec Toby — et Sid, le chat — dans la camionnette qu'il avait louée pour son propre déménagement. Ils devaient se retrouver à la maison.

Après une semaine de crachin ininterrompu, la journée du samedi offrait un ciel dégagé et une douceur inhabituelle pour la saison, idéale pour un déménagement. En approchant de Notting Hill, Gemma se surprit à chanter *Our House*, de Crosby, Stills, Nash & Young, par-dessus la radio. Elle rit tout haut, dans un élan de joie inattendu.

Ils étaient tous là à l'attendre : Duncan, Toby et Kit, avec Tess qui bondissait partout en aboyant comme une folle.

— J'ai l'impression que la maison lui plaît, dit Gemma en embrassant Kit.

Toby, les joues empourprées par l'excitation, la tira par la manche.

— Maman, maman, tu as vu le jardin ? Tu as vu ma chambre ? Sid est enfermé dans les cabinets !

Le malheureux chat devait être complètement traumatisé, pensa Gemma, mais Toby ne lui laissa pas le loisir d'aller le libérer : il la prit fermement par la main et la tira vers l'escalier.

— Viens voir ma chambre, maman. Kit va la partager avec moi !

— D'accord, d'accord, dit-elle en riant. Procédons par ordre. On commence par faire le tour de la maison, et ensuite on s'attaque aux cartons. Je prendrai la cuisine ; vous, les enfants, vous installerez votre chambre, et Duncan s'occupera du salon.

— Bien, chef ! Je suppose qu'on réserve notre chambre pour la fin ? dit Kincaid avec un large sourire, en lui adressant un clin d'œil par-dessus la tête des garçons.

En milieu d'après-midi, Gemma avait déjà dressé une liste des choses essentielles à acheter : entre autres, des draps pour les lits des enfants et de la vaisselle pour la cuisine. Son service dépareillé et les assiettes de célibataire de Duncan ne convenaient pas à une cuisine digne de ce nom, et elle avait vu exactement ce qu'il leur fallait dans un catalogue : un service décoré d'un motif champêtre français bleu et jaune, parfaitement assorti aux tons de la pièce.

Fredonnant joyeusement, elle s'attaquait à la cuisinière à mazout afin de préparer du thé pour tout le monde, quand son portable sonna. C'était Melody Talbot qui appelait du commissariat.

— Désolée de vous déranger le jour de votre installation, patron, mais nous avons reçu un coup de fil qui pourrait bien faire avancer les choses. Une certaine mademoiselle Granger, qui habite près de chez les Arrowood, faisait son jogging le soir où Dawn a été tuée. Elle rentre d'un voyage d'affaires et vient seulement de prendre connaissance de l'appel à témoins publié par les médias.

— Continuez, l'encouragea Gemma en remplissant sa bouilloire toute bosselée.

Elle écoutait d'une oreille distraite, sans se faire d'illusions, ajoutant mentalement « bouilloire » à sa liste de courses.

— Mademoiselle Granger a croisé ce soir-là sur Ladbroke Grove un autre joggeur qui courait en sens inverse. Ce qui signifie qu'il se dirigeait vers le nord, à l'opposé de St. John's Gardens. Il avait son capuchon relevé, ce qu'elle a trouvé un peu bizarre parce que le crachin avait cessé. En plus, quand elle s'est retournée, elle a vu qu'il laissait dans son sillage des empreintes sombres. Elle n'y a pas attaché d'importance sur le moment, pensant qu'il avait dû marcher dans une flaque de boue, mais avec le recul...

— Seigneur... (Gemma posa la bouilloire tout au bord du fourneau et la rattrapa juste avant qu'elle ne bascule.) Du sang ? Vous pensez que c'était du sang ?

— Ses chaussures devaient en être imprégnées, non, s'il venait d'égorger Dawn ?

— Et il avait rabattu son capuchon pour camoufler son visage. Est-ce que cette mademoiselle Granger peut décrire ses vêtements ?

— Une tenue de jogging ordinaire... un survêtement en nylon foncé.

— Avez-vous une déposition en bonne et due forme ?

— Je m'en occupe tout de suite. Est-ce que ce témoignage innocente Karl, patron ?

Elles avaient supposé que, si Karl avait assassiné sa femme, il s'était garé dans son allée privée, avait tué Dawn, puis alerté la police. Seulement voilà : aurait-il eu le temps de garer sa voiture ailleurs, d'enfiler un survêtement, de courir jusqu'à la maison, de guetter sa femme et de la tuer, puis de regagner sa voiture en vitesse, bazardant en chemin l'arme du crime et son survêtement ensanglanté, avant de rentrer chez lui au volant de sa Mercedes et d'appeler les secours... tout cela en profitant des quelques minutes de battement que lui laissait l'estimation du temps de trajet entre Tower Bridge et Notting Hill ? Inconcevable et complètement improbable.

— Ça m'en a tout l'air, répondit Gemma d'un ton désabusé. Ou alors, cet homme est Superman.

Le soir venu, Gemma se plongea avec délices dans la baignoire à remous — le bijou de leur nouvelle salle de bains — et se montra relativement disposée à abandonner ses cartons au profit d'un dîner civilisé. Ils avaient commandé une pizza pour les enfants — un festin royal à leurs yeux — et assuré à Kit qu'il pourrait les joindre sur leurs portables.

— Tu connais la petite amie de Cullen ? demanda Gemma à Kincaid pendant qu'ils roulaient vers Victoria. Comment ça se fait qu'elle habite à Belgravia ?

— L'immeuble appartient à son père, d'après ce que m'a dit Doug.

— Oh ! charmant.

— Tes préjugés te perdront, ricana Kincaid. Je suis sûr qu'elle est très sympathique. D'après Doug, elle travaille dans un magasin d'ameublement.

— C'est le pompon, maugréa Gemma.

Lorsqu'ils arrivèrent à Ebury Street, elle s'aperçut

qu'en fait elle était un peu nerveuse à l'idée de rencontrer Doug Cullen.

— Et lui, comment il est ? s'enquit-elle, glissant son bras sous celui de Kincaid tandis qu'ils montaient à pied au premier étage.

— C'est un chic type. Ne t'en fais pas, il te plaira.

Ce fut effectivement le cas, et d'emblée. Cullen dégageait une sorte de naïveté perpétuelle, avec son visage plein de fraîcheur et sa dégaine de lycéen. Les lunettes cerclées de métal qu'il remontait sans arrêt sur son nez, ne parvenaient guère à lui donner une apparence plus sévère.

Contrastant avec la réconfortante banalité de Cullen, Stella Fairchild-Priestly arborait un pantalon de cuir noir et un boléro en angora rose qui laissait à l'air son nombril orné d'un faux diamant — du moins Gemma supposa qu'il était faux. Elle avait des cheveux clairs coupés à la dernière mode, un maquillage d'institut de beauté et des ongles d'un rose nacré assorti à son boléro.

— Salut, je suis Stella ! dit-elle avec un sourire éclatant.

Gemma se sentit grosse, vieille et mal fagotée.

Rien n'aurait pu la mettre encore plus mal à l'aise que de devoir demander de l'eau minérale alors que tout le monde buvait des martinis. Stella avait préparé un plateau de cocktails et, pendant que les autres discutaient des mérites comparés des olives et des différentes boissons, Gemma examina le salon, qu'elle jugea d'une sophistication très années cinquante.

Deux portes-fenêtres ouvraient sur un balcon, lequel donnait sur Ebury Street. Stella avait enroulé des guirlandes électriques autour de plusieurs arbustes ornementaux, et les lumières se reflétaient dans les miroirs qui tapissaient les murs, ajoutant de l'éclat aux formes des meubles bas et allongés.

La table que Stella avait dressée au fond de la pièce étincelait d'argenterie et de lin blanc amidonné. En s'approchant, Gemma constata qu'il y avait même de minuscules marque-places en argent. « Merde alors ! » murmura-t-elle, en se demandant si elle ne s'était pas égarée dans un décor de magazine.

— Dougie m'a assuré que vous n'étiez pas végétarienne, dit Stella quelques minutes plus tard en lui servant une escalope de veau cuite à la perfection, des asperges fraîches et une timbale de riz au safran (comme le supposa Gemma, qui avait vu un jour un plat similaire dans une émission culinaire).

« Dougie » rougit jusqu'à la racine des cheveux.

— Stella, je déteste que tu m'appelles comme ça, tu le sais bien.

— Désolée. (Stella lui sourit par-dessus les chandelles, sans le moindre soupçon de repentir.) Mais nous sommes entre amis, après tout. Gemma, parlez-moi donc de votre nouveau foyer.

Comme Gemma se lançait dans une description des aménagements et du mobilier de la maison, Stella l'interrompit :

— Vous aurez besoin de draps, n'est-ce pas ? Il faudra que vous veniez à notre magasin. Nous en avons en pur coton filé, qui viennent du Portugal. Ils sont ravissants. Vous devrez les repasser, bien sûr, mais nous avons de l'eau de lavande, idéale pour ça.

— Hum... et où est ce magasin, au juste ? murmura Gemma.

À supposer qu'elle eût les moyens de s'offrir les

draps de Stella, est-ce que cette idiote se figurait que Gemma aurait le temps de les repasser ? Stella entreprit de vanter les vertus de la dentelle portugaise, mais Gemma ne l'écoutait et qu'à moitié, car Kincaid avait commencé à informer Cullen des développements de la journée.

— Si ce joggeur est bien le tueur, disait Cullen avec animation, il a dû se débarrasser de ses vêtements pleins de sang à une bonne distance, puisque nous avons passé au peigne fin le voisinage sans rien trouver. En plus, il lui a fallu changer de chaussettes et de chaussures, sans laisser la plus petite trace dans sa voiture.

Du coin de l'œil, Gemma vit Stella pâlir.

— Si ce nouvel élément élimine Arrowood, poursuivit Cullen, qui nous reste-t-il ?

Il ne semblait pas avoir conscience du malaise grandissant de sa compagne.

— Alex Dunn a un alibi en béton, dit Gemma, et Otto Popov aussi, à moins que tout le monde au café — y compris Alex — ne complote pour le couvrir. (Tout en réfléchissant, elle jouait avec les grains de riz dans son assiette.) Mais les fils Arrowood ? Vous avez creusé cette piste, n'est-ce pas, Doug ?

Cullen exhala un bruyant soupir — à l'intention de Stella, subodora Gemma.

— J'ai interrogé tous les invités du cocktail où ils sont allés ce soir-là. Pour assassiner Dawn, il aurait fallu que Sean et Richard Arrowood engagent un tueur professionnel. Je ne pense pas que Richard en aurait eu le cran, ni Sean la motivation.

— Pas de dettes ou de problème de drogue du côté de Sean ? demanda Kincaid.

— D'après ses antécédents, il a surtout réparé les bêtises de son frère. Mais je ne pense pas qu'il aurait poussé la loyauté jusqu'à trucider sa belle-mère pour tirer Richard d'un mauvais pas.

Dans le silence découragé qui suivit cette déclaration, Kincaid dit :

— Il y a forcément quelque chose qui nous a échappé... une autre personne qui a croisé la route de Dawn...

— Le vétérinaire, l'interrompit Gemma. Gavin Farley. Son assistante, Bryony, m'a dit qu'il s'était disputé avec Dawn le jour du meurtre. Je t'en ai parlé, tu te rappelles ?

— Et Bryony n'avait aucune idée du motif de la dispute ?

— Non, à part que Farley aimait bien flirter avec Dawn, même si elle ne l'encourageait pas. Quand j'ai interrogé le véto, il a nié s'être querellé avec elle.

— Autrement dit, l'un des deux — Bryony ou Farley — ment ?

Gemma acquiesça.

— Pour ma part, je miserais sur Farley. Ça vaut le coup de vérifier où il était le soir du meurtre.

— Vous oubliez encore Hoffman, objecta Doug en remontant ses lunettes d'un air assuré. Quel rapport un vétérinaire aurait-il bien pu avoir avec Marianne Hoffman ? Elle n'avait même pas d'animal de compagnie.

D'une main experte, Kincaid embrocha sur sa fourchette son dernier morceau d'escalope.

— À ce stade de l'enquête, nous ne savons rien sur ce type. Commençons par voir ce qu'on peut dégoter sur lui. Doug, si vous pouvez vous en charger...

Stella posa bruyamment ses couverts en argent, repoussa son assiette encore à moitié pleine et déclara avec un sourire crispé :

— Franchement, cette soirée aussi instructive qu'agréable a dépassé toutes mes espérances. Quelqu'un prendra du dessert ?

Dans son salon, Fern trébucha sur un objet dur et volumineux posé par terre. Elle lâcha un juron et avança prudemment, cherchant à tâtons l'interrupteur.

La lumière révéla un carton contenant des jouets anciens, un tricycle et un drôle d'objet — était-ce bien une girouette ? — qui traînait en plein milieu de la pièce. Cela signifiait que son père était rentré, puis reparti, sans doute pour dépenser la recette de sa journée au pub. Elle fut tentée de laisser le carton à sa place, mais elle ne pouvait pas prendre le risque que son père tombe dessus à son retour. Elle le poussa donc sur le côté, puis alla dans sa chambre en claquant la porte.

Assise au bord de son lit, elle contempla avec soulagement les étagères bien rangées et les caisses soigneusement alignées. Cette chambre était son havre de paix, à l'abri du capharnaüm de son père. Ici, son argenterie était triée et cataloguée, et rien n'était jamais — *jamais* — en désordre.

Elle aurait pu partir depuis des années, bien sûr, comme l'avait fait sa mère, et le laisser se débrouiller tout seul. Ce n'était pas une question de moyens : elle gagnait raisonnablement sa vie, de quoi louer un petit studio ou un duplex, peut-être pas à Notting Hill même, mais au moins à la périphérie du quartier.

Seulement, si elle le quittait, qui lui préparerait son

thé et s'occuperait de lui les lendemains de cuite ? Qui veillerait à ce que le loyer et les impôts locaux soient payés ? Elle aimait beaucoup Marc Mitchell, mais elle n'avait aucune envie de voir son père fréquenter la soupe populaire — or, elle était bel et bien persuadée que c'était là qu'il finirait.

Évidemment, si jamais elle se lançait dans une relation sérieuse, il lui faudrait envisager une autre solution. Elle se rendait bien compte que son refus de renoncer à Alex lui fournissait une bonne excuse pour temporiser : une histoire d'amour à sens unique n'exigeait pas de décisions radicales. Avait-elle autant aimé Alex à l'époque où elle se croyait aimée en retour ?

Éludant la question, elle alluma son ordinateur portable et entra les transactions de la journée. Elle aimait garder une trace de ses marchandises : ce qui se vendait et ce qui ne se vendait pas. « Comptabilité mesquine », disait son père. Elle faisait valoir que c'était purement pratique, mais la vérité était autre : ça lui donnait un sentiment de sécurité.

Ce soir, toutefois, Alex accaparait ses pensées. Elle était inquiète pour lui et frustrée de ne rien pouvoir faire pour remédier à la situation. Elle ne pouvait pas davantage en parler avec lui : elle s'en était rendu compte le matin même, au marché.

Ils avaient toujours été à l'aise l'un avec l'autre ; même après l'entrée en scène de Dawn, ils parvenaient à parler boutique et à plaisanter ensemble pendant le marché du samedi. Mais aujourd'hui, la journée avait été épouvantable, interminable, émaillée de conversations avortées et de silences embarrassés. Alex avait fermé son stand à cinq heures pile et s'était sauvé précipitamment, comme s'il ne supportait pas l'idée de passer une minute de plus en compagnie de Fern.

Et puis, une heure plus tard, il l'avait appelée chez elle pour lui demander d'un ton hésitant si elle pouvait passer le voir.

Déconcertée par son attitude, mais résolue à ne pas obéir à ses moindres caprices, elle lui avait donné rendez-vous à neuf heures. Cependant, à mesure que le temps passait, elle devint de plus en plus nerveuse. Lorsqu'elle gravit la côte menant aux *mews*, elle dut se forcer à ralentir le pas. À son arrivée, elle le trouva dans son état habituel, et elle en éprouva un soulagement presque ridicule.

— Café ? proposa-t-il joyeusement. Pas d'alcool pour moi, mais je peux t'offrir un verre de vin si tu préfères.

— Non, un café, ça ira.

Elle n'était pas sûre d'avoir envie de savoir pourquoi il ne buvait pas, et il n'avança aucune explication. Elle attendit en silence pendant qu'il s'affairait autour du percolateur ; puis, stupéfaite, elle le regarda disposer sur un plateau l'une de ses précieuses cafetières Clarice Cliff et deux tasses assorties. Ces objets n'étaient pas faits pour être *utilisés*, bon sang ! S'il cassait une seule de ces tasses, ça lui coûterait un mois de salaire.

— Alex, à quoi tu penses ? Sérieusement, tu ne vas pas boire là-dedans ?

— Et pourquoi pas ? Je me souviens parfaitement que tu as servi du punch dans un saladier du XVIIIe au mariage de ton amie Alicia.

— Oui, mais c'était différent. L'argenterie ne risque pas grand-chose. Tandis que ça...

— À quel usage je devrais les réserver, selon toi ? Cette occasion n'est pas suffisamment exceptionnelle ?

— Oh, je t'en prie ! Si j'ai bonne mémoire, on a pris le café ce matin dans des gobelets en plastique. Depuis quand c'est devenu exceptionnel de boire un café avec moi ?

— Depuis maintenant.

Elle le regarda fixement.

— Bon, Alex, arrête tes conneries. À quoi ça rime, tout ça ?

— C'est pas des conneries. On ne sait jamais ce qui peut se passer, n'est-ce pas ? Quand on voit... Enfin bref, il y a une chose que je voulais te dire, et c'est... embarrassant. Je ne t'ai pas encore remerciée pour ce que tu as fait samedi dernier. Je ne sais pas ce que j'aurais fait sans toi... Tu as été une amie fidèle, Fern, et je me suis abominablement mal conduit. Avec Jane et avec toi.

Après réflexion, elle dit d'une voix lente :

— Oui, c'est vrai. Mais les circonstances étant ce qu'elles étaient...

— Je voulais te le dire, au cas où. J'ai appris qu'il valait mieux ne pas garder les choses pour soi.

— Comment ça, au cas où ? Au cas où quoi ? demanda-t-elle, le cœur battant.

— C'est juste une expression. Je pourrais passer sous un bus, voilà tout.

— Alex, est-ce que ça va ? Je veux dire... ça va bien ?

— Honnêtement ? (Cette fois, il la regarda dans les

yeux.) Je n'en sais rien. C'est une situation nouvelle pour moi. Je ne sais pas ce que je suis censé éprouver.

— Tu devrais peut-être aller voir quelqu'un. Tu vois ce que je veux dire...

— Un psy ? dit-il avec un rire amer. À quoi ça m'avancerait ? Écoute, j'ai une question à te poser. Tu as déjà entendu dire que Karl Arrowood vendait de la drogue ?

— Quoi ? s'exclama-t-elle d'une voix suraiguë. Sous prétexte que j'ai les cheveux verts, je m'y connais forcément en drogues, c'est ça ? Ne me dis pas que tu crois ces conneries !

— Bien sûr que non ! Seigneur, Fern, je ne voulais pas te blesser. Mais tu as habité toute ta vie dans ce quartier. Tu sais des choses, tu entends des rumeurs... tu es mieux renseignée que moi.

La colère de la jeune femme s'apaisa un peu.

— Sans doute, oui. Eh bien... tu sais ce qu'Otto dit de Karl, mais il n'a jamais parlé d'un trafic de drogue. Cela dit... j'ai entendu quelques allusions au cours des années. On chuchotait que l'argent de Karl était peut-être mal acquis. Mais bon, ce n'est pas comme s'il avait fourgué de l'héroïne aux écoliers de Colville.

— Tu connaissais ces rumeurs, et tu ne m'en as jamais parlé ?

— Parce que tu m'aurais crue, peut-être ? « Oh ! à propos, Alex, le conjoint de ta nouvelle petite amie est un baron de la drogue... » En plus, je ne sais même pas si c'est vrai !

Ils se foudroyèrent du regard au-dessus des tasses qui refroidissaient. Match nul.

Ce fut Alex qui rompit le silence :

— Bon, d'accord, je ne t'aurais peut-être pas crue.

Mais suppose... suppose que Dawn l'ait appris et qu'elle ait menacé de quitter Karl ? Ou de le dénoncer ?

— Et il l'aurait tuée ? Primo, je ne crois pas qu'elle ait pu être mariée à ce type pendant des années sans se rendre compte de ce qu'il trafiquait — à supposer que ces rumeurs soient fondées. Il aurait fallu qu'elle vive au pays des merveilles ! Secundo, ça ne me paraît pas être un mobile valable. À mon avis, tu cherches simplement à nier le fait qu'il l'a tuée parce qu'il avait découvert votre...

Elle avait serré les dents pour ne pas prononcer ce mot, mais il était trop tard.

Sur ce, elle était partie, se maudissant tout au long du trajet. Bordel, quels dégâts avait-elle pu causer, uniquement parce qu'elle était incapable de contrôler son foutu caractère ?

Écartant d'un geste écœuré son ordinateur portable, elle prit le carton d'objets qu'elle avait sortis de leur vitrine, au stand, en vue de les trier. Elle devait renouveler son stock avant samedi prochain ; les habitués se lassaient de voir toujours les mêmes articles, semaine après semaine.

Cuillers, timbales, loupes ; étuis à cigarettes, porte-aiguilles, coffrets à jeux de cartes ; tabatières, pinces à sucre, boules à thé, coupe-papier...

Minute ! Elle était sûre d'avoir rapporté un joli coupe-papier de l'époque victorienne, à la lame effilée comme un rasoir. Elle fouilla de nouveau le carton, sortant chaque objet et le posant sur la table. Pas de coupe-papier. Est-ce qu'elle perdait la tête ? Non, elle se rappelait parfaitement avoir pris le couteau :

elle devait le manier avec précaution à cause de la lame.

Avec une horreur grandissante, elle se souvint d'avoir demandé à Alex, juste avant la fermeture, de surveiller son stand pendant qu'elle allait aux toilettes. Il n'aurait quand même pas...

Refusant d'envisager l'impensable, elle replaça méthodiquement chaque objet dans le carton. Elle ne put cependant s'empêcher de revoir l'expression d'Alex quand elle avait regagné son stand. Sur le moment, elle avait mis cela sur le compte de son imagination échauffée, mais il avait eu l'air... bizarre.

CHAPITRE ONZE

Vers le milieu de la décennie, le Grove changea rapidement d'allure. La liaison de Christine Keeler et de Stephen Ward avait fini par doucher la belle insouciance avec laquelle les voyous opéraient dans le quartier.

Charlie Phillips et Mike Phillips,
Notting Hill dans les années soixante.

— Nous avons été horriblement grossiers, dit Gemma à Kincaid en montant dans la voiture, devant l'immeuble de Stella.

— J'ai fait de mon mieux pour me racheter.

Il avait présenté ses excuses à leur hôtesse, puis l'avait embrassée sur la joue. Stella, d'abord surprise, avait eu un sourire — un vrai sourire, et non plus le rictus glacial et figé qu'elle affichait depuis une heure.

— Tu es un affreux charmeur, convint Gemma. Le pauvre Doug aurait donné n'importe quoi pour nous garder plus longtemps. J'imagine qu'en ce moment même, il doit se faire sonner les cloches.

— Doug est un type bien, dit Kincaid.

C'était une constatation, mais Gemma sentit qu'il recherchait son approbation.

— C'est vrai, dit-elle.

— Le meilleur de l'équipe depuis que tu es partie. Ça compense un peu. (Il lui lança un regard en coin.) Je ne devrais pas dire ça, mais... en un sens, je regretterai que cette enquête se termine. C'est chouette de travailler de nouveau ensemble.

De la main, elle lui effleura la joue.

— Ne t'inquiète pas, tu en auras vite assez de moi.

Cette nuit-là, au début, elle se fit du souci parce qu'elle était loin de Toby, qui se trouvait maintenant à l'étage au-dessous. Jusqu'à présent, elle avait été habituée à entendre sa respiration dans la pièce voisine. Mais elle se raisonna, songeant qu'il était dans la même chambre que Kit, en sécurité. Et Kincaid se chargea bientôt de lui ôter toutes ses préoccupations...

Elle dormit pour la première fois dans *leur* lit, d'un sommeil profond, voluptueux, et se réveilla de bonne heure, animée d'une formidable énergie et bien décidée à mettre de l'ordre dans sa maison.

En début d'après-midi, à force d'acharnement, elle avait déjà réduit à une demi-douzaine le nombre de cartons encore emballés. Elle était également allée au supermarché, stockant dans le frigo et le garde-manger des produits de première nécessité, mais aussi des friandises pour les enfants. Les garçons avaient aménagé leur chambre — Kit avait beaucoup aidé Toby — et quand ils eurent terminé leurs sandwiches à la cuisine, elle les envoya se dépenser dans le jardin. Pendant la nuit, un vent glacé était descendu d'Écosse, et une odeur de neige régnait dans l'air gris et froid : Gemma se sentait enfin à Noël.

Kincaid avait rangé les livres sur les rayonnages, branché la chaîne hi-fi et, aux dernières nouvelles, il installait ses précieuses affiches des Transports Londoniens. Toutefois, comme Gemma n'entendait plus de coups de marteau, elle alla dans le salon voir ce qu'il fabriquait.

Il se tenait dos à l'âtre, l'air tout content de lui. Il avait réussi à allumer le feu, la stéréo diffusait *White Christmas* et, au-dessus de la cheminée, il avait accroché la peinture à l'huile de l'épagneul qu'ils n'avaient pas eu la place d'installer jusqu'à maintenant. Gemma pensa à Geordie, le cocker, et se demanda si elle devait parler à Duncan de l'initiative qu'elle avait prise. Non, décida-t-elle, mieux valait attendre d'avoir des nouvelles de Bryony.

— Oh, c'est parfait... tout est parfait ! s'exclama-t-elle.

Avec les livres, les affiches et les corbeilles remplies de jouets, la pièce offrait un aspect incroyablement chaleureux. Il ne manquait plus que le sapin de Noël, mais Wesley ne s'était toujours pas manifesté. S'apercevant qu'elle n'avait aucun moyen de le joindre, elle se reprocha de n'avoir pas pris son numéro de téléphone.

Comme s'il avait lu dans ses pensées, Wesley arriva trois minutes plus tard. Il n'était pas accompagné de Bryony mais de Marc Mitchell, qui portait le cocker.

Gemma les regarda avec des yeux ronds.

— Que... ? Je croyais que vous deviez appeler... tous les deux, je veux dire.

— Bryony donne ses premières consultations gratuites cet après-midi, expliqua Marc, et comme la maîtresse de Geordie l'avait déposé au local, Bryony m'a demandé de vous faire la surprise. Il est lourd, le bougre ! ajouta-t-il en posant le chien par terre.

— Et moi, dit Wesley, comme j'étais là pour donner un coup de main, j'ai décidé de vous livrer votre sapin. (Il indiqua une fourgonnette blanche garée devant la maison.) Contribution d'Otto... il a prêté la camionnette.

Une fois remise de sa surprise, Gemma articula :

— Entrez, entrez, je vous en prie. J'en oublie les bonnes manières.

Kincaid apparut derrière elle et posa une main sur son épaule. Elle fit les présentations, puis lui donna une explication — cohérente, espéra-t-elle — de cette livraison inattendue.

— Geordie, hmm ? (Kincaid s'accroupit pour caresser les oreilles soyeuses du chien.) Les gosses vont être fous de joie.

— Ça ne t'ennuie pas, au moins ? dit Gemma d'une petite voix. Normalement, c'était un cadeau de Noël... pour la famille.

— Je le trouve trop mignon. (Il tapota la tête du cocker et se releva.) Bon, et ce sapin ?

Les trois hommes parvinrent à décharger l'arbre de la camionnette et à l'installer contre le mur, dans un coin du salon, avant que les enfants n'arrivent du jardin, les joues rouges et les yeux brillants.

Ils remarquèrent d'abord le chien. Kit écarquilla les yeux de surprise ; Toby, lui, réagit avec sa volubilité coutumière.

— C'est quoi comme race, maman ? Comment il s'appelle ? Il est à nous ? On peut le garder ?

Gemma était habituée à répondre à des questions en rafales.

— Eh bien... c'est un cocker, il s'appelle Geordie, et nous devrons attendre de voir comment il s'entend avec Tess et Sid pour savoir s'il peut rester.

Tess, circonspecte, reniflait le cocker qui se tortillait, tous les sens en alerte. Gemma observa la scène avec anxiété, terrifiée à l'idée que les deux chiens se bagarrent ; toutefois, après un examen approfondi, Tess lâcha un aboiement enjoué et Geordie la renifla à son tour, en remuant frénétiquement son petit bout de queue. Gemma exhala un soupir de soulagement.

— Reste encore Sid, dit-elle, mais Dieu sait où il est.

Le chat, libéré la veille au soir des toilettes du rez-de-chaussée, s'était empressé de disparaître sous un meuble. Il avait néanmoins vidé son écuelle de nourriture pendant la nuit.

— Vu qu'il a été récupéré dans une poubelle quand il était chaton, la rassura Kincaid, j'imagine qu'il pourra supporter un autre chien dans la maison.

— Vous permettez que je m'éclipse une minute ? dit Wesley. J'ai laissé une ou deux bricoles dans la camionnette.

Il revint avec un sac en papier d'où il sortit plusieurs boîtes de guirlandes électriques.

— Je ne savais pas si vous en aviez ou non, alors j'ai voulu éviter une déception aux enfants...

— Oh ! Wesley, je ne sais pas quoi dire... Ce matin, j'ai acheté au supermarché un bac pour le sapin, mais j'ai complètement oublié les décorations.

Elle alla chercher le bac à l'office. D'un seul mouvement, Marc souleva le lourd sapin et le mit dedans, sans effort apparent.

— On peut mettre les guirlandes tout de suite ? demanda Kit avec un calme empreint de ferveur, signe qu'il était soit très excité, soit très heureux.

— Encore une petite chose, dit Wesley.

Il sortit du sac une boîte en carton extra-plate, qu'il ouvrit. Une douzaine de petits nids en papier de soie blanc abritaient des objets qui, à première vue, ressemblaient à des oiseaux multicolores. Toutefois, en les examinant de plus près, Gemma s'aperçut que c'étaient des anges : leur visage était délicatement peint sur du tissu, leurs robes et leurs ailes ravissantes avaient été confectionnées dans des chutes de soie, de brocart et d'organdi aux couleurs vives.

— Mais...

— C'est un cadeau de ma mère. Pour la pendaison de crémaillère. Elle les fabrique elle-même, et quand je lui ai parlé de vous... Bref, elle a dit qu'un nouveau foyer devait avoir sa légion d'anges gardiens.

Il fourra les mains dans ses poches, et Gemma se demanda s'il rougissait. C'était la première fois qu'elle le voyait embarrassé.

— Ils sont ravissants, Wesley ! Remerciez votre mère de ma part. Où donc a-t-elle appris à coudre aussi bien ?

— Ma grand-mère était une couturière hors pair...

— Pourquoi ils sont comme ça, vos cheveux ? intervint Toby en indiquant la tête de Wesley. Je peux les toucher ?

— Toby !

— Non, laissez, dit Wesley en riant. (Il s'accroupit.) Vas-y, mets tes doigts dedans. On appelle ça des dreadlocks. Les Blancs peuvent s'en faire, eux aussi, mais c'est plus compliqué pour eux.

On sonna de nouveau à la porte. Cette fois c'était Hazel, les bras chargés de grands sacs en papier, Holly à sa remorque. Gemma fit alors ce que toute bonne hôtesse aurait fait en de telles circonstances : elle prépara du thé.

Bryony rangea dans sa serviette les quelques fournitures qui lui restaient. Le dernier de ses clients venait de partir et Marc n'était pas encore rentré de chez Gemma James, à qui il avait apporté le cocker.

Sa tâche terminée, elle se remémora avec satisfaction chacun des animaux qu'elle avait soignés — une douzaine de chiens et deux chats — ainsi que leurs maîtres. Blessures à la patte, pelage abîmé, infections mineures, présence de puces : rien de plus que ce qu'elle voyait au cours d'une journée de travail ordinaire. Mais la gratitude des « clients » avait été sans commune mesure avec la gravité de ces bobos, et ce travail bénévole avait procuré à Bryony la plus grande joie qu'elle ait jamais connue.

Bien sûr, il y avait eu aussi des frustrations : elle n'avait pas été en mesure de soigner certaines maladies, et elle avait utilisé la plupart des médicaments et des pansements qu'elle avait apportés de la clinique. Si elle devait continuer ces consultations gratuites, il lui faudrait trouver d'autres moyens de financement : à ce rythme-là, son compte en banque ne résisterait pas longtemps. Et Gavin, la veille, s'était comporté en parfait malotru, surveillant ses moindres gestes, s'assurant qu'elle notait bien chaque article qu'elle emportait. La croyait-il donc malhonnête ?

Gavin s'était montré plus irritable que d'habitude, cette semaine. Du coup, elle se demandait si la mort de Dawn Arrowood ne l'avait pas particulièrement affecté. Leurs rapports étaient-ils allés plus loin qu'un simple flirt ? Elle n'arrivait pas à imaginer que Dawn ait pu prêter la moindre attention à quelqu'un comme Gavin Farley.

D'un autre côté, qui était-elle pour juger ? Elle avait bien été attirée par Tom, après tout, sans se rendre compte que c'était un sale type — jusqu'au moment où il s'était montré sous son véritable jour.

Au fond de son esprit, une question la titilla : était-il possible qu'elle se trompe également sur Marc ? Mais elle refusa fermement d'envisager cette idée. La seule véritable question, celle qu'elle éludait depuis un bout de temps, était savoir où menait leur relation.

Elle l'avait invité à dîner la veille au soir, comme elle le faisait souvent. Bien qu'elle ne lui arrive pas à la cheville sur le plan culinaire, elle avait compensé avec du bon vin, des chandelles et une ambiance chaleureuse. L'espace d'une seconde, alors qu'il prenait congé, elle avait cru que quelque chose allait se passer. Mais il lui avait donné un rapide baiser sur la joue, comme d'habitude, puis il était parti.

L'avait-elle imaginée, cette attirance fugitive ? Ou alors, Marc croyait-il sincèrement que les hommes et les femmes puissent être de simples amis ? Si tel était le cas, les sentiments que lui portait Bryony ne pourraient qu'aboutir à une complète humiliation. Qu'adviendrait-il si jamais elle laissait échapper un aveu, et qu'il la rejetait avec bienveillance ?

À cette pensée, son visage s'empourpra et la détresse l'envahit. Sur ces entrefaites, Marc fit son entrée.

— Bryony ? Ça va ? (Il s'approcha, la scruta.) Tu es rouge comme une pivoine.

— Je vais très bien, mentit-elle. Parfaitement bien.

Toby avait réquisitionné Hazel et Holly pour leur faire visiter sans délai la maison et le jardin, pendant que Marc aidait Kincaid et Kit à redresser le sapin dans son bac.

Pendant ce temps, dans la cuisine, Gemma et Wesley attendaient que la bouilloire se mette à siffler.

— Vous savez vous y prendre avec les enfants, déclara-t-elle en lui jetant un coup d'œil. Vous vous occupez un peu des filles d'Otto, je crois ? Je me souviens que, l'autre jour, vous êtes allé les chercher à l'école.

— Pauvres gamines... Leur père est là toute la journée, c'est déjà ça, mais il ne comprend rien aux histoires de petites filles, vous voyez ce que je veux dire ? Faire des nattes, choisir une robe, ce genre de truc... Moi, par contre, j'ai grandi avec cinq sœurs, alors je m'y connais en filles.

— *Cinq* sœurs ? Une seule m'a largement suffi ! dit Gemma avec feu, en disposant sur un plateau un curieux assortiment de mugs dépareillés. Ça fait un moment que vous travaillez pour Otto... Vous envisagez de faire carrière dans la restauration ?

— Certainement pas ! C'est juste pour payer mes études — une formation à temps partiel, faute de moyens.

— Vous allez à l'université ? (Il acquiesça.) Quel genre de diplôme vous préparez ?

— Gestion, répondit Wesley sans grand enthousiasme.

— Très terre à terre, dites-moi. C'est vraiment ce que vous voulez faire ?

Il sourit jusqu'aux oreilles.

— Rien ne vous échappe, hein ? En fait, je voudrais devenir photographe, comme mon oncle, mais ça ne nourrit pas son homme. Donc, en attendant, je mitraille pour le plaisir, vous voyez ? Votre gosse, par exemple, j'adorerais lui tirer le portrait un jour, si vous êtes d'accord. Il a un visage transparent, très expressif.

— Ange ou démon, gloussa Gemma. Mais je vous préviens, vous serez obligé de vous asseoir sur lui pour le faire tenir tranquille pendant qu'il pose.

Une fois la guirlande électrique enroulée autour du sapin et les anges suspendus aux branches, Wesley et Marc prirent congé, au grand dam des enfants. Kincaid emmena les garçons et les chiens dans le jardin pour disputer un match de football avant qu'il fasse complètement nuit, laissant Gemma et Hazel blotties devant l'âtre. Gemma avait remplacé les traditionnels chants de Noël par des chœurs italiens, et les voix sublimes remplissaient la pièce.

La table basse était encombrée de tasses vides et d'assiettes pleines de miettes, que Gemma écarta pour pouvoir y poser les pieds.

— Je t'ai apporté un petit cadeau pour ta pendaison de crémaillère, dit Hazel en sortant de son volumineux sac à main un livre qu'elle tendit à Gemma.

— *Les Secrets de la cuisine avec Aga* ? dit Gemma en examinant la couverture.

— Si tu n'apprends pas à t'en servir, tu vivras de pizzas à emporter.

— Tu ne crois quand même pas que je vais me transformer en cordon-bleu ? J'ai suffisamment de quoi m'occuper avec tout ça ! (Elle embrassa la maison d'un large geste.) J'en suis encore à me pincer pour m'assurer que je ne rêve pas. Ça ne peut pas être moi, ça ne peut pas être *ma* vie !

— Et pourquoi pas ? Il n'y a aucune raison que tu te fixes des limites. Tu mérites amplement ce qui t'arrive. Tu as élevé Toby toute seule, et tu as fait du beau travail. (Hazel lui agita un index sous le nez.) Ce qui ne veut pas dire que cette famille recomposée sera facile à tenir, attention ! Mais l'important, c'est que tu n'es plus obligée de te débrouiller toute seule.

Gemma sentit les larmes lui picoter les yeux. Elle les essuya d'un geste irrité.

— Bon sang, je me fais l'effet d'une véritable fontaine en ce moment. C'est exaspérant !

— Ce sont tes hormones. Tu ferais mieux de t'y résigner pendant encore quelques mois.

— Si seulement il n'y avait pas cette foutue enquête... Toutes les pistes tournent court les unes après les autres.

— Mais ça fait à peine plus d'une semaine, c'est ça ? En temps normal, tu ne résous pas une affaire dans un délai aussi court. (Hazel fronça les sourcils.) Ne me dis pas que tu devras sauter le repas de Noël ? Aucune enquête ne vaut qu'on renonce à la dinde de Noël...

— Car Noël sans la dinde ne serait pas Noël ! s'exclama Gemma, hilare.

— J'ai préparé le pudding, mais je compte sur toi pour apporter le cognac. Tu sais, ajouta Hazel d'un ton plus sérieux, je ne me rendais pas compte à quel point je m'étais habituée à t'avoir dans l'appartement au-dessus du garage. Même quand tu n'étais pas là, je sentais une présence. Maintenant, j'évite de regarder au bout du jardin.

— Tu vas chercher un nouveau locataire ?

— Je ne pense pas, non, répondit Hazel d'une voix lente. En fait, j'envisage de me remettre à travailler et d'installer mon cabinet dans l'appartement. Maintenant que Toby n'est plus là, je n'ai aucune raison de ne pas mettre Holly à la maternelle.

— Et moi qui croyais que tu serais contente d'être débarrassée de moi, de retrouver ton intimité ! J'ai plutôt le sentiment de t'avoir laissée en plan.

Hazel lui tapota le bras.

— Pardonne-moi de me lamenter sur mon sort. Je suis égoïste, voilà tout. Tu as pris la bonne décision, c'est clair, et j'aurais été furieuse contre toi si tu ne l'avais pas fait. Cela dit, je dois admettre que la maison a changé depuis que tu ne martyrises plus le vieux piano.

— Je ne le martyrisais pas du tout ! protesta Gemma en riant, avant de soupirer : Le seul bon côté de cette enquête, c'est que j'ai été trop occupée pour regretter le piano.

Entendant les cris des enfants et les aboiements excités des chiens dans le jardin, Hazel s'enquit :

— Comment va Kit ? Ça a dû être difficile pour lui de quitter Grantchester, sans parler de son père —

enfin, Ian — qui fiche le camp sans se poser le moindre cas de conscience.

— Si Ian ou le cottage lui manquent, il n'en a rien laissé paraître. Il a l'air heureux. (Gemma pensa à tout ce que Kit avait enduré au cours de l'année passée.) Ça va être son premier Noël sans sa mère. J'espère seulement que nous saurons être à la hauteur.

En novembre, l'épicerie de Mr Pheilholz avait fermé ses portes, incapable de soutenir la concurrence avec le nouveau Tesco de Portobello Road.

Pour Ange, cela n'avait plus d'importance : elle avait quitté son emploi le mois précédent. Karl avait loué un appartement à Chelsea, dans un minuscule cottage suisse donnant sur King's Road, et Ange s'était installée avec lui.

Au début, elle avait eu l'intention de trouver un autre travail mais, au fil des semaines, cette perspective lui parut de moins en moins attrayante. Leurs soirées étaient un tourbillon de boîtes de nuit et de réceptions qui duraient jusqu'aux petites heures du matin. Ils allaient ensuite se coucher et dormaient enlacés jusque tard dans la matinée, puis Karl se levait pour planifier ses rendez-vous d'affaires, où il aimait bien voir Ange jouer les hôtesses. Il se faisait un nom en dénichant des antiquités pour le compte de clients fortunés, et plutôt que d'investir son capital dans une boutique, il effectuait la plupart de ses transactions depuis son appartement.

Ange avait l'impression de vivre un rêve, tant leur vie était différente de l'existence qu'elle avait menée dans l'appartement de Colville Terrace. Et si, dans les moments de désœuvrement, ses anciens amis lui manquaient, elle écartait ces pensées importunes. Dans l'exaltation des premières semaines, elle avait fait un effort pour présenter Karl à Betty et Ronnie Thomas. Elle les avait invités à prendre le thé avec eux dans un café de Portobello, mais elle avait senti, dès l'instant où ils s'étaient assis, que la rencontre était vouée à l'échec. Le café était le genre d'endroit que Karl détestait particulièrement, avec des auréoles sur la table, une vaisselle de mauvaise qualité et une insidieuse odeur d'huile de friture rancie.

Betty avait lorgné, avec un mélange de consternation et d'envie, la minijupe et le nouveau manteau en lapin que portait Ange.

— Maman aurait une attaque si elle me voyait dans cette tenue, murmura-t-elle.

Ange ne sut que répondre sans blesser l'amour-propre de son amie.

Le thé avait la couleur du café et un goût d'huile de vidange, et Karl ne chercha pas à camoufler son dégoût. Ange tenta de soutenir la conversation, mais Betty était intimidée, Ronnie hostile et condescendant, et Karl s'ennuyait visiblement. Il prit congé au bout d'une demi-heure, invoquant un rendez-vous d'affaires, laissant Ange et ses amis se regarder en chiens de faïence.

— Karl est terriblement séduisant, dit Betty d'un ton hésitant. Et plus âgé. Tu es sûre ?...

— C'est un escroc, c'est tout ! l'interrompit Ronnie. As-tu la moindre idée du genre d'individus qu'il fréquente ? Et de ce qu'ils font ? Ta place n'est pas avec ces gens-là...

— J'ai rencontré ses amis, rétorqua Ange. Ils sont parfaitement corrects...

— Corrects ! Ils donnent dans le trafic de drogue, et pire que ça. Si tu as un peu de bon sens, tu quitteras ce type avant de te retrouver dans un sale pétrin. Quand tu as loué ton taudis, rappelle-toi, je t'avais bien dit qu'il n'en sortirait rien de bon...

— Ça suffit, Ronnie ! cracha Ange. Tu n'as aucun droit de me dire ce que je dois faire, et je ne t'écouterai pas une minute de plus !

Tremblante de fureur, elle se leva avec toute la dignité dont elle était capable. Tous les clients du restaurant avaient tourné la tête vers eux.

Les yeux noirs de Betty se remplirent de larmes.

— Ne t'en va pas, Ange. Il ne voulait pas...

— Je regrette, mais je dois partir.

Elle jeta de l'argent sur la table et sortit en trombe.

Emmitouflée dans sa fourrure, elle remonta péniblement Portobello en direction de la bouche de métro. Des feuilles jaunies, prémices de l'automne, tourbillonnaient sur le trottoir, et elle se rappela la chance qu'elle avait de ne pas devoir affronter un autre hiver avec pour tout chauffage un poêle à mazout.

Heureusement, elle n'avait pas dit à Betty et Ronnie qu'elle vivait avec Karl. Sinon, qu'est-ce que Ronnie lui aurait encore sorti ! Mais elle devait penser à elle, vivre sa vie, même si cela signifiait couper les ponts avec ses amis. Betty avait Colin, après tout ; quant à Ronnie... Pourquoi devrait-elle se soucier de ce que pensait Ronnie ?

Qu'est-ce que ça pouvait faire si Karl et elle prenaient quelques pilules ? Tout le monde en faisait autant, c'était la dernière mode. Les petits cachets et les comprimés — bleus, rouges, verts, jaunes, toutes les couleurs de l'arc-en-ciel — vous aidaient à rester debout toute la nuit, puis favorisaient le sommeil quand l'excitation n'était pas encore complètement retombée. Et tous les gens en vue fumaient de l'herbe. Aucune soirée digne de ce nom n'était réussie sans quelques joints.

Elle descendit du métro à Sloane Square et prit King's Road vers l'ouest. Les nouvelles boutiques poussaient comme des champignons un peu partout. Gagnée par l'animation effrénée et l'énergie de la rue, elle sentit sa colère se muer en détermination.

S'arrêtant devant un salon de coiffure, elle mit ses mains autour des yeux pour scruter la vitrine. Oui, c'était exactement le genre d'endroit qu'il lui fallait. À quoi bon s'accrocher plus longtemps aux vestiges de son ancienne vie ?

Quand elle sortit de chez le coiffeur, une heure plus tard, ses cheveux — à présent d'une couleur argentée — étaient coupés court au-dessus des oreilles. Une nouvelle robe de style op'art, achetée dans une boutique du quartier, et une paire de souliers à hauts talons complétaient le tableau. Ce soir-là, Karl l'emmenait au Speakeasy, l'une des boîtes les plus populaires de la ville ; on lui avait dit que Cilla Black y serait. Ange était résolue à faire en sorte que toutes les têtes se retournent sur son passage.

Elle s'était débarrassée de la petite Polonaise boulotte de Portobello, comme un serpent se dépouille de sa peau, et elle entendait bien aller de l'avant sans se retourner.

CHAPITRE DOUZE

Dès les premiers temps, les pubs de Portobello Road furent d'importants lieux de
rencontre. Commerçants, charpentiers,
tapissiers, jardiniers, employés, marchands
des quatre-saisons, tous ceux qui habitaient
ou travaillaient dans la rue pouvaient y
trouver de la distraction et de la compagnie.
Le plus ancien café encore en activité, le
Sun in Splendour, près de Notting Hill
Gate, a été construit en 1850 et avait pour
enseigne un grand soleil levant aux rayons
dorés.

Whetlor et Bartlett, *Portobello*.

Le matin du 24 décembre, dix jours après le
meurtre de Dawn Arrowood, Gemma attendait devant
la clinique vétérinaire de All Saints Road l'arrivée de
Bryony. Il faisait affreusement froid, le ciel était aussi
gris que la veille, et l'air sentait plus que jamais la
neige. Désireuse de se protéger des assauts insidieux
du vent, Gemma se faufila dans l'embrasure peu profonde de la porte.

Elle poussa un soupir de soulagement en voyant Bryony approcher, ses longues enjambées couvrant rapidement la distance qui les séparait.

— Gemma ! Qu'est-ce que vous faites là ? Geordie n'est pas malade, au moins ?

Bryony portait une longue écharpe à rayures jaunes et mauves et un bonnet de laine assorti, mais elle parvenait paradoxalement à conserver sa dignité.

— Il va très bien. Pour tout dire, il a l'air de s'adapter remarquablement.

Si Tess avait suivi les garçons dans leur chambre, comme à son habitude, Geordie était resté avec Gemma et Duncan, lové au pied du lit comme s'il avait toujours couché là.

— Est-ce que nous devons le laisser ici ? avait demandé Kincaid, un peu surpris.

— Tess dort bien avec Kit.

— C'est exact. Et quand on était gosses, nos chiens dormaient toujours sur notre lit. Je ne m'y oppose pas, je dis simplement qu'il faut fixer les règles dès le départ.

Gemma s'aperçut qu'elle n'avait pas le cœur de faire bouger le cocker.

— Qu'il reste. Il ne prend pas tellement de place, et il me tiendra chaud aux pieds.

— Soit ! avait dit Kincaid avec un large sourire. À ce que je vois, je suis déjà détrôné dans ton affection.

En réalité, il ne semblait guère s'en formaliser.

Tout en déverrouillant la porte de la clinique, Bryony dit à Gemma :

— J'espère que vous ne m'en avez pas voulu de vous expédier Geordie, hier. Voyez-vous, sa maîtresse — enfin, son ancienne maîtresse — l'avait déposé à la soupe populaire et je n'avais pas envie qu'il reste au contact des autres chiens, à cause des risques de contagion. Et je ne pouvais pas demander à sa maîtresse de le garder jusqu'à ce que j'aie terminé : la pauvre avait déjà bien du mal à contenir son émotion.

— Vous avez très bien fait. Si vous aviez vu la surprise de Duncan et des garçons ! Vous direz à cette femme que Geordie va bien ?

Voyant que la photo du cocker était toujours scotchée sur le flanc du moniteur, elle demanda avec un sentiment de possessivité : « Vous permettez que je la prenne ? » Comme Bryony acquiesçait, elle la détacha et la mit dans son sac à main.

— Vos consultations gratuites ont bien marché ?

— Au-delà de toute espérance, répondit Bryony en allumant l'ordinateur et en préparant les fichiers. Mais si vous n'êtes pas venue au sujet de Geordie...

— Il s'agit de Mr Farley. Pouvez-vous me dire à quelle heure il est parti, le vendredi où Dawn a été tuée ?

Bryony se figea, les mains en suspens au-dessus du clavier.

— Pourquoi ?

— Simple routine. Mais il a bel et bien eu ce petit différend avec Dawn. Je me contente d'éliminer certaines hypothèses.

Les joues de Bryony s'empourprèrent.

— Je n'aurais jamais dû vous en parler. Je ne pensais pas que vous y attacheriez une telle importance, et maintenant je me sens complètement idiote.

— Pourquoi ? Est-ce que vous protégeriez Mr Farley s'il était impliqué dans le meurtre de Dawn ?

— Non, évidemment. Mais je suis sûre que Gavin

est incapable d'une chose pareille, et il ne va pas être heureux de voir la police fouiner dans ses affaires. (Bryony évita le regard de Gemma.) Il est déjà assez fâché contre moi... à cause de mon projet de soins gratuits.

— Pourquoi est-il contre ?

— Je ne sais pas si c'est l'aspect financier ou le principe en soi qui l'agace le plus. Je pense qu'il y voit une tentative inutile, et depuis qu'on a volé ces fournitures à la clinique, il surveille mes dépenses comme une vieille fille avare. C'est bizarre, d'ailleurs, car la perte ne représentait guère que quelques livres.

— Pour lui, aider les animaux des sans-abri est une tentative inutile ?

— On peut toujours compter sur Gavin pour braver le politiquement correct. Mais il a raison, d'une certaine manière, même si ça m'énerve de l'admettre, soupira Bryony. Il y a tant de choses que je ne peux *pas* faire ! Mais je ne renonce pas pour autant. Et Marc a été si gentil...

— Oui, il est vraiment charmant. Je trouve que vous avez de la chance.

— Oh, non ! Je ne... nous ne... Nous sommes amis, c'est tout.

— Mais je croyais... excusez-moi. Vous semblez tellement bien assortis...

— Je n'y verrais sûrement aucun inconvénient, reconnut Bryony. Mais Marc est complètement focalisé sur son travail. Vous savez ce que c'est...

— Contrairement à Mr Farley, je présume. (Gemma consulta sa montre.) Va-t-il venir, au moins ?

— Non, il s'est accordé un long congé. Un privilège des patrons. (Bryony parut prendre une décision.) Écoutez, ça ne me dérange pas de vous dire qu'il est parti tôt ce vendredi-là : avant cinq heures. Mais je pense que vous devriez lui poser vous-même la question.

— C'est précisément mon intention.

« Tu fais une bêtise, p'tite Blanche », marmonna Betty en donnant un coup de pied rageur dans une boîte de conserve qui traînait dans le caniveau, éraflant le bout de sa chaussure bicolore. Mais elle eut honte de parler d'Ange sur ce ton railleur, même s'il n'y avait personne pour l'entendre, car elle était certaine qu'Ange ne l'avait jamais considérée comme une « p'tite Noire ». La preuve : un jour, pendant leur dernière année d'école, Mozelle Meekum, une peste au teint brouillé et aux bras épais comme des jambons, avait traité Betty de négresse, et Ange l'avait illico giflée. Ça lui avait valu de rester en retenue après l'école. Et elle ne s'était même pas plainte.

Alors pourquoi Ange, qui savait faire la différence entre le bien et le mal, s'était-elle collée avec ce type qui n'était qu'un voyou malgré sa belle gueule ? Il y avait chez lui quelque chose de mauvais, Betty le sentait ; il ignorait la pitié. Mais Ange ne voudrait pas la croire, pas tout de suite, pas tant qu'elle serait aveuglée par le désir — et elle l'était, ça crevait les yeux.

Et le pauvre Ronnie... furieux contre Ange, furieux contre lui-même. Betty voyait bien comment il regardait Ange, quand celle-ci n'y prêtait pas attention. Elle savait ce qu'endurait son frère, et que, même si

elle arrivait à convaincre cet entêté de parler à Ange,
ce serait trop tard. Il l'avait perdue.

Elle ne voyait pas ce qu'elle aurait bien pu y faire.
Et puis elle devait maintenant penser à Colin, à leur
avenir... Il n'apprécierait pas qu'elle se laisse
embringuer dans les affaires des autres. N'empêche,
si seulement elle pouvait faire quelque chose...

En approchant de l'église, une idée lui vint et son
moral remonta de quelque crans. D'accord, Ange
n'était guère portée sur les rituels catholiques...
Malgré tout, ça ne pouvait pas faire de mal de brûler
un cierge pour le salut de son âme... d'autant qu'elle
n'en saurait jamais rien.

Kincaid mit de l'ordre dans les notes éparses sur
son bureau et but avec délectation une autre gorgée
de café dans sa tasse en plastique. Quelqu'un avait dû
améliorer le pot commun, car le breuvage avait un
vrai goût de café et non plus d'huile de vidange. La
secrétaire du service avait peut-être reçu une cargai-
son de grains de café pour Noël.

Il revenait tout juste d'une réunion d'information
avec un collègue de la brigade des Stups. Apparemment, ceux-ci surveillaient Karl Arrowood depuis des
années — bien avant que l'ami de Kincaid n'entre
dans la police. Mais Arrowood était un homme intelligent et prudent ; ils n'avaient jamais pu réunir de
preuves contre lui. Des années auparavant, ils avaient
bien cru le coincer, mais il avait réussi à leur filer
entre les doigts.

Son téléphone sonna. Il prit une autre gorgée de
café avant de décrocher.

— Duncan ? C'est Gemma. (Elle semblait découragée.) On a reçu le rapport sur l'ordinateur professionnel d'Arrowood.

— Rien à signaler, je suppose ?

— Pas un atome de preuve. Comme on pouvait s'y attendre, il a un excellent comptable. Il y a un grand nombre de transactions en liquide, mais ce n'est pas illégal. En plus, il a de bonnes raisons de garder du cash en réserve : dans le commerce des antiquités, beaucoup d'opérations se font uniquement en espèces.

— C'est tellement pratique ! (Il rapporta à Gemma ce qu'il avait appris par son collègue des Stups, puis s'enquit :) Tu as vu le véto ?

— J'arrive de la clinique. Il n'était pas là, mais j'ai bavardé avec Bryony. Elle dit que Farley a quitté son travail avant cinq heures, l'autre vendredi. Puisqu'il est chez lui, aujourd'hui, je pensais lui rendre une petite visite.

— Attends quelques minutes. J'ai une réunion avec le patron, mais je t'envoie Cullen en renfort. Il a dégoté quelques bricoles intéressantes sur Farley. Pour commencer, notre homme a été soupçonné de fraude fiscale... et aussi de harcèlement sexuel sur une cliente.

Doug Cullen regarda autour de lui et siffla entre ses dents.

— Pas mal, murmura-t-il.

Ici, les maisons étaient jumelées et la rue en pente, sinueuse, était bordée de grands arbres. Il y avait une couronne de Noël sur chaque porte et, dans chaque allée, une Mercedes, une Lexus ou une BMW.

— La cote de Willesden est en hausse, admit Gemma, même si j'ai encore tendance à considérer cet endroit uniquement comme un dépôt de bus. Étant donné le statut haut de gamme de ce quartier aujourd'hui, je ne suis pas surprise que Mr Farley triche sur ses impôts. Nous y sommes, ajouta-t-elle en vérifiant le numéro de la maison sur ses notes.

La maison de Farley, de style pseudo-Tudor, avait des moulures fraîchement repeintes et un jardin bien entretenu. Dans l'allée, une Mercedes dernier modèle était garée à côté d'une banale Vauxhall Astra.

— Apparemment, nous avons de la chance et Mrs Farley est là aussi. Est-ce qu'on les interroge séparément ? suggéra Cullen.

— Voyons comment les choses se présentent. C'est l'Astra que prend Farley pour aller à son travail : je me rappelle l'avoir vue devant la clinique.

La voiture était rouge bordeaux, avec un feu arrière gauche endommagé.

Après avoir sonné, Cullen observa sa compagne à la dérobée. Il avait pu constater, samedi soir, que la fameuse Gemma James, avec ses cheveux flamboyants et ses taches de rousseur, n'était pas aussi impressionnante qu'il l'avait cru d'après sa réputation. À peine plus âgée que lui, elle s'était montrée chaleureuse, quoiqu'un peu réservée, et ce matin elle avait eu le bon goût de ne pas faire allusion au dîner chez Stella.

Mrs Farley, une femme mince, entre deux âges, au visage soucieux, était effectivement chez elle et les accueillit avec une certaine méfiance.

— Je suis l'inspecteur James et voici le sergent Cullen, lui dit Gemma. Pourrions-nous vous parler ?

— Mais... (Mrs Farley regarda autour d'elle d'un air hésitant.) Mon mari est dans son atelier. Je vais...

— Non, laissez, madame Farley. Nous voudrions vous parler d'abord. Ce ne sera pas long.

Avec une nette réticence, la femme les conduisit dans la pièce de devant, mais un coup d'œil vers l'arrière de la maison permit à Cullen d'apercevoir deux jeunes adolescents vautrés devant la télévision. Le garçon et la fille, qui affichaient tous deux un léger embonpoint et un air blasé, leur lancèrent un regard indifférent avant de se replonger dans leur émission.

Mrs Farley se percha au bord d'un fauteuil tandis que Gemma et lui s'asseyaient en face, sur le divan. Doug en avait appris suffisamment par Stella pour se rendre compte que le mobilier et les objets qui décoraient la pièce étaient coûteux, mais arrangés avec un total manque de goût et de raffinement.

— Madame Farley, commença Gemma, pouvez-vous nous dire à quelle heure votre mari est rentré de sa clinique, vendredi de la semaine dernière ?

— Vendredi de la semaine dernière ? Comment voulez-vous que je m'en souvienne ?

Mrs Farley tritura nerveusement le devant de son pull, orné d'un motif de rennes et de sapins.

— Vous avez certainement entendu parler de la femme qui a été assassinée ce soir-là ? Dawn Arrowood ? Ça devrait vous aider.

— Je n'ai pas le temps de regarder le journal télévisé, avec les activités des enfants et tout le reste.

— Mais votre mari a bien dû vous en parler ? La victime était l'une de ses clientes.

La main qui tripotait le pull s'immobilisa.

— Ah ! oui. Gavin a été très frappé en lisant la nouvelle dans le journal, le lendemain. Et je me rappelle bien ce vendredi-là, maintenant. Je suis allée chercher Antony, notre fils, à un match de football, et quand nous sommes rentrés — il devait être environ six heures et demie — Gavin était à la maison. Il travaillait déjà dans son atelier.

— Vous ne pouvez donc pas nous donner l'heure exacte ? intervint Cullen.

— Non. Mais je l'ai entendu prendre sa douche, donc il devait être rentré depuis quelques minutes.

— Sa douche ?

— Gavin a une douche dans son atelier. Je lui interdis d'entrer dans la maison couvert de sciure.

— Quel genre d'objets fabrique Mr Farley ? s'enquit Gemma, dont le visage ne reflétait rien d'autre qu'un intérêt amical.

— Des coffrets à bijoux, des range-CD, des porte-crayons... des objets à la fois utiles *et* décoratifs, d'après lui. Il les offre à ses clients privilégiés.

Cullen vit frémir les lèvres de Gemma et dut lui-même faire un effort pour garder son sérieux.

— Savez-vous s'il comptait donner l'une de ses... créations... à Dawn Arrowood ?

— Je n'en ai aucune idée, répondit-elle avec raideur. Que signifie cet interrogatoire ? Gavin connaissait à peine cette femme. Elle n'a amené son chat à la clinique qu'une fois ou deux.

— Voilà qui est curieux, dit Gemma en fronçant les sourcils. Nous croyons savoir que Mrs Arrowood était une cliente régulière et que Mr Farley s'arrangeait toujours pour la recevoir lui-même.

Mrs Farley se leva, ramenant d'un coup sec son joyeux pull à rennes sur ses hanches saillantes.

— Je ne suis pas au courant. Vous devrez poser la

312

question à mon mari. Bon, il faut que je m'occupe du dîner de Noël... Je vais vous chercher Gavin.

— Si vous voulez bien nous indiquer la direction, madame Farley, je suis sûre que nous trouverons le chemin tout seuls.

Les deux policiers descendirent un sentier dallé de larges marches en ciment. Arrivés en bas du jardin, ils virent de la lumière filtrer par la porte de l'atelier de Farley.

— Elle se doute qu'il est dans la panade, mais elle ne sait pas trop si c'est grave, murmura Cullen à Gemma.

— Je pense que cette femme, depuis qu'elle est mariée, vit dans la hantise que le ciel lui tombe sur la tête, dit-elle d'une voix songeuse. Et cette histoire de douche ne me plaît pas.

Le crissement d'une scie leur parvint de l'atelier. Gemma attendit une accalmie avant de cogner à la porte.

— Monsieur Farley ? C'est l'inspecteur James.

— Est-ce qu'elle le protégerait quand même si elle savait que c'est un salaud ? murmura Cullen.

— Jusqu'à son dernier souffle.

La porte de l'atelier s'ouvrit et un homme brun, rondouillard, portant un tablier en cuir, les regarda d'un air surpris. De grosses lunettes de protection étaient remontées sur son front.

— Ça, par exemple ! dit-il, aussi jovial qu'un lutin de Noël. Que me vaut cet honneur ? Je vous inviterais volontiers à entrer et à vous mettre à l'aise, mais comme vous pouvez le voir...

D'un geste d'excuse, il indiqua la pièce aux dimensions restreintes.

La forte odeur de résine irrita la gorge de Cullen. Jetant un regard circulaire dans l'atelier, il vit — outre plusieurs scies différentes, d'usage indéfinissable — une épaisse couche de sciure et beaucoup de chutes de bois, ainsi que des étagères où étaient exposées les « créations » de Farley. Cullen se prit à espérer qu'il ne serait jamais le bénéficiaire de la générosité du vétérinaire, et il se demanda pourquoi celui-ci fabriquait des coffrets et non des figurines de chats ou de chiens, ces animaux qu'il connaissait si bien. Peut-être Farley ne les aimait-il pas tant que ça, finalement ?

— Ça ira très bien, dit Gemma en se faufilant dans la pièce sans rien toucher. Nous venons au sujet de Dawn Arrowood, monsieur Farley. L'après-midi de son assassinat, elle a raconté à une amie qu'elle avait eu le matin même une entrevue désagréable avec vous. Une dispute.

— Mais c'est ridicule ! Pourquoi me serais-je disputé avec Mrs Arrowood ? Je lui ai simplement conseillé, une fois de plus, d'enfermer son chat dans la maison, quoi que puisse en penser son mari.

— Ce n'est pas ce qu'elle a dit. Elle a déclaré à son amie que vous l'aviez ouvertement draguée, et que vous étiez devenu carrément grossier quand elle vous avait demandé d'arrêter.

— C'est n'importe quoi ! Je n'ai jamais fait une chose pareille et je vous prierai de ne pas entacher ma réputation professionnelle.

La protestation de Farley semblait un peu trop préparée, comme s'il avait prévu ce genre d'accusation.

— Elle peut difficilement vous contredire maintenant, fit observer Cullen. Parlons plutôt de la cliente qui a porté plainte contre vous, il y a deux ans, pour harcèlement sexuel, monsieur Farley.

— La plainte a été retirée ! C'était de l'affabulation, et j'ai été lavé de tout soupçon !

Farley recula d'un pas et ôta ses lunettes de protection. L'élastique laissa sur son front blême une marque rouge, comme un stigmate.

— Elle avait une dent contre moi, reprit-il. Son chien était mort et elle n'arrivait pas à s'en remettre. Le juge a retenu cette explication. (Baissant la voix, il ajouta sur le ton de la confidence :) Écoutez... Dawn Arrowood flirtait bel et bien avec moi : ça, je l'admets. Elle faisait partie de ces femmes qui s'imaginent que tous les hommes de la terre doivent se prosterner à leurs pieds. Mais je n'ai jamais franchi la ligne jaune avec elle.

— Dans ce cas, susurra Gemma, vous ne verrez aucun inconvénient à nous dire où vous étiez entre le moment où vous avez quitté la clinique, ce vendredi-là, et celui où vous êtes arrivé chez vous.

Le regard de Farley fit l'aller-retour entre Gemma et Cullen.

— Mais je... je suis allé prendre un verre. Au *Sun in Splendour*. Vous connaissez certainement ce pub, reprit-il, comme si cela ajoutait quelque crédibilité à son affirmation.

Cullen y était allé une ou deux fois avec des amis. C'était un pub pour les yuppies, fréquenté par des jeunes gens riches et élégants comme Dawn Arrowood.

— Donc, vous avez quitté votre clinique avant

cinq heures pour faire un tour au pub, puis vous êtes rentré chez vous vers... quoi, six heures et demie ? Et ensuite, qu'avez-vous fait ?

— Je... je ne saurais pas dire quelle heure il était exactement. J'ai travaillé un moment ici, jusqu'à ce que ma femme m'appelle pour le dîner.

— Et vous prenez toujours une douche avant de travailler dans votre atelier, monsieur Farley ? s'enquit Gemma.

— Pardon ? Je ne comprends pas.

— Une douche, répéta Gemma en indiquant la cabine, à peine visible au fond de la pièce. Selon votre femme, vous preniez une douche lorsqu'elle est rentrée à six heures et demie. J'ai trouvé ça bizarre... je pensais qu'on se douchait plutôt *après* avoir bricolé.

Le blanc des yeux de Farley brilla.

— C'est à cause de ma femme. Elle n'aime pas que j'aille au pub, alors je me suis douché pour me débarrasser de l'odeur.

Avait-il vraiment voulu faire partir la fumée et les effluves du bar ? se demanda Cullen. Ou le sang de Dawn Arrowood ?

— Vous ne lui avez pas dit que vous étiez allé au pub ?

— Non. Je... je lui ai raconté que j'avais été retenu par mon travail. Vous n'allez pas vendre la mèche, dites ?

— Je crains que vous n'ayez des problèmes plus graves que celui-là, monsieur Farley, soupira Gemma. Par exemple, expliquer à votre femme pourquoi la police passe au peigne fin votre atelier et votre voiture.

— Encore une enquête de voisinage, si je comprends bien ? s'enquit Doug tandis qu'ils retournaient au commissariat, une heure plus tard.

Ils avaient attendu l'arrivée des experts du labo, puis averti Farley de se tenir à la disposition de la police pour un interrogatoire plus poussé.

— Pour le cas où un témoin aurait vu l'Astra ? Oui. Et ça ne va pas plaire une veille de Noël, c'est moi qui vous le dis.

— Arrowood a appelé les secours à dix-huit heures vingt-deux. Est-ce que Farley aurait eu le temps de tuer Dawn, puis de rentrer chez lui prendre une douche à dix-huit heures trente ?

— Là, dit Gemma, vous faites deux suppositions hasardeuses. La première, c'est que Mrs Farley dit la vérité sur l'heure du retour de son mari. Si ça se trouve, il l'a mise au parfum et elle ment effrontément.

— Et la seconde ?

— La seconde, c'est que Dawn venait juste de mourir quand Karl l'a découverte. Elle était peut-être déjà morte depuis cinq, dix, voire quinze minutes. Son corps était dans un endroit abrité, ce qui a pu retarder le processus de refroidissement, et le médecin légiste refusera de se prononcer à la barre sur une heure précise.

— À propos de Farley, murmura Cullen, une chose est sûre : il doit savoir manier un scalpel.

Gemma plissa le front.

— Ça me rappelle... Bryony m'a dit que la clinique avait été cambriolée récemment. Selon elle, des instruments et des fournitures ont disparu. Je me demande...

— Un scalpel ?

— C'est possible. Il faudra que je lui pose la question. Et j'enverrai une équipe du labo prendre quelques scalpels à la clinique, à titre d'échantillon — pour le cas où on retrouverait l'arme du crime. Noël est la saison des miracles, après tout.

Cullen demeura silencieux, concentré sur sa conduite. Au bout d'un moment, il dit :

— Comment faites-vous pour rester aussi patiente ? J'ai parfois l'impression que cette attente va me rendre cinglé.

— Patiente, *moi* ? s'exclama Gemma avec un rire d'autodérision. Kincaid serait plié en quatre s'il vous entendait. C'est *lui* qui ne s'énerve jamais, qui me répète sans arrêt de rester calme. Mais... (Son sourire se dissipa.)... d'une certaine manière, ça devient plus facile à mesure qu'on avance. Il y a un moment où, si on arrive à garder l'esprit serein, les pièces du puzzle trouvent brusquement leur place. (Elle eut un petit haussement d'épaules.) Ça paraît inepte, je sais... Et pour que ça arrive, naturellement, encore faut-il avoir les informations adéquates présentes à l'esprit...

— Attendre le processus, plutôt que de le provoquer ? C'est ce que vous voulez dire ?

— Oui, je suppose. (Elle lui lança un sourire complice.) Mais en attendant, je vais faire mes courses de Noël.

Comment avait-elle fait son compte pour se retrouver dans la bousculade de Noël à la dernière minute, comme tous les crétins ? se demanda Gemma, consciente du fait que ses indécisions — tout autant que son emploi du temps chargé — expliquaient cette situation. Elle se fraya un chemin à coups de coude jusqu'au grand magasin le plus proche, prenant l'escalator au milieu d'un torrent d'acheteurs pour atteindre le rayon des jouets.

Elle repéra d'emblée le cadeau idéal pour Toby : une panoplie de pompier au grand complet, avec un casque argenté, une petite combinaison et un talkie-walkie rouge vif. Toby adorerait ça, elle en était sûre. D'ailleurs, elle savait que ce ne serait pas difficile de trouver un cadeau correspondant aux goûts d'un petit garçon de quatre ans.

Kit, en revanche, c'était une autre affaire. En équilibre précaire à la lisière de l'adolescence, il était trop grand pour la plupart des jouets, sans être encore prêt à entrer dans l'univers des ados : musique, fringues et argent de poche. Elle erra dans les allées en se rongeant l'ongle du pouce, cherchant des idées, les rejetant l'une après l'autre. Enfin, quelque chose attira son attention : un jeu proposant des centaines de questions scientifiques (« des heures de distraction pour la maison ou les trajets en voiture », promettait l'étiquette). C'était exactement le genre de cadeau que Kit apprécierait.

Mais était-ce suffisant ? se demanda-t-elle en descendant au rez-de-chaussée avec ses achats. Une idée lui vint alors et elle s'arrêta au pied de l'escalator, bloquant le passage jusqu'au moment où un homme, derrière elle, la bouscula sans trop de ménagement. Dans l'un des cartons que Kit avait rapportés de Grantchester, elle avait aperçu une photo de sa mère, non encadrée. Vic riait face à l'objectif, pleine de vie et d'énergie.

Risquait-elle de piétiner les sentiments de Kit en lui

empruntant cette photo pour la faire encadrer ? Plus important : était-il prêt à recevoir un cadeau qui lui rappellerait en permanence son deuil ?

Le meilleur moyen d'en avoir le cœur net, décida-t-elle, était encore de tenter le coup. Avant de pouvoir changer d'avis, elle se rendit tout droit au rayon papeterie, où elle choisit un joli cadre argenté qui — espérait-elle — faisait la bonne taille. Satisfaite, elle regarda la vendeuse l'emballer dans du papier de soie.

Restait Duncan, se dit-elle en sortant du magasin, et ce cadeau-là était le plus compliqué de tous. Ce devait être quelque chose de spécial, un cadeau qui symbolise cette nouvelle étape de leur vie commune... Oui, mais quoi ? Elle longea la rue à pas lents, observant les vitrines. Elle repéra bien quelques objets qui l'incitèrent à entrer dans l'une ou l'autre boutique, mais ils se révélèrent finalement trop ordinaires, trop fonctionnels ou d'une niaiserie insupportable.

Elle allait abandonner quand elle avisa, à la devanture d'un magasin de poteries et d'articles pour la maison, une plaque en céramique peinte à la main, ornée sur le pourtour de feuilles vert foncé où étaient nichées des baies du même rouge éclatant que leur porte d'entrée — avec, en son centre, en chiffres noirs sur fond blanc, le numéro de leur nouvelle maison. C'était parfait.

Lorsqu'elle ressortit de la boutique, cinq minutes plus tard, en fredonnant le cantique de Noël que diffusaient les haut-parleurs, le bus 59 arrivait justement à l'arrêt. Les dieux étaient décidément avec elle.

À l'approche de Notting Hill, elle avait tellement le cœur en fête qu'elle prit une autre décision impulsive.

Descendant du bus, elle entra dans l'élégante boulangerie située à l'angle d'Elgin Crescent.

Ils avaient exactement ce qu'il lui fallait : des puddings au glaçage épais, crémeux, fourrés d'épices. C'était le genre de gâteaux à déguster avec une tasse de thé bien fort, en écoutant le discours de la reine, une fois digéré le repas de Noël.

Lorsque la vendeuse eut emballé les gâteaux, Gemma prit ses paquets avec précaution et se mit en route vers la soupe populaire de Marc Mitchell, à Portobello Road.

À son grand soulagement, la lumière était encore allumée et la porte déverouillée.

— Marc ? appela-t-elle.

— Par ici !

Elle suivit le son de sa voix jusqu'à la cuisine, au fond du réfectoire.

— Désolé, dit-il, je ne pouvais pas laisser ça en plan. (Il remuait, dans une grande marmite posée sur un énorme fourneau à gaz, un mélange qui dégageait une délicieuse odeur.) Une sauce aux canneberges, pour le dîner de demain.

— Qu'est-ce qu'il y a dedans ? s'enquit Gemma en humant l'atmosphère et en posant ses paquets sur la table, à un endroit propre.

— Des canneberges, pour commencer. (Il essuya son front en sueur.) Et puis du miel, du vinaigre, du poivre en grains, des graines de moutarde et des poivrons rouges coupés en dés. C'est ma façon de me rebeller : j'ai toujours détesté la sauce en boîte. (Il indiqua de la tête une douzaine de bocaux en verre fraîchement lavés qui séchaient sur un torchon.) Je compte en garder aussi pour les offrir à Noël.

— J'ai apporté deux gâteaux, dit Gemma. En fait, ce sont des gâteaux pour le thé, mais j'ai pensé...

— C'est la seule chose qui me manquait ! Vous êtes providentielle, Gemma. (Il donna un dernier tour de spatule et éteignit le feu.) Voilà. Quand les canneberges éclatent, c'est terminé. Il ne reste plus qu'à attendre que ça refroidisse. (Soulevant le couvercle de la boîte à gâteaux, il émit un long sifflement.) Ils sont trop beaux pour qu'on les mange ! J'avais bien quelques boîtes de pudding — offertes par un supermarché — mais ce n'est rien comparé à ça.

Un peu embarrassée, Gemma changea de sujet :

— Qu'avez-vous d'autre au menu ? À en croire Bryony, vous le préparez depuis des semaines.

— Deux dindes. Des choux de Bruxelles, bien sûr. Des pommes de terre. Oh ! et aussi une caisse de champagne sans alcool — encore un don. Je ne pourrais pas servir du vrai champagne, même si j'en avais les moyens. Et regardez... (Il lui montra une boîte contenant plusieurs douzaines de cylindres enveloppés dans du papier aux couleurs éclatantes.) J'ai fabriqué des pétards. Ils n'éclateront pas, mais j'ai mis dedans des chapeaux en papier et des bonbons.

— Un vrai festin ! Je suppose que vous avez beaucoup de bénévoles.

— Bryony va venir. À nous deux on peut se débrouiller, même si c'est du sport. Elle m'est extrêmement précieuse.

Sautant sur l'occasion de jouer les entremetteuses, Gemma observa :

— Elle vous trouve formidable, vous aussi.

Marc lui lança un regard qu'elle ne put déchiffrer et se remit à touiller la sauce.

— Je connais ses sentiments. Seulement c'est un peu... délicat.

— Délicat ?

Marc embrassa la salle d'un geste large.

— Vous voyez cet endroit ? J'ai utilisé les dernières économies de ma grand-mère pour l'aménager. Je n'ai donc pas d'argent — et je veux dire : *pas un sou*. Si je prends un café chez Otto, c'est prélevé sur le budget de la cuisine. Mais merde, je n'ai même pas de quoi emmener Bryony au ciné, encore moins dans un bon restaurant !

— Mais...

— Je n'ai rien à lui offrir, et je n'ai pratiquement aucune chance d'obtenir un jour un emploi qui me rapporte le dixième de ce qu'elle gagne. Bryony mérite mieux que...

— Ça lui est égal, Marc. Elle vous admire pour ce que vous faites...

— Je dors sur un lit de camp, dans la chambre qui est au-dessus. Au bout de combien de temps, à votre avis, son admiration se transformerait en amertume si elle devait partager ces conditions de vie ?

— Mais rien ne l'y oblige ! Elle a son travail, sa carrière, un appartement. Vous pourriez...

Gemma s'interrompit, consciente de s'enfoncer jusqu'au cou.

— Habiter chez elle ? La laisser payer la nourriture ? La laisser payer son propre cadeau de Noël ? (Il secoua la tête d'un air farouche.) Ce n'est pas comme ça que ça doit se passer.

— Un peu démodé, non, comme point de vue ?

— Peut-être, en effet. J'ai passé la plus grande partie de ma vie d'adulte à veiller sur ma grand-mère :

les dernières années, elle était impotente et il fallait s'occuper d'elle vingt-quatre heures sur vingt-quatre. On peut dire que j'ai loupé une bonne partie de la révolution sexuelle. Mais il y a plus que cela... Vous savez, je ne pourrais pas faire ce que je fais si je menais une vie différente. Question de disponibilité, en partie...

— Vous ne pouvez pas vous laisser distraire par une relation amoureuse ? Un peu comme un moine ?

Il eut un rire bref.

— On peut présenter les choses comme ça, mais ma grand-mère se retournerait dans sa tombe si elle vous entendait. Elle était anticonformiste dans l'âme. En fait, le problème est le suivant : je ne peux pas passer mes journées avec des gens qui n'ont rien et vivre sur un plan différent. Les prêts, les meubles, les voitures, les vêtements... toutes ces choses qui nous paraissent tellement naturelles ne signifient rien pour eux. Donc, si je m'engage dans cette voie, je ne pourrai pas établir de lien avec eux.

En guise de conclusion, il leva les mains, paumes en avant.

— Je vois, dit Gemma.

Et, de fait, elle comprenait. Elle ne voyait aucun argument à lui opposer ; d'ailleurs, elle n'avait pas vraiment envie d'en trouver. Comme l'avait dit Bryony, il avait un don exceptionnel pour aider les sans-abri. De quel droit Gemma mettrait-elle en doute la source de ce don, ou son importance ?

Bryony ferma à clef la porte de la clinique, baissa les stores et passa la serpillière dans les deux salles de consultation. Elle était restée plus tard que prévu, évidemment, à cause des urgences. Les fêtes provoquaient toujours un afflux de dernière minute — surtout les fêtes où on consommait beaucoup de sucreries : les gens étaient apparemment incapables d'empêcher leurs animaux d'en faire une indigestion.

Par-dessus le marché, au moment où elle était le plus débordée, Gavin lui avait téléphoné, hurlant que la police mettait sa maison et sa voiture sens dessus dessous parce que Dawn Arrowood avait raconté à une amie, le matin de sa mort, qu'il s'était disputé avec elle.

Au moins, songea Bryony, Gemma l'avait couverte, mais la police ne pensait quand même pas que Gavin était impliqué dans le meurtre de Dawn ?

— Comme si j'allais me disputer avec une cliente ! avait fulminé Gavin dans le combiné.

Bryony l'avait apaisé de son mieux avant de retourner en hâte s'occuper de ses patients.

Avait-elle eu raison de rapporter à Gemma ce qu'elle avait entendu ? Et de lui parler des vols commis à la clinique ? Gavin n'avait pas signalé le cambriolage : si Gemma l'avait interrogé à ce sujet, il devait maintenant se douter qu'elle avait été renseignée par Bryony.

Elle rangea le seau d'un geste irrité. Ce n'était pas le moment de se mettre martel en tête pour des choses auxquelles on ne pouvait plus rien changer. Elle avait encore ses achats de Noël à faire, mais d'abord elle devait mettre à jour ses dossiers. Résolue à se concentrer, elle s'assit au bureau de Gavin pour travailler.

Quand son stylo à bille fut à court d'encre, elle ouvrit distraitement le tiroir pour en chercher à tâtons un autre. À l'instant où ses doigts se refermaient sur un stylo, elle baissa les yeux et aperçut, dans le compartiment du fond, quelque chose qui ressemblait à une photographie. Consciente d'être indiscrète, Bryony commença à refermer le tiroir. Mais la curiosité l'emporta sur ses scrupules et elle ouvrit le tiroir au maximum, dégageant la photo.

Elle prit le cliché brillant et le contempla, l'estomac chaviré. L'objectif avait saisi Dawn Arrowood dans un moment de profonde intimité, le visage extatique, la tête penchée vers Alex qui lui parlait à l'oreille.

Posant la photo sur le bureau, Bryony tira le tiroir d'un coup sec et fourragea tout au fond. Elle ramena bientôt d'autres images sur papier glacé : Alex franchissant la porte de son appartement avec Dawn, un bras protecteur passé autour de ses épaules... Alex à son stand, sur le marché, caressant la joue de Dawn...

Il y avait d'autres clichés du couple, et bien qu'aucun d'entre eux ne fût réellement compromettant, ils ne laissaient aucun doute sur la nature de leur relation. De plus, à l'évidence, ils avaient été pris à leur insu. Par Gavin ? Se rappelant l'appareil photo qu'elle avait vu récemment sur la banquette arrière de sa voiture, elle fut prise d'une nouvelle nausée.

Pourquoi Gavin aurait-il épié Alex et Dawn ? Et pourquoi avait-il gardé ces photos ? Si Karl Arrowood les avait vues... Elle se souvint alors des éclats de voix qu'elle avait entendus ce vendredi-là dans la salle d'examen, et elle ne put se soustraire plus longtemps à l'évidence : Gavin faisait chanter Dawn.

Fern frappa trois fois à la porte de Bryony, sans autre réponse que les aboiements de Duchesse. Résignée à l'absence de son amie, elle fit les cent pas du côté ouest de Powis Square, décidée à surveiller l'immeuble jusqu'au retour de Bryony.

Elle avait envisagé d'aller à la clinique, mais Bryony ne travaillait sûrement pas aussi tard une veille de Noël — et, même dans ce cas, elle devrait passer par ici pour rentrer chez elle.

Fern s'arrêta en bas du square, le regard fixé sur les grilles accueillantes du Tabernacle, de l'autre côté de la rue. L'immeuble victorien en briques rouges abritait le foyer municipal et proposait aussi bien des cours de danse ou d'aérobic qu'une cafétéria et une salle de concert. En outre, c'était un refuge pour de nombreux adolescents. Ç'avait été le cas, assurément, pour Fern.

Mais en l'occurence, l'endroit ne lui était d'aucun secours. Fern se détourna et remonta jusqu'en haut du square, sans quitter des yeux la porte mauve de Bryony. Elle ne savait pas exactement comment son amie pourrait l'aider ; elle savait seulement qu'elle devait parler à quelqu'un, sans quoi elle deviendrait folle d'inquiétude.

Après sa dispute avec Alex, le samedi soir, et la disparition du coupe-papier, elle avait essayé avec insistance de le joindre, mais il n'avait pas répondu au téléphone ni ouvert sa porte, alors que sa voiture était toujours garée dans les *mews*. Elle était même allée jusqu'à supplier l'odieux propriétaire d'Alex de la faire entrer dans l'appartement avec sa clef, mais il avait refusé, laissant entendre qu'il pourrait bien changer d'avis si elle le récompensait de ses efforts.

Le dimanche, rongée par le doute, Fern avait emprunté sa clef au propriétaire de la galerie, prétextant avoir oublié à son stand un objet dont elle avait besoin pour une vente.

Mais elle avait eu beau fouiller son échoppe de fond en comble, elle n'avait pas retrouvé le coupe-papier manquant. Dès lors, il y avait deux hypothèses, soit un client l'avait subtilisé en profitant d'un moment d'inattention de sa part, soit Alex l'avait pris. Elle aurait préféré la première hypothèse, bien sûr, mais elle avait l'œil affûté et les réflexes rapides : depuis qu'elle était dans la brocante, elle avait déjoué toute tentative de vol à l'étalage.

Restait donc Alex... La question qui l'empêchait de trouver le sommeil depuis deux jours refit surface. Si c'était bien lui qui avait volé le couteau, quelle était sa victime désignée ? Lui-même ou quelqu'un d'autre ?

Fern tapa des pieds pour se réchauffer et soulager sa frustration. Que fichait donc Bryony ? Et si elle ne se décidait pas à rentrer, vers qui d'autre Fern pourrait-elle se tourner ? Otto avait emmené ses filles chez leurs grands-parents pour le réveillon, et Wesley aussi passait la soirée en famille. Quant à son père, inutile d'y penser : le pauvre était déjà incapable de s'aider lui-même... Elle s'était arrêtée en chemin à la soupe populaire, espérant y trouver Bryony, ou au moins Marc, mais tout était fermé.

Restait donc la femme flic aux grands airs qui était venue la voir... Quel était son nom, déjà ? L'inspecteur James. Non : si elle faisait ça, elle se couvrirait de ridicule et Alex ne lui adresserait plus jamais la parole. Il devait y avoir une autre solution.

Les réverbères s'allumèrent, projetant sur le trottoir une lueur jaunâtre, maladive. Fern enfonça les mains dans ses poches et réprima un frisson. Quelque chose d'humide lui frôla le front, puis le bout du nez, comme la caresse de doigts invisibles et glacés. Il neigeait.

CHAPITRE TREIZE

Notting Hill a été réhabilité : Les yuppies l'ont colonisé. En réalité, le quartier n'est pas si éloigné du centre ville ; il vous suffit de descendre tranquillement Bayswater Road pour vous retrouver à Marble Arch.

Charlie Phillips et Mike Phillips,
Notting Hill dans les années soixante.

Si, à l'été 1966, le « swinging London » était déjà en perte de vitesse, le temps radieux et une vague de chaleur inattendue le firent repartir de plus belle. Les cheveux rallongèrent, les jupes raccourcirent, les vapeurs entêtantes du cannabis et de l'encens parurent s'insinuer dans chaque recoin, dans chaque ruelle.

Cependant, pour Ange, le glamour de la scène londonienne avait commencé à perdre de son éclat. De plus en plus souvent, les « réunions d'affaires » de Karl se déroulaient sans elle. Lorsqu'il ouvrit une petite boutique dans une rue écartée de Kensington, elle lui proposa de venir l'aider, mais il refusa carré-

ment son offre. Il engagea à sa place une caissière, une petite brune maigrichonne dont les cheveux descendaient jusqu'aux reins, et Ange le soupçonna de porter à la fille un intérêt plus que professionnel.

Furieuse, elle flirta ouvertement devant Karl lors d'une soirée en boîte. Piqué au vif, Karl la ramena de bonne heure à la maison et lui fit l'amour avec une férocité qui la laissa meurtrie, frissonnante.

Quelques semaines plus tard, elle apprit que le garçon qu'elle avait aguiché à la boîte de nuit avait été victime, le même soir, d'une grave mésaventure. Agressé par des voyous, il était à l'hôpital avec les deux jambes cassées et la mâchoire fracturée.

Épouvantée par les soupçons qui la taraudaient, elle tenta de se raisonner. Et puis, deux mois plus tard, l'incident se reproduisit. Dans une boîte différente, avec un autre jeune homme qui l'avait draguée pendant que Karl était assis dans un coin avec ses acolytes.

Cette fois, le jeune homme avait été tabassé et abandonné dans une ruelle, et Ange entendit la nouvelle le lendemain matin. Tremblante de rage, sous le choc, elle accusa Karl sans détours.

— D'où te vient une idée aussi saugrenue ? (Il parlait d'un ton amusé, mais ses yeux ne souriaient pas.) Est-ce que j'ai l'air de m'être bagarré au milieu des poubelles ?

Son beau visage ne portait aucune ecchymose, ses mains douces étaient parfaitement manucurées.

Elle se rappela les hommes avec qui elle l'avait vu parler à la boîte de nuit : de grands gaillards aux muscles impressionnants.

— Peut-être que tu as chargé tes copains de le faire. Ou alors, tu as engagé quelqu'un.

Cette fois, Karl éclata de rire.

— Oh, allons, Ange ! Tu te flattes, là. Comment peux-tu imaginer une chose pareille ? (Plissant ses yeux gris, il la scruta.) Néanmoins, tu ferais bien de te rappeler que je veille sur ce qui m'appartient.

— Je ne fais pas partie de ta collection et je n'ai pas besoin qu'on veille sur moi ! répliqua-t-elle d'un ton de défi, mais la terreur lui étreignait le cœur.

Tandis que les mois s'égrenaient lentement vers Noël, elle passa de plus en plus de temps toute seule à écouter les paroles plaintives d'« Eleanor Rigby », craignant de finir seule. Elle n'avait plus aucune famille, pas d'autres amis que ceux de Karl. Elle songeait parfois à le plaquer, à quitter Londres, à trouver un emploi de vendeuse dans une ville de province, mais elle avait connu cette vie-là et n'était pas encore suffisamment désespérée pour y replonger. Et puis une autre raison la faisait hésiter : des gens avaient eu de graves ennuis à cause d'elle. Que ferait Karl si elle le mettait en colère pour de bon ?

Les pilules lui apportaient quelque soulagement, atténuant ses craintes, les réduisant à un malaise lancinant. Quand elle eut terminé la réserve de sa mère, Karl la réapprovisionna.

Tous les gens qu'ils connaissaient prenaient du LSD mais, après quelques essais, Ange invoqua divers prétextes pour passer son tour. La sensation de vertige, les hallucinations et les images psychédéliques provoquées par la drogue l'effrayaient : la dernière fois qu'elle en avait pris, elle avait passé la soirée recroquevillée par terre, en position fœtale, terrifiée à l'idée d'être écrasée par les murs qui se rapprochaient. Karl s'était moqué d'elle, mais son dédain n'avait pu la convaincre de renouveler l'expérience. Elle s'en tenait à la chaleur et au confort ouaté de la morphine, réservant ses cauchemars au sommeil.

Toutefois, juste avant Noël, elle se trouva à court de comprimés. Quand elle en fit part à Karl, celui-ci déclara en haussant les épaules que son fournisseur s'était volatilisé.

Les jours qui suivirent, elle ne connut pas de repos. Karl observa sa détresse croissante avec un intérêt qui semblait plus calculateur que compatissant. La veille de Noël, Ange se contorsionnait dans le grand lit, couverte de sueur, en proie à des tremblements incontrôlables.

Karl vint s'asseoir à côté d'elle, écartant de son front ses cheveux humides.

— Je peux t'aider si tu veux, lui dit-il d'une voix douce, en brandissant un petit sachet de poudre blanche.

Elle savait ce que c'était. Il en gardait une petite réserve pour ses amis et ses clients, bien qu'il s'abstînt d'y toucher lui-même.

— Non, dit-elle dans un souffle. Je ne dois pas...

Elle perçut la note d'avidité dans sa voix, et elle sut qu'il l'avait entendue aussi.

— Ne t'inquiète pas, murmura-t-il. Ça t'aidera à dormir, c'est tout.

— Mais je... C'est...

— Laisse-moi m'occuper de toi, Ange. J'ai toujours pris soin de toi, n'est-ce pas ?

Elle sentit sur son bras le contact d'un liquide froid, puis une piqûre. Le soulagement vint aussitôt, *se propageant en vagues fourmillantes dans tout son corps. La pièce tangua, se brouilla, le visage de Karl fondit comme de la cire de bougie. Le matelas s'enfonça quand il s'allongea près d'elle et l'enveloppa dans ses bras.*

— Tout ira bien, chuchota-t-il, ses lèvres tièdes contre l'oreille d'Ange. Tout ira bien, je te le promets.

Ce jour-là, Alex resta assis dans la pénombre, les épais rideaux tirés devant les portes-fenêtres du jardin, avec pour tout éclairage la lumière de la vitrine contenant les poteries de Clarice Cliff. Il avait débranché le téléphone. Quand il entendit Fern frapper à la porte, il retint son souffle, comme si la seule force de son silence pouvait la contraindre à partir. Et, de fait, elle s'en alla.

Il se replongea dans la discipline mentale qu'il s'était fixée, tout en faisant courir distraitement ses doigts sur le manche du coupe-papier qu'il avait volé à Fern.

Il lui avait fallu plusieurs jours pour se rendre compte qu'il n'avait aucune photographie de Dawn. Elle ne lui avait jamais permis d'en prendre, refusant même de lui donner une copie du fade portrait exécuté en studio pour ses parents. Elle lui répétait qu'il n'avait pas besoin de photo d'elle, que cela risquait d'atténuer l'intensité de leurs rencontres. Néanmoins, il pensait à présent que cette réaction n'avait été qu'une manifestation supplémentaire de la peur croissante que lui inspirait Karl.

Assis dans le noir, il essaya donc de reconstituer le visage de Dawn dans son esprit — souvenir par souvenir, image par image, de manière obsessionnelle.

S'il parvenait à tracer un parfait portrait d'elle, peut-être pourrait-il alors, grâce à un énorme effort de concentration, l'imprimer à jamais dans son cerveau.

Il tenta désespérément de se rappeler tous leurs moments d'intimité, ce qu'ils avaient dit, fait ou éprouvé. Mais il se surprit à penser à d'autres filles, à établir un bilan de ces différentes relations, comme si elles étaient susceptibles de lui fournir un point de vue sur celle qui lui importait le plus.

En fait, il s'aperçut qu'il n'avait jamais eu de véritable lien affectif avec d'autres femmes que Dawn. Et dans la mesure où ce lien avait été moitié fantasmes de sa part, moitié mensonges de la part de Dawn, il ne lui restait plus qu'une coquille vide — le sentiment d'avoir attaché de la valeur à une chose qui n'existait pas.

Karl Arrowood lui avait non seulement pris Dawn, mais aussi la perception qu'il avait de lui-même et de sa place dans le monde. Jamais plus il ne pourrait se considérer comme un homme indépendant, autonome, aux commandes de sa vie.

Le soir venu, il glissa le coupe-papier dans sa poche et sortit en silence de l'appartement, courbé en deux pour échapper aux regards de Mr Canfield. Il lui fallut quelques secondes pour se rendre compte que de légers flocons tourbillonnaient, frôlant son visage comme des doigts glacés.

Dans Portobello Road, il se dirigea vers le nord, puis tourna à droite dans Chepstow Villas. Des odeurs de cuisine lui parvinrent d'un appartement proche, lui rappelant qu'il n'avait pas mangé depuis un bon moment. Un jour ? Deux jours ? Il écarta cette pensée et poursuivit son chemin avec détermination.

Arrivé à Kensington Park Gardens, il prit comme point de repère la flèche du clocher de St. John's Church. Un joggeur passa tout près de lui, le faisant sursauter. Alex eut l'étrange impression de connaître cette silhouette grande et mince, encapuchonnée, mais quand il se retourna, l'homme avait disparu.

Le temps qu'il atteigne le cimetière, la neige tombait à gros flocons, obscurcissant sa vision de la maison aux murs pâles, de l'autre côté de la rue. En tout cas, la voiture était dans l'allée. S'il attendait suffisamment longtemps, Karl finirait bien par sortir.

À ce moment-là, il saurait que faire.

Karl resserra son nœud de cravate et tira sur ses manchettes, les yeux rivés sur son reflet dans le miroir. Il avait accepté sans enthousiasme, à la dernière minute, une invitation pour le dîner de Noël, uniquement parce qu'il s'était aperçu qu'il ne supporterait pas de rester seul à la maison.

Pourquoi ne voyait-on aucun signe ? se demandat-il en examinant son reflet. Comment pouvait-il continuer à avoir l'air si ordinaire — masse de chair, de muscles et d'os formant une coquille impénétrable qui camouflait sa dévastation intérieure ? Rien ne l'avait préparé à cela — pas même Ange.

Il n'avait plus pensé à elle depuis des années, l'ayant reléguée aux oubliettes de même que sa famille et son enfance. Aurait-elle ri de le voir en cet instant ? Tout ce à quoi il avait attaché de la valeur lui paraissait désormais sans importance ; il prenait conscience, trop tard, du prix de ces choses qu'il avait eu le tort de traiter à la légère.

La mort lui avait volé Dawn... et Dawn, par sa trahison, lui avait volé les souvenirs qu'il avait d'elle. Ce n'était pas seulement elle qu'il avait perdue, mais aussi le rêve qu'il nourrissait : assurer sa relève, partager sa passion avec quelqu'un de sa trempe, laisser un héritage pour l'avenir. Elle lui avait ôté les espoirs qu'il plaçait en Alex.

Il éteignit les lumières, descendit lentement l'escalier et sortit dans l'air froid, qui lui transperça les poumons comme un chagrin déchirant.

— Regarde, il neige ! dit Kincaid en rentrant du jardin, où il avait laissé Geordie s'ébattre une dernière fois.

Ils avaient envoyé les garçons au lit, malgré les vigoureuses protestations de Kit, et Tess avait grimpé l'escalier à leur suite.

Gemma le rejoignit et il lui passa un bras autour de la taille. Un voile blanc de flocons tourbillonnants masquait le jardin.

— Incroyable, murmura-t-elle, la tête contre l'épaule de Kincaid. Je ne me rappelle pas avoir vu neiger la nuit de Noël. Ça me fait penser au poème que tu as lu tout à l'heure.

— C'était beau, n'est-ce pas ?

Après le dîner, Kincaid leur avait fait la lecture du *Noël d'un enfant au pays de Galles*, et il goûtait encore la saveur des mots sur sa langue.

— Tu le sais entièrement par cœur ?

— Seulement des passages. Quand j'étais petit, je le connaissais sur le bout des doigts.

Autrefois, dans sa famille, à chaque veillée de Noël, on lisait non seulement Dylan Thomas mais aussi *La Nuit d'avant Noël*, du poète américain Clement Moore, dans le précieux volume de son père illustré par Arthur Rackam. Pour *Un conte de Noël*, ils tenaient chacun plusieurs rôles, et la lecture se transformait en une sorte de représentation théâtrale. Ils lisaient ensuite le récit de la Nativité par saint Luc ; aujourd'hui encore, ces phrases familières donnaient à Kincaid la chair de poule. Enfin, ils chantaient des cantiques de Noël, accompagnés au piano par son père.

Bref, un tableau idéal, bien que sa mémoire sélective omette certains souvenirs : ses incessantes chamailleries avec sa sœur Juliet pour savoir qui lirait quoi ; les pinçons tournants pendant les chants ; l'année où il avait témérairement tenté de chanter en solo *Douce nuit, sainte nuit*, juste au moment où sa voix commençait à muer.

En grandissant, sa sœur et lui avaient commencé à déserter la maison, la veille de Noël, pour organiser des soirées avec leurs amis, au point que, vers la fin de leur adolescence, la seule tradition familiale qui restait était la messe de minuit en commun.

Jusqu'à récemment, il n'avait pas mesuré à quel point le rituel des Noëls de son enfance avait compté pour lui. Il souhaitait créer quelque chose de semblable pour leurs enfants, mais il avait la nette impression que sa tentative de ce soir avait davantage enthousiasmé Gemma que les garçons. La sentant frissonner contre lui, il dit doucement :

— Retournons près du feu. Ce n'est pas une soirée pour sortir. Je suis content que nous ayons décidé de ne pas aller à l'église.

— J'avais envie d'être ici, chez nous, dit Gemma en se pelotonnant dans un coin du divan.

Geordie sauta près d'elle et posa sa tête sur les genoux de la jeune femme, avec un grognement de satisfaction qui les fit rire de bon cœur. Le cocker leur avait fait clairement comprendre qu'il était le chien de Gemma et de personne d'autre. Il se montrait amical et affectueux avec tous les membres de la maisonnée — il avait même fait quelques équipées avec Sid — mais il suivait Gemma de pièce en pièce, son regard plein d'adoration à l'affût de ses moindres gestes.

— Ça veut dire que tu es heureuse ?

— Extrêmement contente. Enfin, presque... (Il vit son sourire fugitif à la lueur du feu.) Je suis allée dans la chambre du bébé, après avoir couché Toby, et je pensais à un berceau.

— Un berceau ?

— Toby n'a jamais eu de berceau digne de ce nom : juste un moïse en osier, et ensuite un de ces lits pliants qu'on utilise en voyage. Pour ce bébé-là, je veux une vraie chambre d'enfant avec tous les accessoires.

— Une chambre de fille ou une chambre de garçon ?

— N'essaie pas de me piéger. Je n'avouerai pas mes préférences.

— Il n'y a rien de mal à exprimer un souhait, ça ne te portera pas la poisse. Et si jamais le bébé est du sexe opposé, tu ne l'en aimeras pas moins.

— C'est que... je me sens déloyale, d'une certaine manière. Mais si tu tiens vraiment à le savoir, j'aimerais bien que ce soit une fille. Je rêve d'une petite fille. Je m'arrête devant les vitrines pour regarder les vêtements de petites filles.

— Je m'en doutais.

— Et toi, alors ?

— Une fille, bien sûr, ne serait-ce que pour équilibrer un peu les forces en présence. Tu veux qu'on discute des prénoms ?

Gemma porta une main à son ventre en un geste protecteur qui émut Kincaid.

— Non... il est encore trop tôt. Je...

La sonnerie du téléphone fit voler la paix en éclats, comme du verre qui se brise.

— Merde !

Il consulta sa montre et sentit son cœur se serrer : presque onze heures. Quand le téléphone sonnait à cette heure-là, ce n'était jamais pour une bonne raison.

C'était pire qu'il ne l'avait craint. Il revint dans la pièce éclairée par le feu, sachant que Gemma aurait les traits crispés par l'attente, détestant son rôle de messager.

— Karl Arrowood a été assassiné.

CHAPITRE QUATORZE

> Vers le milieu des années soixante beau-
> coup de lois furent votées qui mobilisèrent
> la police. Les autorités entreprirent de faire
> régner l'ordre dans les rues. Mais la guerre
> était terminée et, comme pour tout le reste,
> il fallut se familiariser avec ce nouvel envi-
> ronnement. Le but était de nettoyer le quar-
> tier, de lui rendre sa splendeur passée. Nous
> savions déjà ce que ça signifiait.
>
> Charlie Phillips et Mike Phillips,
> *Notting Hill dans les années soixante.*

— Assassiné ? Où ça ?

— Dans son allée privée.

— Oh ! Seigneur... dit Gemma en se levant.
(Alarmé par le ton de sa maîtresse, Geordie sauta à
bas du divan, le front plissé.) Pas de la même façon,
quand même ?

— Apparemment si, lui dit Kincaid. Ils nous
attendent.

— Je vais me changer. Toi, réveille Kit et

explique-lui la situation. Il pourra se débrouiller, seul avec Toby ?

— Nous n'avons guère le choix, pas vrai ?

Kit se dressa dans son lit, ses cheveux blonds tout hérissés.

— Bien sûr que je me débrouillerai ! protesta-t-il, indigné. Mais il faut vraiment que vous partiez ? Le jour de Noël ?

— Oui. Je suis désolé, crois-moi. Mais le père Noël est passé et a laissé des choses pour toi dans la cheminée. Elles étaient trop lourdes pour qu'il les hisse jusqu'ici.

Atterré par ce bobard, Kit roula des yeux. Kincaid lui fit un clin d'œil.

— Si nous ne sommes pas rentrés quand Toby se réveillera, tu n'auras qu'à l'emmener au salon. Dans l'intervalle, tu pourras nous joindre sur nos portables en cas de besoin.

Il ébouriffa les cheveux de Kit, qui, à sa grande surprise, lui étreignit la main un bref instant.

Profondément ému, Kincaid fut tenté de lui dire « Je t'aime », mais il refréna cette impulsion. Il ne voulait pas mettre en péril le fragile équilibre affectif auquel ils étaient parvenus.

Il prit la main de Kit et le tira hors du lit.

— Viens voir, mon bonhomme, avant de te rendormir. On va avoir un Noël blanc.

La scène du crime présentait à peu près le même aspect que dix jours plus tôt, une couche de neige en prime. Gemma tapa des pieds pour se réchauffer tandis que Gerry Franks venait à leur rencontre.

— Saleté de neige, maugréa-t-il. Elle bousille toute la scène du crime. Rien à en tirer.

Il n'était visiblement pas plus heureux que Gemma et Kincaid d'être réquisitionné le soir du réveillon, et il leur décocha un regard noir, comme si leur présence ne faisait qu'aggraver sa mauvaise humeur.

Le cadavre était protégé par un abri de fortune sous lequel s'était déjà infiltrée une fine couche de neige. On avait installé des projecteurs sur le périmètre.

— Ça fait combien de temps qu'il est là, selon vous ? s'enquit Gemma.

— Deux ou trois heures, je dirais, d'après l'état du sol et la consistance du sang. Le médecin légiste est en route.

— Qui a découvert le corps ?

— La voisine, Mrs Du Ray. Elle veut vous parler en personne... elle refuse de faire sa déposition à qui que ce soit d'autre, précisa Franks avec une amertume encore plus prononcée.

— Très bien, dit Gemma. Mais d'abord, jetons un coup d'œil sur le cadavre.

Après avoir endossé des combinaisons, Kincaid et elle contournèrent la Mercedes. Il n'y avait qu'un seul véhicule dans l'allée. Karl Arrowood s'était-il déjà débarrassé de la voiture de son épouse assassinée ?

Le corps gisait devant la voiture, à demi allongé. Il y avait des traînées dans la neige, autour de ses mains et de ses pieds, comme s'il avait tenté de ramper vers la maison. S'agenouillant, Gemma constata que le sang de ses blessures formait des caillots sombres et visqueux. Elle ne put s'empêcher de se rappeler que, de son vivant, Arrowood avait été terrifié par la vue du sang.

Il ne portait pas de pardessus, malgré le froid, et la veste de son costume foncé était déchirée sur le devant. Sa cravate avait été arrachée d'un coup de couteau ; sa chemise, blanche à l'origine, avait perdu ses boutons du haut, comme si on l'avait ouverte en tirant brutalement sur le col.

— Il s'est débattu, dit-elle à Kincaid, qui s'était accroupi à côté d'elle.

— Oui. Il y a de multiples blessures à la gorge, au lieu d'une seule estafilade bien nette. (De sa main gantée, il écarta le tissu de la chemise.) C'est difficile à affirmer, vu la quantité de sang, mais il semble bien qu'on ait essayé de lui balafrer la poitrine.

— Pourquoi tailler la poitrine d'un homme ? Et si telle était l'intention du tueur, pourquoi n'est-il pas allé jusqu'au bout ?

— Peut-être qu'il a été interrompu. Ou alors, peut-être craignait-il que la lutte attire l'attention des voisins. En tout cas, je peux te dire une chose : si le meurtrier a réussi à rentrer chez lui sans se faire repérer, c'est qu'il avait la possibilité de se débarrasser de ses vêtements ensanglantés et de se laver à grande eau avant d'être aperçu par quelqu'un. Donc, soit il vit seul...

— ... soit il a un refuge où il peut s'isoler. Comme Gavin Farley dans son atelier, avec sa douche. Je crois qu'on devrait envoyer une patrouille à Willesden avant même d'aller voir Mrs Du Ray.

Tandis qu'ils enlevaient leurs combinaisons protectrices, Gemma dit à Kincaid d'un ton rageur :

— J'ai tout foiré. J'aurais dû empêcher ça.

Elle n'avait eu aucune sympathie pour Karl Arrowood, mais elle était sous le choc de voir tant de force et de puissance anéanties d'un seul coup.

— Comment ça ? Qu'est-ce que tu aurais pu y faire ?

— Si je le savais, je l'aurais fait. Au moins, nous pouvons maintenant éliminer Arrowood de la liste des suspects...

— Tu crois ? Suppose que quelqu'un, ayant découvert qu'il avait commis les deux premiers meurtres, ait décidé de faire justice lui-même ?

— C'est possible, évidemment. Mais Karl Arrowood était un homme vigoureux, c'était plus difficile de le tuer que deux femmes sans méfiance...

— Ce qui explique cette boucherie. Le Dr Ling sera peut-être en mesure de nous dire si les meurtres ont été commis par le même individu. Si c'est le cas, ce tueur en série ne correspond à aucun modèle.

Ils suivirent l'allée qui menait au perron de Mrs Du Ray, leurs pieds laissant de sombres balafres dans la neige immaculée.

— Bordel, ton sergent a raison pour la scène du crime, grommela Kincaid en sonnant à la porte. Autant tout passer au tuyau d'arrosage !

Mrs Du Ray accueillit Gemma d'un « Oh, mon Dieu ! » chevrotant. Sa peau semblait fine comme du parchemin, les rides qui cernaient sa bouche et ses yeux étaient beaucoup plus marquées que la semaine précédente.

— Je suis navrée que vous ayez subi cette épreuve, madame Du Ray, dit Gemma. Vous avez dû ressentir un terrible choc.

— Oui.

Mrs Du Ray fit un petit signe de tête, comme si

elle était à court de mots. Lorsqu'ils furent assis dans sa cuisine douillette, Gemma reprit :

— Si vous commenciez par le début ?

— Après le dîner, j'ai fait la vaisselle, puis je suis montée me préparer pour la nuit. Certains soirs, j'enfile ma robe de chambre et je redescends pour regarder un peu la télévision. Quand j'ai jeté un coup d'œil par la fenêtre, j'ai remarqué la voiture de Karl dans l'allée. Il y avait une faible lumière à l'intérieur, comme si l'une des portières n'était pas bien fermée.

Mrs Du Ray s'exprimait avec précision, d'une voix claire, comme si elle faisait son rapport, mais les veines bleutées de ses mains, croisées sur ses genoux, saillaient.

— J'ai cru voir une masse sombre devant la voiture. Mais comme il neigeait, j'ai pensé que mes yeux me jouaient des tours.

— Quelle heure était-il ? s'enquit Gemma, son calepin ouvert.

— Pas encore neuf heures. J'en suis sûre, parce que je guettais le début d'une émission à la télévision. Je suis descendue préparer du chocolat chaud, mais je ne tenais pas en place. Je n'arrêtais pas de me demander si j'avais vraiment vu quelque chose ou si je m'étais laissé emporter par mon imagination. Finalement, je suis remontée dans ma chambre pour regarder par la fenêtre. Cette fois, il y avait bien une forme sombre dans l'allée — j'en étais convaincue — et j'ai vu quelqu'un traverser la rue, venant du cimetière.

« C'était un jeune homme, du moins est-ce l'impression que j'ai eue. Il était tête nue, avec ce genre de coiffure souple, à l'ancienne, que les jeunes arborent de nos jours. Il s'est avancé dans l'allée, presque sur la pointe des pieds, et a contourné la voiture. Là, il s'est arrêté net, puis s'est rapproché. Je l'ai vu se pencher, tendre la main, puis il a tourné les talons et s'est enfui comme s'il avait le diable aux trousses.

— Qu'avez-vous remarqué d'autre chez ce jeune homme ?

— Il était grand et plutôt mince, m'a-t-il semblé. Mais c'est difficile à dire, avec son pardessus et la neige qui tombait...

— Avez-vous vu son visage assez distinctement pour pouvoir l'identifier ?

Mrs Du Ray parut angoissée.

— Je ne sais pas. Je ne voudrais pas accuser quelqu'un à tort.

— À votre place, je ne m'inquiéterais pas pour ça, la rassura Kincaid. D'après votre témoignage, Mr Arrowood était vraisemblablement déjà mort. C'est à ce moment-là que vous avez alerté la police ?

— À vrai dire, non. Il fallait que j'aie une certitude, voyez-vous. Alors je me suis habillée et je suis allée voir par moi-même... Pauvre Karl... Tout ce sang... (Elle leva vers eux des yeux suppliants.) Comment peut-on commettre un acte aussi atroce ?

Après le départ de Duncan et de Gemma, Kit resta un long moment éveillé à écouter la respiration régulière de Toby. Tess était lovée à ses pieds. Au bout de quelques minutes, Geordie monta l'escalier en trottinant, sauta sur le lit et s'allongea contre sa cuisse. Kit posa une main sur la tête du cocker, se blottit plus profondément sous les couvertures et se dit qu'il devait s'estimer heureux. C'était Noël, après tout... Un Noël blanc... Il avait de nouveau une famille...

Seulement voilà : il avait rêvé de sa mère. Et si, durant la journée, il faisait tout son possible pour ne pas penser à elle, maintenant son esprit refusait d'effacer cette image.

Connaissait-elle le poème que Duncan leur avait lu ce soir ? C'était le genre de chose qu'elle aurait aimé, il en était sûr, avec la musique des mots qui formait des images et accompagnait le sens du texte.

Était-il arrivé à sa mère de fêter Noël avec Duncan ? Il n'avait jamais beaucoup réfléchi aux années qu'ils avaient partagées avant sa naissance — ça lui faisait tout bizarre — mais là, il retourna la question dans sa tête. Ils s'étaient aimés, sans aucun doute. Ils s'étaient mariés, avaient voulu fonder une famille, mais quelque chose avait cloché. Si sa mère et Duncan étaient restés ensemble, serait-elle encore en vie ?

Il ne voulait pas y penser. Dans ce cas-là, Duncan ne vivrait pas avec Gemma, or Kit aimait sincèrement Gemma — même si le seul fait de se l'avouer lui donnait l'impression d'être déloyal envers sa mère.

Caressant le soyeux museau de Geordie, il ferma étroitement les paupières et essaya d'imaginer la neige qui tourbillonnait au-dehors, ce qui lui rappela la dernière fois où il avait neigé à Grantchester. Près de leur maison, une petite colline descendait en pente douce vers le chemin de halage qui bordait le fleuve. Sa mère et lui avaient fait de la luge sur des poêles à frire, roulant ensemble au bas de la pente en criant de plaisir. Il la revoyait, le visage rougi par le froid et l'excitation, et il entendait encore son rire résonner dans l'air limpide.

Mais ce qu'il se rappelait le mieux, c'était le moment où, perchés au sommet de la pente, leurs poêles à la main, ils avaient contemplé le blanc manteau qui recouvrait les bosses et les creux familiers. L'étendue était immaculée, à part la minuscule trace triangulaire d'une patte d'oiseau, aussi nette qu'un hiéroglyphe, et les empreintes d'un chat — ou d'un renard — à proximité de la haie.

Kit était resté cloué sur place, hypnotisé, songeant qu'il n'oserait jamais défigurer une telle beauté en y laissant sa marque. À cet instant, sa mère lui avait crié de la rejoindre.

Écartant alors toute hésitation, il avait plongé dans la neige, et ç'avait vraiment été un chouette moment, l'un de ses meilleurs souvenirs. Sur cette pensée, il s'endormit.

Selon le Dr Ling, Arrowood était mort depuis plusieurs heures. Pour se montrer plus précise, il lui faudrait effectuer des calculs prenant en compte la température de l'air et divers facteurs de l'environnement. Elle ne pourrait pas non plus leur fournir de renseignements concernant l'arme du crime avant d'avoir nettoyé le cadavre, car les blessures étaient un véritable gâchis.

Elle avança néanmoins l'hypothèse qu'Arrowood, contrairement à sa femme, avait survécu quelques minutes à son agression. Trop affaibli par l'hémorragie, il avait vainement tenté de chercher de l'aide.

Rien de tout cela ne surprit Kincaid et Gemma. Pour ajouter à leur frustration, les techniciens du labo ne signalèrent aucune trace de cambriolage dans la maison. Ils avaient trouvé la porte d'entrée verrouillée et les clefs d'Arrowood dans l'allée, à quelques pas de son corps, comme s'il les avait laissées tomber en se débattant.

À leur arrivée sur les lieux, les policiers avaient effectivement trouvé la portière de la Mercedes entrouverte côté conducteur, et l'ampoule du plafonnier était restée allumée.

— On a dû l'attaquer au moment où il ouvrait la portière, dit Kincaid tandis qu'ils ôtaient leurs manteaux dans le bureau bien chauffé de Gemma.

— Si cette portière avait été correctement refermée, il aurait pu rester là, recouvert de neige, jusqu'à ce que quelqu'un signale sa disparition.

— En effet, puisque la silhouette suspecte aperçue par Mrs Du Ray n'a pas jugé utile d'appeler du renfort.

— Ce devait être Alex Dunn, dit Gemma. Le signalement colle parfaitement. Et s'il a découvert Karl déjà mort, cela signifie qu'il ne l'a pas assassiné...

— Suppose qu'il se soit battu avec lui, puis qu'il soit revenu voir s'il avait réussi son coup ?

— Pourquoi s'enfuir, dans ce cas, comme s'il était paniqué par sa découverte ? contra Gemma.

— Nous ne pourrons guère avancer avant d'avoir cuisiné Dunn. Faisons-le venir au commissariat et envoyons une équipe de techniciens fouiller son appartement.

Lorsqu'ils entrèrent dans la salle d'interrogatoire au décor spartiate — table en métal et chaises en plastique —, Gavin Farley gronda :

— J'exige mon avocat ! Je ne parlerai qu'en présence de mon avocat !

Il n'était pas coiffé et, bien qu'il eût enfilé à la hâte un blouson et un pantalon, il portait encore sa veste de pyjama en satin violet, ce qui nuisait considérablement à sa dignité.

— Ce ne sera sûrement pas nécessaire, répliqua Gemma d'un ton apaisant. Nous voulons seulement vous poser quelques questions de routine.

— Et c'est pour ça que vous nous tirez du lit en pleine nuit, ma femme et moi, quitte à flanquer une frousse bleue à mes enfants ? Non, je ne marche pas. Je veux mon avocat !

Farley croisa les bras et foudroya du regard les deux policiers.

Gemma soupira et fit venir un agent.

— Emmenez Mr Farley téléphoner à son avocat, puis ramenez-le ici.

Dès que la porte se fut refermée, Kincaid observa :

— Remarque, je comprends sa réaction. J'ai rarement eu moins de motifs d'arracher un homme à son lit une nuit de Noël.

— Et la douche dans son atelier ? Sans parler de son mensonge concernant sa dispute avec Dawn ! objecta Gemma. Je pense qu'il est beaucoup plus malin qu'il ne veut bien le faire croire.

Escorté par l'agent, Farley revint dans la pièce, arborant un petit air supérieur.

— Mon avocat est en route. Vous devrez attendre son arrivée.

Kincaid lui sourit et adopta une position plus détendue sur sa chaise.

— Très bien. Désirez-vous quelque chose ? Un café ? (Comme Farley refusait d'un signe de tête, Kincaid enchaîna :) Rien ne nous empêche de faire connaissance pendant que nous attendons, n'est-ce pas, monsieur Farley ? Il paraît que vous êtes très doué pour travailler le bois. C'est une passion de longue date ?

La méfiance et la fierté se disputaient sur le visage du vétérinaire. La fierté finit par l'emporter.

— Ça remonte à mon enfance. Mon père avait un petit atelier. Malheureusement, mon fils, lui, s'intéresse uniquement aux jeux vidéo et aux ordinateurs. L'artisanat se perd de nos jours.

— Vous sculptez des animaux ? Avec l'expérience que vous avez...

— Non, non, j'ai besoin de me couper complètement de mon travail. Vous imaginez le stress...

Il haussa les épaules, comme si Kincaid comprenait à demi-mot sa pénible situation. Hors du champ de vision de Farley, Gemma leva les yeux au ciel.

— Pour ma part, avoua Kincaid, je n'ai jamais eu de véritable hobby. Ce doit être bien agréable de pouvoir s'isoler de tout, d'avoir un espace à soi.

— Vous ne m'aurez pas. (Le vétérinaire pinça les lèvres et serra les mâchoires d'un air buté.) Je vois clair dans votre petit jeu, et je refuse de parler de mon atelier.

— Dans ce cas, parlons des vols qui ont été commis dans votre clinique, monsieur Farley ? dit Kincaid innocemment. Vous souhaitez certainement l'aide de la police dans cette affaire ? Vous avez des fournitures et des médicaments qui ont disparu, je crois ?

— Comment le sa... ? C'est un problème purement interne.

— Vous n'accusez pas Bryony Poole, au moins ? intervint Gemma d'un ton sec.

— Je... Non ! Elle a été négligente, c'est tout, mais je ne vois pas en quoi ça vous regarde.

— Si un individu s'est introduit dans votre clinique pour y voler des choses qui vous appartenaient, monsieur Farley, vous auriez dû le signaler à la police, dit Kincaid. Y avait-il, par hasard, un scalpel parmi les objets disparus ?

Gavin Farley les regarda, bouche bée, les pupilles dilatées. On aurait dit un poisson.

— Oui, mais... je... Vous ne croyez tout de même pas...

À cet instant, on frappa à la porte et un agent fit entrer un homme impeccablement vêtu d'un costume à fines rayures.

— Miles ! s'exclama Farley en bondissant de sa chaise pour serrer avec ferveur la main du nouveau venu.

— Bonsoir, Gavin. (L'avocat dégagea sa main et se tourna vers les deux policiers.) Je suis Miles Kelly, l'avocat de Mr Farley.

Âgé d'environ trente-cinq ans, il avait les cheveux bruns et un visage énergique. Malgré son costume et sa chemise blanche immaculée — panoplie obligatoire des avocats —, une ombre bleutée sur son menton révélait qu'il n'avait pas pris le temps de se raser.

— Quel est le problème, au juste ? demanda-t-il.

— Je suppose que Mr Farley vous a mis au courant de notre enquête, répondit Gemma, et de ses liens avec la femme qui a été assassinée voici plus d'une semaine...

— Elle était ma cliente, bon Dieu ! l'interrompit Farley. Je ne cesse de vous répéter...

— Du calme, Gavin. (Kelly se retourna vers Gemma.) Inspecteur, il m'a appelé hier pour me dire que vous faisiez perquisitionner sa maison. Dans la mesure où le mandat était en règle, je lui ai expliqué que la seule attitude raisonnable consistait à coopérer.

— Sage conseil, monsieur Kelly, intervint Kincaid. Il a d'ailleurs suivi vos instructions. Le problème, c'est qu'un autre meurtre a été commis il y a quelques heures, et nous voudrions savoir où se trouvait Mr Farley à ce moment-là.

— Un autre meurtre ? répéta Farley dans un murmure presque inaudible. Où ?... Qui ?...

— Karl Arrowood, l'informa Gemma sans ambages. Êtes-vous sûr de n'avoir jamais rencontré le mari de Dawn, monsieur Farley ?

— Jamais. Si je l'avais croisé dans la rue, je n'aurais pas su qui c'était.

— Dans ce cas, qu'est-ce qui vous empêche de nous dire où vous étiez dans la soirée ?

— C'est... c'est une violation de ma vie privée ! Pourquoi faudrait-il que je vous réponde, puisque je n'ai rien à voir là-dedans ? Vous ne pouvez pas...

— Ne faites pas de difficultés, Gavin, intervint Miles Kelly. Dites-leur ce qu'ils veulent savoir, ensuite nous pourrons tous rentrer nous coucher.

Farley parut sur le point de protester, mais il acquiesça avec un haussement d'épaules.

— J'étais chez moi. Toute la soirée. Avec ma femme et mes beaux-parents. Nos voisins sont également ment passés prendre un verre.

— À quelle heure vos beaux-parents sont-ils arrivés ? s'enquit Gemma.

— Vers six heures et demie. Ma femme les invite toujours pour le réveillon. Le jour de Noël, nous allons chez mes parents à Henley.

— Et ils sont partis quand ?

— Vers neuf heures et demie, je crois. Je ne pouvais pas prévoir qu'il faudrait noter l'heure exacte.

Gemma s'abstint de relever le sarcasme.

— Et vous ne vous êtes absenté à aucun moment dans l'intervalle ? Pas même pour aller dans votre atelier ?

— Non.

— Si c'est la vérité, monsieur Farley, vous auriez pu nous épargner une grande perte de temps et d'énergie en nous le disant tout de suite. Et vous auriez pu éviter de déranger votre avocat la nuit de Noël.

— Sa femme confirme ses déclarations, dit Gemma à Kincaid en lisant le rapport que Gerry Franks venait de lui faire parvenir. Ça vaut ce que ça vaut. Le sergent a une équipe qui se tient prête à interroger les beaux-parents et les voisins ; ils attendent une heure décente.

— Au lever du jour ?

Ce ne serait plus long, maintenant : il était presque cinq heures.

— Oui. La fouille initiale de la maison, de l'atelier et de la voiture de Farley n'a rien révélé d'extraordinaire. Évidemment, nous n'aurons aucune certitude tant que les techniciens n'auront pas procédé à une nouvelle perquisition.

Ils retenaient provisoirement Farley en attendant la

confirmation de son alibi, mais ils ne pourraient pas le garder longtemps si aucun élément nouveau ne faisait surface.

— Et Alex Dunn ? demanda Kincaid.

— En bas, dans une autre salle d'interrogatoire. Nos hommes l'ont arraché à un sommeil profond, paraît-il, et ils n'ont rien dégoté de suspect dans son appartement ni dans sa voiture. Par contre, ajouta-t-elle, ils ont trouvé dans la poche de son pardessus un coupe-papier très aiguisé, au manche en argent. Rien n'indiquait qu'il s'en soit servi. L'objet est parti au labo.

Elle se leva et prit son bloc-notes.

— Gemma, avant que nous descendions... Que dirais-tu de me laisser l'autopsie ? Tu as l'air épuisée. Et c'est une bonne répartition des tâches.

— Ce que tu veux, en fait, c'est te retrouver en tête-à-tête avec Kate Ling, répliqua-t-elle, mi-figue mi-raisin.

Mais elle était trop fatiguée pour se sentir vraiment jalouse. De surcroît, c'était inutile qu'ils aillent tous les deux à la morgue ; elle serait plus utile ici à diriger les opérations.

— D'accord, dit-elle. Le rendez-vous est à... huit heures, c'est ça ? Je vais faire un pause-pipi avant l'interrogatoire d'Alex.

Duncan avait raison, une fois de plus, pensa-t-elle en s'examinant dans le miroir des toilettes. Elle paraissait effectivement épuisée, et elle ne savait pas combien de temps elle pourrait encore tenir. Cette grossesse lui pompait davantage d'énergie qu'elle ne l'avait prévu, même pour un quatrième mois.

Se tournant de profil, elle put constater que, même

en jean et pull-over, son gros ventre commençait à se voir. C'est seulement alors qu'elle prit conscience d'une chose : la veille au soir, quand elle s'était laissée aller à imaginer la chambre du bébé, elle avait enfin accepté — *véritablement* accepté — ce bébé sur un plan personnel. À présent, elle devait en faire autant sur le plan professionnel.

Dès que le superintendant Lamb arriverait au commissariat, le 26 décembre, elle irait lui parler. Cette résolution prise, Gemma sentit un infime tressaillement dans son ventre, comme si l'enfant avait mystérieusement perçu sa détermination.

— C'est vrai, je suis allé au cimetière, déclara d'emblée Alex. (Il avait une mine épouvantable : pâle, les yeux cernés, les cheveux sales.) Je ne sais pas à quoi je pensais... à vrai dire, je crois que je ne pensais à rien.

— On a trouvé un coupe-papier en argent dans votre pardessus, lui dit Gemma. L'aviez-vous emporté à dessein ?

— Je... Oui. Il appartient à Fern. Je l'ai pris samedi sur son stand. Je devrais plutôt dire « volé », en fait. Sauf que j'avais bien l'intention de le lui rendre.

— Pourquoi l'avez-vous pris ?

— Je comptais m'en servir pour tuer Arrowood.

Gemma et Kincaid le regardèrent, interloqués, tandis que le magnétophone continuait à ronronner. Gemma fut la première à se ressaisir :

— Et vous l'avez fait ? Vous avez tué Karl Arrowood ?

— Non. (Alex croisa leurs regards, puis détourna les yeux.) Je... je n'en ai pas eu le cran, finalement.

J'ai surveillé la maison deux soirs de suite, attendant qu'il sorte. J'éprouvais le besoin de le défier, de lui dire qui j'étais, ce que Dawn avait représenté pour moi. Ensuite... ensuite, je m'en serais remis à la volonté des dieux. Ça paraît absurde maintenant, mais sur le moment je ne me suis pas posé de questions. Je ne m'étais pas réellement imaginé... en train de lui faire du mal, voyez ? Moi qui ne me suis jamais bagarré à l'école, qu'est-ce que je faisais là, au juste ?

— Que s'est-il passé hier soir ? demanda Gemma.

— Je suis arrivé devant chez lui un peu après huit heures. Sa Mercedes était garée dans l'allée, alors je me suis caché dans les arbres, près de l'église, et j'ai attendu. Mais c'était compter sans le froid et la neige. Au bout d'un moment, j'ai eu les mains et les pieds tout engourdis, et ma vision a commencé à se brouiller. Tantôt je croyais voir l'intérieur de la voiture éclairé, tantôt je pensais que c'était un effet de mon imagination.

« Comme il ne sortait toujours pas de la maison, j'ai fini par traverser la rue pour vérifier si le plafonnier était bien allumé. Je ne saurais pas vous expliquer pourquoi, mais ça m'a paru très important sur le moment de savoir si j'avais des hallucinations. Quand je suis arrivé près de la Mercedes, j'ai vu qu'il y avait bel et bien de la lumière, et j'ai cru distinguer une forme par terre, devant la voiture...

Alex se passa le dos de la main sur le front et prit une inspiration hachée.

— Il était mort ? s'enquit Gemma.

— Il était... froid. Comment ai-je pu croire un seul instant que je serais capable ?... Sa gorge était réduite en bouillie. Je me suis sauvé. C'était plus fort que moi : je courais sans même en avoir conscience. Et ensuite, j'ai vomi.

« J'aurais dû appeler la police immédiatement, je le sais, mais je n'étais pas... Et après... après, je me suis demandé comment j'allais m'y prendre pour expliquer mon comportement — et la raison de ma présence sur les lieux...

— Qu'avez-vous fait alors ?

— Je suis rentré chez moi et j'ai bu quelques verres. Ensuite, je suppose que je me suis endormi. (Il regarda Gemma d'un air sombre.) Ça signifie que Karl n'a pas tué Dawn, n'est-ce pas ? Que j'ai passé tout ce temps à le haïr, et à me haïr parce que je me sentais responsable de sa mort... alors que Karl n'y était pour rien.

— Alex, le pressa Gemma, avez-vous vu quoi que ce soit hier soir ? Quelque chose de suspect, d'inhabituel, autour de la maison d'Arrowood ou de l'église ?

— Non, répondit-il, accablé par son impuissance. Je n'ai rien vu du tout.

— Belle musculature, commenta Kate Ling.

Elle lança un coup d'œil à Kincaid, un léger sourire plissant les coins de ses yeux. Elle portait un masque et une blouse. Le corps nu de Karl Arrowood était allongé sur la table, sa gorge mutilée exposée à la lumière de la lampe.

— Si vous espérez me choquer avec votre humour de carabin, vous n'y arriverez pas, répondit Kincaid en souriant jusqu'aux oreilles.

— J'ai bien le droit de remarquer que c'était un bel homme — je parle d'un point de vue professionnel, attention. De toute évidence, il était fier de son corps.

Il devait s'entraîner dans un club de gym plusieurs fois par semaine. Et il se faisait régulièrement manucurer, ce qui rend d'autant plus visibles les blessures de défense sur sa main droite. Vous voyez ces entailles, au bout des doigts et en travers de la paume ?

— Il s'est donc violemment débattu ?

— Et comment ! Vous voyez ces traînées de sang dans ses cheveux ? Selon moi, le tueur a fini par le maîtriser en agrippant sa belle tignasse et en lui tirant de force la tête en arrière.

— Et les blessures elles-mêmes ? Pouvez-vous me dire si elles ont été faites par la même arme que pour le meurtre de sa femme, ou par le même agresseur ?

— L'instrument était effilé et bien aiguisé, ça, je peux vous le dire. Mais le tueur n'a pas réussi à sectionner une artère vitale, comme il en avait certainement l'intention ; en fait, la victime est morte de l'hémorragie occasionnée par de multiples blessures. Selon moi, votre tueur est de sexe masculin, de bonne taille et droitier.

— Voilà qui élimine déjà un certain pourcentage de la population. Et la perforation à la poitrine ? Selon vous, l'assassin voulait-il lui infliger la même blessure qu'à Dawn Arrowood ?

— Vous pensez qu'il a été interrompu ? C'est possible. Toutefois, la psychologie des tueurs qui infligent ce type de mutilation à la fois aux hommes et aux femmes dépasse mes compétences.

— Heure de la mort ?

— Toujours la même rengaine !

Il perçut de nouveau dans sa voix l'écho d'un sourire.

— Hélas ! dit-il.

Ling tendit la main pour arrêter le magnétophone.

— À titre officieux, alors ? Je dirais aux alentours de vingt heures. Officiellement, je me contenterai d'une déclaration vague... mettons, entre dix-neuf et vingt-deux heures. Une fois que j'aurai analysé le contenu de l'estomac, je pourrai sans doute être plus précise.

— Merci, dit-il avec chaleur.

— Sortons une minute, proposa le médecin. Vous n'avez pas besoin de rester pour la partie la moins ragoûtante — les organes et tout le bazar. Je vous enverrai mon rapport.

Dans le couloir, elle retira son masque et sa calotte, libérant son éclatante chevelure noire, puis elle ôta ses gants.

— Tiens, j'y pense... J'ai fait la même réflexion à Gemma, il n'y a pas si longtemps. À un moment, j'ai bien cru qu'elle allait tomber dans les pommes. Ça ne lui ressemble pas, hmm ?

— Non. (Il répondit d'un ton neutre, se demandant où elle voulait en venir.) Elle avait dû avoir une journée particulièrement éprouvante.

Sourcils froncés, Kate Ling le regarda.

— Duncan, je me suis toujours interrogée... Ça ne me regarde pas, je sais bien, mais est-ce que vous êtes casés, tous les deux ?

— Nous venons d'emménager ensemble, répondit-il, ne voyant aucune raison de cacher la vérité. Maintenant qu'elle ne travaille plus sous mes ordres, c'est un peu plus politiquement correct.

— Ah ! bon.

Kate haussa les épaules et lui dédia un éclatant sou-

rire dont il ne pouvait manquer de saisir la significa-
tion. Il se retrouva dans l'incapacité totale de parler,
mais elle vint à son secours :

— J'espère que ça marchera pour vous deux. Elle
est enceinte, n'est-ce pas ?

— Oui. La naissance est prévue pour mai.

— Et ça se passe bien ? Elle ne m'a pas paru en
forme quand je l'ai vue l'autre jour.

— Eh bien, elle a eu un problème de placenta. Des
saignements. Mais apparemment, ça s'est arrangé.

— Tant mieux.

Kate eut un sourire rassurant, mais il eut le temps
d'apercevoir une lueur d'inquiétude dans ses yeux.

Gemma sortit du commissariat en fin de matinée,
clignant des yeux à la lumière du jour comme si elle
émergeait d'une longue hibernation. La neige avait
cessé de tomber durant la nuit, mais des nuages gris
planaient encore au-dessus des toits. Trottoirs et caniveaux étaient encombrés d'une neige salie, à moitié
fondue.

Pendant que Kincaid allait chercher la voiture, elle
attendit, frissonnante, en pensant aux événements de
la matinée, ce qui la démoralisa encore davantage.

Ils avaient retenu Alex Dunn en attendant que
Mrs Du Ray fût en mesure de venir au poste l'identifier. Mais, une fois cette formalité accomplie, ils
avaient été contraints de le renvoyer chez lui après un
bon sermon.

Même topo pour Gavin Farley, ce qui ulcérait
Gemma. Ses beaux-parents et ses voisins — les Simmons — avaient confirmé l'alibi du vétérinaire, affirmant ne pas l'avoir quitté des yeux plus de cinq

minutes pendant toute la soirée. Les Simmons ayant clairement fait savoir qu'ils n'avaient aucune sympathie pour Farley, on ne pouvait guère les soupçonner de le protéger. Par ailleurs, la perquisition n'avait rien donné et il était impossible de prévoir, en cette période de Noël, combien de temps il faudrait au labo du ministère de l'Intérieur pour envoyer les résultats des prélèvements.

Pour couronner le tout, Gemma s'était vu confier la mission d'informer la famille de Karl Arrowood. Lorsqu'elle avait sonné à la résidence de son ex-épouse, c'était Sean, le fils cadet, qui lui avait ouvert la porte.

— Inspecteur James ! (Sa première réaction, chaleureuse, fit place à la méfiance.) Veuillez entrer.

— Malheureusement, j'ai une très mauvaise nouvelle à vous annoncer. Votre père a été tué hier soir.

Il la regarda, bouche bée, et le sang se retira de son visage.

— Voulez-vous vous asseoir, Sean ?

Ignorant la suggestion, il dit d'une voix blanche :

— Mon père ne *peut pas* être mort ! Il s'agit certainement d'une méprise. Nous déjeunons ensemble aujourd'hui, pour sceller sa réconciliation avec Richard. C'est papa lui-même qui nous a appelés.

— Je suis navrée, mais c'est la vérité. Il a été découvert dans son allée par une voisine.

— Vous voulez dire qu'il a été tué... comme Dawn ?

— Oui, les circonstances sont tout à fait similaires. Voulez-vous que je prévienne votre mère ? Est-elle là ?

— Non. Elle est sortie avec Richard. (D'une voix

raffermie, il ajouta :) Je la préviendrai moi-même. Ainsi que Richard.

Son visage avait vieilli de dix ans en l'espace de cinq minutes.

— Y a-t-il quelqu'un d'autre à informer ?

— Pas que je sache. Les parents de papa sont morts depuis des années. Je passerai un coup de fil à ses employés. Et à ses associés.

— Nous vous ferons savoir quand vous pourrez disposer du corps. Sean... il y a encore autre chose.

Devant la stupeur et le chagrin évidents du jeune homme, elle hésita. Toutefois, elle devait lui poser la question :

— Où étiez-vous hier soir, vous et Richard ?

— Ici, répondit-il sans se formaliser. Tous les ans, la veille de Noël, maman organise une réception monstre — un gala, comme elle dit. Rich et moi sommes fermement priés d'y assister et d'être aux petits soins pour toutes ces charmantes petites vieilles. Le courroux de notre mère n'est pas une chose à prendre à la légère... Ô Seigneur, gémit-il, comment va-t-elle prendre la nouvelle ?

Gemma se sentit désemparée, comme toujours quand elle était confrontée aux réactions des proches face à une mort brutale.

— Je suis sincèrement désolée, dit-elle. Nous aurons peut-être d'autres questions à vous poser, mais nous tâcherons de vous déranger le moins possible. N'hésitez pas à m'appeler si vous le désirez.

Elle prit congé, pensant à la tâche peu enviable qui attendait Sean.

Il était toujours possible, bien sûr, que l'un ou l'autre des frères eût engagé un tueur professionnel pour commettre les trois meurtres, mais l'enquête de Doug Cullen n'avait pas apporté la plus petite preuve à l'appui de cette théorie — que Gemma, pour sa part, n'avait jamais jugée plausible. Les crimes étaient d'une nature trop personnelle — intime, même, elle en était convaincue — pour être l'œuvre d'un tueur à gages.

Malgré tout, elle enverrait quelqu'un dès demain chez Sylvia Arrowood pour se procurer la liste des invités, histoire de vérifier l'alibi des deux garçons.

Quand Kincaid passa la prendre, un moment plus tard, pour la ramener chez eux, elle remarqua qu'il évitait de passer par St. John's Church. C'était délicat de sa part : rien que de penser à la neige ensanglantée dans l'allée de Karl Arrowood, elle en avait la nausée.

Elle s'aperçut alors qu'elle n'avait rien mangé de la journée, à part une bouchée d'un muffin que lui avait apporté Gerry Franks, à sa grande surprise. Cela pouvait expliquer la sensation de vertige qu'elle éprouvait.

Mais la pire déconvenue de la journée l'attendait à la maison. Jusqu'à cet instant, elle ne s'était pas rendu compte à quel point elle avait farouchement désiré passer cette matinée avec les enfants ; maintenant, l'occasion était passée.

Kincaid avait plusieurs fois appelé Kit sur son portable pour s'assurer que tout allait bien, mais Gemma n'avait pas eu le loisir de souhaiter un joyeux Noël à Toby.

— Maman ! Kit a fait du pain perdu pour le petit déjeuner, avec des saucisses, et il en a mis à réchauffer pour toi dans le four !

Dans sa grenouillère en coton rouge, Toby faisait

penser à un petit elfe. Il sautillait sur place, en proie à une vive excitation.

— Attends d'avoir vu...

— J'ai aussi préparé du thé, l'interrompit Kit en lui lançant un regard d'avertissement. Viens dans la cuisine.

Comme il la prenait par le bras, elle remarqua machinalement que les portes de la salle à manger étaient fermées, mais elle n'y attacha pas une grande importance.

Kit la fit asseoir à table et la servit d'un air solennel, tandis que Kincaid observait la scène d'un œil attendri. Il déclara qu'il avait déjà mangé quelque chose. Elle en était au milieu de son repas quand elle se rappela qu'ils étaient attendus chez Hazel pour le dîner de Noël. Une vague d'épuisement la submergea ; elle posa sa fourchette, qui pesait soudain une tonne.

— Vous devrez aller chez Hazel sans moi, dit-elle, au bord des larmes. Je ne m'en sens pas la force.

— Ne t'inquiète pas, lui dit Kit, j'ai tout arrangé. Ils vont venir ici — Hazel, Tim et Holly — et tu n'auras rien à faire du tout. Toby et moi, on a même mis le couvert. Je te montrerai quand tu auras fini.

Gemma sentit sa gorge se serrer.

— Je ne sais pas quoi dire, Kit. Tu es si attentionné, si adulte... Je me demande comment j'ai pu me passer de toi jusque-là.

Rouge de fierté, le garçon la pressa de terminer son repas, avec des attentions presque possessives.

— Ça y est, tu es prête ? demanda-t-il, réprimant à grand-peine son excitation. Emporte ta tasse de thé.

Comme ils se dirigeaient vers la salle à manger, Kit

échangea un regard complice avec Kincaid, qui déclara d'un ton dégagé en ouvrant toutes grandes les portes :

— Au fait, le père Noël est également passé par ici...

Elle aperçut d'abord la table, magnifiquement dressée avec des assiettes et des verres assortis, et un pétard étincelant pour chaque invité.

Puis le piano envahit son champ de vision. Un demi-queue, dont la surface en ébène verni reflétait les lumières de la pièce. Ils avaient poussé la table d'un côté pour faire de la place à l'instrument, qui était placé face aux portes vitrées du jardin.

— Pour que tu puisses regarder dehors pendant que tu joues, expliqua Kit avec gravité.

— Mais que ?... Comment avez-vous ?... Le jour de Noël...

— Kit a été mon complice, expliqua Kincaid avec un sourire épanoui. Et le magasin de pianos s'est fait un plaisir de participer à la surprise. Alors, il te plaît ?

— S'il me plaît ? Je...

Hypnotisée, Gemma s'affala sur la banquette rembourrée. D'un doigt, elle frappa un do au milieu du piano, et la note pure, unique, résonna dans la pièce.

Elle enfouit son visage dans ses mains et fondit en larmes.

CHAPITRE QUINZE

À une époque où la plupart des habitants du quartier déclaraient encore comme lieu de naissance l'un des comtés d'Angleterre, la population de Portobello Road se diversifiait : beaucoup d'étrangers venaient s'installer dans le quartier. Dans un échantillon du même recensement, on trouvait une personne originaire de Russie, une autre de Pologne, huit d'Irlande, une de Belgique...

Whetlor et Bartlett, *Portobello*.

Par un accord tacite, ils n'avaient pas discuté de l'enquête à la maison le jour de Noël. Mais le lendemain matin, dans la voiture qui les emmenait au commissariat, Kincaid déclara, comme s'il reprenait le fil d'une conversation récemment interrompue :

— Nous ne pouvons pas éliminer complètement Alex Dunn, tu sais. Il a très bien pu agresser Karl, puis revenir ensuite voir s'il avait besoin de terminer le boulot.

— Mrs Du Ray est un témoin digne de foi, protesta Gemma. Si elle dit qu'il avait l'air effrayé...

— Je ne conteste pas son interprétation, je me demande simplement si la frayeur d'Alex suffit à le disculper. On peut très bien tuer quelqu'un dans le feu de l'action et être horrifié par les conséquences de son acte.

— Oui, évidemment, mais en admettant qu'il ait tué Karl — et il a reconnu en avoir eu l'intention —, il a un alibi pour le soir où Dawn... Bryony ! s'exclama-t-elle comme ils entraient dans le commissariat. Qu'est-ce qui vous amène ?

Assise dans le hall d'accueil, Bryony se leva et vint à leur rencontre.

— Bonjour, Gemma. Je voudrais vous voir, s'il n'est pas trop tôt. Il fallait que je passe avant l'ouverture de la clinique.

— Non, c'est parfait. Bryony, je vous présente le superintendant Kincaid, de Scotland Yard.

La jeune femme serra la main de Kincaid, et Gemma remarqua qu'elle avait un pansement autour de l'index.

— Y a-t-il un endroit où nous pourrions parler ?

— Allons dans mon bureau.

— Comment va Geordie ? demanda Bryony tandis que Gemma signait le registre avant de franchir avec elle la porte de sécurité.

— Il est un peu crevé après l'excitation de Noël. Nos deux garçons se sont fait un devoir de l'éreinter à courir dans la neige.

Malgré le meurtre de Karl Arrowood, la soirée de Noël s'était révélée délicieuse. Hazel, toujours merveilleusement organisée, était arrivée avec le coffre de sa voiture rempli de plats à réchauffer. Ils avaient soupé gaiement autour de la table décorée par Kit, et si Gemma s'endormit pendant le discours de la reine, nul ne parut s'en formaliser.

Avant de succomber à l'attrait de son lit, Gemma avait enfin réussi à passer une demi-heure en tête à tête avec son piano. Pendant ce bref laps de temps, rien d'autre n'avait compté pour elle que le son des notes qui s'égrenaient les unes après les autres.

Ils entrèrent tous les trois dans la salle de conférence et Bryony s'assit, tordant sur ses genoux ses mains fortes et carrées.

— Que vous est-il arrivé ? s'enquit Gemma en indiquant son doigt blessé.

— Un yorkshire dont la maîtresse m'avait assuré qu'il ne mordait *jamais*. (Bryony eut un sourire ironique, qui s'effaça aussitôt.) J'ai appris le meurtre de Karl Arrowood. Vous avez des soupçons ?

De toute évidence, elle n'était pas au courant de leur enquête sur Gavin Farley. Rien d'étonnant à cela, car le vétérinaire n'avait pas dû clamer sur les toits sa mésaventure.

— Nous suivons plusieurs pistes, répondit Gemma sans se compromettre. Qu'y a-t-il, Bryony ? S'est-il passé autre chose ?

— Je suis très embarrassée. Ça paraît mesquin et déloyal de cafarder comme une écolière, mais d'un autre côté...

Elle s'interrompit, gênée, et lança à Kincaid un regard en coin.

— Continuez, l'encouragea Gemma. Le superintendant Kincaid collabore avec moi sur cette enquête. Tout ce que vous avez à me dire, il peut l'entendre.

Bryony prit une profonde inspiration, puis hocha la tête.

— Lundi, en terminant mon travail à la clinique, j'ai trouvé des photos dans le bureau de Gavin. Des photos de Dawn avec Alex.

— Dawn avec Alex ?

— Je ne me doutais absolument pas que Gavin était au courant de leur liaison. Je me demande maintenant s'il ne m'a pas entendue en parler avec Marc... mais dans ce cas...

— Du chantage ! s'exclama Kincaid. Voilà qui expliquerait beaucoup de choses. Si Farley la faisait chanter et qu'elle avait refusé de se laisser manipuler plus longtemps...

— Mais dans ce cas, pourquoi la tuer ? objecta Gemma. C'est généralement la victime qui assassine le maître chanteur, pas l'inverse.

— Peut-être qu'elle menaçait de le dénoncer, quelles que puissent être les conséquences pour elle...

— Ou pour Alex ? dit Gemma d'un ton sceptique. Tu penses que Dawn aurait sacrifié Alex à la colère de Karl, uniquement pour se libérer de l'emprise de Farley ?

— Possible. De toute manière, si elle avait l'intention de quitter Karl pour Alex, ça aurait fini par se savoir. Mais je vais plus vite que la musique, je l'admets. Commençons déjà par examiner ces photos.

— Qu'en avez-vous fait ? demanda Gemma à Bryony.

— Je les ai laissées à leur place.

— Très bien. N'y touchez surtout pas. Et ne dites rien à Mr Far...

On frappa à la porte et Melody Talbot passa la tête par l'entrebâillement :

— Je pourrais vous voir deux minutes dans le couloir, patron ? Superintendant ?

Ils s'excusèrent et rejoignirent Melody.

— Qu'y a-t-il ? s'enquit Kincaid.

— Une patrouille a trouvé un scalpel chirurgical dans une poubelle, à deux blocs de la maison d'Arrowood. L'instrument a été soigneusement essuyé, mais on l'a envoyé au labo en urgence.

— Farley doit être arrivé à la clinique, maintenant, dit Gemma d'un ton décidé. Alibi ou pas, convoquez-le pour un nouvel interrogatoire. Et envoyez une équipe fouiller sa clinique.

Elle fit part à Melody de l'information fournie par Bryony.

— La clinique ! s'exclama Melody. C'est l'endroit idéal pour faire disparaître des traces compromettantes ! Il aurait même pu porter une blouse chirurgicale et l'envoyer ensuite au pressing. Personne ne s'étonnerait de voir une blouse tachée de sang.

— Exact. (Gemma leva les yeux de la liste qu'elle avait rapidement griffonnée sur son calepin.) Une fois que vous aurez lancé les opérations, Melody, retournez questionner les voisins de Farley. Voyez s'il y a un moyen de les faire revenir sur leur déposition d'hier soir.

Après le départ de la jeune femme, Kincaid dit à Gemma :

— Cet acharnement contre Farley ne me plaît pas. Même si les preuves circonstancielles sont accablantes, on ne peut pas l'inculper à moins de trouver une faille dans son alibi. En plus, il n'existe aucun lien entre cet homme et Marianne Hoffman, or je suis absolument persuadé que les trois crimes sont liés.

— Peut-être qu'il se faisait simplement la main ? avança Gemma.

— Hoffman serait une victime choisie au hasard ? Je ne marche pas. Mais nous pouvons toujours attaquer Farley sur la question du scalpel en attendant d'avoir confirmation de...

La sonnerie de son portable l'interrompit. Pendant qu'il répondait, Gemma réfléchit à ce qu'il venait de dire. Il avait raison : un bon avocat de la défense réduirait à néant une accusation d'homicide contre Farley, tant pour le meurtre de Dawn que pour celui de Karl Arrowood. Le scalpel pouvait provenir de mille endroits différents ; Farley avait pu photographier Dawn et Alex sans autre motif qu'une curiosité mal placée ; concernant sa dispute avec Dawn le jour du meurtre, ils ne disposaient que du témoignage de Bryony.

De surcroît, Farley refuserait sûrement de parler avant l'arrivée de son avocat comme la veille au soir.

Kincaid la rejoignit en annonçant :

— C'était la fille de Marianne Hoffman. Elle a trouvé certains documents qu'elle voudrait me montrer. Ça t'ennuie d'interroger Farley toute seule, si je fais un saut à Bedford ?

— Non, mais pourquoi est-ce que tu n'envoies pas quelqu'un d'autre ?

— Apparemment, elle veut me parler en personne. Ma belle gueule, sans doute.

— Ben voyons ! Dans ce cas, vas-y. Je t'appellerai s'il y a du nouveau.

Gemma réprima un soupir en le regardant s'éloigner. La matinée serait longue.

— Merci d'être venu, dit Eliza Goddard en conduisant Kincaid dans sa cuisine. J'ai expédié les filles jouer un moment chez la voisine.

Kincaid la suivit, intrigué par cet accueil, si différent de celui qu'elle lui avait réservé lors de sa précédente visite. Ils s'assirent à la table où les jumelles s'étaient chamaillées à propos de leurs guirlandes, et il vit qu'Eliza avait posé une boîte à chaussures à côté des découpages des enfants.

— Donc, vous souhaitiez me parler ? dit-il en guise d'encouragement.

— Oui. Je m'excuse pour l'autre jour... J'étais simplement angoissée par l'approche de Noël. C'était un moment difficile pour les petites, mais Greg est venu et je crois que ça a facilité les choses.

— Greg Hoffman, votre beau-père ?

— Oui. Grâce à lui, tout a paru à peu près normal, ordinaire, et nous avons pu faire semblant de croire, l'espace d'une journée, que maman s'était simplement absentée. Mais hier soir, pendant que tout le monde dormait, je me suis forcée à examiner de nouveau le contenu de cette boîte. (Elle jeta un coup d'œil vers la boîte à chaussures mais s'abstint de la toucher.) Il faut que je vous dise... L'une des raisons qui m'ont empêchée de vous parler de ma mère — ou de mon père —, c'est qu'elle m'avait toujours recommandé de ne pas le faire.

— Je ne suis pas sûr de comprendre.

— Maman disait que, pour ma propre sécurité, je ne devais jamais parler de mon passé. Je ne prenais pas au sérieux ses mises en garde, bien sûr — vous savez comment sont les enfants — mais, après sa mort, j'ai commencé à m'interroger...

— Savez-vous quelque chose sur votre père ? Étaient-ils divorcés ?

— C'est ce que j'ai toujours pensé. Maman refusait absolument de parler de lui. Mais j'étais curieuse et, un jour, j'ai fouillé dans le tiroir du secrétaire où elle rangeait ses affaires. Elle m'a prise sur le fait... c'est la seule fois, dans mon souvenir, où je l'ai vraiment vue en colère.

Kincaid indiqua la boîte à chaussures.

— Ce sont les affaires qui se trouvaient dans le tiroir ?

Sans répondre, Eliza poussa la boîte vers lui.

Il ôta le couvercle et prit le document qui se trouvait sur le dessus. C'était un acte de naissance délivré en 1971, dans l'arrondissement de Kensington et Chelsea, précisant que l'enfant s'appelait Eliza Marie Thomas, la mère Marianne Wolowski Thomas et le père Ronald Samuel Thomas. L'adresse indiquée était Talbot Road, W. 11.

— Vous êtes née à Notting Hill, observa Kincaid.

— Oui, mais je n'ai aucun souvenir de ce quartier. Nous avons dû déménager quand j'étais toute petite. (Elle lui tendit une photographie qu'il saisit par un coin.) Ça, c'est moi avec mes parents.

Malgré les couleurs passées, il reconnut aussitôt la jeune femme de la photo : c'était la même que sur le cliché d'Edgar Vernon. Elle semblait plus âgée sur ce portrait, ses cheveux platine étaient plus foncés, plus longs, avec une frange, et il crut déceler dans ses yeux une méfiance qui n'y était pas auparavant.

Elle se tenait à côté d'un homme grand, à la peau sombre, dont le visage parut vaguement familier à

Kincaid. Ils tenaient entre eux un bébé qui riait aux éclats.

— Ça a dû être difficile pour votre mère, commenta-t-il. Un mariage mixte à cette époque...

— En tout cas, elle n'en a jamais rien dit. Et apparemment, il ne lui est jamais venu à l'idée que ça puisse me gêner d'avoir la peau plus sombre que mes camarades de classe. (Il y avait une trace d'amertume dans la voix d'Eliza.) Quand je rentrais à la maison en pleurant parce que les autres m'avaient brutalisée, elle me disait que je devais être fière de moi, point à la ligne. La situation s'est améliorée après son mariage avec Greg.

— Quel âge aviez-vous à ce moment-là ?

— Huit ans. Greg me disait que j'étais belle, que je n'étais pas banale, et que les autres enfants regretteraient un jour de ne pas me ressembler.

En la voyant sourire, Kincaid songea que Greg Hoffman avait eu mille fois raison. Elle lui reprit la photo pour l'examiner.

— J'ai honte de l'avouer, mais quand Greg est venu vivre avec nous, je me suis mise à raconter aux gens que j'étais une enfant adoptée. Comme ça, je n'avais pas à admettre que ma mère avait été mariée avec un Noir. Aujourd'hui, mon seul regret est de ne pas avoir connu mon père.

La boîte contenait d'autres photos de la petite fille potelée qu'avait été Marianne Wolowski : elle soufflait les bougies de son gâteau d'anniversaire, recevait un prix à l'école ou posait avec raideur près de ses parents vêtus à la mode des années cinquante. Sur une autre photo, on la voyait un peu plus âgée, au côté d'une mince fillette noire en robe rose, toutes deux souriant face à l'objectif.

Au dos de la photo était collé un bout de papier plié en quatre. Après l'avoir défroissé, Kincaid vit que c'était un bulletin scolaire de la Colville School, daté de 1957. Non seulement Marianne Wolowski habitait à Notting Hill quand sa fille était née, mais elle y avait grandi.

— Vous permettez que je prenne ce certificat de naissance ? Je vous le rendrai dès que j'en aurai fait une photocopie.

— Vous savez, dit Eliza, au début, je m'en fichais un peu de savoir pourquoi ma mère était morte, j'étais trop occupée à essayer d'accepter le fait que je ne la reverrais plus. Mais maintenant... Ce qui rend la chose si difficile, c'est qu'elle avait enfin trouvé — apparemment — un certain équilibre. Je ne pense pas qu'elle ait été heureuse quand j'étais petite. Elle a été pour moi une bonne mère, ce n'est pas ce que je veux dire, mais j'ai l'impression que c'était davantage par devoir que par plaisir. En revanche, elle aimait mes jumelles sans aucune réserve, et sans se faire de souci pour elles.

— C'est le privilège des grands-parents... à ce qu'on dit.

Elle regarda un moment par la fenêtre avant de se retourner vers lui.

— Encore une chose. Maintenant que maman n'est plus là, mon père est tout ce qui me reste. Pensez-vous que vous pourriez le retrouver ?

Vers la fin de l'après-midi, Gemma aurait volontiers étranglé Gavin Farley de ses propres mains. Le vétérinaire, suivant à la lettre le conseil de son avocat de ne pas ouvrir la bouche, s'était borné à déclarer qu'il ne savait rien de la liaison de Dawn Arrowood et d'Alex Dunn et qu'il n'avait jamais pris de photos du couple. Le sergent Franks lui-même, malgré sa longue expérience des interrogatoires musclés, n'avait pas réussi à le pousser dans ses retranchements.

Elle acheva de rédiger, à l'intention de la presse, un autre communiqué d'une froide neutralité — tout en sachant bien que sa prudence lui ferait une belle jambe. Le gros titre de la dernière édition du *Daily Star*, sur son bureau, la narguait : *L'Égorgeur a encore frappé ! Un nouveau Jack l'Éventreur en liberté ?*

Les autres journaux avaient repris le couplet, sans beaucoup plus de modération. Résultat : toute la matinée, le standard du commissariat avait été submergé d'appels de citoyens anxieux.

Melody Talbot entra dans le bureau et s'effondra en gémissant sur une chaise.

— Alors, vous avez trouvé les photos ? demanda Gemma, quoique le visage de Melody lui laissât peu d'espoir.

— Pas la moindre trace. Tout ce qu'on a récupéré, ce sont des cendres qui flottaient dans la cuvette des W-C. Étant donné que nous avons interrogé Farley le vingt-quatre au soir, il a très bien pu — s'il avait eu vent de l'affaire — venir à la clinique le jour de Noël pour détruire les preuves.

— Putain de merde ! s'exclama Gemma, incapable de contenir son exaspération. Le salopard !

— Qu'est-ce qu'on fait maintenant, patron ?

— Où en est-on, pour son alibi ?

— Il m'a fallu tout l'après-midi pour localiser les

voisins de Farley. Mais dans l'intervalle, j'ai papoté avec les gens dans la rue.

— Et ?

— En deux mots, impossible de trouver des témoins plus fiables. Simmons est banquier ; sa femme, elle, est membre de toutes les associations de parents du quartier. Le voisin d'en face m'a expliqué que si les Simmons se farcissent les invitations des Farley, c'est uniquement parce que Mrs Simmons veut rester en bons termes avec Mrs Farley : elles se partagent les trajets en voiture pour amener les enfants à l'école ou au sport. Donc, la question est réglée. Et de votre côté ?

— Dans l'immédiat, je dois faire un topo au superintendant sur les progrès de l'enquête. Mais je n'abandonne pas la piste Farley. Procurez-vous les factures téléphoniques de la clinique. Si Farley faisait chanter Dawn, il a bien fallu qu'il communique avec elle d'une façon ou d'une autre.

Impassible, le superintendant Lamb écouta Gemma lui relater les événements de la journée.

— Et le secteur où on a retrouvé le scalpel ? demanda-t-il quand elle eut terminé. Avez-vous envoyé sur place une équipe de techniciens ?

— Oui, monsieur. Ils ont examiné à fond la poubelle et tout ce que le meurtrier aurait pu toucher dans les environs immédiats. Pour l'instant, aucune des empreintes relevées ne coïncide avec celles de l'un ou l'autre des suspects. Nous avons également envoyé une équipe interroger les gens du voisinage, et nous avons lancé un appel à témoins.

— Il faut absolument trouver quelque chose,

Gemma. (D'un signe de tête, Lamb indiqua les journaux étalés sur son bureau.) D'autant que j'ai eu le commissaire au téléphone. Les amis d'Arrowood se sont plaints haut et fort du rôle de la police... et je dois dire que je les comprends.

— Je sais, monsieur.

Serrant les dents, Gemma dut faire appel à toute sa volonté pour ne pas donner libre cours à sa frustration. Le patron se moquait pas mal des efforts qu'ils avaient déployés ; lui, il voulait des résultats. Elle prit soudain conscience d'une chose : c'était la première fois qu'elle devait assumer seule la responsabilité d'un échec dans une enquête difficile, sans que Kincaid soit là pour faire tampon.

— Je ne critique pas votre travail, ajouta Lamb comme s'il lisait dans ses pensées. Mais vous avez peut-être besoin de remettre les pièces du puzzle dans la boîte, de bien les secouer et de les jeter en vrac, pour voir si elles forment un motif différent. Parfois, on est tellement obnubilé par une idée qu'on ne voit pas ce qui est juste sous notre nez.

— Le superintendant Kincaid est sur une autre piste, monsieur. Une information concernant la première victime, Marianne Hoffman.

— Vous êtes toujours convaincue que les deux affaires sont liées ?

— Je n'écarte pas l'hypothèse d'une coïncidence, bien sûr. Mais dans le cas présent, mon instinct me dit qu'il *doit* y avoir un lien, pour peu que nous arrivions à le trouver.

Lamb acquiesça.

— Possible. Au fait, pas d'autres problèmes avec le sergent Franks ?

— Pas pour l'instant.

Le matin même, elle avait demandé à Franks de conduire l'interrogatoire de Gavin Farley, ce que le sergent avait pris pour une faveur personnelle. En réalité, elle avait eu ses raisons d'agir ainsi. En tout cas, pendant le restant de la journée, il s'était montré presque attentionné avec elle. Gemma savait que sa marge de manœuvre était étroite — elle devait s'assurer la coopération de Franks sans compromettre sa propre autorité — mais pour le moment, ça marchait.

— Et votre collaboration avec Scotland Yard ?

— Excellente, monsieur, répondit Gemma, embarrassée.

Elle avait la conviction que Lamb était au courant de sa liaison avec Kincaid, bien qu'il se fût abstenu de toute allusion à ce sujet.

Lamb sourit, ce qui confirma les soupçons de la jeune femme.

— Il semble que des félicitations s'imposent, dit-il.

Sans doute le regarda-t-elle avec des yeux ronds, car il ajouta :

— Pour votre déménagement. Duncan et moi sommes de vieux amis. Je vous souhaite bonne chance : il n'est pas facile à vivre.

Gemma déglutit et saisit la perche :

— Il y a autre chose, monsieur : je suis enceinte. La naissance est pour le mois de mai, mais je ne prendrai que le congé minimum. Et cela n'aura aucune...

— Félicitations ! C'est une merveilleuse nouvelle ! s'exclama Lamb, sincèrement ravi. J'aurai du mal à me passer de vous, même pour une brève période, mais prenez tout le temps qu'il vous faudra, Gemma. Aurai-je droit à une invitation ?

— Une invitation ?

— Au mariage, bien sûr !

Gemma sentit le sang se retirer de son visage, puis affluer de plus belle. La réaction du superintendant était la seule qu'elle n'avait pas prévue ; elle fut totalement prise au dépourvu.

— Oh ! je suis bien trop entêtée pour faire une bonne épouse, s'entendit-elle répondre d'un ton léger.

Et d'ailleurs, ajouta-t-elle en son for intérieur, il ne me l'a pas proposé.

Quand Gemma s'assit à son bureau pour enfiler ses boots, elle s'aperçut que ses mains tremblaient. Tant d'appréhensions à l'idée d'avouer sa grossesse, et finalement c'était passé comme une lettre à la poste ! Bien sûr, restait le problème de sa carrière à long terme, mais elle avait déjà franchi le premier obstacle.

Saisie d'une exaltation subite, elle fut heureuse d'avoir dit à Kincaid, quand il avait proposé de passer la prendre, qu'elle rentrerait à pied. La maison n'était pas loin, et l'air froid contribuerait à dissiper une sensation de vertige sans doute liée au soulagement.

Lorsqu'elle sortit du commissariat, il faisait nuit et les derniers amas de neige luisaient d'un or pâle à la lueur des réverbères. Elle avait intérêt à avancer avec précaution, se dit-elle, car des plaques de verglas s'étaient formées par endroits.

Remontant le col de son manteau, elle prit la direction de Ladbroke Grove. Soudain, dans l'ombre, quelqu'un appela à mi-voix :

— Inspecteur !

Surprise, elle se retourna. Une petite silhouette en caban s'avança et Gemma, sous l'éclairage des réverbères, reconnut Fern Adams. Un bonnet péruvien à rayures camouflait ses cheveux hérissés et elle avait ôté ses piercings, sauf un anneau minuscule à la narine gauche.

— Je peux vous parler deux minutes, inspecteur ? Je me suis dit...

Il faisait trop froid pour rester à papoter sur le trottoir, mais Gemma écarta l'idée de retourner au commissariat, de peur d'effaroucher Fern. Elle indiqua le *Ladbroke Arms*, de l'autre côté de la rue.

— Allons au pub, si ça vous va.

Il y avait foule et le volume sonore s'accordait à l'ambiance de Noël, mais elles parvinrent néanmoins à trouver une table au fond de la salle. Gemma proposa un verre à Fern, qui opta — elle aussi — pour un jus d'orange.

Lorsque Gemma revint du bar avec les consommations, Fern lui dit, en matière d'excuse :

— Je ne bois pas beaucoup. Raisons personnelles.

— Moi non plus, en ce moment. Vous souhaitiez me voir à quel sujet ?

— Ça concerne Alex. J'ai appris ce qui est arrivé hier soir... le meurtre de Karl Arrowood... et je... Il y a une chose que vous devez savoir. Alex m'a raconté comment il avait découvert le cadavre, après avoir surveillé la maison. Il m'a avoué qu'il avait pris mon coupe-papier. Il m'a dit que vous connaissiez toute l'histoire. Mais il y a une chose qu'il ne vous a pas dite. (Fern leva les yeux et les détourna presque aussitôt, mais Gemma eut le temps de remarquer qu'ils étaient d'une nuance verte.) Au lieu de rentrer à son appartement, après avoir découvert Karl, il est venu directement chez moi, un peu après neuf heures. Il avait une petite tache de sang sur l'index, là où son doigt avait touché le corps, et il l'a frottée je ne sais combien de temps dans mon lavabo.

— Pourquoi me racontez-vous ça ?

— Parce que c'est tout ce qu'il y a à savoir ! Parce que je *sais* qu'Alex n'a pas tué Karl. Il était tellement bouleversé... c'était la première fois qu'il voyait un cadavre... il m'a dit que ça lui avait rappelé Dawn.

— À quelle heure est-il parti de chez vous ?

— À minuit passé. Je lui ai offert du thé — c'est tout ce que j'avais — et il a fini par se calmer.

Fern oubliait un détail.

— Pourquoi est-ce qu'il ne nous a pas dit qu'il était allé vous voir ? s'enquit Gemma.

— Je ne sais pas. C'est pour ça que je tenais à vous en parler. Il croit peut-être qu'il doit protéger mon honneur ou je ne sais quoi. Aujourd'hui, il n'a pas cessé de marmonner qu'il ne voulait pas m'impliquer dans cette histoire. Ou alors... (Fern redressa une pile de sous-bocks, puis les écarta.) Ou alors, il n'a pas voulu vous avouer qu'il était avec moi pour ne pas avoir l'air déloyal vis-à-vis d'*elle*.

— Dawn ?

— Quand elle était vivante, c'était déjà assez dur de se sentir à la hauteur... mais maintenant, elle sera à jamais la perfection absolue, dit Fern avec amertume. Comment voulez-vous que je rivalise avec un fantôme ?

— Bon, dit Kit en mélangeant une pile de petites cartes rectangulaires. Vous êtes prêts pour la suivante ? Quelles plantes utilisait le moine Gregori Mendel pour ses expériences de génétique ?

Penchée sur l'évier rempli de vaisselle sale, Gemma protesta :

— Ce n'est pas de jeu ! Tu ne nous donnes pas les différentes réponses.

— Ce serait trop facile, dit Kit. Vous n'avez qu'à deviner.

Kincaid essuya une casserole d'un grand moulinet de torchon.

— Je n'ai pas besoin de deviner, je connais la réponse. Des pois.

— Oh, c'est pas juste ! hulula Kit. Je vais trouver une question plus difficile.

— Quoi ? Tu veux nous faire deviner mais tu ne veux pas qu'on trouve la bonne réponse ? le taquina Kincaid. Tiens, emmène donc Toby prendre son bain pendant que nous terminons à la cuisine. Comme ça, on aura plus de temps pour lire une histoire.

Sous la table, Toby jouait avec son nouveau remorqueur en fredonnant à mi-voix, suprêmement indifférent au cours de biologie qui se déroulait au-dessus de sa tête.

Gemma et Kincaid se relayaient chaque soir pour lire une histoire à Toby avant la nuit, une habitude que la jeune femme avait acquise au contact de Kincaid. C'était une chose qu'on n'avait jamais faite dans sa propre famille, et elle regrettait souvent de ne pas avoir connu, dans son enfance, le réconfort de ce rituel du soir. Elle était attendrie de voir que Kit, qui avait la permission de rester debout beaucoup plus tard, trouvait toujours une bonne raison de monter à l'étage juste à temps pour écouter, blotti sur son lit, le conte de la soirée.

Tandis que les garçons grimpaient l'escalier après

les protestations de rigueur, Gemma pensa à l'accueil que Kit avait réservé à ses cadeaux de Noël. Les questions scientifiques, à l'évidence, lui avaient fait très plaisir ; les soldats de plomb étaient fièrement alignés sur son bureau, où il s'amusait continuellement à les changer de position ; quant à la photo de sa mère, bien qu'il n'eût fait aucun commentaire, elle trônait sur sa table de chevet.

— Je n'ai pas eu le temps de te raconter ce qui est arrivé aujourd'hui, dit-elle à Kincaid en suspendant son torchon. J'ai tout avoué au superintendant Lamb.

Il haussa un sourcil interrogateur.

— Avoué ?

Elle se tapota le ventre.

— Je suis désormais officiellement enceinte. Je peux m'élargir autant qu'il me plaira.

— C'est formidable, ma chérie ! s'exclama-t-il en la serrant dans ses bras. Il s'est montré politiquement correct, je présume ?

— Mieux que ça. (Son sourire s'évanouit au souvenir des paroles de Lamb. Pas question de les répéter à Kincaid !) Fern Adams m'a abordée au moment où je quittais le commissariat, ajouta-t-elle, désireuse de changer de sujet. Elle voulait me dire qu'Alex était passé chez elle après avoir quitté les lieux du crime hier soir.

— Pourquoi t'a-t-elle raconté ce truc ? Ça ne fournit pas d'alibi à son protégé.

— Je sais bien. Fern est une drôle de fille, certainement assez solitaire. J'ai eu le sentiment qu'elle cherchait une occasion de plaider pour Alex... et de parler à quelqu'un, tout simplement.

— C'est vrai que tu possèdes autant de magnétisme que le joueur de flûte de Hamelin.

Percevant une note bizarre dans sa voix, Gemma se tourna vers lui.

— Qu'est-ce qu'il y a ?

— Je m'interroge sur Bryony Poole. As-tu songé qu'elle est aussi grande qu'un homme, et sans doute aussi robuste ? Et qu'elle a très bien pu inventer cette histoire de photos, uniquement pour orienter nos soupçons sur Farley ?

— Tu ne penses tout de même pas que Bryony puisse être l'assassin ? Je n'y crois pas un instant ! À supposer qu'elle en soit physiquement capable, quel mobile pourrait-elle bien avoir ?

— Si nous le savions, nous tiendrions le bon bout. Peut-être qu'elle était amoureuse de Karl...

— C'est ridicule ! Elle est raide dingue de Marc Mitchell. D'autre part, ça n'explique pas le meurtre de Marianne Hoffman.

— Exact. Je pense néanmoins que ça mérite réflexion. Au point où nous en sommes, est-ce qu'on peut se permettre d'écarter la moindre hypothèse ?

L'argument était imparable, mais la perspective d'enquêter sur une personne qu'elle considérait déjà comme une amie n'en déplaisait pas moins à Gemma.

Une demi-heure de lecture de *La Maison des oursons* ne parvint pas à améliorer son humeur et, quand elle alla se coucher, elle était toujours fâchée contre Kincaid. Pas mécontente d'avoir le corps tiède de Geordie pour faire barrière entre eux, elle se demanda si c'était vraiment une bonne idée de mélanger travail et vie privée.

CHAPITRE SEIZE

Dès le milieu des années soixante, Portobello Road devint un quartier touristique.
La poste avait choisi les magasins d'antiquités pour illustrer ses timbres dans les
années cinquante. En 1966, le Reader's
Digest décrivait en termes dithyrambiques
les bonnes affaires à réaliser à Portobello
Road, affirmant qu'on y trouvait tous les
samedis « vingt mille clients potentiels,
marchands d'antiquités et acheteurs américains ».

Whetlor et Bartlett, *Portobello*.

*Au printemps de l'année 1968, la jeune femme que
Karl avait engagée pour son magasin était devenue
depuis longtemps une amie d'Ange et non plus sa
rivale. Elle s'appelait Nina Byatt, était mariée et mère
d'un petit garçon. Le mari de Nina, Neil, un homme
barbu et taciturne, travaillait maintenant avec Karl,
proposant dans les salles des ventes divers articles
sélectionnés avec soin.*

En ce moment, Karl stockait dans sa boutique aussi

bien des objets indiens et orientaux que des antiquités traditionnelles, afin de répondre à la nouvelle vogue de la méditation et de l'exotisme.

La boutique prospéra, comme toutes les affaires de Karl. Ils quittèrent alors l'appartement de Chelsea pour s'installer dans un hôtel particulier de Belgravia, à Chester Square, une adresse huppée qui correspondait mieux à sa renommée croissante. Toutefois, aux yeux d'Ange, l'immeuble en briques grises était par trop rébarbatif et le quartier peu chaleureux comparé à leurs mews de Chelsea. De plus, le cadre ne se prêtait pas au mobilier rustique qu'elle convoitait depuis quelque temps.

De toute manière, son opinion n'importait guère : Karl recevait de plus en plus souvent des clients de l'étranger, et il avait décidé que leur minuscule appartement de Chelsea ne convenait pas pour des affaires de cette ampleur.

Généralement, ces clients parlaient allemand. Grâce aux relations de sa famille en Allemagne, Karl avait déniché une mine d'objets d'art russes — particulièrement des icônes — illégalement acquis par les Allemands pendant la guerre. Karl se chargeait de les faire expédier en Angleterre, après quoi Neil les vendait aux enchères pour le compte de Karl, engrangeant au passage un gros bénéfice.

Les rares fois où Ange eut l'occasion de voir ces icônes avant leur mise en vente, elle les trouva terriblement émouvantes. Les couleurs éclatantes et les tristes visages des saints lui rappelaient les tableaux qu'elle avait vus, enfant, au café polonais. Bien sûr, elle savait à présent que ces tableaux n'avaient été que de vulgaires reproductions ; néanmoins, à l'époque, ils l'avaient émerveillée. On pouvait encore s'émerveiller en ce temps-là : le monde était un endroit où les gentils étaient récompensés et les méchants punis pour leurs péchés.

Karl, à défaut d'autre chose, lui avait démontré la naïveté de ces pieux discours.

Maintenant qu'Ange était totalement accro à l'héroïne, Karl n'avait plus aucune raison de lui cacher certaines de ses transactions d'affaires. La petite réserve qu'il gardait à la maison n'était que la partie émergée de l'iceberg. Et s'il achetait de la drogue, ce n'était pas seulement pour ses amis ; il en revendait en grosses quantités, réalisant un bénéfice colossal. Cet argent, à son tour, alimentait le magasin d'antiquités, permettant à Karl d'en assurer le succès. L'argent engendrait l'argent, et si cela devait entraîner la déchéance de quelques malheureux, Karl s'en lavait les mains.

Quant à Ange, si jamais elle ne lui donnait pas satisfaction, ou si elle s'avisait de lui tenir tête, il lui confisquait tout bonnement sa dose jusqu'à ce qu'elle se plie à ses désirs. Dans ces conditions, elle n'arrivait pas à tenir plus de deux jours ; sa volonté n'était pas de taille à lutter contre son état de manque.

Elle se mit à contrôler fiévreusement sa dépendance, refusant d'augmenter ses doses, mais elle avait fini par apprendre une leçon cruelle : elle ne pourrait échapper ni à la drogue ni à Karl. Et elle avait vu ce qui arrivait aux camés privés de tout soutien, spectres ravagés qui mendiaient sous les portes cochères ou vendaient leur corps dans la rue. Un jour, elle tomba sur deux prostituées qui se shootaient dans les toilettes publiques de Hyde Park. Elle prit la fuite et *vomit dans les buissons, défaillant d'horreur à la perspective de ce qui la guettait.*

Il y avait cependant des jours plus supportables que d'autres, surtout ceux où elle s'occupait d'Evan, le fils de Nina et Neil, âgé de six ans. Par un bel après-midi de mai, Evan et elle restèrent seuls à la maison. Ils venaient de rentrer d'un pique-nique au parc et, paresseusement penchés sur un puzzle, ils écoutaient le dernier album de Donovan.

Elle avait appris à Evan à chanter l'un des couplets, d'une gaieté contagieuse, qui parlait d'une fille prénommée Marianne. Quand le couplet se termina, le petit garçon — d'ordinaire solennel — se mit à rire aux éclats.

— C'est ton nom ! gloussa-t-il en tripotant le médaillon en argent qu'elle portait.

— Et c'est notre secret. Tu es le seul à pouvoir m'appeler comme ça, parce que toi, tu es spécial.

Personne ne l'avait appelée par ce prénom depuis la mort de son père, et elle trouvait cette évocation de son enfance étrangement réconfortante. Elle ouvrit le médaillon et le montra à Evan.

— Regarde, j'ai mis ta photo là, pour l'avoir toujours près de moi.

— Où tu l'as eu, ce médaillon ? demanda Evan en touchant le cœur en argent.

— Il appartenait à mon père.

— Marianne... murmura Evan en se nichant contre elle. C'est un joli prénom. Mais je crois que je préfère Ange.

Dans la chaleur de l'après-midi, Evan s'endormit sur ses genoux, ses longs cils ombrageant ses joues. Ange contempla par la fenêtre ouverte la cime vert tendre des arbres et la flèche de l'église dans le square. Le double album de Donovan était ouvert à côté d'elle. Dans un des textes, le chanteur conjurait ses auditeurs de renoncer à la drogue, comme si c'était une décision aussi facile à prendre que de se couper les cheveux ou d'arrêter de manger de la viande. Si seulement ça pouvait être aussi simple !

Quel sort l'attendait ? Karl n'accepterait jamais de lui donner un enfant, elle en avait l'intime conviction. D'une caresse, elle écarta une mèche du front d'Evan, savourant le contact rassurant de son petit corps alangui. Aurait-elle un jour la chance d'avoir un enfant bien à elle ?

Le jeudi matin, trois jours après le meurtre de Karl Arrowood, Kincaid convoqua Doug Cullen dans son bureau du Yard.

— Voyez ce que vous pouvez dénicher sur une certaine Bryony Poole, lui dit-il. Elle est vétérinaire. C'est l'assistante de Gavin Farley.

Cullen eut un haussement de sourcils et ses lunettes retombèrent sur son nez, lui donnant l'air d'une chouette ahurie.

— Une femme ? C'est une piste sérieuse, vous croyez ?

— Elle est bâtie comme un homme, répondit Kincaid. On ne doit négliger aucune hypothèse. Toutefois, il y a un léger problème avec cette... euh... investigation. Gemma connaît bien Bryony : elle a adopté un chien par son intermédiaire ; c'est pourquoi j'estime préférable de régler cette question par nousmêmes.

— C'est délicat, dit Cullen d'un air compatissant.

— Oui.

Kincaid se rappela la façon dont Gemma, la veille au soir, lui avait froidement tourné le dos. Était-ce une bonne idée de s'être installés dans le quartier où elle travaillait ? C'était toujours risqué, car on ne pouvait pas s'empêcher de nouer des relations ; toutefois, il n'avait pas prévu une telle complication, surtout au bout de si peu de temps. Cette affaire était suffisamment cauchemardesque sans y ajouter des histoires personnelles.

— Tant que vous y serez... (Il fit glisser sur son bureau une copie du certificat de naissance d'Eliza Goddard)... tâchez de découvrir ce qu'est devenu Ronald Thomas, le premier mari de Marianne Hoffman. Il pourra peut-être nous dire s'il y a dans le passé de son ex quelque chose en rapport avec cette affaire.

Kincaid s'abstint de préciser qu'Eliza Goddard lui avait demandé de retrouver son père. Après tout, Scotland Yard n'était pas une agence de détectives privés.

Au commissariat de Notting Hill, Gemma pataugeait dans la paperasserie accumulée sur son bureau. Elle avait l'esprit moins alerte qu'à l'accoutumée ; toute la nuit, elle s'était retournée dans son lit, préoccupée par Bryony Poole.

Savoir que Kincaid avait de bonnes raisons d'enquêter sur la jeune femme était une chose ; assumer les conséquences d'une telle démarche, c'était une autre histoire. Elle ne pouvait évidemment pas prévenir Bryony, c'eût été un manque total de professionnalisme. D'un autre côté, si Kincaid allait la voir tout seul — et Gemma était certaine qu'il le ferait —

Bryony aurait forcément l'impression que Gemma l'avait trahie.

On frappa à la porte, ce qui eut l'avantage d'interrompre le cours de ses pensées. Gerry Franks entra, une liasse de documents à la main.

— Les gars du labo ont dû renoncer à leur dîner de Noël pour rendre ce rapport, patron.

Gemma lui indiqua un siège.

— Dans ce cas, je suis tout ouïe.

— Le coupe-papier était propre comme un sou neuf. On aurait pu le nettoyer, évidemment, mais la lame ne présentait pas la moindre ébréchure — il aurait dû y en avoir après une lutte — et il est peu probable que Dunn ait eu l'occasion de la faire aiguiser.

« De toute façon, enchaîna Franks, le coupe-papier ne nous intéresse pas, puisque le scalpel retrouvé dans la poubelle présente dans la cannelure entre la lame et le manche, des traces du sang de Karl Arrowood.

Gemma sentit renaître ses espoirs.

— Des empreintes ?

— Pas d'empreintes. Pas de fibres. Pas de sang d'un groupe différent. (Franks semblait plus accablé que d'habitude.) Le scalpel est du même modèle que ceux de Farley, mais ça ne nous mène pas loin. On en trouve dans toutes les réserves de matériel médical.

— Et la clinique elle-même ?

— Rien non plus de ce côté-là. Ni dans la douche de l'atelier. Quant aux débris calcinés retrouvés dans les toilettes de la clinique, rien ne prouve qu'il s'agissait de photographies.

— Pas de réactions au communiqué publié dans les médias ?

Gemma avait fondé quelques espoirs sur l'appel à témoins : après tout, le précédent appel leur avait valu d'apprendre l'existence du joggeur en survêtement foncé. Mais en définitive, se dit-elle, ce témoignage n'avait été qu'une promesse de piste qui ne s'était jamais concrétisée.

— Non, à part un témoin qui a vu un Martien en combinaison spatiale et un autre le père Noël, répondit Franks, imperturbable.

Ne sachant pas trop s'il plaisantait, Gemma se borna à dire :

— Je vois. Merci, Gerry. Nous allons devoir trouver autre chose.

Se levant, Franks croisa les mains derrière le dos comme un soldat au repos, et fixa avec détermination un point situé juste au-dessus de la tête de Gemma.

— Euh... il paraît qu'il faut vous féliciter, patron.

— Ah ! oui, merci. C'est très gentil de votre part, sergent.

Franks acquiesça avec le soulagement de celui qui a fait son devoir. Gemma avait annoncé la nouvelle à Melody le matin même, dès son arrivée, et celle-ci avait accepté sans se faire prier de répandre discrètement la rumeur. Cette tactique avait épargné à Gemma la tâche embarrassante de prévenir tous les gens qu'elle croisait.

En début d'après-midi, après avoir scruté les moindres détails du rapport des experts au point d'en avoir mal aux yeux, Gemma leva la tête et vit que le soleil, pour la première fois depuis plusieurs jours, tentait faiblement de filtrer à travers la fenêtre crasseuse de son bureau. Si elle allait chercher du café pour Melody, histoire de changer d'air et de s'éclaircir les idées ?

En dix minutes de marche, elle atteignit Pembridge Road ; mais là, au lieu de traverser pour aller chez *Starbucks*, comme elle en avait eu l'intention, elle tourna brusquement à gauche dans Kensington Park Road. Quelques blocs plus loin, dans la descente, elle s'arrêta devant les *Antiquités Arrowood* et contempla l'écriteau « Fermé » accroché à la porte. Qu'allait-il advenir du petit empire qu'avait édifié Karl Arrowood ?

D'un geste décidé, elle saisit son portable et appela le commissariat.

— Toujours aucune nouvelle du notaire d'Arrowood à propos du testament ? demanda-t-elle à Melody.

L'associé principal de l'étude qui représentait Arrowood était parti en vacances, et personne d'autre dans le cabinet n'avait connaissance d'un testament récent.

— Non, patron. Ils lui ont laissé un message, mais il n'a pas rappelé.

— Dans ce cas, faites de nouveau fouiller la maison. Si Arrowood a laissé un exemplaire chez lui, nous sommes peut-être passés à côté la première fois.

Et si ce testament existait, se demanda-t-elle en coupant la communication, Dawn l'avait-elle vu ? Qu'est-ce qui l'avait poussée à contacter Sean Arrowood ?

Songeuse, elle poursuivit son chemin jusqu'à Elgin Crescent. Le café d'Otto paraissait désert. Néanmoins, des assiettes traînaient encore sur les tables et une délicieuse odeur d'ail s'échappait de la cuisine.

Avant que Gemma se soit manifestée, Otto émergea du fond de la salle, s'essuyant les mains sur son tablier.

— Inspecteur ! Quelle bonne surprise !

— Bonjour, Otto, répondit Gemma, ravie de cet accueil.

— Je peux vous servir quelque chose ? La journée a été calme — les clients qui ne sont pas en vacances se remettent encore de leur réveillon — et j'ai préparé un bon bortsch.

— Non, merci. J'ai mangé un morceau au bureau. Wesley n'est pas là ? demanda-t-elle, et elle se rendit compte à quel point elle avait espéré voir le jeune homme.

— Non, il prend quelques jours pour les fêtes. C'est une période creuse et il a de la famille qui vient lui rendre visite.

— Je voulais encore le remercier de nous avoir apporté le sapin... et vous aussi, Otto, d'avoir prêté votre camionnette.

— C'était réussi, alors ? Wesley était très content de lui dans son rôle de père Noël.

— Il y a une autre raison qui m'amène, Otto. Je voudrais vous parler de Karl Arrowood, si ça ne vous ennuie pas.

Elle avait chargé l'un de ses hommes de vérifier où se trouvait Otto au moment du meurtre de Karl : il avait emmené ses filles chez leurs grands-parents pour les fêtes de Noël.

— J'ai appris la nouvelle, répondit-il d'un air sombre. (Il offrit une chaise à Gemma et s'assit à son tour.) Vous savez, j'ai longtemps cru que rien ne me ferait plus plaisir que la mort de cet homme, mais maintenant je m'aperçois que ce n'est pas le cas. Est-ce une bonne ou une mauvaise chose ? Je ne sais pas.

Ce qui est sûr, c'est que j'avais tort de l'accuser d'avoir assassiné sa femme... et ça, je le regrette.

— Vous connaissiez Karl depuis longtemps. Tout le monde parle de sa réussite, mais personne ne dit jamais d'où il venait, ni comment il s'était lancé dans les affaires. Avait-il grandi ici, à Notting Hill ?

— Il n'abordait jamais ces sujets-là, même à l'époque où je travaillais pour lui. Mais je suis un peu au courant grâce aux ragots du quartier, et aussi par ma mère et son cercle d'amies. (Otto eut un sourire.) Apprendre le maximum de choses sur le maximum de gens, c'est leur manière de se sentir chez elles dans un pays étranger. Les parents de Karl étaient des réfugiés allemands. Ils sont arrivés en Angleterre juste après la guerre et Karl est né ici même, à Notting Hill. À mon avis, il s'est toujours considéré comme un citoyen anglais.

— Ils étaient juifs ?

— Oui. Son père était épicier, si j'ai bonne mémoire. Ils ne possédaient pas grand-chose, et Karl n'a certainement pas été élevé dans le luxe. Mais le marché des antiquités prospérait rapidement, à cette époque, et j'ai toujours supposé qu'il avait travaillé dans sa jeunesse pour un antiquaire ou un brocanteur. (Il haussa les épaules d'un air navré.) Je regrette de ne pas pouvoir vous en dire plus.

Gemma se rappela alors qu'elle connaissait une autre émigrée allemande, dans le quartier, qui était venue en Angleterre juste après la guerre en tant que réfugiée. Et cette communauté, comme l'avait dit Otto, était très soudée. Se montrait-elle trop optimiste en espérant recueillir de plus amples renseignements de ce côté-là ?

CHAPITRE DIX-SEPT

> Portobello Road, avec ses acheteurs, ses touristes et ses badauds, offrait aux artistes et aux photographes des sujets passionnants. Le marché aux puces inspira Peter Blake, un artiste pop qui ornait ses tableaux d'insignes, d'étiquettes, de bouts de pancartes, de médailles et d'objets divers. Blake est surtout connu pour avoir conçu la pochette de l'album des Beatles : « Sergeant Pepper's Lonely Hearts Club Band. »
>
> Whetlor et Bartlett, *Portobello*.

Cela commença sous la forme d'un rêve. Il était seul dans le noir, effrayé et transi, l'estomac tiraillé par la faim. Allongé dans un lit humide, qui sentait mauvais, il avait désespérément envie de voir sa mère.

Le rêve se poursuivit avec sa temporalité propre, interminable... des heures... des jours, il n'aurait su dire. Et puis soudain, sa mère fut dans la chambre avec lui, mais elle ne répondit pas quand il l'appela. La pièce tournoya et il la vit distinctement, affalée au pied de l'autre lit, sa robe rouge retroussée ; l'un de ses pieds délicats chaussés de sandales était accroché à un pli de la courtepointe.

Il se trouvait maintenant hors de son lit et traversait la chambre à quatre pattes. Il la touchait. Sa peau était froide, sa respiration laborieuse. Elle dégageait l'odeur de ces produits en flacons, et aussi l'autre odeur... celle, douceâtre et écœurante, qui lui nouait la gorge d'angoisse. Ce soir, il n'arriverait pas à la réveiller.

Regagnant son lit, il s'aperçut qu'il était responsable de la puanteur et de l'humidité qui l'imprégnaient. Sa mère le tuerait à son réveil, elle le lui avait dit, et il ne doutait pas un instant qu'elle tiendrait parole. La terreur l'envahit et il griffa avec frénésie les draps mouillés, regrettant de ne pas pouvoir disparaître dans un trou...

Alex se dressa dans son lit, haletant et en sueur.

D'où sortait donc ce rêve, bon Dieu ? Il ne se rappelait pas l'avoir fait auparavant. Et pourtant, tout cela était horriblement, intimement familier, d'une manière incompréhensible.

Il lui était arrivé de faire des rêves où il habitait un autre corps, où il incarnait une autre personne, comme un acteur de cinéma. Mais là, il avait été le petit garçon du rêve... et réciproquement.

Frissonnant, il enroula sa couette autour de ses épaules et entra dans la cuisine en titubant. Il se prépara une tasse de thé bien chaud et sucré, qu'il emporta dans le salon. Puis, assis par terre, emmitouflé dans sa couette, il observa d'un air misérable l'aube qui commençait à poindre à la fenêtre de son jardin.

Le rêve reprit alors mais, cette fois, Alex était bel

et bien éveillé. Il y avait un homme dans la chambre à coucher ; Alex sentait une odeur âcre de transpiration et de tabac. L'homme et sa mère, couchés ensemble dans le lit, faisaient ces bruits qu'il détestait. Il se boucha les oreilles, enfonçant ses doigts au point de faire craquer les croûtes de la fois précédente.

Il y avait du sang... il se noyait dedans. À travers le brouillard rouge, il vit saillir la veine bleutée de sa mère et jaillir une goutte écarlate lorsque l'aiguille pénétra.

Après ça, elle s'éloigna de lui, effleurant des yeux son visage comme si c'était un paysage inconnu. Rien de ce qu'il put dire ou faire ne parvint à l'atteindre, et il sut qu'elle s'éloignait parce qu'elle ne l'aimait pas.

Tandis que le souvenir s'estompait dans la lueur nacrée de l'aurore, Alex s'aperçut que le rêve de l'enfant manquait de logique — mais il comprit également que la logique n'avait aucune importance.

All Saints Road n'était pas un endroit particulièrement attrayant le vendredi matin, jugea Kincaid en descendant de voiture avec Cullen devant la clinique de Gavin Farley. La plupart des boutiques et des commerces étaient fermés, protégés par des rideaux métalliques — comme dans toutes les grandes villes du monde. Le mélange de neige grisâtre et de gadoue, dans les caniveaux, ne contribuait pas à égayer le décor.

— C'est la voiture de Farley, dit Cullen en indiquant une Astra bordeaux garée à une bonne trentaine de centimètres du trottoir.

— J'espère qu'il est plus attentif à son boulot qu'au volant.

— C'est peut-être pour ça qu'il laisse la Mercedes à sa femme, riposta Cullen avec un large sourire en poussant la porte de la clinique.

Bryony Poole se tenait au bureau de la réception, une feuille de température à la main. Levant la tête, elle reconnut aussitôt Kincaid et lui adressa un sourire de bienvenue. Un peu embarrassé, il se prit à regretter de l'avoir envisagée comme suspecte. Cependant, l'information recueillie par Cullen sur la relation de Bryony avec un ancien amant ne lui avait laissé d'autre choix que d'interroger la jeune femme.

— Vous êtes superintendant, c'est bien ça ? dit Bryony. Puis-je vous aider ? Gavin — Mr Farley — est occupé avec un client, mais je peux lui annoncer que vous êtes là.

— En fait, mademoiselle Poole, c'est vous que nous désirons voir. Y a-t-il un endroit où nous pourrions parler ? Permettez-moi de vous présenter le sergent Cullen.

Elle salua Doug d'un signe de tête, mais son expression devint méfiante.

— Je suis assez débordée ce matin. Et je ne vois vraiment pas ce que je pourrais vous dire de plus. (Jetant un coup d'œil vers la salle d'examen où se trouvait vraisemblablement son patron, elle ajouta :) Cette histoire a déjà été suffisamment embarrassante pour moi...

— Ce n'est pas Farley qui nous intéresse dans l'immédiat, intervint Cullen, s'engouffrant dans la brèche avec enthousiasme. Pourriez-vous nous dire où vous étiez la veille de Noël, mademoiselle Poole ?

Le demi-sourire de Bryony se figea.

— Vous ne parlez pas sérieusement ?

— Nous devons interroger toutes les personnes qui ont accès à un certain type d'instrument...

— Un scalpel. Karl a bien été tué avec un scalpel, n'est-ce pas ?

— Du même modèle que ceux que vous utilisez, en effet, mademoiselle Poole. Le même type de scalpel a été volé dans cette clinique.

— Et comme vous n'avez rien réussi à trouver contre Gavin, vous vous en prenez à moi maintenant ! C'est carrément moche ! Je regrette bien d'avoir parlé à Gemma du cambriolage... et de la dispute entre Gavin et Dawn.

— Et des photos ? appuya Cullen.

— Ah ! oui. Je me suis bien ridiculisée sur ce coup-là, hein ? Vous pouvez penser ce que vous voulez, ça m'est égal. J'ai bel et bien vu ces photos. Je sais que Gavin espionnait Dawn et Alex, et je ne suis pas folle. Ce que je ne comprends pas, c'est pourquoi je vous aurais parlé de tout ça si j'étais coupable ? Et pourquoi est-ce que j'aurais voulu du mal à Dawn ou à Karl Arrowood, hein ?

— Vous avez très bien pu nous en parler pour orienter nos soupçons sur Mr Farley — ce qui a d'ailleurs été le cas, lui dit Cullen. Quant au mobile... vous avez un tempérament de feu, mademoiselle Poole. Je crois savoir que vous avez poussé dans l'escalier l'un de vos anciens petits amis, qui a porté plainte contre vous pour coups et blessures.

— Est-ce que vous savez aussi qu'il a retiré sa plainte parce qu'aucun juge ne voulait traiter cette affaire ? En rentrant chez moi après avoir passé mes derniers examens de véto — j'avais étudié nuit et jour, pendant des mois —, j'ai trouvé mon soi-disant fiancé dans *mon* lit, dans *mon* appartement, avec une prostituée. Je les ai jetés *tous les deux* dans l'escalier, et leurs vêtements avec !

Bryony croisa les bras sur sa poitrine et les fusilla du regard, mais des larmes de rage brillaient dans ses yeux.

— J'aurais sans doute agi comme vous, dit Kincaid.

Il se souvint de la fureur qu'il avait ressentie en apprenant la liaison de Vic avec Ian McClellan — mais il n'avait pas eu la malchance, lui, de les surprendre en flagrant délit.

— Ça n'a pas été la meilleure période de ma vie, mais je ne me suis pas mise pour autant à assassiner les gens. Et j'aurais encore moins de raisons de le faire aujourd'hui !

Bryony griffonna quelques mots sur un bloc-notes et arracha la page, qu'elle remit à Kincaid d'un geste brusque, ignorant délibérément la main tendue de Cullen.

— Voici l'adresse et le numéro de téléphone de mes parents à Wimbledon. Je suis arrivée chez eux le 24 en fin d'après-midi et j'en suis repartie le 25 en milieu de matinée. Je suis sûre que mes parents et tous mes cousins se feront un plaisir de confirmer mes dires. À présent, si vous le permettez, j'ai une opération prévue ce matin et je voudrais me mettre au travail.

— Vous avez été très coopérative, mademoiselle Poole, dit Kincaid. Nous vous en sommes reconnaissants, et nous apprécions toute l'aide que vous nous avez apportée.

— C'est ce que je vois, répliqua-t-elle d'un ton glacial. Dites bien des choses de ma part à Gemma, voulez-vous ? (Le sarcasme était cinglant.) Vous trouverez la sortie tout seuls, j'en suis sûre.

Lorsqu'ils eurent regagné la voiture, Kincaid dit à Cullen :

— Que diriez-vous d'aller à Wimbledon cet après-midi, Doug ?

— Ça ne servira à rien, non ? Si elle était vraiment à Wimbledon avec sa famille, elle a difficilement pu s'éclipser pour commettre un meurtre en deux temps trois mouvements.

— Il faut quand même suivre la piste jusqu'au bout, et je préfère que ce soit vous. Moi, j'ai d'autres obligations.

L'une consistait à emmener Kit prendre le thé avec ses grands-parents — perspective qui n'enthousiasmait pas plus le fils que le père. L'autre consistait à essayer de régler avec Gemma leur différend au sujet de Bryony Poole.

En se garant devant l'appartement d'Alex Dunn, Gemma vit que le coffre de sa Volkswagen était ouvert. Le jeune homme sortit, un sac marin à la main, avant qu'elle ait eu le temps de sonner à la porte.

— Inspecteur James !

— Bonjour, Alex. Vous avez une minute ? (Son regard fit l'aller-retour entre le sac et la voiture.) Vous allez quelque part ?

— Je vais passer un jour ou deux chez ma tante, dans le Sussex. Ça pose un problème ?

— Non, du moment que nous savons où vous joindre. Vous n'avez pas l'intention de quitter le pays, au moins ? ajouta-t-elle avec l'ombre d'un sourire.

— Je peux vous laisser mon passeport, si vous voulez.

Elle secoua la tête.

— Ce ne sera pas nécessaire. Par contre, un numéro de téléphone nous serait utile.

— Vous voulez entrer boire quelque chose ?

Derrière sa politesse sans faille, elle perçut une pointe d'impatience.

— Non, merci. (Elle lui tendit un petit paquet enveloppé de papier brun.) C'est le coupe-papier de Fern. J'ai pensé que vous voudriez le lui rendre vous-même.

— Ah, d'accord.

Il lui prit le paquet, et jeta un vague regard circulaire avant de le fourrer dans la poche extérieure de son sac.

— Avez-vous une raison particulière d'aller voir votre tante ? Elle n'est pas malade, j'espère ?

— Jane ? Non, pas du tout. Seulement, c'est là-bas que j'ai grandi. Ma tante Jane m'a élevé. (Il parut prêter de nouveau attention à Gemma.) Euh... je suppose que le coupe-papier a été mis hors de cause ?

— Oui.

— Bien. Je vais vous donner l'adresse de Jane, dit-il en l'écrivant au dos de l'une de ses cartes de visite.

Gemma lui dit au revoir et retourna à son bureau. Quelque chose l'intriguait : Alex Dunn semblait subitement avoir perdu tout intérêt pour le meurtre de sa maîtresse.

Il était presque midi lorsque Gemma parvint à s'échapper du commissariat pour la petite sortie qu'elle avait en tête. Elle commença par acheter à l'épicerie du coin une bouteille de leur meilleur sherry, qu'elle fit envelopper dans du papier-cadeau.

Elle savait que son amie Erika Rosenthal aimait le sherry. Gemma l'avait connue tout à fait par hasard, en enquêtant quelques mois plus tôt sur un cambriolage : d'un certain âge, le professeur Rosenthal était une historienne réputée. Erika, elle aussi une juive allemande, était arrivée à Notting Hill peu après la guerre et n'avait plus quitté le quartier depuis lors. Elle habitait un hôtel particulier en briques gris pâle, à Arundel Gardens, pas très loin du café d'Otto.

— Gemma James ! Quelle délicieuse surprise !

— Je vous ai apporté un petit cadeau, dit Gemma en souriant à son amie, dont le visage radieux était ridé comme une pomme.

— Du sherry ! De mieux en mieux. Venez dans le salon, près du feu, nous allons prendre un verre.

— Juste une petite goutte pour moi, s'il vous plaît.

La pièce était telle qu'elle se la rappelait : remplie de livres, de tableaux et de fleurs fraîches — sans oublier le piano, bien sûr.

Le professeur Rosenthal tendit à Gemma un verre en cristal puis la regarda de ses yeux brillants, semblables à des boutons de bottine.

— Vous êtes enceinte, n'est-ce pas, mon petit ? Je m'en suis doutée la dernière fois que je vous ai vue, mais il était trop tôt pour en être sûre.

— Je suppose que ça commence à se voir ! La naissance est prévue pour mai.

L'une des spécialités du professeur Rosenthal était l'histoire des cultes de déesses celtiques, et Gemma ne put s'empêcher de se demander si l'historienne, au cours de ses recherches, n'en avait pas appris davantage que la simple théorie.

— C'est plutôt une certaine lumière intérieure, en fait, dit le professeur Rosenthal. Et puis, vous avez décliné le sherry. Cela m'est égal que vous n'en buviez pas, mais une ou deux gorgées de sherry n'ont jamais fait de mal à personne, vous savez.

— Pas à vous, en tout cas ! observa Gemma en riant. J'ai une autre nouvelle à vous annoncer, si vous ne l'avez pas déjà devinée rien qu'en me regardant.

— J'avoue que je ne vois pas du tout de quoi vous parlez.

— Je viens d'emménager à quelques blocs d'ici. Je devrais plutôt dire que *nous* avons emménagé : mon fils et moi, mon... ami et son fils, plus deux chiens et un chat.

— Vous vous êtes lancée, à ce que je vois. C'est un véritable défi, avec votre métier et un autre enfant en route. Félicitations ! Mais j'ai du mal à croire que vous ayez trouvé le temps, dans ces conditions, de me rendre une visite purement amicale. (Une lueur malicieuse s'alluma dans les yeux du professeur Rosenthal.) Allez-y, questionnez-moi, ça ne me dérange pas. C'est plutôt gratifiant de se sentir utile.

— J'ai pensé que vous pourriez me renseigner sur la famille Arrowood, qui s'est installée dans ce quartier juste après la guerre. C'étaient des immigrés allemands...

— En réalité, ils ne s'appelaient pas du tout Arrowood, mais Pheilholz. Leur fils unique a anglicisé son nom, et je pense que ça a brisé le cœur de ses parents de voir leur héritage jeté aux orties.

— Vous les avez connus ?

— Oh ! nous n'étions pas amis intimes, mais je les rencontrais assez souvent à l'époque, dans les cafés allemands et les associations d'entraide. C'étaient de braves gens, durs à la tâche, très fermes dans leurs principes. Ils tenaient une petite épicerie à Portobello Road.

— Et le fils, Karl ? Vous l'avez connu ?

— C'est donc *votre* enquête, le meurtre de Karl Arrowood ? J'ai pensé à vous quand j'ai entendu la nouvelle aux informations.

— J'enquête sur la mort de Karl, comme sur celle de sa femme, admit Gemma. Hélas ! nous faisons peu de progrès.

— Alors vous avez décidé de tout reprendre depuis le début. Très sage décision. Karl était un beau petit garçon, et je crois que ses parents l'aimaient tendrement, mais ça ne suffit pas toujours pour que l'enfant, en grandissant, devienne tel que le souhaitaient ses parents. Karl dénigrait leur côté vieux jeu, leur manque d'ambition. Ce qu'il voulait, lui, c'était une vie de luxe, et il semblait prêt à tout pour y parvenir. Adolescent, il a été mêlé à de nombreuses histoires, de plus en plus sérieuses, jusqu'au jour où son père lui a dit qu'il n'était plus le bienvenu chez eux. Je ne crois pas qu'ils se soient réconciliés par la suite.

— Selon certaines rumeurs, Karl se serait livré au trafic de drogue dans sa jeunesse, mais on n'a jamais rien pu prouver.

— Ah ! soupira le professeur Rosenthal. Là, je dois avouer que ma mémoire me trahit. Il y a eu une affaire de drogue, c'est vrai, et quelqu'un est allé en prison, mais ce n'était pas Karl... Il y avait une fille dans l'histoire... comme toujours, n'est-ce pas ? (Elle haussa les épaules.) Ensuite, il a complètement disparu du quartier, et ce n'est que bien des années plus tard — après la mort de ses parents, en fait — qu'il est revenu ici.

— Mais il a fini par revenir, dit Gemma. Pourtant, il aurait pu ouvrir son magasin dans n'importe quel quartier de Londres... à Kensington, par exemple, ou à Mayfair... Vous pensez que c'était une question de fierté, le désir d'étaler sa réussite devant ceux qui l'avaient connu ? Ou alors, avait-il une raison précise de revenir à Notting Hill ?

L'hôtel *Brown* n'était pas le pire endroit où passer une heure à tuer, se dit Kincaid.

À trois heures pile, il avait déposé un Kit renfrogné, un peu trop bien coiffé et récuré, à son rendez-vous avec ses grands-parents. Robert Potts, l'ex-beau-père de Kincaid, avait accueilli ce dernier avec une politesse contrainte ; Eugenia, son épouse, s'était contentée d'un bref signe de tête, sans chercher à camoufler son antipathie. Ils n'avaient pas invité Kincaid à prendre le thé avec eux, ce qui ne l'avait nullement surpris.

Ce devait être pour Eugenia un cruel dilemme : qui exécrait-elle le plus, lui ou Ian McClellan ? Mais cette pensée ne suffit pas à dérider Kincaid. Ian avait initié ces rencontres mensuelles entre Kit et ses grands-parents pour dissuader Eugenia d'exiger par la voie légale un droit de visite régulier, mais Kincaid n'était pas du tout convaincu que cet arrangement la satisferait indéfiniment. Le tribunal tiendrait sans doute compte du fait que cette femme, à l'évidence, était mentalement déséquilibrée et que Kit la détestait, mais Kincaid n'était pas disposé à courir le risque.

Résolu à ne pas se laisser gagner par le pessimisme, il s'installa dans un fauteuil confortable et se plongea dans un livre. Malgré cela, les minutes se traînèrent jusqu'au retour de Kit. Dans sa tenue d'écolier — blazer bleu marine et cravate assortie — et avec ses cheveux soigneusement peignés, il aurait presque pu passer pour un adulte. Mais lorsqu'il s'approcha, Kincaid vit que sa lèvre supérieure tremblait et qu'il était au bord des larmes.

— Kit ! s'exclama-t-il en se levant d'un bond. Qu'est-ce que tu as ?

Le garçon secoua la tête sans mot dire.

— Où sont tes grands-parents ?

— Ils sont partis. Elle ne voulait pas te voir. Elle...

Il secoua de nouveau la tête, incapable de parler. Kincaid lui passa un bras autour des épaules.

— On y va ?

Il aida Kit à enfiler son anorak, puis l'escorta dans l'air glacial de la rue. Qu'avait donc bien pu faire Eugenia pour bouleverser à ce point Kit, d'ordinaire si stoïque ?

— Allons à pied jusqu'à Piccadilly, suggéra Kincaid. De là, nous pourrons prendre le bus plutôt que le métro.

Au bout de quelques minutes, Kit paraissait un peu calmé. Kincaid lui dit :

— Maintenant, raconte-moi ce qui s'est passé.

— Elle... elle a dit que je ne pouvais pas vivre avec toi, que tu n'avais pas le droit de me garder. Elle a dit qu'elle allait prendre un avocat et que le tribunal serait bien obligé de lui accorder la garde puisque je n'ai pas d'autre tuteur légal.

— Ce n'est pas la première fois qu'elle brandit cette menace, dit Kincaid d'un ton apaisant. À ta place, je n'y ferais pas trop attention.

Le garçon demeura silencieux, les mâchoires serrées, évitant le regard de Kincaid.

— Ce n'est pas tout, hein ? Qu'est-ce qu'elle a dit d'autre ?

— Elle a dit que si j'avais été un bon fils, j'aurais mieux veillé sur maman et qu'elle ne serait pas morte.

Kincaid s'arrêta net, tremblant de fureur. Il prit une profonde inspiration pour se ressaisir.

— Kit, dit-il, c'est vraiment n'importe quoi ! Tu m'entends ? Je sais que tu as été aux petits soins pour ta mère, parce qu'elle me l'a dit elle-même. Et je sais aussi que tu n'aurais *rien pu faire* pour la sauver. Nous sommes bien d'accord là-dessus ?

Kit acquiesça, mais Kincaid n'était pas sûr de l'avoir convaincu. En revanche, il était certain d'une chose : il devait mettre un terme aux manœuvres pernicieuses d'Eugenia Potts. Autrement dit, il devait empêcher cette femme de voir Kit — et c'était tout. Mais Eugenia avait raison de dire qu'il n'avait aucun droit légal sur Kit. Et il n'avait qu'un seul moyen de remédier à cette situation : prouver sa paternité.

— Je veux que tu me dises la vérité sur ma mère.

Alex Dunn était assis dans le salon de Jane, devant le sapin de Noël éteint. Il avait été obligé de faire une

pause pendant le trajet, tant les souvenirs l'assail-
laient. À son arrivée, trouvant le cottage vide, il avait
attendu avec impatience le retour de sa tante.

— Ta mère ? répéta Jane, médusée.

— Est-ce qu'elle est vraiment morte ?

— Je suppose. Pourquoi, Alex ?

— Quand j'étais petit, tu m'as raconté qu'elle ne
pouvait pas s'occuper de moi parce qu'elle était
malade. Ce n'était pas vrai, hein ? En fait, elle se droguait.

— Alex... Que ?... Comment ?...

— Si tu arrêtais de me mentir ? Toute ma vie, j'ai
trimballé cette image édifiante de ma mère : une
femme vertueuse rongée par la maladie, me confiant
à tes soins avec sa bénédiction... et ce n'était qu'un
mensonge ! Elle se foutait complètement de ce qui
pouvait m'arriver !

— Ce n'est pas vrai, Alex. Elle tenait à toi. C'est
pour ça qu'elle t'a amené ici. Et puis enfin, bon sang,
on ne peut pas annoncer à un enfant de cinq ans que
sa mère est une camée !

— Tu aurais pu me le dire plus tard, quand j'étais
en âge de comprendre.

— Et c'est quel âge, ça ? Douze ans ? Seize ans ?
Vingt ans ? Comment aurais-je pu décider du moment
où j'allais briser ta vie ? Et puis, ajouta-t-elle d'un ton
plus calme, les mensonges ont le don de générer leur
propre réalité. Au bout d'un moment, j'ai presque fini
par y croire moi-même. Qui t'a dit la vérité, Alex ?

— Personne. J'ai fait un rêve. Et ensuite, les souvenirs ont afflué.

— Ô mon Dieu ! murmura Jane, atterrée. Je suis
navrée, Alex. Tu avais souvent des cauchemars quand

tu étais petit, mais je pensais que c'était fini depuis des années.

— Est-ce qu'elle m'a vraiment amené ici, au cottage ? Ou bien c'est un mensonge, ça aussi ?

— Non, c'est la vérité. C'est la dernière fois que je l'ai vue. Pendant des années, j'ai essayé de la retrouver, mais elle avait disparu sans laisser de traces.

— Et mon père, là-dedans ? C'était un camé, lui aussi, un amant d'une nuit ?

— Honnêtement, Alex, je n'en sais rien. Mais il y avait un homme... Elle est venue ici avec lui, une fois, à l'époque où elle était enceinte de toi. C'était après la mort de mes parents. Elle n'était même pas au courant ! (Jane secoua la tête, encore stupéfaite à ce souvenir.) Je crois qu'elle ne se droguait plus à ce moment-là, au moins depuis quelque temps. Elle avait bonne mine et semblait heureuse.

— Et lui, qui c'était ? Comment s'appelait-il ?

— Je l'ignore. Il l'attendait dans la voiture ; je ne l'ai pas vraiment rencontré. Tout ce que je peux te dire, c'est qu'il avait une voiture luxueuse. Je me suis dit que, peut-être, il prendrait soin de ta mère.

Alex fut incapable de contenir la terreur, aussi soudaine qu'inexplicable, qui s'était logée au creux de son estomac.

— Cet homme... comment était-il ?

CHAPITRE DIX-HUIT

> Au milieu des années cinquante, alors que
> la situation était déjà explosive, débarquè-
> rent des immigrés des Antilles. Leur pré-
> sence aisément identifiable, dans un
> quartier déjà surpeuplé, eut le don d'irriter
> certains membres de la communauté
> blanche, qui s'inquiétaient pour leur loge-
> ments et leur emploi.
>
> Whetlor et Bartlett, *Portobello*.

Alex roula jusqu'à l'extrémité du sentier, puis descendit de voiture et continua à pied, cherchant son
chemin à l'aveuglette à travers la lande. Guidé par la
forte odeur d'iode, il poursuivit sa progression jusqu'au moment où il se retrouva enfin face à la sombre
étendue de la mer dans un enchevêtement d'herbes
hautes.

Ça ne pouvait quand même pas être vrai ? Il déli-
rait... ce n'était qu'un fantasme absurde. Londres avait
dû compter, à cette époque, des centaines — des mil-
liers — de jeunes gens du même âge, blonds et sédui-

sants, qui avaient les moyens de porter des vêtements élégants et de conduire une belle voiture.

Rien ne prouvait que cet argent provenait du trafic de drogue, la drogue qui avait détruit sa mère — et rien ne prouvait non plus que le jeune homme dont parlait Jane était Karl Arrowood.

De toute façon, même si c'était vrai, qu'est-ce que ça changeait ? C'était un fait génétique, voilà tout. Cela n'avait rien à voir avec lui, avec l'homme qu'il était devenu.

Il pourrait peut-être en avoir le cœur net s'il montrait à Jane une photographie de Karl Arrowood. Mais avait-il vraiment envie de savoir ?

Depuis la mort de Dawn, toutes ses certitudes lui avaient été arrachées et il en était arrivé à se dire que, s'il voulait survivre, il devait se reconstruire, morceau par morceau. Il devait déterminer ce qui avait de l'importance à ses yeux et ce qui n'en avait pas. À la limite, sa mère avait-elle de l'importance ? N'était-ce pas sa vie avec Jane qui était réelle, ces années où elle s'était occupée de lui avec tendresse et sollicitude et qui l'avaient formé ?

Il aimait cet endroit, ça, il en était sûr. Il aimait Jane. Il aimait Fern, qui s'était montrée une amie si loyale.

Et il aimait la porcelaine qui, depuis son enfance, constituait sa passion. Il pensa à la coupe en delft bleu et blanc, aujourd'hui exposée dans la vitrine de son appartement, et aux personnes qui l'avaient possédée avant lui. Toutes les souffrances s'effaçaient avec le temps, de même que les joies, mais elles laissaient leur empreinte sur les objets, apportant du réconfort aux générations suivantes.

Peu à peu, Alex s'aperçut qu'il avait froid, et terriblement faim. Le vent qui soufflait de la baie s'engouffrait dans ses vêtements par les plus petits interstices, lui rappelant qu'il était vivant.

Il prit alors conscience du fait que ces choses-là lui importaient désespérément, qu'il avait besoin de nourriture, de chaleur et de compagnie. Ça, c'était sûrement un bon signe... un début. Il lui faudrait faire face à ses cauchemars, au souvenir de Dawn et de sa mère ; mais en attendant, la vie continuait. Et lui aussi.

Il s'ébroua et rentra à la maison auprès de Jane.

L'après-midi où Neil et Nina Byatt furent arrêtés par Scotland Yard, Ange venait tout juste de raccompagner Evan chez lui. Apparemment, le Yard avait appris que les icônes russes vendues par Neil étaient au préalable soigneusement bourrées d'héroïne pure. Par ailleurs, certaines de ces icônes avaient été achetées par des clients privés — résultat, le prix des objets d'art russes avait grimpé en flèche.

Le premier choc passé, Ange fut soulagée que Karl n'ait pas été inquiété... puis elle commença à se demander pourquoi. Neil et Nina travaillaient pour lui ; les objets étaient introduits dans le pays par son intermédiaire. Pourquoi Karl ne semblait-il pas redouter que la police s'en prenne à lui ?

Au bout de quelques jours, elle parvint à voir Nina en prison. Ange arriva à l'instant même où Evan et sa grand-mère partaient. La vieille femme sentait la transpiration, le musc, et la maladie — combinaison d'odeurs qu'Ange devait à jamais associer, par la suite, à la rigueur morale. « Dieu vous enverra en enfer pour ce que vous avez fait ! » lui lança-t-elle d'une voix haineuse. Evan tendit les bras vers Ange, son petit visage crispé de chagrin, mais sa grand-mère l'entraîna sans ménagement.

Encore secouée, Ange s'assit à la table des visiteurs, mais Nina ne sembla pas plus heureuse que sa mère de la voir. En outre, elle n'avait pas l'air en forme. Elle était pâle, les traits tirés, et ses longs cheveux, naguère brillants, étaient ternes et sans vie.

— Tu as un sacré culot de venir ici ! cracha Nina. Je ne t'en aurais pas crue capable.

— Mais j'avais envie de te voir. Tu es mon amie...

— Ton amie ? Tant que tu fréquenteras Karl Arrowood, tu n'auras pas d'amis.

— Mais nous pouvons sûrement t'aider ? Je pourrais m'occuper d'Evan...

— Ne t'avise pas d'approcher de mon fils ! Tu es vraiment aveugle, hein, Ange ? Tu ne comprends toujours pas ce qui s'est passé ?

— Nina ! De quoi tu parles ?

— Ce salaud de Karl nous a vendus, voilà ce qu'il y a ! Les flics ont dû découvrir les dessous de l'affaire. Ils ne pouvaient pas coincer Karl parce qu'il n'a jamais vraiment touché à la came... il se contentait de tout organiser. Mais ils lui rendaient la vie impossible, le gênaient dans ses transactions. Alors il a conclu un marché avec eux.

— Un marché ? murmura Ange.

— Ouais. Neil et moi, en flagrant délit. Et maintenant, ils laissent Karl tranquille. Mon fils sera adulte quand je sortirai d'ici.

— Je ne... Il n'aurait jamais... protesta Ange, mais sans grande conviction.

Les pièces du puzzle se mettaient soudain en place, la prenant au dépourvu. Voilà pourquoi Karl n'avait manifesté aucune inquiétude : il savait déjà qu'il n'avait aucun souci à se faire.

— Je peux certainement faire quelque chose, Nina. Je veux t'aider.

Nina lui décocha un regard noir, plein de mépris.

— Trop tard. Et c'est trop tard pour toi aussi, Ange.

Elle se rendit directement au magasin. Pour une fois, Karl était seul.

— Il faut que tu aides les Byatt, lui dit-elle. Je sais ce que tu as fait : tu dois trouver un moyen de les tirer de là.

Il avait l'air amusé.

— Et que suggères-tu, exactement ?

— Dis à la police que la marchandise n'est pas à eux...

— Tu ne me conseilles quand même pas de revendiquer la propriété de plusieurs kilos d'héroïne pure, dis-moi ? D'ailleurs, qu'est-ce qui te fait penser que la police me croirait, Ange ? Ils ont la preuve concrète que les Byatt se livrent au trafic de drogue... Ils ne vont pas lâcher ça pour une histoire à dormir debout.

— Nina affirme que tu les a piégés.

— Rien de surprenant. Neil et elle refusent de reconnaître qu'ils se sont montrés imprudents.

Elle le dévisagea, furieuse et nullement convaincue.

— Et si moi, j'allais raconter à la police ce que tu as fait ?

— À supposer que les flics soient assez stupides

pour m'arrêter sur la base de simples rumeurs, cela n'avancerait à rien les Byatt. (Il lui releva le menton.) Et si jamais ils m'arrêtaient, qu'est-ce que tu deviendrais, Ange ? Y as-tu songé ?

Elle comprit alors qu'elle s'était insurgée uniquement pour la forme : elle ne pouvait rien faire pour ses amis. Elle détestait Karl, mais elle se détestait encore plus.

— Et leur petit garçon ? dit-elle avec âpreté. Que va devenir Evan ?

Karl secoua la tête, comme si son entêtement le chagrinait.

— Je ne vois pas en quoi ça me concerne, et toi ?

Bryony roula sur le côté, jeta encore une fois un regard endormi vers la lueur rougeâtre du réveil, puis s'allongea sur le dos avec un soupir. Lundi matin. Le 31 décembre, par-dessus le marché ! Mais ce n'était pas la peine de se lever avant que le chauffage central se mette automatiquement en marche, à six heures. Ça lui laissait une demi-heure de répit.

À côté d'elle, Duchesse était allongée sur le dos, elle aussi, ses pattes tressautant au rythme d'un mystérieux rêve canin.

« Dire que j'ai presque trente ans et que mon seul compagnon de lit est un gros chien poilu ! » soupira intérieurement Bryony.

Cette pensée la ramena à Marc, un sujet bien trop déprimant pour les petites heures de l'aube. Mieux valait penser à sa brève carrière de suspecte numéro un, se dit-elle avec un humour désabusé. Ce petit faux-cul de Cullen l'avait dépeinte comme une furie sanguinaire — et le pire, c'est qu'elle s'était sentie inexplicablement coupable. Évidemment sa famille avait bien confirmé ses déclarations, mais elle devrait vivre avec ce souvenir humiliant — le policier qui l'interrogeait, tandis qu'elle bredouillait de fureur.

Elle était sûre que ce salaud de Gavin avait brûlé les photos dans la cuvette des W-C. Curieusement, elle n'avait aucun mal à croire qu'il ait fait chanter — ou essayé de faire chanter — Dawn. Pourtant, elle n'arrivait pas à imaginer Gavin assassinant la jeune femme... Sinon, elle n'aurait pas pu continuer à se lever le matin pour aller travailler avec lui.

L'eau chaude se fraya un chemin en glougloutant dans les tuyaux du radiateur ; quelques instants plus tard, Bryony entendit le déclic de la cafetière électrique. Non, bien sûr que Gavin n'avait pas tué Dawn, pensa-t-elle en repoussant ses couvertures. Il y avait forcément une autre explication.

Une heure plus tard, rassérénée par une douche brûlante et un bon café, elle voulut prendre ses clefs dans la poche de son manteau ; elles n'y étaient pas. Elle retourna son manteau et le secoua toujours sans soucis. Elle n'avait pas fermé l'appartement ce matin quand elle avait sorti Duchesse, mais elle était sûre d'avoir ouvert la porte avec ses clefs hier soir... Alors ? Les avait-elle rangées ailleurs ?

Avec une panique croissante, elle inspecta tous les endroits où elles auraient pu se trouver. Ce qui la tracassait, ce n'était pas de devoir laisser l'appartement ouvert : Duchesse aboyait fort, et si jamais un intrus était assez courageux pour entrer quand même, il ne trouverait pas grand-chose à voler.

Par contre, sans ses clefs, elle ne pourrait pas entrer

dans la clinique, or c'était indispensable. À l'idée de devoir demander à Gavin de venir de Willesden pour lui apporter son propre trousseau, Bryony poursuivit ses recherches avec une énergie redoublée.

C'est seulement après avoir exploré l'appartement pour la troisième fois qu'elle se souvint qu'elle possédait des doubles dans le tiroir de la cuisine. Mais elle eut beau fouiller le tiroir de fond en comble, elle ne trouva rien. Complètement déboussolée, elle s'assit sur une chaise ; c'est alors qu'elle aperçut un éclat métallique sous la litière de Duchesse. La chienne la regarda ramasser les clefs en remuant innocemment la queue.

— Tu ne t'es pas transformée en pie voleuse, hein, coquine ? lui dit Bryony en la serrant contre elle avec soulagement.

Le trousseau avait dû tomber de sa poche et être projeté à l'autre bout de la pièce. Duchesse s'amusait parfois à jouer au football avec les petits objets.

Mais qu'étaient devenues les clefs du tiroir de la cuisine ? Elle ne put trouver aucune explication à leur disparition.

Elle comprit que la journée allait être longue quand, en arrivant à la clinique, elle trouva Gemma James qui l'attendait, accompagnée de Geordie. Gemma était bien la dernière personne qu'elle avait envie de voir en ce moment !

— Je m'excuse de venir si tôt sans avoir pris rendez-vous, Bryony, mais Geordie a quelque chose à l'œil.

Le cocker regarda Bryony en remuant la queue, tête

penchée, et elle constata qu'il avait effectivement l'œil gauche irrité.

— Eh bien ! entrons, dit-elle en déverrouillant la porte et en allumant la lumière. Emmenez-le dans la salle 1. J'arrive tout de suite, le temps de prendre son dossier.

— Je me sens comme une jeune maman avec son premier bébé, dit Gemma quand Bryony la rejoignit dans la salle d'examen. Je ne savais pas du tout si c'était grave ou non, et je dois aller au bureau ce matin.

Bryony se radoucit un peu.

— Ne vous inquiétez pas. C'est comme avec les enfants : en général, il vaut mieux en faire trop que pas assez.

— Bryony...

Gemma tripota nerveusement la laisse du chien. Bryony vit qu'elle avait l'air fatiguée et tendue.

— Si je suis venue, ce n'est pas uniquement à cause de Geordie. Je vous dois des excuses pour...

— Vous avez fait votre boulot, c'est tout.

— Non. L'idée n'était pas de moi, même si j'ai dû admettre le point de vue du superintendant Kincaid. En ce qui me concerne, je n'ai jamais douté de votre parole.

— Même pas à propos des photos ?

— Surtout pas à propos des photos. Et le fait que Mr Farley les ait détruites quand il a appris que nous allions perquisitionner la clinique me met extrêmement mal à l'aise.

— Oui, moi aussi, admit Bryony. Il ne vient pas aujourd'hui : c'est déjà ça. Après la matinée que j'ai eue, je ne pourrais pas supporter de voir Gavin bouder et tempêter... ou pire : jubiler parce qu'il s'imagine avoir dupé la police. Ce serait intolérable.

— Qu'est-ce qui vous est arrivé ? J'ai remarqué que vous étiez en retard.

— J'avais perdu mes clefs et j'ai paniqué, expliqua Bryony en hissant Geordie sur la table. J'ai fini par les retrouver, mais après le cambriolage qu'il y a eu ici, la disparition de ces foutues clefs m'a donné des sueurs froides. Vous imaginez, si je les avais laissées sur la porte de la clinique ou si elles étaient tombées sur le trottoir, à la portée du premier venu ?

À son grand embarras, elle sentit des larmes lui picoter les yeux.

— Prenons la température, Geordie, dit-elle vivement en se détournant pour attraper le thermomètre. Présente-t-il des symptômes inhabituels, à part cet œil irrité ? Est-ce qu'il mange et boit normalement ?

— Oui, mais maintenant que vous m'y faites penser, il était un peu somnolent, hier.

— Il a une petite poussée de fièvre, ce qui explique son manque d'entrain. À présent, voyons cet œil.

Après un examen approfondi des yeux, des oreilles et de la gueule du chien, Bryony rendit son verdict :

— Il a une légère infection, mais elle est limitée à l'œil gauche. Les cockers sont sujets à ce genre de problème, parce qu'ils ont des yeux larges et protubérants. Si un corps étranger vient se loger sous la paupière, les yeux s'irritent et les microbes s'en donnent à cœur joie. Je vais vous donner une pommade et des comprimés ; vous pourrez commencer le traitement tout de suite. Ramenez-le-moi mercredi s'il n'y a pas d'amélioration d'ici là.

Tout en prenant ses médicaments, Gemma s'enquit :

— Comment va Marc, au fait ?

— Bien, je suppose... (Bryony éprouva soudain le besoin de partager ce qui la taraudait depuis plusieurs jours.) Je suis sans nouvelles de lui depuis Noël.

— Les vacances rendent parfois les gens un peu paresseux. À votre place, je ne m'inquiéterais pas trop. D'autre part, Bryony... je sais que ça ne me regarde pas, mais vous m'avez bien dit que Gavin se plaignait toujours à propos de la rentabilité de la clinique ? Je crois que vous auriez intérêt à jeter un coup d'œil sur sa maison, un jour.

Bryony gémit.

— Vous voulez dire qu'il m'escroque ?

— Je dis seulement qu'il mène une vie très confortable. Et, hum... vous devriez peut-être aussi vérifier sa comptabilité. Il a eu par le passé quelques démêlés avec le fisc.

Au début, Ange avait pris la ferme résolution d'assister au procès de Nina, ne fût-ce que pour défier Karl, même si la jeune femme ne voulait pas de son soutien. Toutefois, à mesure que la date approchait, elle s'aperçut qu'elle n'aurait pas la force d'affronter encore une fois la haine de Nina.

Et Karl s'était montré plus dur avec Ange ces derniers temps, toujours à contrôler ses moindres faits et gestes. Il avait fait disparaître de l'appartement le stock d'héroïne, en prétextant le risque d'une perquisition. Désormais, il se contentait d'apporter à Ange sa dose de la journée. La quantité qu'il lui donnait était plus importante qu'auparavant, et Ange le soup-

çonna de l'augmenter au fil des semaines. Si elle continuait à ce rythme, ne risquait-elle pas de faire une overdose, peut-être même d'en mourir ? Comme ce serait pratique pour lui ! Une solution facile au problème de la fille qui en savait trop.

Un jour, alors que l'été cédait la place à l'automne, elle voulut rendre visite à Evan. Elle le trouva en train de jouer, seul, dans le jardin de sa grand-mère, mais quand elle s'agenouilla pour le prendre dans ses bras, le petit garçon se raidit et s'écarta.

— Tu m'as pris ma mère ! lui cria-t-il. Tout ça, c'est de ta faute ! C'est ma Granny qui me l'a dit.

— Evan, non ! protesta-t-elle, horrifiée. Jamais je ne pourrais te faire de mal. Je t'aime. Regarde... (Elle ouvrit son médaillon.)... j'ai toujours ta photo.

L'espace d'un instant, elle crut l'avoir ébranlé. C'est alors qu'il lui cracha au visage.

Les procès eurent lieu en octobre 1969. Le tribunal ne fit preuve d'aucune clémence : Nina et Neil furent envoyés en prison, dans des établissements séparés.

Les premiers temps, Ange envoya à Nina une carte toutes les deux ou trois semaines, mais les enveloppes lui revinrent systématiquement, non décachetées. En janvier, elle apprit par une amie commune que Nina avait attrapé une mauvaise grippe, et qu'elle toussait beaucoup. Puis, quelques semaines plus tard, cette amie l'appela pour lui annoncer que Nina était morte. Elle avait eu une pneumonie, que les médecins de la prison avaient diagnostiquée trop tard.

Ange était encore sous le coup de la mort de Nina quand, une semaine plus tard, elle apprit que Neil Byatt s'était pendu dans sa cellule. Le pauvre Neil, si mélancolique, avait adoré sa femme à l'exclusion de toute autre personne — y compris son fils : il n'avait pas eu la force de continuer sans elle.

À ce moment-là, Ange se rendit compte qu'elle avait le choix entre deux solutions : soit elle suivait l'exemple de Neil, soit elle quittait Karl — sans se préoccuper des conséquences.

La première solution exigeait un courage qui lui faisait défaut. Et si elle optait pour la seconde, elle devait le faire tout de suite, avant de changer d'avis. Elle fourra ses affaires dans une valise, avec les quelques bijoux de son père qu'elle avait conservés puis elle fit le tour de l'appartement, où elle n'avait pratiquement pas imprimé sa marque. Tout était de Karl : la décoration, les meubles, les œuvres d'art... En fin de compte, aucune des contributions d'Ange n'avait eu d'importance. Elle était insignifiante.

Karl rentra sur ces entrefaites, deux heures plus tôt que prévu.

— Qu'est-ce que tu fais là ? dit-elle, inquiète.

— J'ai eu envie de fermer boutique. Puis-je te demander, à mon tour, ce que tu fais ?

Sa voix recelait la touche d'amusement qui caractérisait désormais ses conversations avec elle, comme s'il ne parvenait pas à la prendre au sérieux.

— Je pars, voilà ce que je fais ! lança-t-elle, furieuse. Sais-tu que Nina et Neil sont morts tous les deux ?

— Bien sûr. C'est pour ça que tu veux t'en aller ?

— Tu sais bien que oui, espèce de salaud ! Tu les as sacrifiés délibérément, pour sauver ta peau, et je ne peux plus vivre avec cette idée — ni avec toi.

— Tu ne partiras pas, dit-il, l'ombre d'un sourire sur les lèvres.

— Bien sûr que si ! Tu vas m'en empêcher, peut-être ?

— Non. Mais si tu t'en vas, je te promets que tu le regretteras. Tu n'as rien, personne vers qui te tourner, et tu ne peux pas tenir une journée sans ta dose. Moi, j'ai des amis et des relations partout. Je saurai où tu es.

Il n'avait encore jamais proféré de menace aussi directe. Ange sentit la panique l'engloutir, comme si elle s'enfonçait dans des sables mouvants.

— Qu'est-ce qui t'est arrivé, Karl ? Tu n'étais pas complètement mauvais, autrefois. Et tu m'aimais, je le sais.

Son regard s'adoucit, comme si ce souvenir le touchait. Mais il pinça les lèvres et secoua la tête.

— On ne peut pas faire de sentiment si on veut avancer, Ange, tu le sais bien. Il n'y a pas de place pour la faiblesse.

— Tu crois ?

Un petit spasme de pitié la traversa, mais il était trop tard. Si elle n'agissait pas maintenant, elle était définitivement perdue. Elle prit sa valise et sortit sans se retourner.

Après être repassée chez elle pour laisser Geordie aux bons soins de Kit, Gemma se gara devant le commissariat. Elle hésita avant de descendre de voiture. Elle avait donné au sergent Franks le nom de Ronald Thomas en lui demandant d'interroger la banque de données de Notting Hill : elle ne pouvait rien faire de plus de ce côté-là.

L'équipe de Melody avait perquisitionné chez les Arrowood, à la recherche du testament de Karl, mais n'avait rien trouvé. Quant au notaire, il affirmait avoir uniquement en sa possession le document que Karl lui avait remis lors de son mariage avec Dawn — ses biens devaient être partagés entre sa femme et ses enfants. Malgré tout, une question turlupinait Gemma : était-ce une simple réflexion de Karl qui avait incité Dawn à contacter Sean Arrowood, ou bien avait-elle vu un document écrit qui déshéritait les fils Arrowood ?

Prenant une décision, elle fonça dans le commissariat et attrape les clefs de la maison des Arrowood. Elle ne serait pas satisfaite avant d'avoir elle-même fouillé les lieux.

Elle commença par les endroits les plus évidents, ceux où l'équipe de Melody était sûrement déjà passée : le bureau et les bibliothèques du cabinet de travail de Karl, les étagères et les casiers de son vestiaire. Une heure plus tard, échevelée et fourbue, elle s'accroupit devant la porte du vestiaire, songeant qu'elle ferait mieux d'abandonner et d'aller terminer sa paperasserie au commissariat. Elle pourrait rentrer tôt à la maison pour préparer le dîner de la Saint-Sylvestre que Duncan et elle avaient prévu de fêter avec les enfants.

Dans la maison déserte, chaque craquement, chaque grincement était amplifié. L'espace d'un instant, Gemma eut le sentiment que la maison lui parlait, mais cette idée rocambolesque lui fit secouer la tête. Elle laissait galoper son imagination, voilà tout. N'empêche... Se levant, elle se dirigea vers la penderie de Dawn et en ouvrit les portes. Les vêtements bruissèrent sous l'effet du courant d'air, comme s'ils retenaient leur souffle, et le parfum de Dawn s'en échappa, ténu et évocateur.

À quatre pattes, Gemma se faufila dans l'espace confiné et souleva la fameuse boîte qui se trouvait sous l'étagère du bas. Cette fois, elle la ramena dans la chambre et en retira chaque objet, l'un après l'autre. Dans le livre rangé tout au fond — un exemplaire illustré d'*Hirondelles et Amazones* d'Arthur Ransome — elle trouva une feuille de papier pliée en quatre. C'était bel et bien un testament, signé par Karl Arrowood et dûment certifié. D'après le document, il léguait ses biens personnels à son épouse, Dawn Smith Arrowood, et quelques possessions à ses fils, Sean et Richard Arrowood. Quant à son magasin, avec tous ses actifs, il le laissait à son fils, Alexander Julian Dunn.

Gemma relut la dernière ligne. Alex ? Alex était le fils de Karl ? *Bordel de merde !*

Elle inspira un bon coup, essayant de reconstituer la séquence d'événements ayant mené à la mort de Dawn. La jeune femme était-elle tombée par hasard sur le testament ? Ou bien l'avait-elle cherché dans toute la maison après la dispute de Karl avec Richard, pour savoir si son mari avait réellement l'intention de mettre sa menace à exécution ? Peut-être que cette dispute avait été à l'origine de son coup de téléphone à Sean, et que leur entrevue l'avait ensuite amenée à chercher le testament ?

Selon toute vraisemblance, Gemma ne connaîtrait jamais la réponse à ces questions. En revanche, elle savait une chose, sans l'ombre d'un doute : Dawn avait appris qu'Alex était le fils de Karl. Et elle avait ensuite découvert qu'elle attendait un enfant d'Alex.

— Dawn était au courant ? dit Alex en se laissant choir sur son divan, comme si ses genoux se dérobaient sous lui.

— Elle ne vous l'avait pas dit ? s'enquit Gemma.

— Mais non ! Depuis quand... je veux dire...

— Vous ne semblez pas surpris d'apprendre que Karl était votre père.

— Quand je suis allé voir ma tante Jane, elle m'a décrit l'homme que fréquentait ma mère quand elle était enceinte de moi. Je n'avais pas de certitude absolue, mais maintenant... Ô Seigneur...

Il se leva et se mit à arpenter la pièce ; ses doigts trituraient son épaisse chevelure.

— Pauvre Dawn, murmura-t-il. Elle a dû être terrifiée, anéantie. Elle n'aurait pas pu choisir plus mal son amant, j'étais le seul homme dont Karl ne lui pardonnerait jamais d'être tombée amoureuse... Et puis elle a découvert qu'elle portait le petit-fils ou la petite-fille de Karl.

— Il est possible qu'elle ait été attirée par vous à cause d'une certaine ressemblance. Apparemment, Karl avait décelé chez vous des points communs qu'il ne partageait pas avec ses fils légitimes.

— C'était l'amour des antiquités. Il m'a dit un jour qu'il se sentait des affinités avec moi parce que je savais reconnaître la valeur des belles choses. Il voulait m'enseigner le métier ; chaque fois que j'allais dans sa boutique, il avait une nouveauté à me montrer. (Alex fronça les sourcils.) Mais... s'il savait que j'étais son fils, pourquoi ne s'est-il pas manifesté pendant toutes ces années ?

— Peut-être qu'il avait perdu votre trace, et c'est seulement en vous rencontrant qu'il a deviné la vérité ; à partir de là, il lui était facile de remonter la piste. Ou alors, peut-être que, déçu par Sean et Richard, il a décidé de vous rechercher... et le hasard a fait que vous étiez pratiquement sous son nez.

— Mais s'il était au courant de mon existence — et il l'était forcément, puisqu'il a emmené ma mère voir Jane alors qu'elle était enceinte de moi — pourquoi nous a-t-il abandonnés à notre triste sort ?

— Je suppose que, maintenant, vous ne le saurez jamais, répondit Gemma avec douceur. Mais peut-être entendait-il se racheter. Je viens de retrouver son testament, que Dawn avait caché dans ses affaires personnelles... Il vous a légué son magasin.

— Son magasin ? *Les Antiquités Arrowood ?* Vous plaisantez !

— Pas du tout. Le document est daté de la mi-octobre, ce qui correspond, je pense, à l'époque où il a eu une violente dispute avec Richard.

— Mais s'il avait su, pour Dawn et moi, il aurait sûrement changé son testament. Peut-être qu'il n'a jamais...

— Je l'avais mis au courant le jour de l'enterrement de Dawn. (Devant l'expression consternée d'Alex, elle s'empressa d'ajouter :) Nous n'avions pas le choix. Nous le considérions encore, à ce moment-là, comme l'un des principaux suspects.

— Il... il a dû être fou de colère ?

Se remémorant leur entretien avec Karl, au bord de la tombe, Gemma éprouva une vive sensation de perte. De nouveau, elle se sentit coupable de n'avoir pas réussi à empêcher sa mort.

— Il m'a paru plus stupéfait qu'en colère, répondit-elle. Je me souviens qu'il a dit : « Non, pas Alex...

c'est impossible ! » au lieu de dire : « Non, pas Dawn... » Sur le moment, j'ai trouvé ça bizarre.

— Il a été bon avec moi... en dépit de tout ce qu'il a pu faire par ailleurs. Je regrette...

— Si le testament est validé, vous aurez l'héritage qu'il vous destinait...

— Une affaire qui tournait grâce au trafic de drogue ? s'écria Alex, atterré. Un testament qu'il avait *forcément* l'intention de modifier, ayant appris ma liaison avec Dawn ?

— Une semaine s'est écoulée entre le moment où il a appris votre liaison et celui de sa mort. S'il a fait un nouveau testament, nous ne l'avons pas trouvé.

Un frisson parcourut le long corps d'Alex.

— Vous croyez peut-être que je pourrais supporter de tirer profit de deux meurtres ? Et cela, malgré ma déloyauté... et celle de Dawn ? Non. (Il secoua la tête avec véhémence.) Je n'en veux pas.

Elle passa sa première nuit dans une chambre minable, à Earl's Court, loin des quartiers fréquentés par Karl. Elle avait à peine assez d'argent pour se payer un ou deux repas et quelques nuits de plus dans des taudis mais, dès le deuxième jour, cette situation devint le dernier de ses soucis.

Elle avait le corps douloureux, comme si elle souffrait d'une mauvaise grippe. Tantôt glacée, tantôt brûlante de fièvre, elle était prise de nausées et de tremblements — et son état empirait d'heure en heure. Seul un fixe aurait pu la soulager. Mais même si elle avait eu de quoi se payer une dose, elle ne pouvait pas prendre le risque de contacter ses intermédiaires habituels, qui étaient tous des amis de Karl.

Elle resta allongée sur son lit à grelotter tandis que les ombres du crépuscule hivernal envahissaient la chambre. Ses frissons redoublèrent. Remontant ses genoux en position fœtale, elle plaqua l'oreiller sur sa tête, mais rien de tout cela ne lui procura le moindre soulagement.

Finalement, à la nuit tombée, elle rassembla ses maigres affaires et quitta l'hôtel. Trop faible pour marcher, trop nauséeuse pour affronter le bus ou le métro, elle héla un taxi, indifférente au prix de la course.

Arrivée à Notting Hill, elle eut tout juste la force de donner quelques pièces au chauffeur et de descendre sur le trottoir. La rue était toujours la même : stuc décrépit, peinture écaillée, et ordures entassées sur les perrons. Néanmoins, un spasme d'espoir lui étreignit le cœur. Ici, rien ne lui rappellerait Karl. Et comme il n'avait jamais connu le passé d'Ange, il n'aurait aucune raison de la chercher ici.

Elle monta l'escalier, cramponnée à la rampe, priant pour qu'ils habitent toujours le même appartement. Vers qui d'autre pourrait-elle se tourner ?

Elle frappa un coup hésitant à la porte. Ce fut Ronnie qui lui ouvrit.

— Ange ? Qu'est-ce que tu fais là ?

Comme il la regardait avec stupeur, elle remarqua les changements qui s'étaient opérés en lui : il se tenait différemment et son visage avait pris quelques rides. L'impétuosité juvénile s'était muée, avec la maturité, en tranquille assurance.

— Tu vas bien ? demanda-t-il d'un ton inquiet. Tu trembles...

— J'ai... besoin... je ne...

434

Les mots lui manquèrent. Comment expliquer à Ronnie ce qu'elle était devenue ?

Mais il avait vu suffisamment souvent ce genre de cas pour reconnaître les symptômes. Doucement, il lui prit la main et remonta la manche de son pull.

— Ô Seigneur...

Il leva vers elle ses yeux sombres et la regarda bien en face.

— Je n'aurais jamais dû te laisser partir, Ange. C'est lui qui t'a fait ça ?

Comme elle ne répondait pas, il reprit :

— Peu importe, maintenant. Je vais t'aider, ne t'inquiète pas. Fais-moi confiance, tout ira bien.

Lorsqu'elle revint de chez Alex, Gemma trouva le sergent Franks qui l'attendait dans son bureau. Le visage carré du policier exprimait un curieux mélange de triomphe et d'embarras.

— Qu'y a-t-il, sergent ? demanda-t-elle en l'invitant à s'asseoir.

— J'ai les factures de téléphone qui vous intéressaient, patron. Et vous aviez raison : Farley a bien appelé Dawn Arrowood un certain nombre de fois, et les appels sont devenus plus fréquents les semaines qui ont précédé son assassinat. (Franks se redressa sur sa chaise, comme s'il avait mal au dos.) Au vu de ces éléments, et comme vous n'étiez pas là ce matin, j'ai pris la liberté de convoquer Mr Farley au commissariat, avec son ange gardien.

— Mr Kelly ?

— Tout juste. J'ai annoncé à Mr Farley que nous avions le relevé de ses coups de fil à Mrs Arrowood, et j'ai le regret de vous dire qu'il s'est montré aussi peu coopératif que d'habitude. Alors... j'ai tenté un coup de bluff.

Gemma haussa un sourcil, sans faire de commentaire. Au bout d'un moment, Franks reprit :

— Je lui ai dit que Mrs Arrowood, qui n'était pas idiote, avait enregistré toutes leurs conversations, y compris celle qu'ils avaient eue la veille de sa mort, où il la sommait de venir à la clinique en prétextant que son chat était malade.

— Mais comment pouviez-vous le savoir, si elle n'avait pas enregistré ces communications... ?

— Une bonne pioche, patron. J'avais la *preuve* qu'il l'avait appelée ce jour-là. Alors... le coup du chat qui tombe malade le lendemain, ça paraissait un peu « téléphoné », si vous me passez l'expression.

— Et il a nié ?

— Curieusement, non. J'ai suggéré qu'il avait dit à Mrs Arrowood d'apporter l'argent à la clinique et que, la voyant arriver les mains vides, il lui avait fixé un nouveau rendez-vous dans la soirée. Là, il en est resté comme deux ronds de flan. Après ça, même Mr Kelly n'a pas pu l'empêcher de se mettre à table.

— Vous avez certainement deviné juste, pour le coup de fil ; ce n'est pas la crainte de la justice divine qui l'a poussé à avouer, à mon avis.

Franks se permit un petit sourire.

— Il a dit que deux mille livres ne représentaient rien pour elle, une misère, tandis que lui en avait besoin pour régler certaines dettes. Alors quand elle s'est pointée à la clinique sans l'argent, en essayant de gagner du temps, il s'est mis en colère. Mais Mrs Arrowood l'a envoyé au diable : elle lui a dit

436

qu'elle préviendrait elle-même son mari et que Farley pouvait faire ce qu'il voulait de ses photos.

— Il a reconnu l'avoir rencontrée de nouveau le soir du meurtre ?

— Non. D'après lui, il est allé boire un verre après le travail pour tenter de trouver une parade, mais il s'est aperçu qu'il n'y avait qu'une seule solution : espérer qu'elle bluffait. Quand il a appris le meurtre, il a pensé qu'elle avait effectivement prévenu son mari, et que Karl l'avait tuée.

— Seulement voilà : elle ne lui avait rien dit, et il ne l'a pas tuée. Retour à la case départ.

— J'en ai bien peur, patron. (Franks paraissait sincèrement désolé de la décevoir.) Encore une dernière chose. Vous vous rappelez ce nom que vous m'avez demandé de passer dans la banque de données ?

— Ronald Thomas ?

— Tout juste. Figurez-vous que ça me disait quelque chose... Plus j'y réfléchissais, plus j'avais l'impression de me rappeler l'affaire. Et quand j'ai retrouvé le dossier, j'ai su que je ne m'étais pas trompé.

Franks hésita, mal à l'aise.

— Qu'y a-t-il, Gerry ?

Il se racla la gorge.

— J'étais nouveau dans le secteur, à l'époque. C'était en 1971, en hiver. Il tombait des hallebardes et on n'y voyait pas à un mètre. Il y a eu un accident de voiture — avec délit de fuite — en bas de Kensington Park Road.

— Oh ! non... murmura Gemma, qui commençait à comprendre. Ronald Thomas ?

Franks hocha la tête.

— Le pauvre, il était salement amoché. C'était mon premier accident mortel. Pas de témoins, et on n'a jamais retrouvé le chauffard.

— Mais il s'agissait bien d'un accident ?

— Nous n'avions aucune raison de croire le contraire. C'est moi qui ai été chargé de prévenir la famille et d'interroger les proches. Mais la veuve...

— Marianne Thomas, donc ?

— Oui. Sur le moment, je me rappelle avoir été surpris. (Franks rougit légèrement.) De découvrir qu'elle était blanche, je veux dire... À l'époque, ce genre de situation, c'était pas si courant. Mais elle était tellement effondrée que je n'ai pas pu lui arracher deux mots cohérents, j'ai dû m'adresser à la sœur. Marianne Thomas, elle, n'arrêtait pas de répéter que c'était de sa faute, qu'elle n'aurait jamais dû revenir, qu'elle aurait dû se douter qu'*il* la retrouverait.

— Il ?

— Je lui ai demandé des précisions, mais elle est restée muette comme une tombe. Elle a cessé de pleurer et s'est mise à bercer son bébé en secouant la tête sans discontinuer.

— Et vous n'avez pas creusé la piste ?

— Quelle piste ? répondit Franks, sur la défensive. Dans la mesure où elle ne nous donnait pas de nom, ou au moins une raison pour laquelle on aurait voulu du mal à son mari, nous n'avions aucun élément pour continuer l'enquête.

— Vous dites que vous avez parlé à la sœur... vous voulez dire la sœur de Ron Thomas ? Est-ce que vous vous rappelez son nom ?

— Je vous ai fait une copie du dossier, répondit Franks en indiquant la chemise posée sur le bureau.

Elle s'appelait Betty Howard et habitait à Westbourne Park Road, ici même, à Notting Hill.

Gemma retrouva Kincaid devant la rangée de maisons minables qui bordaient Westbourne Park Road, à quelques mètres de la clinique vétérinaire de All Saint's Road. Elle avait mis son compagnon au courant de la mort accidentelle de Ronald Thomas et de la découverte du testament de Karl.

— Donc, dit-il d'une voix songeuse, pour peu que Dawn ait parlé du testament à Alex, celui-ci avait une excellente raison de tuer Karl. Et de tuer Dawn, par la même occasion, puisqu'elle savait qu'il était au courant. (Emporté par sa théorie, il ajouta :) Si ça se trouve, le coupe-papier était un leurre, et il avait l'intention depuis le début d'utiliser un scalpel. Alex est un ami de Bryony... il aurait facilement pu en subtiliser un à la clinique...

— Mais nous savons qu'il n'a pas pu assassiner Dawn, objecta Gemma. Les témoignages d'Otto et de Mr Canfield concordent. Et je suis prête à jurer qu'il ignorait l'existence du testament. En plus, Alex n'a aucun lien avec Marianne Hoffman.

Elle leva les yeux vers la maison qui leur faisait face. Les moulures en plâtre d'origine étaient aujourd'hui détériorées et ébréchées.

— On cherche l'appartement C.

Contrastant avec le plâtre abîmé et le stuc défraîchi, la peinture verte de la porte d'entrée était récente. Lorsqu'ils pénétrèrent dans le hall, des effluves exotiques les accueillirent. En grimpant l'escalier, ils s'aperçurent que les odeurs émanaient du dernier étage, et Gemma ne put s'empêcher de saliver.

L'occupante de l'appartement C était une femme d'une cinquantaine d'années, aux rondeurs généreuses, dotée d'une abondante chevelure grisonnante emprisonnée dans un foulard rouge vif.

— Madame Howard ? dit Kincaid.

Comme elle acquiesçait, il déclina son identité ainsi que celle de Gemma, expliquant qu'ils désiraient lui parler de son frère.

— Ronnie ? Après tout ce temps ?

Elle secoua la tête d'un air affligé mais les guida vers le salon, où elle les invita à s'asseoir tout en s'affalant dans un large fauteuil.

— Vous m'excuserez si je ne quitte pas ma cuisine trop longtemps. Je prépare un ragoût... j'ai deux de mes filles qui viennent déjeuner.

À cet instant, des pas se firent entendre dans le couloir, provenant du fond de l'appartement.

— Ça doit être mon fils, dit Mrs Howard. Il pourra se charger...

Wesley entra dans la pièce et s'arrêta net, regardant Gemma avec des yeux ronds.

— Wesley, dit sa mère, ces gens sont de la police. Veux-tu t'occuper du déjeuner pendant que je parle avec eux ? Tes sœurs vont bientôt rentrer de leur shopping.

— Mama, c'est la dame dont je t'ai parlé, celle...

— C'est vous qui avez fabriqué mes anges ! s'exclama Gemma. Ils sont ravissants, madame Howard. Vous avez été trop gentille.

Sur le moment, elle avait simplement remarqué un méli-mélo de couleurs et de formes. À présent, elle s'aperçut qu'il y avait sur la table une machine à coudre et un grand nombre de rouleaux de tissus aux couleurs vives, avec des chutes un peu partout.

— Vous ne saviez pas que c'était ma mère ? demanda Wesley, interloqué. Vous n'êtes pas venue pour moi ?

— Non, dit Gemma, nous sommes là pour une tout autre raison. Nous voulions parler à votre mère de Ronald Thomas, votre oncle.

Wesley prit une chaise, enleva le rouleau de satin rouge qui était posé dessus et s'assit.

— Le ragoût attendra, Mama. Je veux entendre ça, moi aussi.

— Vous m'avez bien dit que vous aviez un oncle photographe, n'est-ce pas ? demanda Gemma. C'était lui ?

— Ouais. Il était vraiment doué, mon oncle Ronnie. Mais pourquoi vous vous intéressez à lui ?

— C'est sa femme qui nous intéresse, en réalité, intervint Kincaid. Nous avons pensé que votre mère pourrait nous renseigner sur elle.

— Ange ? murmura Mrs Howard. (Devant leurs regards surpris, elle expliqua :) Oui, on l'appelait comme ça. C'est moi qui lui ai donné ce surnom, quand on était gamines, et je me suis demandé plus tard si ça ne lui avait pas porté malheur. Personne n'a eu une existence moins féerique que la sienne.

Gemma lança un coup d'œil à Kincaid, qui l'encouragea d'un discret signe de tête.

— Madame Howard, savez-vous que votre belle-sœur est morte ?

Mrs Howard crispa une main sur sa poitrine.

— Oh ! non... Pas Ange ! Elle aussi ?

— Comment est-ce arrivé ? s'enquit Wesley. Elle était malade ?

— Elle a été assassinée, deux mois avant Dawn Arrowood, répondit Gemma avec douceur. Et de la même manière. Depuis la mort de Dawn, nous essayons de découvrir un lien entre les deux victimes.

Mrs Howard se leva brusquement.

— Excusez-moi, je dois aller surveiller mon ragoût.

Elle disparut dans la cuisine, où ils l'entendirent bientôt sangloter.

— Il faut la comprendre, dit Wesley, sourcils froncés. Elles étaient les meilleures amies du monde. Des sœurs, presque. Depuis des années, elle répétait qu'un jour Ange reviendrait.

— Je suis navrée qu'elle ait appris par moi la mort de son amie. Si elles s'étaient perdues de vue, votre mère ne pouvait évidemment pas être au courant.

— Je ferais bien d'aller la voir.

Gemma en profita pour examiner le salon, curieuse de savoir à quelle activité pouvait bien se livrer Mrs Howard. En regardant de plus près, elle vit que des rouleaux de tarlatane voisinaient avec les autres tissus.

Wesley revint de la cuisine en annonçant à mi-voix :

— Elle va mieux, mais ça lui a fait un choc. Elle nous prépare du café.

Ayant apparemment remarqué l'intérêt de Gemma pour les tissus de sa mère, il expliqua :

— Ma mère confectionne des costumes pour le Carnaval, je ne vous l'avais pas dit ? Elle a commencé dans les années soixante-dix, quand le Carnaval n'était encore qu'un steel band qui parcourait les rues, escorté d'une ribambelle de gamins. Aujourd'hui, c'est une grosse entreprise : Mama travaille toute l'année sur ses costumes.

Mrs Howard les rejoignit avec le plateau à café. Elle avait les yeux rouges mais ne pleurait plus.

— Je n'arrive pas à y croire, dit-elle en distribuant les tasses. J'avais toujours pensé que s'il lui arrivait quelque chose — surtout quelque chose d'aussi affreux — j'en aurais le pressentiment.

— Vous étiez des amies très proches, on dirait ? avança Gemma.

— Nous étions voisines. Ma famille s'est installée dans cet appartement en 1959 : on débarquait tout juste de Trinidad. À l'époque, il y avait surtout des Polonais dans le quartier et nous n'avons pas été très bien accueillis, sauf par Ange. Ses parents étaient furieux contre elle, mais ils ont fini par s'habituer à nous, et les autres aussi. C'est elle qui a fait la différence... Il y avait d'autres familles noires, des immigrés comme nous, qui se faisaient régulièrement agresser. Ange, elle, a donné l'exemple dès le premier jour, et après ça nous n'avons jamais eu d'ennuis sérieux.

« Ensuite, à l'automne, quand l'école a repris, nous nous sommes retrouvées dans la même classe, et à partir de ce moment-là nous sommes devenues comme des jumelles...

— Pourquoi avez-vous parlé de « malheur » à son sujet ? interrogea Kincaid.

Mrs Howard secoua tristement la tête.

— Tant de morts... personne ne devrait avoir à supporter ça. À l'âge de dix-sept ans, elle avait déjà perdu ses deux parents. Elle a soigné sa mère, atteinte d'un terrible cancer, jusqu'à la fin. Après le décès de Mrs Wolowski, je m'en souviens, Ange a demandé à Mama si elle pouvait venir habiter chez nous. Mais ma mère lui a dit que ce n'était pas possible, qu'elle devait s'occuper de son père.

« Quand son père est mort, un an plus tard, Mama a voulu la recueillir à la maison, mais Ange a refusé. Elle était très têtue, et elle avait été blessée dans son orgueil. Et puis il y avait Ronnie : soit il la critiquait, soit il l'ignorait. Je peux comprendre Ange d'avoir repoussé la proposition de ma mère, mais elle n'avait personne d'autre que nous, et pas un sou en poche. Elle a pris un emploi dans une épicerie et s'est installée dans une chambre sordide. Quand il a vu ce taudis, Ronnie a été tellement furieux qu'il ne lui a pas adressé la parole pendant des semaines.

« Oh ! Il ne lui passait rien à l'époque ! Plus tard, j'ai compris que c'était parce qu'il l'aimait et qu'il n'osait pas se l'avouer. Ange n'avait que dix-sept ans, et Ron vingt : à cet âge-là, ça fait une grande différence. En plus, elle était blanche.

Intriguée par cette histoire, Gemma demanda :

— Mais alors, comment ont-ils fini par se marier ?

— Ah ! ça, c'est arrivé bien des années plus tard, après qu'Ange nous avait laissés tomber... Enfin, c'était plutôt l'inverse. Elle avait fait la connaissance d'un homme — un jeune garçon, en fait, mais il nous semblait terriblement sophistiqué pour son âge. Comment s'appelait-il, déjà ? Hans... Kurt ? Un prénom dans ce genre-là. Nous ne l'avons rencontré qu'une seule fois, mais Ronnie l'a détesté tout...

— Karl ? Était-ce Karl ? l'interrompit Wesley, prenant Gemma de vitesse.

— Je crois bien que c'était ça, oui. Mais elle n'a jamais voulu parler de lui, même après. Ce n'est pas l'homme qui a été tué, Wesley, celui dont tu m'as parlé ?

— Nous l'ignorons, lui dit Gemma. Continuez, s'il vous plaît, madame Howard.

— Donc, comme je vous le disais, elle a disparu avec ce Karl, et on a pensé qu'on ne la reverrait jamais. Et puis un jour, cinq ou six ans plus tard, elle a débarqué chez nous. Elle était mal en point, très malade. Je n'avais jamais vu quelqu'un d'aussi malade. Elle avait quitté Karl et n'avait aucun endroit où aller, rien, personne pour l'aider.

— De quoi souffrait-elle ?

Mrs Howard détourna la tête, comme honteuse.

— La drogue. Il l'avait rendue dépendante.

— L'héroïne ? s'exclama Wesley.

Il paraissait stupéfait à l'idée qu'une personne de la génération de ses parents ait pu se shooter à l'héroïne.

— Elle était au fond du trou. Nous l'avons recueillie... enfin, Ronnie l'a recueillie. J'étais mariée avec Colin, à l'époque, mais nous vivions ici, chez mes parents, en attendant d'avoir mis suffisamment d'argent de côté pour acheter un appartement. Ronnie, lui, était propriétaire d'un petit studio, alors il l'a prise avec lui. (Mrs Howard resta silencieuse un moment, les yeux pleins de larmes.) Je n'avais jamais vu mon frère comme ça. Il était ferme avec elle, mais aussi d'une grande douceur, même quand elle se débattait contre lui. Les premiers jours ont été épouvantables.

Nous redoutions qu'elle meure, mais elle nous suppliait de ne pas appeler de médecin.

« Ronnie ne s'impatientait jamais contre elle. Au début, je pense qu'il l'a aidée parce qu'il se sentait responsable de ce qui lui était arrivé ; mais quand Ange a commencé à se rétablir, il s'est rendu compte à quel point il l'aimait. Six mois plus tard ils étaient mariés, et la petite Eliza est née l'année suivante. Je crois qu'ils étaient vraiment heureux... mais, parfois, je voyais Ange observer Ronnie et le bébé avec une expression très étrange, comme si elle avait peur qu'on les lui prenne.

— Et puis Ronnie a été tué, dit Gemma d'une voix douce.

— C'était un soir, en décembre de cette même année — il faisait un temps de chien, avec une pluie glaciale et du vent. Il rentrait chez lui après avoir photographié un mariage, du côté de Notting Dale...

Mrs Howard s'interrompit, les mains jointes sur ses genoux.

— Il a été écrasé par un chauffard qui a pris la fuite, acheva Wesley. (Il devait connaître l'histoire par cœur, Gemma en était sûre). Oncle Ronnie portait un pardessus foncé, alors les flics en ont conclu que l'automobiliste ne l'avait pas vu. Ils ne l'ont jamais retrouvé.

— Non, poursuivit sa mère. Et Ange nous a quittés, en emmenant avec elle ce pauvre petit bébé. Elle a dit... — tout se mélange dans ma tête, ça remonte à si longtemps — mais il était question d'un couple d'amis qui étaient morts en prison... ils s'appelaient Byatt, ça, je m'en souviens, parce que nous avions à l'école une amie qui portait ce nom-là... et

Ange avait le sentiment que c'était de sa faute, qu'elle aurait pu empêcher cette tragédie. Les Byatt avaient eu un fils, et elle se sentait coupable vis-à-vis de lui. Et puis elle a dit qu'elle était terrifiée pour nous, que personne n'était en sécurité dans son entourage et que nous ne devions jamais essayer de la retrouver.

CHAPITRE DIX-NEUF

> À North Kensington, au XIXᵉ siècle, on lais-
> sait à l'Église et aux œuvres caritatives le
> soin d'aider ceux qui traversaient une mau-
> vaise passe, qui avaient besoin d'une assis-
> tance que ni la famille ni les voisins ne
> pouvaient leur apporter. Avec l'accroisse-
> ment de la population, un certain nombre
> d'associations religieuses et philanthro-
> piques s'établirent aux alentours de Porto-
> bello Road. Elles avaient pour but de venir
> en aide aux malades, aux personnes âgées
> et aux nécessiteux.
>
> Whetlor et Bartlett, *Portobello*.

— Maintenant, dit Kincaid, nous avons trouvé le lien entre les victimes.

— Karl Arrowood, opina Gemma. Aucun doute possible. Mais ça ne nous dit toujours pas pourquoi trois meurtres ont été commis, ni par qui.

— Si Karl était encore en vie, on pourrait supposer qu'il en veut à toutes les femmes qui l'ont trahi et on mettrait son ex-épouse sous bonne garde.

Ignorant cette boutade, Gemma reprit :

— Et Ronnie Thomas, là-dedans ? (Elle feuilleta l'album que Wesley lui avait remis dans les mains au moment où ils prenaient congé. Le jeune homme avait soigneusement classé toutes les photographies de son oncle.) Marianne croyait-elle que Karl l'avait fait tuer ? Était-ce pour cela qu'elle avait si peur ?

Un motard les croisa dans un vrombissement, le visage casqué, anonyme.

— Tu sais à quel point les cas de ce genre sont difficiles à élucider, dit Kincaid. En l'absence de preuves, ils ont tout naturellement pensé qu'il s'agissait d'un homicide involontaire et non d'un meurtre... Gemma, ça ne va pas ?

La crampe l'avait prise à l'improviste, mais elle répondit d'un ton uni :

— Si, très bien. J'ai simplement besoin de prendre du repos. De toute façon, je dois retourner au commissariat, j'ai rendez-vous avec le patron. Je me demande d'ailleurs ce que je vais pouvoir lui raconter à présent.

— Moi, je vais regagner le Yard pour voir ce que je peux dégoter sur ce couple qui a été envoyé en prison. Nous avons leur nom, nous pouvons supposer que le délit était lié à la drogue, et nous avons une date approximative : 1969. Je vais mettre Cullen sur le coup. Ses talents de détective feraient presque oublier ses mauvaises manières.

— Tu m'appelles ? dit Gemma, qui n'avait aucune envie de le voir partir.

— Naturellement.

Il frôla de ses lèvres tièdes la joue froide de Gemma, et ils se séparèrent.

Lorsque les sœurs de Wesley arrivèrent avec leurs enfants, le jeune homme inventa une excuse pour déserter l'appartement. Contrairement à sa mère, que le tohu-bohu semblait réconforter, il éprouvait le besoin pressant de mettre de l'ordre dans ses idées.

Il marcha d'un pas vif jusqu'à Portobello Road, puis tourna machinalement à gauche, vers Elgin Crescent et le café.

Ils étaient tous là : Alex, l'air abattu et les joues creuses ; Fern, les cheveux rutilants et le regard insondable ; Marc, adossé à sa chaise, en retrait comme à son habitude ; Bryony, qui s'était mise en frais pour attirer l'attention de Marc ; et même Otto, qui les avait rejoints tandis qu'ils finissaient de manger.

— Wesley ! lança Otto. Tu vois, tu ne peux pas t'empêcher de venir, même quand tu es en vacances. Je me demande si c'est bon signe.

— Assieds-toi, Wes, lui dit Bryony. On croirait que tu as vu un fantôme.

Ils le regardaient tous, vaguement perplexes.

— J'ai eu des infos assez bizarres... commença-t-il avec réticence.

Puis il leur parla de son oncle et de sa tante, expliquant comment il avait appris le lien inattendu qui les unissait à Karl Arrowood.

Kit et Toby venaient juste de rentrer après avoir emmené les chiens faire un tour dans la rue. Le soleil avait fait une brève apparition, et Kit avait profité de l'heure la plus douce de la journée. Une fois que le soleil aurait franchi son zénith, l'après-midi fraîchirait rapidement.

Les garçons avaient pris leurs petites habitudes à

force de passer leurs journées ensemble, et Kit commençait à s'apercevoir combien cette routine lui manquerait lorsqu'il reprendrait l'école, la semaine suivante.

Le matin, après le départ de Duncan et de Gemma, il préparait à Toby des œufs pour le petit déjeuner, puis ils emmenaient les chiens courir dans le jardin. Avant le déjeuner, ils jouaient dans la maison, puis ils mangeaient leurs sandwiches au fromage et aux pickles (pas de pickles pour Toby), après quoi ils se ménageaient un temps de repos. Naturellement, Toby protestait qu'il était trop grand pour faire encore la sieste, mais Kit avait découvert que s'ils lisaient des livres ensemble, Toby s'endormait généralement pendant une heure et se montrait de bien meilleure humeur le restant de l'après-midi.

Maintenant, il allait préparer le goûter, et ensuite ils regarderaient *Blue Peter* à la télé.

Kit s'arrêta pour ramasser une feuille morte qui s'était logée à la surface d'une congère, sous l'avant-toit de la maison. Elle était dorée et enrobée d'une fine couche de givre transparent, tel un bijou éphémère. Comme il se tournait pour montrer sa trouvaille à Toby, Tess se mit soudain à aboyer. Sursautant, Kit lâcha la feuille et leva la tête. Debout sur le trottoir, un homme les observait. Geordie émit quelques aboiements peu convaincus, tout en remuant la queue, et Kit reconnut Marc, l'homme qui leur avait amené le cocker.

— Bonjour, Kit ! lança Marc. Bonjour, Toby. Votre maman est-elle là, par hasard ?

— Non, elle n'est pas encore rentrée de son travail.

— Tant pis, dites-lui que je suis passé faire un petit

coucou, dit-il avec un drôle de sourire. Bonne année à tous les deux ! ajouta-t-il avant de poursuivre son chemin.

Kit le suivit des yeux. Quelque chose, dans la silhouette et la démarche de Marc, fit tilt dans sa mémoire. Il avait vu cet homme quelques jours plus tôt, juste en haut de la rue, mais il ne l'avait aperçu que de dos.

Après tout, pensa-t-il en haussant les épaules, peut-être que Marc habitait le quartier et aimait bien se promener. Il y avait des gens qui se promenaient sans chien, même si Kit trouvait ça difficile à concevoir.

Ses protégés tiraient sur leur laisse, réclamant son attention, et Toby jouait dans une flaque de boue sous un arbre. Kit retint les chiens, récupéra Toby et ramena son petit monde à l'intérieur de la maison. Le promeneur était déjà oublié.

Seigneur, quel sac de nœuds ! pensa Gemma en ébouriffant ses cheveux déjà hirsutes. Les dossiers et les rapports concernant les trois meurtres étaient éparpillés sur son bureau, comme si une tornade les avait déposés là, fatras de faits bruts totalement inutiles. Elle se leva brusquement : si elle ne prenait pas un peu l'air, sa tête finirait par éclater sous le coup de la frustration. Palpant la poche de son blouson pour s'assurer qu'elle avait bien son portable, elle sortit de la pièce en claquant la porte. « Je sors un moment ! » lança-t-elle à Melody en passant devant la salle de permanence, sans s'arrêter pour fournir de plus amples explications.

Les premières minutes, elle marcha sans réfléchir, uniquement concentrée sur la morsure de l'air glacial dans ses poumons et le crissement de ses boots sur le trottoir.

Peu à peu, à mesure qu'elle se détendait, des bribes des différents rapports commencèrent à se bousculer dans son esprit, comme si elle brassait les pièces d'un puzzle. Elle les tria, passant en revue chaque suspect possible, chaque piste abandonnée. Quand elle en arriva à Alex Dunn, un déclic se produisit. Elle ralentit le pas.

Alex est un ami de Bryony, avait dit Kincaid. *Il a très bien pu subtiliser le scalpel à la clinique...* Sous prétexte d'une visite, peut-être, pensa Gemma. D'ailleurs, n'importe quel ami de Bryony aurait pu en faire autant. Mais le scalpel avait disparu pendant la nuit, lors d'un cambriolage...

Un fragment de sa conversation matinale avec Bryony lui revint en mémoire : sur le moment, anxieuse pour Geordie, elle n'y avait prêté qu'une oreille distraite. Bryony avait paniqué parce qu'elle avait égaré ses clefs et craignait d'avoir compromis la sécurité de la clinique. Ce matin, l'incident s'était bien terminé... mais supposons qu'il se soit déjà produit auparavant ? Gavin avait accusé Bryony d'avoir oublié de verrouiller la clinique... mais peut-être qu'une autre personne — une personne que Bryony connaissait et en qui elle avait confiance — lui avait pris ses clefs à son insu... Il aurait suffi de quelques minutes pour en faire faire des doubles et remettre ensuite les clefs à leur place : ni vu ni connu.

Mais lequel d'entre eux avait pu faire le coup ? Alex et Otto avaient un alibi pour le meurtre de Dawn ; Otto en avait un pour celui de Karl, et il semblait peu probable qu'Alex ait tué Karl. Quant à Fern, ils ne l'avaient jamais considérée comme une suspecte potentielle, pour la bonne raison qu'elle ne possédait pas la force physique nécessaire pour manier un scalpel.

Restait Marc.

Le sang de Gemma se figea dans ses veines. Si quelqu'un avait accès aux clefs de Bryony et connaissait bien la clinique, c'était Marc. Il était fort et plein de santé : elle l'avait vu soulever leur sapin de Noël aussi facilement qu'un fétu de paille.

Et il vivait seul. À la connaissance de Gemma, la police n'avait pas contrôlé son emploi du temps pour les meurtres de Dawn et de Karl. Mais pourquoi Marc aurait-il commis de tels crimes ?

Non, c'était inconcevable ! Une affabulation de son imagination surchauffée...

Et pourtant... Levant la tête, elle s'aperçut qu'elle était arrivée au croisement de Kensington Park et d'Elgin Crescent. Elle n'était pas bien loin. Ça n'engageait à rien d'avoir une conversation amicale avec Marc et de lui demander d'une façon détournée où il était ces soirs-là, histoire d'en avoir le cœur net.

En passant devant le café d'Otto, elle jeta un coup d'œil par la vitre et vit Wesley en train d'essuyer une table, agitant la tête au rythme d'une musique inaudible. Elle tourna dans Portobello Road et s'engagea dans la descente.

Peu après le retour de Kincaid à Scotland Yard, Cullen vint le voir dans son bureau et annonça :

— J'ai retrouvé le dossier — ou plutôt *les* dossiers, puisqu'ils ont été jugés séparément — de Neil et Nina Byatt. Ils ont été condamnés pour trafic d'héroïne.

Apparemment, la drogue était dissimulée dans des objets d'art qui étaient expédiés d'Allemagne à Karl Arrowood, leur employeur.

— Et Arrowood n'a pas été inquiété ?

— Selon le rapport, les enquêteurs n'ont pas pu prouver qu'il était impliqué dans le trafic.

Kincaid fronça les sourcils.

— Ils ont dû conclure un arrangement, sergent. C'est pas très joli. Pas étonnant que Marianne Hoffman se soit sentie responsable du sort de ses deux amis, mais je doute qu'elle ait eu beaucoup d'influence sur Karl. Avez-vous pu localiser le fils des Byatt ?

— J'ai appelé un ami de Somerset House, qui a réussi à me dégoter le dossier. Neil Wayne Byatt et Nina Judith Mitchell Byatt ont eu un fils en 1961. Ils l'ont baptisé Evan Marcus Byatt.

— Et qu'est devenu l'enfant à la mort de ses parents ?

— Il a été légalement adopté par ses grands-parents maternels.

— Ça alors, vous êtes stupéfiant, Cullen !

— Il suffit de connaître les bonnes adresses.

— Mitchell ? murmura Kincaid, songeur. Je me demande s'il a pris le nom de ses grands-parents... Il devrait avoir aujourd'hui une petite quarantaine d'années, c'est ça ? Est-ce que Gemma n'a pas parlé d'un certain Mitchell ?

Il décrocha le téléphone, incapable de réprimer une soudaine appréhension.

Le réfectoire de la soupe populaire était plongé

dans l'obscurité, mais Gemma entendit un murmure au fond de la salle.

— Il y a quelqu'un ? cria-t-elle.

— Par ici ! répondit Marc.

Elle le rejoignit dans la cuisine et vit que Bryony était avec lui. Debout devant le long plan de travail en inox, il préparait les ingrédients de ce qui ressemblait à une soupe au poulet. Assise sur un tabouret, Bryony découpait des herbes dans un saladier.

— Bryony ! Je pensais bien vous trouver ici, improvisa Gemma : elle avait trouvé un angle d'approche.

— C'est Geordie ? Son état n'a pas empiré, j'espère ?

La jeune femme descendit de son tabouret, mais Gemma s'empressa de la rassurer :

— Non, non, il va bien. J'avais juste une ou deux questions à vous poser. Bonjour, Marc, ajouta-t-elle.

Occupé à dépecer avec rapidité et précision des carcasses de poulet, il lui adressa un signe de tête sans ralentir le rythme. Gemma se retourna vers Bryony.

— C'est à propos de vos clefs, lui dit-elle. Vous rappelez-vous les avoir égarées, même brièvement, avant le cambriolage à la clinique ?

— Non... (Bryony fronça les sourcils, une main en suspens au-dessus du saladier, et Gemma flaira l'arôme du thym et du romarin.) Mais c'est bizarre, maintenant que vous m'y faites penser. En cherchant mes clefs, ce matin, je me suis aperçue que mon trousseau de rechange n'était plus dans le tiroir de la cuisine. Je ne vois vraiment pas où il a pu passer.

Qui avait eu accès à la cuisine de Bryony, en dehors de Marc ? Gemma sentit son pouls s'accélérer : ses soupçons n'étaient peut-être pas si extravagants, en définitive.

— Depuis combien de temps le trousseau a-t-il disparu ? demanda-t-elle à Bryony. Vous en avez une idée ?

— Aucune. Je ne m'en suis pas servie depuis des mois, et ce n'est pas le genre de détail qu'on vérifie régulièrement.

Gemma jeta un coup d'œil à Marc, toujours aussi concentré sur ses carcasses de poulet.

— C'est un dîner de la Saint-Sylvestre que vous préparez ? demanda-t-elle avec une désinvolture calculée. Pour vos clients ?

Il leva la tête, et elle crut déceler dans ses yeux une lueur de méfiance — ou peut-être d'amusement ?

— En effet. Vous me direz que la plupart d'entre eux n'ont pas grand-chose à fêter, sinon d'avoir survécu douze mois de plus. Contrairement à d'autres, qui n'ont jamais manqué de rien.

Il y avait dans sa voix une dureté qu'elle remarquait pour la première fois.

— Tout de même, vous gardez bien un peu de temps pour vous ? Je sais que vous avez servi le repas aux sans-abri le jour de Noël... Mais vous avez quand même fait la fête le vingt-quatre au soir ?

Bryony, perplexe, regarda tour à tour Gemma et Marc. Peut-être s'était-elle demandé, elle aussi, comment Marc avait passé le réveillon. La lumière crue des néons décolorait ses cheveux auburn et donnait à sa peau un teint légèrement grisâtre.

— Je commençais à me sentir un peu exclu, dit Marc. Je suis le seul, apparemment, que vous n'ayez pas interrogé sur ses faits et gestes la veille de Noël et le soir où Dawn Arrowood a été tuée. J'étais ici, seul, les deux fois.

Bryony eut un rire incertain.

— Ce n'est sûrement pas ce que Gemma voulait dire.

Du plat de son couteau, Marc rassembla les morceaux de poulet et les légumes émincés, qu'il jeta dans une énorme marmite.

— Ah non ? dit-il d'un ton léger.

— Mais enfin, Gemma, vous ne pensez pas sérieusement que Marc soit pour quelque chose dans la mort des Arrowood ? C'est...

Levant la main, Gemma interrompit net les protestations de Bryony. La dernière pièce du puzzle venait de se mettre place. Comment ne l'avait-elle pas vue plus tôt ?

— Marc, vous avez dit que votre grand-mère vous avait élevé. Comment avez-vous perdu vos parents ?

Il la regarda dans les yeux.

— Oh ! je crois que vous le savez. Bryony aussi, d'ailleurs, pour la bonne raison que Wesley a raconté l'histoire à tout le monde il y a une demi-heure... Apporte-moi les herbes, Bryony, ajouta-t-il en indiquant la marmite.

Avant que Gemma ait pu la mettre en garde, Bryony était descendue de son tabouret pour se diriger vers lui. L'un des bras de Marc enserra son long cou gracile tandis que, de sa main libre, il lui appuyait le couteau sur la gorge. Le saladier d'herbes glissa des mains de la jeune femme et se brisa en mille morceaux par terre.

— Marc ! Ne...

La sonnerie de son portable fit sursauter Gemma.

Elle tendit automatiquement la main vers sa poche, mais se figea en voyant Marc secouer la tête.

— À votre place, Gemma, je ne ferais pas ça. (Il resserra son étreinte sur le cou de Bryony, qui émit une gémissement.) Vous ne voudriez quand même pas que je la saigne ? Coupez-moi ce téléphone.

Gemma sortit le portable, qui sonnait avec insistance, l'éteignit et le laissa retomber dans sa poche. Priant le ciel pour que Marc ne lui confisque pas son téléphone, elle essaya de parler d'un ton calme :

— Je ferai ce que vous voudrez, Marc, mais ne lui faites pas de mal.

De brèves images des corps mutilés de Dawn et de Karl Arrowood défilèrent devant ses yeux, et elle entendit le sang battre à ses oreilles. Marc était fou, elle avait été d'une stupidité impardonnable, et maintenant il tenait la vie de Bryony entre ses mains.

Le café d'Otto était désert, à part une femme d'un certain âge qui buvait une tasse de thé, un lévrier allongé à ses pieds.

— Il y a quelqu'un ? appela Kincaid.

Otto émergea aussitôt de la cuisine.

— Que puis-je pour vous, messieurs ? Vous êtes le superintendant Kincaid, c'est bien ça ?

— Otto, avez-vous un client qui s'appelle Mitchell ? Vous savez, un membre de votre club d'habitués ?

— Vous pensez certainement à Marc Mitchell. Ils étaient tous là cet après-midi : Marc, Bryony, Alex et Fern. Wesley leur a raconté les derniers développements de l'affaire.

— Marc ? Le type qui s'occupe de la soupe populaire ? Bon Dieu ! (Kincaid avait rencontré ce type quand il était venu chez eux, mais il n'avait pas enregistré son nom.) Où se trouve son local ?

— À Portobello Road, un peu avant la rocade aérienne. C'est juste à côté de l'ancienne école de Portobello.

— L'endroit idéal, dit Cullen d'une voix étranglée par l'excitation. Il vit seul, a tout l'équipement nécessaire pour nettoyer ce qu'il veut et une trace de sang passerait inaperçue dans sa cuisine. S'il a appris par Wesley que nous étions au courant pour ses parents, il a compris que c'était une question de temps avant qu'on fasse le lien...

— Les parents de qui ? interrogea Otto, désorienté. De quoi parlez-vous ?

Mais Kincaid avait déjà sorti son portable pour essayer à nouveau de joindre Gemma. Cette fois, il tomba directement sur la boîte vocale.

— Pourquoi est-ce qu'elle a coupé son portable, bordel ? maugréa-t-il.

En désespoir de cause, il appela le commissariat de Notting Hill. Quand il eut Melody Talbot au bout du fil, il demanda sans préambule :

— Gemma est là ?

— Non, répondit Melody, surprise et un peu soucieuse. Elle est partie il y a une heure sans dire où elle allait. Et vous, vous savez où elle est ?

Kincaid se répéta que Gemma avait pu aller n'importe où — faire une course, passer voir les enfants, prendre un café — mais aucune de ces suppositions rationnelles ne parvint à le rassurer.

— Je ne suis pas fou, vous savez, dit Marc comme s'il avait lu dans les pensées de Gemma.

— Dans ce cas, laissez-nous partir. Le Yard va bientôt arriver, bluffa-t-elle. Ils ont remonté la piste jusqu'à vous. Je suis venue la première parce que je croyais que nous étions amis. Parlez-moi, Marc. Laissez-moi vous aider.

— Nous allons parler, oui, dit-il d'un ton aimable. Mais d'abord, installons Bryony un peu plus confortablement. Venez par ici, Gemma. (Il indiqua, sur la table, une pelote de ficelle.) Ligotez-la, les mains derrière le dos.

Dans une parodie d'étreinte amoureuse, il fit pivoter Bryony vers lui pour permettre à Gemma de lui attacher les mains.

Gemma s'exécuta, un œil sur le couteau. Elle sentait Bryony trembler comme une feuille.

— Les pieds, maintenant, ordonna-t-il.

Lorsque Gemma eut terminé, Marc poussa Bryony contre le mur, à côté du fourneau. Libérée de son étreinte, la jeune femme se laissa glisser par terre et remonta ses genoux jusqu'au menton, les yeux assombris par la terreur.

Marc, qui tenait toujours le couteau d'une main ferme, se posta entre elles.

— Au moindre geste inconsidéré, dit-il à Gemma, je lui règle son compte.

— Pourquoi faites-vous ça ? demanda-t-elle d'une voix douce. Je sais bien que vous ne nous voulez aucun mal.

— Écoutez au moins la vérité. Il faut que quelqu'un sache ce que Karl Arrowood a fait. Il m'a pris mes parents... il les a assassinés. Et *elle* l'a laissé faire. Vous trouvez ça juste ?

— *Elle* ? Qui ça, Marc ?

— Ange, évidemment ! Ou Marianne, si vous préférez. Elle disait que c'était un secret entre nous, son prénom, parce que j'étais spécial à ses yeux. Elle disait qu'elle m'aimait... et je l'aimais, moi aussi, jusqu'à ce que ma grand-mère me raconte ce qu'elle avait fait.

— Ange n'aurait pas pu arrêter Karl. Elle a été sa victime, tout autant que vos parents, et elle a souffert, elle aussi.

— Pas suffisamment. Pendant toute ma jeunesse, ma grand-mère m'a répété que Dieu les punirait, tous les deux. J'ai attendu, attendu, mais il ne s'est rien passé. Ma grand-mère est morte sans avoir assisté au châtiment.

— Mais elle ne vous avait quand même pas chargé de... ?

— Vous savez le plus drôle ? (Ses lèvres esquissèrent un sourire, mais son regard restait fixe.) Deux jours après l'enterrement de ma grand-mère, j'ai vu Karl à la télé. On lui remettait une récompense pour son action caritative. Lui et quelques gros pontes — ses amis politiciens —, ils avaient réuni des fonds au profit des sans-abri. « Les moins chanceux », comme il les appelait. (Marc secoua la tête.) Savez-vous qu'il a fallu quinze ans à ma grand-mère pour rembourser les honoraires d'avocat de mes parents ? Certains mois, on ne mangeait que du porridge ; d'autres mois, elle n'avait pas de quoi payer la facture d'électricité. À votre avis, est-ce que Karl nous aurait considérés comme des « moins chanceux » ?

— Mais Ange... Marianne... Comment ?...

— J'ai dû vendre toutes les affaires personnelles de ma grand-mère pour rembourser les dernières dettes. J'ai donc emporté ses bijoux à la petite boutique de Camden Passage, non loin de notre appartement. Et quand je l'ai vue, *elle*, j'ai compris que Dieu m'envoyait un signe.

— Vous avez reconnu Ange ?

— Sur le moment, je lui ai trouvé un air familier. Et puis elle s'est penchée... et là, j'ai vu son médaillon. (Il se toucha la poitrine, et Gemma remarqua qu'il portait une chaîne en argent sous sa chemise.) Elle avait toujours autour du cou un médaillon en argent en forme de cœur. Elle avait mis ma photo dedans. (D'une voix un peu étonnée, il ajouta :) Et la photo y était encore. Mais ça, je ne m'en suis aperçu qu'après l'avoir tuée.

Il est fou à lier. Gemma prit appui sur le plan de travail pour ne pas tomber, cherchant frénétiquement des yeux une arme potentielle. Si seulement elle pouvait distraire son attention, le temps d'allumer son téléphone d'appeler les secours, cela conduirait la police jusqu'à elle. Mais comment y parvenir sans qu'il fasse du mal à Bryony, ou à elle ?

— Vous voulez me faire croire que Dieu vous a choisi pour faire régner la justice ? (Elle voulait à tout prix le faire parler.) Vous avez tué Marianne pour la punir ?

— Pour punir Karl, aussi. Il avait dû tenir à elle, autrefois. Mais je n'avais aucun moyen de vérifier s'il savait — et s'il comprenait — ce qui s'était passé. Alors j'ai pensé à sa femme. Je l'avais vue à la télé avec lui, toute jeune, toute blonde, et j'ai compris

qu'il devait l'aimer, s'il était capable d'aimer quelqu'un.

— Mais Dawn Arrowood n'avait jamais fait de
mal à personne ! Comment avez-vous pu tuer une
innocente ?

— J'en ai été navré, répondit Marc avec une gla-
çante sincérité. Elle était si belle... un peu comme ma
mère. Mais ma mère, elle, est morte en suffoquant, les
poumons remplis de liquide. Dawn était une victime
expiatoire. Je suis sûr qu'elle aurait compris.

— C'est pour ça que vous avez transpercé les poumons de vos victimes ? En hommage à votre mère ?
(Une horrible fascination s'emparait de Gemma.) Et
le fait de les égorger...

— Mon père s'est pendu.

— Et Karl ? Vous vouliez le faire souffrir avant de
le tuer, c'est ça ?

Marc lui sourit, comme un professeur satisfait
d'une élève particulièrement éveillée.

— Je savais bien que vous étiez perspicace.

— A-t-il su qui vous étiez, avant de mourir ?

— Oui. Il fallait qu'il sache. Quand je le lui ai dit,
il s'est débattu, mais finalement ça n'a rien changé.

Bryony gémit, comme si les paroles de Marc, pro-
noncées avec une tranquille assurance, l'avaient poussée au-delà de ses limites.

Marc lança un coup d'œil dans sa direction, et
Gemma en profita pour plonger sur lui sans réfléchir.
Elle voulait le faire tomber à la renverse afin de pouvoir utiliser son portable avant qu'il reprenne ses
esprits.

Mais, en un éclair, il l'agrippa des deux mains et
la fit pivoter. Elle heurta de la hanche, durement, la

table en inox ; sous le choc, son agresseur lâcha prise. Tandis qu'elle s'effondrait par terre, une douleur fulgurante la transperça.

Avait-elle reçu un coup de couteau ? Se redressant, elle empoigna les chevilles de Marc, mais la douleur — féroce, insistante — la mordit de nouveau. Elle poussa un cri. Bryony, toujours ligotée, rampa vers elle en se tortillant.

— Gemma ! Qu'y a-t-il ? Ça va ?

— Recule ! ordonna Marc d'une voix sifflante.

Bryony s'arrêta, le visage tout blanc.

— Gemma, vous saignez !

Gemma sentit s'écouler d'elle une substance chaude et humide. Quand elle toucha le carrelage, sa main devint rouge et poisseuse.

Marc s'était agenouillé près d'elle, l'air aussi désemparé qu'un enfant.

— Marc, lui dit-elle, il se passe quelque chose d'anormal. Appelez un médecin... une ambulance...

— Je ne... Je ne voulais pas vous faire de mal, Gemma, pas à vous, murmura-t-il. Laissez-moi vous aider.

Il la souleva par les épaules, la nicha au creux de ses bras et se mit à la bercer doucement.

Dans un crissement de pneus, Cullen se gara au bord du trottoir et Kincaid sauta de la voiture alors que le moteur tournait encore. Kincaid avait ordonné à Melody d'envoyer des renforts à l'adresse de Portobello Road, mais Cullen et lui arrivèrent les premiers. Les fenêtres de la soupe populaire n'étaient pas éclairées, mais la porte s'ouvrit sous sa poussée.

— Gemma ! cria-t-il.

Inutile de faire dans la discrétion : Mitchell avait dû entendre la voiture et le bruit de la porte.

— Ici ! Au fond ! répondit une voix aiguë, paniquée.

Ce n'était pas Gemma, mais une voix vaguement familière. Bryony !

Il courut vers la cuisine.

La scène qui s'offrit à ses yeux semblait surgie de l'enfer. Gemma gisait par terre dans les bras de Marc Mitchell. Quelques pas plus loin, Bryony, pieds et poings liés, s'évertuait à se redresser. La lumière crue des néons se reflétait dans la lame d'un couteau abandonné à côté de Mitchell.

L'espace d'un instant, Kincaid crut que Mitchell retenait Gemma de force, puis l'odeur métallique du sang assaillit ses narines. *Mon Dieu, elle est blessée ! Est-ce que c'est grave ?* Gemma était pâle comme un linge ; elle tenta de fixer son regard sur le visage de Kincaid, et elle battit des paupières.

— Duncan, murmura-t-elle. Je ne...

Il l'a poignardée ! pensa-t-il. *Ce salaud l'a poignardée !* Il vit alors, à l'endroit où le manteau de Gemma s'était ouvert, la luisante tache écarlate qui imprégnait son pantalon. Avec une froide lucidité, il comprit aussitôt, terrifié, ce qui se passait. Gemma était victime d'une hémorragie.

CHAPITRE VINGT

Notting Hill a changé plus vite et plus radicalement que n'importe quel autre quartier de Londres. Ce sont les immigrants antillais qui ont initié ce changement dans les années soixante ; or, par une cruelle ironie du sort, ce changement même les a chassés du territoire qu'ils avaient conquis au prix fort. D'un autre côté, le changement est l'essence même de la vie citadine. Les habitants vont et viennent comme une marée humaine ; les immeubles décrépits sont reconstruits et rénovés, puis affectés à d'autres usages. La roue tourne.

Charlie Phillips et Mike Phillips,
Notting Hill dans les années soixante.

Par la suite, Gemma ne se rappela que des bribes de cette soirée. La voix de Kincaid la tirant brusquement de sa torpeur... Elle, ouvrant les yeux, sentant les muscles de Marc se raidir... La lumière jouant sur la lame du couteau tandis qu'un policier le ramassait par terre... La voix de Kincaid, encore, ferme et assurée : « Allongez-la, Marc. Très bien. Doucement, doucement... » Puis la chaleur du corps de Marc qui s'éloignait. Le froid... Elle avait si froid... L'obscurité recommença à l'envelopper sournoisement, mais elle se força à rouvrir les paupières.

Marc se tenait sur le seuil, Cullen d'un côté, un agent en uniforme de l'autre. Refusant soudain d'avancer, il se retourna pour la regarder, et le désespoir mêlé de désir qu'elle lut sur son visage devait rester à jamais gravé dans sa mémoire.

Ensuite, des ténèbres, une douleur lancinante, beaucoup d'agitation... Une plainte sonore que son cerveau embrumé n'identifia que progressivement : des sirènes de police. Puis des mots l'assaillirent à travers un brouillard de lumières crues... Rupture du placenta.. Insuffisance fœtale... Hémorragie interne... Césarienne...

Elle avait tenté de protester : « Non, je vous en supplie... Il est trop tôt. » Mais son corps refusait de lui obéir et, de toute manière, elle savait qu'on n'aurait pas tenu compte de ses suplications.

Après l'accouchement, ils tinrent dans leurs bras le minuscule bébé, leur fils, jusqu'à ce qu'il cesse de respirer.

Un prêtre vint dans la chambre et prononça des paroles bienveillantes, consolatrices. Aucune d'elles n'apaisa le chagrin de Gemma.

Ensuite, on emporta son enfant.

Deux jours après que Gemma eut été hospitalisée, Kincaid envoya Toby chez Hazel, espérant que l'environnement familier et la compagnie de Holly atténueraient la détresse du petit garçon. Sa mère lui manquait terriblement, et ni Kincaid ni Kit ne paraissaient en mesure de le réconforter.

Sans Gemma, la maison semblait vide, et Kincaid se rappelait constamment qu'il avait été à deux doigts de la perdre. Maintenant, elle se remettait plutôt bien sur le plan physique, mais elle refusait totalement de parler du bébé.

Quand il consulta Hazel, celle-ci lui dit :

— Vous ne devez pas la brusquer. Il faut la laisser faire son deuil à sa manière, à son propre rythme. Il n'y a pas seulement le chagrin causé par la perte du bébé : elle se reproche ce qui est arrivé, et personne d'autre ne peut la soulager de ce fardeau.

Il savait que Hazel avait raison, et qu'il fallait se tenir prêt à soutenir Gemma par tous les moyens — il devait aussi, dans l'immédiat, faire abstraction de son propre chagrin. Plus tard, il pourrait penser à son fils, si parfait, si immobile... et imaginer ce qui aurait pu être.

Mais pour l'instant, il devait se consacrer à Toby, à Kit, et veiller à assurer la cohésion de leur famille.

Désireux de passer le maximum de temps avec Gemma et les enfants, il aménagea ses horaires de travail, allant au Yard uniquement pour terminer la paperasserie sur l'affaire Arrowood. Il se trouvait à la maison avec Kit, un après-midi, quand Wesley Howard vint leur rendre visite.

— J'espère que je ne vous dérange pas, dit le jeune homme d'un ton hésitant. Je voulais avoir des nouvelles de Gemma... et vous dire à quel point je suis désolé.

Kincaid le fit entrer dans la cuisine, où Kit leur prépara du café.

— Vous savez, je me sens responsable, poursuivit Wesley en fixant d'un air morose le fond de sa tasse. Si je n'avais pas raconté à Marc ce que je venais d'apprendre, rien de tout ça ne serait arrivé.

— Ce n'est pas votre faute, Wes, intervint Kit. Moi, j'aurais dû signaler à quelqu'un que j'avais vu Marc traîner...

— Pas un mot de plus, Kit, l'interrompit son père. Si tu l'avais fait, nous n'y aurions attaché aucune importance. D'après les médecins, Gemma aurait probablement fait une fausse couche de toute manière. Quant à ce qui s'est passé à la soupe populaire... c'est la faute de Marc Mitchell et de personne d'autre.

Mais jusqu'à quel point était-ce vrai ? se demanda-t-il.

Quelle était la part de responsabilité des parents de Mitchell, qui s'étaient laissé entraîner dans des activités illégales et dangereuses ? Et celle de sa grand-mère, qui avait empoisonné l'esprit d'un enfant déjà traumatisé ? Et celle de Karl Arrowood, dont l'impitoyable ambition et le mépris d'autrui avaient déclenché cette tragique succession d'événements ?

Selon le psychologue de la police, la personnalité déjà instable de Mitchell avait commencé à se désintégrer à la mort de sa grand-mère. Une fois sa mission accomplie — le meurtre de Karl Arrowood —, il avait éprouvé le besoin impérieux de trouver un but dans sa vie, ainsi qu'un semblant de justification aux actes qu'il avait commis. Sans doute aurait-il fini par se confier à Gemma si celle-ci n'était pas allée à lui.

— Ce que je ne comprends pas, dit Wesley, c'est comment il a pu commettre des crimes aussi horribles. Je le voyais tout le temps aider les gens, et il semblait sincèrement attaché à eux. Je ne peux pas croire que sa charité n'ait été que de la comédie, une ruse pour tromper ses victimes.

— Non. Peut-être considérait-il les sans-abri comme des compagnons d'infortune... Je ne sais pas.

Le chagrin qui avait perverti le psychisme de Marc avait-il laissé intacte une portion de sa personnalité ? Et dans ce cas, était-ce cet atome d'intégrité qui l'avait conduit à se tourner vers Gemma ? Kincaid trouvait ce paradoxe trop pénible à envisager.

— Il y a au moins une bonne chose dans tout ce gâchis, dit-il à Wes. Je suis allé voir votre cousine Eliza, à Bedford, et elle m'a chargé de vous donner son numéro de téléphone. Elle serait très heureuse de faire la connaissance de sa famille.

Dans sa chambre d'hôpital, le moindre centimètre carré d'espace libre était envahi de fleurs, et lorsque Gemma y retournait, après ses marches forcées dans le couloir, le parfum de serre l'étouffait.

Elle avait également reçu un flot de visiteurs, parmi lesquels Hazel, Kate Ling, Doug Cullen — et même Gerry Franks qui se montra toujours aussi bourru. Elle parvint à acquiescer quand ils lui présentèrent leurs condoléances, puis à bavarder normalement avec eux, comme si ces conversations l'intéressaient vraiment.

Mais quand ses parents vinrent la voir, elle s'aperçut qu'elle était incapable de leur parler. Elle détourna simplement la tête pendant que sa mère, assise à son chevet, lui tapotait la main.

Arrivée devant la porte de la chambre, Bryony hésita : elle n'était pas sûre de trouver le courage d'entrer. Pensant à Gemma telle qu'elle l'avait vue la dernière fois, la terreur la submergea, au point qu'elle dut se cramponner au mur pour ne pas tomber. Elle prit une profonde inspiration, laissant les odeurs familières de l'hôpital exercer sur elle un effet apaisant.

Sa peur, elle s'en rendit compte, était mêlée de honte : honte de ne pas avoir fait davantage pour aider son amie, honte de s'être laissé aveuglément abuser par Marc... honte aussi de constater qu'il y avait, mêlée à toutes ces émotions, une petite part de rancune. Pourquoi Marc s'était-il confessé à Gemma et non à elle ?

Furieuse contre elle-même d'entretenir une telle pensée, la jeune femme redressa ses épaules et entra dans la chambre.

— Bryony !

Gemma semblait très pâle et curieusement vulnérable, avec ses cheveux cuivrés répandus sur l'oreiller, mais elle eut un sourire chaleureux et accueillant.

— Je suis si heureuse que vous alliez mieux, lui dit Bryony en approchant une chaise du lit. Et je suis navrée pour...

— Merci. Et vous, qu'est-ce que vous devenez ? s'enquit vivement Gemma, refusant d'aborder le sujet du bébé.

— J'ai démissionné de la clinique. Je ne me voyais pas travailler tous les jours avec Gavin, à me demander ce qu'il manigançait...

— Alors là, je vous comprends. Mais qu'allez-vous faire ?

— Au début, j'ai songé à boucler mes valises et à quitter carrément Londres. J'ai même consulté des offres d'emploi dans le Nord. Et puis là-dessus, Alex,

Fern et Wesley sont venus me voir. Ils m'ont dit que je devais poursuivre l'œuvre que j'avais commencée, qu'ils m'aideraient à trouver des fonds pour la clinique. Et je me suis aperçue... (Elle massa la cicatrice de son doigt, là où le chien l'avait mordue)... je me suis aperçue que je n'avais aucune envie de quitter mon appartement, mon quartier, mes amis. Je ne *le* laisserai pas m'enlever tout ce à quoi je tiens !

— Comment réagissez-vous... à propos de Marc, je veux dire ? demanda Gemma, sa main crispée sur le couvre-lit. Est-ce que vous irez le voir ?

Bryony se leva pour regarder par la fenêtre les flèches grisâtres des toits de l'hôpital.

— Je...

Elle déglutit nerveusement, et fit une nouvelle tentative :

— Non. Je ne crois pas que je pourrais le supporter. (Elle se retourna vers Gemma.) Pensez-vous que Marc ait ouvert cette soupe populaire uniquement parce que Karl avait été récompensé pour son aide aux sans-abri ? Une compétition morbide, en quelque sorte ?

Le front plissé, Gemma répondit d'une voix songeuse :

— Non... je pense qu'il avait le désir sincère d'aider les autres. Et il avait une authentique affinité avec les plus démunis, même si l'origine en était des plus complexes...

— Et moi, là-dedans ? Est-ce que j'ai été autre chose pour lui qu'une relation utile ? Un moyen d'avoir accès aux... objets dont il avait besoin ?

Bryony s'en voulut de l'amertume qu'elle percevait dans sa voix.

— Je suis sûre qu'il tenait à vous, répondit Gemma — un tout petit peu trop rapidement.

Bryony sourit et revint au chevet du lit.

— Peu importe. De toute façon, je ne le saurai jamais, n'est-ce pas ?

Le séjour de Gemma tirait à sa fin quand Alex Dunn vint lui rendre visite à l'hôpital.

— Je vous ai apporté une petite bricole, dit-il en lui tendant un paquet cadeau.

Gemma plongea la main dans le papier de soie et sentit sous ses doigts un objet lisse et froid, qu'elle sortit du sac avec précaution. C'était la théière Clarice Cliff qu'elle avait tant admirée chez lui.

— Alex ! Mais vous... je ne peux pas accepter ! Elle vaut une fortune, et en plus...

— Je veux vous la donner. Elle est faite pour vous. Et moi, je n'ai pas besoin d'un objet qui me rappelle chaque jour ce qui aurait pu être... ou, plus exactement, ce que j'imaginais qui aurait pu être.

Gemma contempla les maisons au toit rouge vif qui ornaient la théière.

— Mais Alex... je n'ai pas...

— Vous n'avez qu'à commencer votre propre collection. Si je tiens à vous la donner, c'est aussi pour une autre raison. Je voulais vous rappeler que nous avons toujours le choix dans notre manière d'agir... et que nous avons plus de ressources que nous ne le pensons. (Il lui sourit et changea de sujet, coupant court à de plus amples protestations.) Fern m'a chargé de vous dire bien des choses.

— Comment va-t-elle ? Est-elle... ? Avez-vous... ?

— Nous essayons d'être amis. Pour le moment, c'est suffisant.

Elle prit le bébé et s'enfuit vers le nord. Un simple nom sur l'indicateur des chemins de fer, ainsi qu'un commentaire à demi oublié d'un ami de son père, la décidèrent à s'arrêter à York. « Un bon endroit pour les antiquités, avait-il dit, plein de touristes qui ont de l'argent à dépenser. » Mais le plus important, de son point de vue, c'était que la ville se trouvait loin de Karl.

Avec l'argent que Ronnie avait mis de côté pour lancer sa propre affaire, elle loua une minuscule boutique près du mur d'enceinte, dans laquelle elle stocka tous les meubles et les bijoux anciens qu'elle put acheter à un prix raisonnable. Elle reprit son nom de jeune fille, et les objets de son père trouvèrent une place de choix dans sa vitrine.

La boutique comportait un logement à l'étage : c'était une vraie bénédiction car elle n'avait pas de quoi louer un appartement. C'était une simple pièce, petite et misérable, mais suffisante pour elle et son bébé.

Elle s'efforça de ne pas penser à Ronnie, ni à la vie qu'elle avait laissée derrière elle. Il y avait néanmoins des jours où le chagrin et la solitude menaçaient de la submerger, des jours où elle se disait qu'elle ne pourrait pas trouver la force de continuer. Alors elle serrait Eliza contre son cœur, caressait sa joue veloutée, enroulait autour de son doigt les boucles de cheveux sombres du bébé.

C'était suffisant. Il faudrait que ça suffise. Elles s'en sortiraient.

Une semaine après avoir quitté l'hôpital, Gemma retourna travailler au commissariat de Notting Hill. Au début, ses collègues se montrèrent un peu trop gentils, un peu trop attentionnés. Bien qu'elle appréciât leur sollicitude, celle-ci la mettait mal à l'aise ; elle fut donc grandement soulagée quand, au bout d'un jour ou deux, les choses reprirent leur cours normal.

Elle ne pouvait pas en dire autant de sa vie familiale, où elle se contentait de faire acte de présence sans s'investir réellement. Elle avait beau être là, en chair et en os, rien ne semblait vraiment la toucher.

Kit devint renfermé, Toby agité ; le petit garçon se réveillait souvent la nuit, en proie à des cauchemars. Et elle avait beau savoir que Kincaid, lui aussi, pleurait la perte du bébé, elle était comme paralysée, incapable de lui tendre la main.

Un jour, il la rejoignit alors qu'elle se tenait sur le seuil de la seconde chambre d'enfants, à observer la pièce.

— On devrait installer Kit ici, lui dit-elle. Ce n'est plus la peine qu'il dorme avec Toby, maintenant.

Kincaid lui mit les mains sur les épaules.

— Laissons les choses en l'état pour l'instant, Gemma. Il est trop tôt pour ce genre de changements.

Il l'attira à lui. Elle se laissa faire, s'abandonna contre son corps. Toutefois, il y avait en elle un petit noyau dur qui ne voulait pas se dissoudre, même au contact de Kincaid.

Un après-midi, vers la fin du mois, elle quitta le commissariat de bonne heure pour accomplir une démarche qu'elle repoussait depuis quelque temps.

Erika Rosenthal était chez elle. D'un coup d'œil, elle détailla la silhouette amincie de Gemma.

— Il s'est passé quelque chose, dit-elle après avoir installé sa visiteuse dans le salon. J'ai lu dans le journal l'arrestation du meurtrier des Arrowood, mais j'ignorais pour votre enfant...

— J'ai perdu mon bébé, confirma Gemma sans ambages. J'ai pensé que vous voudriez être au courant.

— Je suis sincèrement navrée, mon petit. Si vous me disiez tout ?

Tandis que Gemma racontait l'histoire de Karl Arrowood et de Marianne Wolowski, du petit orphelin Evan Byatt, qui était devenu Marc Mitchell, les différents éléments se rassemblèrent dans son esprit sous un éclairage nouveau.

— Au total, dit-elle d'un ton las, c'est un épouvantable gâchis. Et il y a tant de questions qui resteront à jamais sans réponse. Tant de « si », tant de petites décisions qui auraient pu tout changer, qui auraient pu éviter...

— Vous pensez que vous auriez pu éviter cette fausse couche ?

Gemma se mit à pleurer, et les mots se bousculèrent :

— Si je n'avais pas travaillé tellement dur... Si je n'avais pas adopté le chien de Bryony... Si je n'étais pas allée parler à Marc... Si je n'avais pas douté de l'opportunité d'avoir ce bébé... c'est ça, le pire de tout...

— Vous ne pouvez pas vous torturer avec des « si ». Ce qui est arrivé à votre enfant n'est la faute de personne — ni la vôtre, ni celle de ce pauvre malade mental, ni celle de Dieu. Certains bébés meurent, d'autres vivent. Tout comme vous vivrez, mon petit...

Gemma rentra à pied d'Arundel Gardens. La nuit était tombée, et la lueur des réverbères découpait les branches dénudées des arbres avec une netteté qui évoquait les photographies de Ronnie Thomas.

Elle pensa à Marianne — Ange —, à Bryony, à Alex. Tous les trois avaient perdu un être aimé et avaient néanmoins continué à se battre. Ange s'était construit une nouvelle vie, pour elle et pour sa fille Eliza ; Bryony avait décidé, après réflexion, de se consacrer à ses amis et à son travail. Et Alex avait bel et bien refusé l'héritage de Karl, choisissant de gagner sa vie à sa manière. Où avaient-ils trouvé la force de réagir ?

Quand elle arriva chez elle, la maison était silencieuse. Kit se trouvait chez un nouvel ami ; Kincaid devait être parti chercher Toby à la garderie.

Elle fit sortir les chiens et mit la bouilloire à chauffer. Sur une impulsion, elle prit la théière jaune et rouge qui trônait à la place d'honneur au-dessus de l'*Aga*. C'était peut-être idiot d'utiliser un objet aussi coûteux, mais il lui semblait que, d'une certaine manière, c'était un sacrilège de ne *pas* l'utiliser, et qu'Alex l'avait bien compris. Cet objet avait été amoureusement façonné et décoré pour être manipulé, jour après jour, à l'occasion de thés ordinaires — et ces moments-là étaient la seule vraie richesse.

Tout à coup, les choses qui l'entouraient lui parurent d'une beauté intense : les éraflures sur les pieds de la chaise dues aux chaussures des garçons, le tor-

478

chon à vaisselle, un dessin multicolore accroché de guingois à la porte du réfrigérateur.

Des noms défilèrent dans son esprit... *Ange, Marc, Dawn, Alex, Bryony, Ronnie...* Une succession de vies mutilées ou détruites par les actes de Karl Arrowood... Le bébé qu'elle attendait complétait la liste. Et pourtant... De toutes les victimes de cette affaire, elle était la seule à avoir conservé ce qui lui était le plus précieux.

L'eau se mit à bouillir, la vapeur s'échappa de la bouilloire, et Gemma s'assit pour attendre sa famille.

Composition réalisée par NORD COMPO

Imprimé en France sur Presse Offset par

BRODARD & TAUPIN

GROUPE CPI

La Flèche (Sarthe).
N° d'imprimeur : 23534 – Dépôt légal Éditeur 45594-05/2004
Édition 1
LIBRAIRIE GÉNÉRALE FRANÇAISE - 43, quai de Grenelle - 75015 Paris.

ISBN : 2 - 253 - 09062 - X   ◈ 30/1748/0